TARA DUNCAN
L'Invasion Fantôme

타라 덩컨

유령들의 습격

TARA DUNCAN, L'Invasion Fantôme
by SOPHIE AUDOUIN-MAMIKONIAN

Copyright©XO EDITIONS (Paris), 2009
Korean Translation Copyright©SODAM&TAEIL Publishing Co.Ltd., 2010
All rights reserved.

This Korean edition was published by arrangement with XO EDITIONS (Paris)
through Bestun Korea Agency Co., Seoul

TARA DUNCAN
L'Invasion Fantôme

타라 덩컨

유령들의 습격

펴 낸 날 | 2010년 5월 10일 초판 1쇄
          2012년 12월 20일 초판 5쇄

지 은 이 | 소피 오두인 마미코니안
옮 긴 이 | 이원희
펴 낸 이 | 이태권
펴 낸 곳 | (주)태일소담
          서울시 성북구 성북동 178-2 (우)136-020
          전화 | 745-8566~7 팩스 | 747-3235
          e-mail | sodam@dreamsodam.co.kr
          등록번호 | 제2-42호(1979년 11월 14일)

ISBN 978-89-7381-588-3 04860
     978-89-7381-857-0 (세트)

● 책 가격은 뒤표지에 있습니다.
● 잘못된 책은 구입하신 곳에서 교환해드립니다.

www.dreamsodam.co.kr

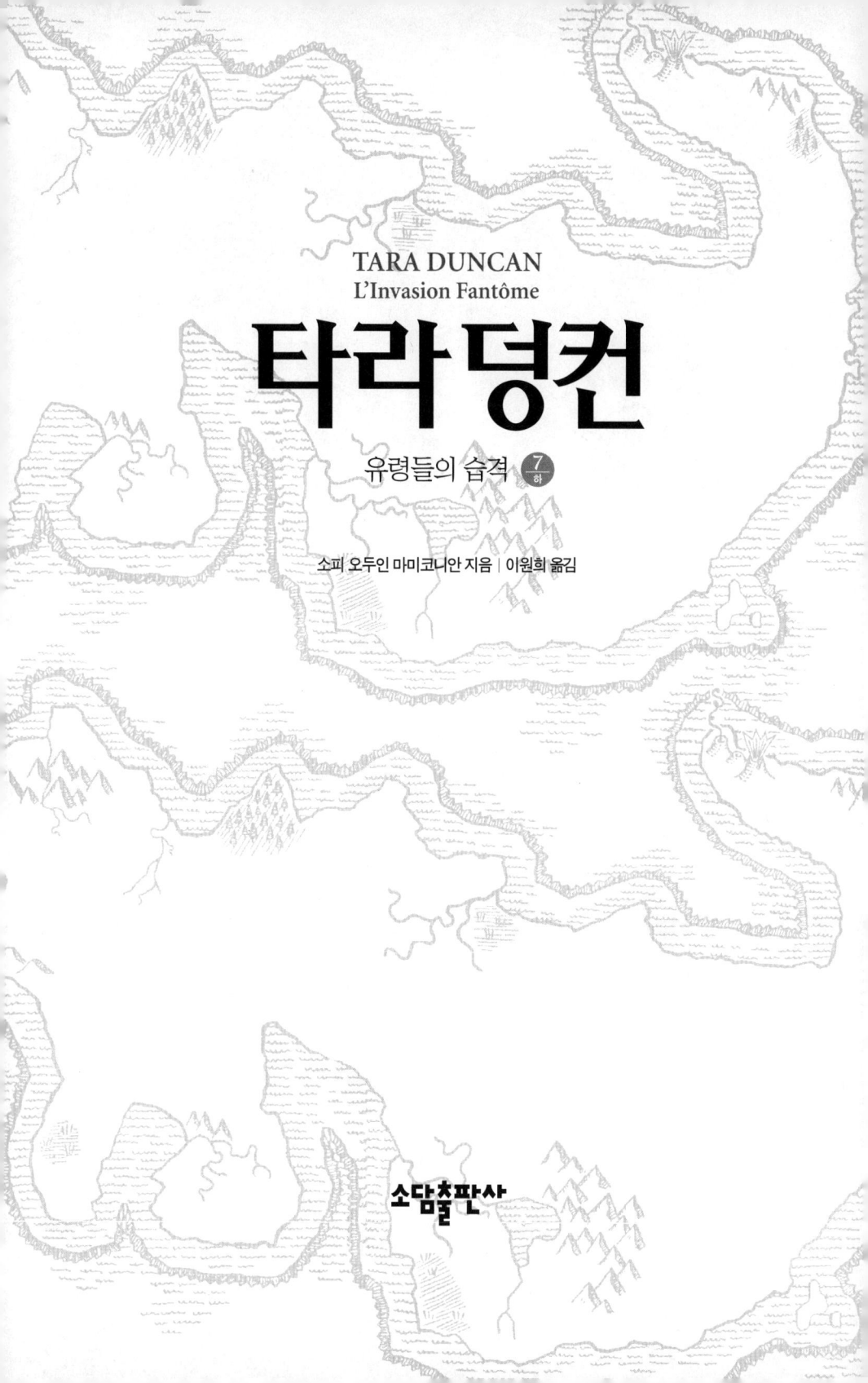

TARA DUNCAN
L'Invasion Fantôme

타라 덩컨

유령들의 습격 7하

소피 오두인 마미코니안 지음 | 이원희 옮김

소담출판사

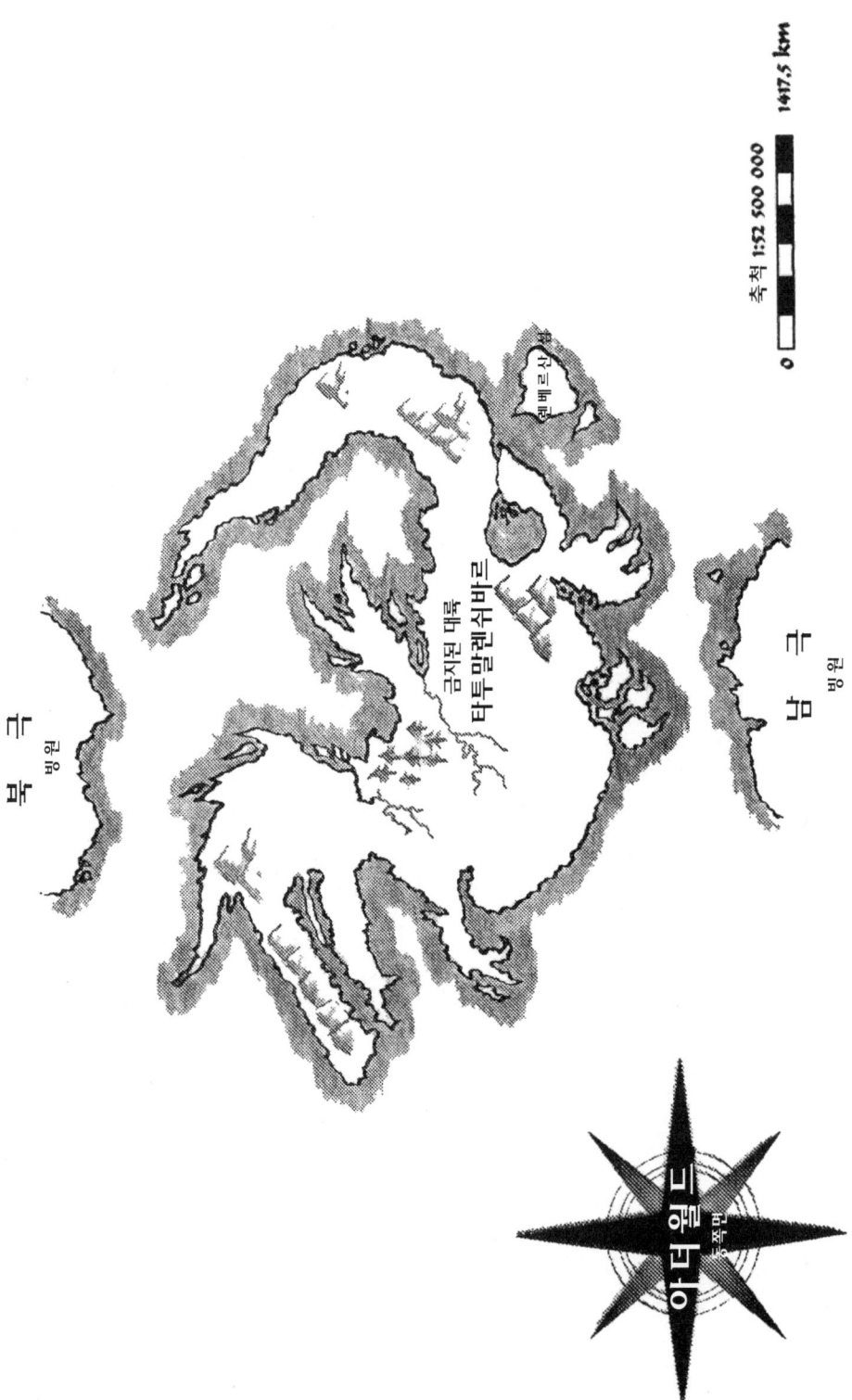

북방원

북방원

남방원

렌베르산맥

금지된 대륙
타루맹렌쉬바르

축적 1:52 500 000

0   1417.5 km

TARA DUNCAN
L'Invasion Fantôme

타라 덩컨

유령들의 습격 하 | 차례

• 일러두기

1. 원저에는 '아더월드'가 '오트르몽드(AutreMonde)'로 표기되어 있으나, 불어보다 영어에 더 익숙한 대다수 독자들의 빠른 이해를 돕기 위해 옮긴이가 영어 표현으로 바꾼 것입니다. 이에 따라 7권에서 처음 나오는 '우트르몽드(OutreMonde)' 역시 그에 대한 영어 표현 '비욘드월드'로 바꾸게 되었음을 알립니다. (AutreMonde/OtherWorld, OutreMonde/BeyondWorld)

2. 이 책의 본문에 표시된 ＊부분은 뒤페이지의 '아더월드의 용어 해설'에 자세히 설명해두었습니다.

유령들의 습격 하

끈적끈적한 거미

적에게 겁을 주고 싶을 때는
가능한 한 혐오스러운 모습을 보이는 편이 나은데……

*

모험은 이것으로 끝나는 것인가. 여기서 지금. 마지스터는 침대 위쪽에 떠 있는 상태로 자신을 지켜보는 늙은 여제 유령을 쳐다봤다. 마지스터는 남자의 몸을 찾기 위해 마법을 낭비하고 싶지 않아 리스베스의 모습을 유지했다. 그런 데다 여자 잠옷이 생각보다 아주 편했다.

남자로 돌아가도 이 잠옷을 입으면 편할까?

아니, 그렇지는 않겠지.

집요하게 쫓아다니는 엘세스가 짜증이 나면서도 마지스터는 리스베스 여제의 호화로운 스위트룸을 만족스럽게 둘러봤다. 리스베스는 살아가는 멋을 알고 있었다. 대형 크리스털 평면 화면, 최첨단 매직컴퓨터, 세 개나 되는 욕실, 많은 사람이 뒹굴 수 있을 정도로 어마어마하게 큰 침대에는 아주 귀한 북극 젤레*의 털가죽이 덮여 있었다. 물고기를 먹고 사는 젤레는 혈액 속의 동결 방지 성분 덕분에 영하 80도에서도 살 수 있으며, 기온이 영하 20도로 오르는 봄에 죽는 동물이다. 그러나 새하얀 털이 얼음과 구별이 잘되지 않는 데다 숨어서 죽는 습성 때문에 찾기가 힘들다. 그래서 젤레 털가죽은 가격이 엄청난데 여제의 침대에 씌워놓은 크기라면 작은 왕국의 연간 수입에 맞먹을 것 같았다.

타라의 방과는 달리 리스베스의 스위트룸에는 여제를 알현하기 위해 궁인들이 기다리는 별실이 딸려 있었다.

금빛 목재 의자들이 휘어진 다리를 꿈틀거리면서 언제든 달려올 기세로 대기하고 있었다. 리스베스의 조상들이 활약했던 무용담과 수많은 로맨틱한 일화를 이야기하는 태피스트리들, 이 벽화에서 저 벽화로 넘나들면서 동물을 추격하는 사냥꾼들, 주홍빛 대리석 벽에 장식된 샹들리에와 브리양트 랜턴들이 대낮처럼 환히 밝히고 있었다. 게다가 버튼만 누르면 벽이 대형 크리스털 창문으로 변하거나 리스베스가 잠시 바람을 쐬고 싶을 때는 완전히 사라지기도 했다. 창문은 궁전의 공원으로 나 있어서 예쁜 암사슴, 모오오오우우우, 흰색 담비들이 유유히 풀을 뜯어먹는 목가적인 풍경이 내다보이고, 아래위층 모두를 친위대원들이 차지하고 있었다. 즉 친위대원들을 거치지 않고는 여제에게 접근할 수 없을 정도로 철벽 경호였다.

인기척을 느낀 마지스터가 천장을 올려다보며 냉소적으로 물었다.

"어때요? 전망이 마음에 듭니까?"

마지스터가 에스메랄다의 모습으로는 절대로 여제의 침실에 들이지 않겠다고 으름장을 놓았기 때문에 엘세스는 조용히 상그라브들의 보스를 감시하기 위해 숙주의 몸을 떠나야 했다. 선대 여제와의 동거가 아주 만족스러운 에스메랄다는 문 앞에서 기다리겠다고 말했다. 그 옆에서 그녀의 남편도 마법의 나무다리(아이가 그만 풍선—남자의 다리—을 놓치면서 날아갔고, 아무도 풍선을 찾지 못하고 있었다)에 의지한 채 절룩거리면서 늙은 여제 유령이 나오길 기다리고 있었다.

엘세스의 유령이 마지스터를 경멸하듯 내려다봤다.

"내 딸의 몸을 차지하고 있는 게 아니라면 벌써 요절을 냈을 거다." 엘세스가 물어뜯을 듯한 기세로 내뱉었다.

"이제 당신은 딸을 구하기 위해 아무것도 할 수 없으니 당장 꺼져버리시죠."

엘세스는 음험한 미소를 지었다.

"싫다."

"꺼지라니까!"

"내가 할 수 있는 한 너를 못살게 굴기로 작정했거든. 너도 알다시피 유령은 잠을 자지 않아. 그러니 우리 함께 아주 많은 시간을 보내보자고."

마지스터는 이를 악물었다. 성가시지만 할 수 없지. 마지스터는『궁정 비사』를 펼쳤다. 오무아 황궁에 보관되어 있는 원본으로 현재는 리스베스가 자신의 생애를 기록하고 있었다.『궁정 비사』를 열람하는 이가 합법적인 여제이기 때문에 책은 거부할 이유가 없었다.

호기심이 동한 늙은 여제 유령이 침대 머리맡까지 날아와 마지스터의 어깨 너머로 살펴봤다.

"『궁정 비사』!" 성난 엘세스가 외쳤다. "돼먹지 못한 놈, 네가 읽을 책이 아니다!"

마지스터는 대꾸도 하지 않았다. 이틀 전부터 마지스터는 다른 유령들을 없애버릴 방법을 궁리하고 있었다. 현재까지는 이렇다 할 성과가 없었다. 은하계에서 가장 완벽에 가까운 살아 있는 컴퓨터라 할 수 있는 오무아의 디스쿠타리움도 답을 주지 못했다.

그러나 머지않아 방법을 찾아야 했다. 찾게 될 것이었다.

그러면 늙은 여제도 영원히 보내버릴 수 있는데…….

갑자기 마지스터가 소스라쳤다. 문에 달린 눈과 입이 손님이 왔다고 알리는 순간 마지스터의 대답을 듣지도 않고 문이 벌컥 열리더니 격분한 셀레나가 퓨마를 데리고 나타난 것이다. 결혼 발표를 한 뒤로 마지스터는 셀레나가 몹시 화를 내리라는 걸 알고는 의도적으로 셀레나를 피했고, 시간이 흐르면 분노가 누그러질 거라고 생각했다.

그런데 실패였다. 마지스터가 당황하고 있을 때 마법의 광선 두 개가 방패(주도면밀한 마지스터는 이미 방패를 만들어놓고 있었다)에 부딪히자 얼굴이 시뻘게졌다.

방패로 공격을 막는 데 정신이 팔린 마지스터는 셀레나를 따라 들어온 또 다른 유령이 리스베스의 속옷 서랍장 밑으로 숨는 걸 알아채지 못했다.

"문을 지키고 있는 보초를 두꺼비로 둔갑시켰다!" 셀레나가 고함쳤다. "계속해서 내 인생을 치욕스럽게 한다면 나도 더는 가만히 있지 않겠어!"

"거, 말 한번 시원하게 잘하는군, 브라보! 하지만 멜로드라마풍의 격앙된 어조로 외치는 것보다는 목소리를 깔면서 내뱉는 위협적인 어조가 훨씬 효과적이지." 엘세스가 한마디 했다.

셀레나는 엘세스의 유령을 힐끔 쳐다봤다. 셀레나의 손에는 여전히 마법의 광선이 번쩍이고 있었다.

"당신은 언제든 들여보내라고 지시를 받은 병사라 두꺼비로 둔갑시킬 필요가 없었는데. 병사가 엄청 놀랐겠군." 마지스터는 짐짓 침착하게 대꾸했다.

"병사는 놀랄 겨를도 없었으니까. 걱정 마시지!" 셀레나는 언성을 약간 낮추면서 쏘아붙였다.

"나의 상냥하고 다정한 신부, 뭘 원하는 거요?" 마지스터가 애써 공손하게 물었는데 그에게 전혀 어울리지 않는 말투였다.

엘세스는 비웃음을 흘렸다. 셀레나는 상냥하고 다정한 신부의 모습이 전혀 아니었다. 상냥하고 다정하기는커녕 독기를 품은 사나운 얼굴이었다.

"나랑 결혼을 해?" 셀레나는 목소리를 깔면서 위협적인 어조로 내뱉었다(늙은 여제 유령은 금방 실천에 옮기는 셀레나가 마음에 들었다). "결혼이란 서로 사랑하고 서로를 존중해주는 두 사람의 결합이야. 그런데 난 당신을 사랑하지도, 존중하지도 않아."

마지스터가 벌떡 일어나는 순간 리스베스 대신 남자의 몸이 나타났는데 잊지 않고 반사경 마스크도 쓰고 있었다.

"결혼하면 당신은 나를 사랑하게 될 거요." 마지스터는 묘한 어조로 말했다.

셀레나는 두 손으로 머리를 부여잡으면서 하늘, 아니 침실의 천장을 쳐다봤다.

"어림없는 소리! 절대 그런 일은 없어! 나를 가만히 내버려두고 림보로 꺼져버려!"

셀레나의 언성이 다시 격해지자 엘세스는 나무라듯 쯧쯧 혀를 찼다.

셀레나가 방을 나가며 어찌나 쾅 닫았는지 문이 거세게 항의했다.

마지스터의 마스크가 파란색과 검은색 사이에서 망설이다가 파란색으로 변했다.

"딸을 다시 만나기 전까지는 그래도 다정했는데……." 생각에 잠긴 듯 마지스터가 중얼거렸는데 거의 빈정거리는 투였다.

"단비우로 인해 우리 황실과 맺어진 이 덩컨 가문은 정말 흥미로운 인물들을 배출한 것 같군." 늙은 여제 유령이 평하자 엘세스를 잊고 있던 마지스터가 깜짝 놀랐다.

"그런 말은 이사벨라 덩컨을 만난 다음에 하시죠. 아마 후회하게 될 테니까." 마지스터가 중얼거렸다.

마지스터는 보초를 바꾸고, 다음에는 경계를 게을리하지 말라는 뜻에서 두꺼비로 둔갑한 자를 정원의 늪으로 던져버리라고 명했다. 그러고는 여자의 몸으로 변해 침대로 올라갔다.

마지스터는 다시 『궁정 비사』를 읽기 시작했다. 엘세스의 유령이 마지스터의 머리 바로 위에 떠 있는데 그 모습이 마치 머리털 많은 투명한 물음표 같았다.

마지스터는 열심히 찾고 있었다.

불행히도 마지스터가 방법을 찾았다. 늙은 여제 유령이 읽을 겨를도 없이(마지스터가 가능한 한 내용을 가렸기 때문에) 마지스터는 책을 덮었다. 그러고는 흥분한 나머지 침대에서 일어나 앉았다. 이럴 수가! 유령들을 섬멸하는 기계가 있다니……. 에드라킨족의 나라에. 그런데 문제가 있었다. 유령이란 유령은 모두 소멸시키는 기계였다. 그렇다면 기계를 몰래 이곳에 가져다놓고 자신의 육신을 돌아오게 한다음 기계를 작동해 다른 유령들을 없애야 했다. 오무아를 손에 넣었으니 이제는 더 이상 다른 유령들이 필요 없었다. 나중에 혹시 필요하다면 비욘드월드에서 불러들이면 될 것이 아닌가.

벌떡 일어난 마지스터가 크리스털 볼을 작동하면서 명령했다.

"사냥꾼을 불러들여!"

그리고 잠시 머뭇거리다 덧붙였다.

"브주아 지롱도."

마지스터는 계획을 짜면서 스위트룸을 왔다갔다 서성거렸다. 그러다가 크리스털 볼을 다시 작동해 일련의 지시를 내렸다. 통화한 상대들이 잠시 아연실색해했지만, 마지스터는 그들이 복종할 것이라 믿었다.

셀렌바가 도착했다고 알리면서 문이 열렸다.

뱀파이어가 방으로 들어왔는데 눈이 새빨간 하얀 고양이 같았다. 셀렌바는 마지스터가 셀레나와 결혼하겠다고 발표한 뒤로 뿌루퉁해 있었다. 불만을 표시하는 뱀파이어를 의식한 마지스터도 셀레나가 불의의 사고로 죽는 일이 없도록 경호원을 두 명으로 늘려야 하는 게 아닌지 고심했다.

"나리." 뱀파이어가 허리를 굽혀 인사했다.

재미있는 호칭이 아닌가. 마지스터를 '보스'라고 부르던 셀렌바가 '나리'라고 호칭한 것은 그리 오래되지 않았다. 형식적이고 사무적인 느낌이 드는 '보스'보다는 친근하게 느껴지기는 하는데……. 어쨌든 셀렌바에게 심경의 변화가 일어난 것은 분명해 보였다.

느닷없이 남자의 몸을 되찾은 마지스터가 뱀파이어에게 다가갔다. 그러고는 뜨겁게 포옹하는 것으로 셀렌바를 어리둥절하게 만들었다. 마지스터는 키스를 할 때도 얼굴을 감추기 위한 환영을 지우지 않았었다. 셀렌바 역시 아직까지 마지스터의 진짜 얼굴을 몰랐다. 하지만 그가 키스할 때의 느낌은 아주 좋았다.

"질투하는 건가? 그렇게 쌜쭉해 있으면 안 되지." 마지스터는 장갑 낀 손으로 뱀파이어의 빨간 입술을 건드리면서 말했다. "셀레나는 내 아내가 되는 것뿐이야. 넌 나의 오른팔이잖아. 나는 절대 너를 버리지 않는다."

그런 말에 속을 리 없는 셀렌바는 씁쓸한 얼굴로 마지스터를 바라봤다. 뛰어난 언변으로 사람들을 이용하는 데 능한 인간이었다. 그리고 왜 마지스터가 방금 자신을 그토록 뜨겁게 포옹했는지도 잘 알고 있었다. 변치 않는 마음을 보여주는 것으로 셀레나를 해치지 못하게 하려는 것이다.

재미있는 건 셀렌바도 그럴 생각이 없다는 것이다. 어쨌든 지금은. 인간의 피를 먹는 바람에 셀렌바는 불임이 되었다. 셀렌바가 유일하게 후회하는 건 생명을 낳는 기적을 포기한 것이다.

전 약혼자였던 뱀파이어 사피르 드라고쉬와 자신의 동생 사틸라 사이의 자식들을 상상하면 셀렌바는 가슴속에 커다란 구멍이 뚫린 것 같았다. 전에는 상상조차 하지 않았던 일이다.

만약 셀렌바가 마지스터에게 아이를 낳아줄 수만 있다면…….

그랬다면 셀레나에게 벌써 불의의 사고가 일어났을 것이다.

말없는 뱀파이어가 무슨 생각을 하고 있는지 모르는 마지스터는 늙은 여제 유령을 가리키면서 말했다.

"저 교활한 할망구를 없애버려. 할망구에게 감시를 당하고 싶지 않다."

"알겠습니다, 나리." 셀렌바는 냉랭하게 대답하면서 엘세스에게 달려들었다.

몹시 화가 난 엘세스는 뒷걸음쳤다. 늙은 여제는 뱀파이어와 대적하는 게 두렵지 않았지만, 친구 유령들이 걱정되었다. 셀렌바가 친구 유령들을 비욘드월드로 돌아갈 겨를도 주지 않고 모두 없앨 위험이 있었다. 엘세스의 친구 유령들의 합세로 창 밖으로 내던져지는 수모를 당한 뒤로 독기를 품고 있는 뱀파이어가 복수할 것이 틀림없기 때문이다.

엘세스는 마지못해서 퇴장했다. 늙은 여제 유령이 벽을 뚫고 사라졌다.

그러나 셀렌바 역시 여전히 서랍장 밑에 숨어 있는 유령을 알아채지 못했다.

"좋아, 아주 좋아." 마지스터가 중얼거렸다. "넌 훌륭한 뱀파이어야. 더 자주 내 곁에 둬야겠어."

파브리스가 늦는 것에 화가 난 마지스터가 한마디 하려는 순간 늑대 인간이 스위트룸의 문턱을 넘었다.

빨리 오기 위해 늑대의 모습으로 미친 듯이 달려온 것이 분명했다. 늑대가 몸을 흔들면서 콧바람을 내자 늑대와 소년이 포개지는 듯하다 인간으로 돌아온 파브리스가 허리를 굽혔다.

"용서하십시오, 나리. 최대한 빨리 온 것입니다."

"감옥에 있었지?"

파브리스의 얼굴이 창백해졌다. 마지스터는 자신이 알고 있는 이들에 대해선 그들이 뭘 하는지 예측 능력이 뛰어났다. 지구소년 역시 여러 각도에서 주의 깊게 살폈기 때문에 잘 알고 있었다.

"네." 파브리스는 어물어물 말했다.

"그 아이는 어떤가?"

속여봤자 아무 소용없다는 걸 아는 파브리스는 솔직하게 말하기로 했다.

"무아노…… 아니 글로리아 공주는 상태가 좋지 않습니다. 나리가 글로리아에게 레파루스 치료를 허락하지 않았으니까요. 글로리아는 내가 자기를 때렸다는 것만 기억하고 있어요. 아무리 애원해도 야수의 몸을 유지한 채 내가 자기를 고문하고 있다고만 생각해요. 두 번이나 내 목을 물어뜯으려고 했어요. 내가 늑대의 몸을 하고 있었기에 망정이지 목이 잘릴 뻔했습니다."

고집을 부리는 무아노 때문에 겪은 슬픔이 파브리스의 얼굴에 고스란히 드러났다.

"인간으로 변신할 수 있도록 그 아이를 치료해주고 유령들에게 점령하지 못하게 명한다면?"

"나리?"

파브리스는 경계하면서 함정일까 봐 두려워했다.

"나는 왜 불러?" 마지스터가 농담으로 받아쳤다. "내가 언제 너한테 뭐 물어봤니? 질문은 파브리스 네가 해야지. 이유를 묻고, 그 대가로 네가 어떻게 하면 되는지 물어야지."

"나리, 이유가 무엇이며 제가 어떻게 하면 됩니까?" 파브리스는 순종적으로 물었다.

"이유는 내 마음이 그렇기 때문이고, 어떻게 하면 되는지 그건 너 하기에 달렸다."

파브리스는 마지스터가 '당근과 채찍'을 쓸 거라고 짐작했다. 어르고 달래면서 으름장을 놓아 원하는 목적을 달성하겠다는 것이 분명했다. 사람의 심리를 이용하는 데 있어 마지스터를 따라올 자가 있을까.

파브리스는 조심스럽게 행동했다. 무릎을 꿇고 고개까지 숙이자 마법복이 망토처럼 뒤로 펼쳐졌다. 다른 상그라브들의 마법복과 마찬가지로 잿빛이지만, 파브리스의 상징인 파란 매머드가 새겨 있었다. 파브리스는 자신의 패밀리어를 죽인 드래곤과 위베른족을 마지스터 못지않게 증오했다. 그것이 그들의 유일한 공통점이었다.

"나리를 만족시키기 위해 제가 뭘 하면 됩니까?" 파브리스는 가슴을 졸이며 물었다.

만약 마지스터가 친구들을 죽이라고 한다면……? 친구들이 마지막 끈인데 그걸 끊어버린다면 어떤 희망도 없는 건데.

영원히.

마지스터는 복종하는 파브리스를 흐뭇하게 지켜보면서 시간을 끌었다. 그렇게 사람들이 자신을 두려워하는 걸 즐기고 있었다. 그래야 훨씬 더 복종을 잘하기 때문이다.

"셀렌바와 함께 에드라킨족의 나라로 떠나라." 마지스터는 부드러운 목소리로 말했다. "그리고 어떤 기계를 내게 가져와라. 일단 내 육신이 소생된 뒤에 궁전에서 그 기계를 작동해. 나를 위해 그래줄 수 있지?"

20

하지만 마지스터는 기계에서 방출되는 방사선 때문에 파브리스가 죽을 위험이 있다는 걸 언급하지 않았다. 한편으로는 파브리스가 그만큼 필요하지 않기 때문이고, 다른 한편으로는 늑대인간은 인간보다 생명력이 더 강하기 때문이기도 했다.

타라와 마찬가지로 지구에서 성장한 파브리스는 에드라킨족을 잘 몰랐다. 그래서 내심 불안해하던 최악의 명이 아닌 것에 안도하며 기꺼이 임무를 맡겠다고 대답했다.

파브리스는 고개를 숙이고 있기 때문에 마지스터의 마스크가 오렌지색으로 변하는 걸 보지 못했다. 마지스터가 깜짝 놀라고 있다는 표시였다. 사냥꾼 셀렌바는 마지스터가 소년을 죽음의 길로 보내려 한다는 걸 알아챘다.

"네가 같이 가라." 마지스터는 거침없이 뱀파이어에게 말했다. "실패는 용납하지 않는다. 너희 둘 다 반드시 성공해야 한다. 알았나?"

뱀파이어는 화를 삼키면서 허리를 굽혔다. 마지스터가 나까지 불가능한 미션으로 멀리 쫓아버리겠다는 것인가.

그러나 셀렌바를 잘 아는 마지스터는 뱀파이어가 오해를 하고 떠나게 두지 않았다.

"자살 미션이 아니다." 마지스터는 진지하게 말을 이었다. "소년과 너, 너희 둘은 반드시 나에게 그 기계를 가져와야 해. 우리의 생사가 걸린 문제니까. 신속하고 민첩하게 움직여야 한다."

셀렌바는 내색하지 않았지만 안심했다.

하지만 고통을 주는 남자, 아니 자기를 이용만 하는 남자를 왜 이렇게 미치도록 사랑하는지 알 수가 없었다.

"유령에 들리지 않은 티그족 병사들만 너희의 지시를 따를 것이다. 내가 하는 일을 다른 유령들에게 알리고 싶지 않아. 아! 에드라킨족의 나라에서는 마법의 양탄자는 사용하면 안 돼. 그건 탐지되니까."

"즉시 페가수스를 준비하겠습니다." 파브리스는 대답하면서 속으로 무아노에게 들러 작별 인사를 할 수 있게 되길 빌었다.

"아니, 그럴 필요 없다. 그런 평범한 이동 수단으로는 그곳에 가기 힘들어. 너희에게는 특별한 걸 제공해줄 테니까 나를 따라와. 그리고 누구에게도 발설하면 안 돼. 제삼자에게 말했다가는 쥐도 새도 모르게 죽는다는 걸 명심해. 알았나?"

"명심하겠습니다, 나리." 파브리스는 대답했다.

반면에 셸렌바는 '이 세상에 내가 발설할 사람이 누가 있다고?' 하는 얼굴로 고개를 끄덕였다.

셸렌바는 나를 그런 사지로 보내다니, 어떻게 이럴 수가 있냐며 따지고 싶은 마음이 굴뚝같았다. 하지만 그런다고 뭐가 달라질까.

그들이 나갈 때 숨어 있는 유령은 망설였다. 따라가야 하나? 하지만 위험을 무릅쓰고 싶지 않았다. 도처에 다른 유령들이 어슬렁거리고 있어서 리스베스/마지스터의 방으로 오기까지 얼마나 힘들었는데. 유령은 서랍장의 다리 주위에 웅크리고서 검은색 목재와 혼동이 될 정도로 더 시커멓게 변화시켰다.

마지스터와 셸렌바, 파브리스는 궁전의 지하실로 내려갔다. 지하 묘지 카타콤에 가까워질수록 파브리스는 목덜미의 털이 주뼛 서는 것 같았다. 파브리스의 호흡이 거칠어지자 뱀파이어의 예민한 후각으로 소년의 두려움을 느낀 셸렌바가 힐끔 쳐다보면서 재미있어했다. 파브리스는 주먹을 불끈 쥐었다. 늑대인간이 된 뒤로 뱀파이어와 맞서 싸울 경우 어떻게 될지 궁금했다. 아마도 둘 중 하나는 죽을 것이고, 그게 자신일 거란 생각이 들었다. 하지만 셀렌바에게 치명상을 입힐 기회가 있다면 절대로 놓치지 않을 것이다.

셀렌바가 탐색하는 듯한 눈길을 던졌다. 소년의 냄새가 달라졌는데 이제는 화가 나 있는 게 느껴졌던 것이다.

그들이 마법을 사용해 엄청나게 두꺼운 벽을 부수고 거대한 묘지로 들어갔는데…… 어? 숨이 턱 막히고 눈물까지 났다.

마지스터가 주문을 읊자 시원한 바람이 그들을 에워쌌다.

"아하, 미안." 마지스터의 마스크가 즐거워하는 장밋빛으로 물들었다. "냄새가 이 정도로 지독하다는 걸 깜빡 잊었다. 내 귀여운 친구들이 지금쯤 깨어나고 있을 텐데."

마지스터가 휘파람 소리처럼 들리는 언어로 주문을 읊었다.

"스스 트'비 스스'트 비, 크르르 스스 슈흐 스시, 스텐슈스, 벤슈스스 트'트! 슈흐흐보울 스스스'트 슈오울!"

소리가 어찌나 소름 끼치고 날카로운지 마치 살아 있는 것처럼 파브리스와 셀렌바의 귀를 할퀴었다. 파브리스는 모르는 언어지만, 셀렌바는 알고 있었다.

그건 악마의 언어, 저주받은 림보의 언어였다.

마법으로 결합시킨 썩은 다리들, 부패되어 너덜너덜해진 키틴질의 두꺼운 가죽이 천천히, 아주 천천히 펴지고 있었다. 자이언트 거미들? 천년의 잠에서 깨어난 거미들이 배출하는 시커먼 점액이 주위를 온통 더럽히고 있었다.

파브리스는 공포의 딸꾹질을 억누르면서 뒷걸음쳤다.

눈앞에 있는 것은 자이언트 거미들의 조상 격인 훨씬 더 크고 훨씬 위험한 거미들이었다. 섬뜩한 빛을 반짝이는 여덟 개의 눈만 남기고 몸뚱이가 온통 잿빛의 끈적끈적한 털로 뒤덮여 있었다. 아래턱이 움직이는데 누구라도 얼씬거리면 당장이라도 잡아서 짓이기거나 집어삼킬 기세였다. 자이언트 전갈에 비견할 만한 독침에서 먹잇감을 마비시키는 독이 방울져 떨어지고 있었다.

이런 거미들에게서 고상한 수수께끼[12]를 기대할 수 있을까? 먹잇감을 발견했다 싶으면 급습해서 참혹하게 죽이리라.

소름 끼치는 소리를 내며 거미 한 마리가 마지스터를 향해 펄쩍 뛰어서 넙죽 절했다. 거미가 자신을 천년의 잠에서 깨어나게 해준 사람을 알아본 것이다.

"너희 둘이 타고 갈 거미들이다." 셀렌바와 파브리스를 보며 마지스터가 말했다. "내 친구 마왕의 마법에 감염되었던 옛날 거미들이지. 엘프들과 마법사들이 치료하려고 애를 썼지만, 데미데루스의 반대에도 불구하고 동족인 거미들이 산 채로 유폐해버렸어. 그 시대의 거미들이 악마들과 전쟁할 때 거미족을 끌어들였다는 걸 상기시키기 위해 데미데루스에게 부담을 주려는 속셈이었던 거야."

독을 똑똑 떨어뜨리는 흉물에게서 가능한 한 멀리 떨어지기 위해 벽에 딱 달라붙은 파브리스가 잔뜩 겁먹은 얼굴로 말했다.

· · · · · · · · · · · · · ·

12. 아더월드의 거미들은 스핑크스처럼 특히 문자 수수께끼를 좋아한다. 먹잇감이 정답을 말하면 살려주고, 정답을 말하지 못하면 잡아먹는다.

24

"하지만 이렇게 끔찍한 것들을…… 어떻게 타고 갑니까?"

"안장이 있으니까 걱정할 것 없다. 일단 냄새 문제만 어떻게 잘 넘어가면 아주 편안할 거야. 거미들은 자지도 않고, 본능적으로 살아 있는 것을 공격하는 경향이 있지만 먹을 필요가 없을 뿐만 아니라 파괴할 수 없는 거미집 덕분에 협곡에서 지내는 것도 문제없지. 충성을 다해 너희에게 복종하면서 가공할 전사일 뿐만 아니라 아주 이상적인 이동 수단이 되어줄 것이다."

마지스터가 몸을 숙이더니 장갑 낀 손으로, 경의를 표하느라 조아리고 있는 거미의 머리를 토닥였다.

"보기만 해도 공포를 불러일으키는 거미들이니까 그곳에 이르면 그 효과를 절실하게 느낄 것이다."

파브리스는 상그라브들과 합류한 뒤로 마지스터가 완전히 미쳤다는 생각을 수없이 하고 있었다.

슬그머니 장갑을 닦고 나서 마지스터가 오무아 언어로 따라오라고 명하자 거미들이 덩치 큰 개처럼 졸졸 따라갔다.

독을 흘리면서 악취를 풍기는 거미 부대를 이끌고 그들은 지하실을 나왔다. 파브리스는 마지스터가 20마리의 거미들을 데리고 가는 것에 주목했다. 그것은 티그족 병사 18명이 동행한다는 뜻이었다. 그중 한두 마리의 거미는 그들의 짐을 싣고 간다고 해도 최소한 16명의 병사가 필요하다는 것인데…… 그렇다면 그만큼 쉬운 임무가 아니라는 뜻인가. 에드라킨족에 대한 정보를 수집했으면 좋았을 텐데, 안심이 되지 않았다.

꼭두새벽인데도 많은 사람이 궁전을 돌아다니고 있었다. 거미들이 전진할수록 얼굴이 창백해졌고, 마지스터가 지나갈 때는 허리를 숙이는 이들도 있었다. 하지만 눈빛은 혐오감을 담고 있었다.

궁전의 위생을 담당하는 뚜껑 달린 푸프푸프들이 반들반들한 바닥을 더럽히는 끈끈한 거미들을 보면서 분개했다.

이윽고 나타난 본격적인 청소 부대가 거의 히스테릭한 성깔을 드러내며 마지스터 일행을 에워싸더니 거미들이 묻혀놓은 더러운 것을 흡수하기 시작했다. 거미들이 '묻지 마 식'으로 쏘아대는 끈끈한 거미줄에 걸려서 씩씩거리는 푸프푸프들도 있었다.

궁전에 자이언트 거미 좀비들이 나타났다는 소문이 삽시간에 퍼지면서 복도는 텅 비었다.

마지스터는 거미 부대를 이끌고 앞뜰로 나갔다. 미리 연락을 받고 대기 중이었는지 페가수스 조련사들이 즉시 사다리를 놓고 자이언트 거미들에게 안장을 얹기 시작했다. 뱃대끈을 매면서 거미의 등에 못을 직접 박는 것으로 보아 방금 급조한 것이 틀림없었다. 거미는 통증을 느끼지 못하기 때문에 안장을 벗길 필요가 없었다.

파브리스는 마지스터를 혐오하면서도 한편으로는 아주 사소한 것까지 모든 걸 예상하고 있는 섬세함에 탄복하지 않을 수 없었다.

파브리스가 갑자기 무릎을 꿇고 청할 것이 있다는 표시를 했다. 마지스터가 소년을 돌아봤다.

"무슨 일이냐?" 궁전의 하인들에게 명을 내릴 때는 여제의 모습을 이용하는 리스베스/마지스터가 감미로운 목소리로 물었다.

"나리의 분부라면 무엇이든 복종하겠습니다." 파브리스는 말문을 열었다.

"당연히 그래야지." 리스베스/마지스터가 말을 끊었다.

"저는 이 미션을 이행하여 나리가 원하시는…… 것을 가져오겠습니다." 파브리스가 말을 이었다.

"너는 잘해낼 것이다."

"나리께서는 야수가 치료를 받고 인간으로 돌아오더라도 유령에 들리지 않게 해주겠다고 말씀하셨습니다."

"미션을 이행한 다음에 그렇게 해주겠다."

"그건 불가능할 겁니다."

이번에는 답변이 나오지 않았다. 파브리스가 마지스터를 깜짝 놀라게 한 것이다.

"왜?"

"지금 야수를 치료해주지 않으면 감염된 세균이 등을 통해 몸속으로 퍼져서 랑코비트의 공주는 며칠 내에 죽을 겁니다." 파브리스는 단호한 목소리로 말했다.

페가수스 조련사들은 일손을 멈추지 않고 있지만, 앞뜰에 있는 이들이 모두 듣고 있다는 걸 의식한 마지스터가 속으로 말했다. '이 녀석, 제법이군.'

잔뜩 긴장하고 있던 파브리스는 뜻밖의 대답에 흠칫 놀랐다.

"그래, 좋아." 마지스터가 다정한 어조로 말했다. "출발하기 전에 글로리아 공주의 치료를 허락하겠다. 네가 돌아올 때까지 공주는 인간의 모습으로 있지만 유령에 들릴 걱정은 하지 않아도 된다."

마지스터는 몸을 숙이고 꿇어앉은 파브리스의 귀에 대고 속삭였.

"하지만 브주아 지롱, 네가 실패하면, 네 여친 글로리아는 유령에 들리는 것으로 끝나지 않아. 알았니?"

사악한 마법이 파브리스의 가슴을 짓눌렀다. 파브리스는 떨리는 손으로 옷자락을 움켜쥔 채 애써 차분하게 말했다.

"실패하지 않습니다. 지금 치료하러 가도 됩니까?"

"그래, 어서 가봐!"

벌떡 일어난 파브리스는 가슴을 에는 듯한 아픔에도 불구하고 늑대인간이 되면서 강력해진 근육을 이용해 전속력으로 달렸다. 몇 분 만에 감옥에 이르렀다. 마지스터가 이미 지시를 내렸는지 무아노는 마법을 무효화시키는 지역에서 벗어난 감방에 옮겨져 있었다. 그러나 여전히 묶인 상태로 히플리아의 철로 만든 우리에 갇혀 있는데 도망칠 수 없게 주위에 힘의 장막이 작동되고 있었다. 어쨌든 마법을 무효화시키는 감방이 아니기 때문에 파브리스가 무아노를 치료하는 데는 문제가 없을 것이다.

티그족 간수가 무시무시한 샤트릭스를 데리고 감방을 지키고 있었다. 간수는 파브리스를 보면서 기다리고 있었다는 듯 힘의 장막을 열고 철창우리 안으로 들어가게 했다.

파브리스는 가슴을 졸이면서 널브러진 야수에게 다가갔다. 등에 난 상처에 세균이 심하게 감염되어 있었다. 레파루스 마법을 사용하면 제아무리 질긴 세균도 박멸할 수 있기 때문일까, 아더월드 사람들은 무엇이든 소독에는 신경을 쓰지 않았다. 무아노를 체벌했던 채찍은 며칠 전 어린 드래코-티라노사우루스 한 마리를 잡아오면서 사용한 것이었다. 동물은 자기를 괴롭히는 채찍을 물어뜯었고, 박테리아가 우글우글한 침이 잔뜩 묻어 있었다. 파브리스가 무아노의 등을 채찍질할 때 박테리아들은 "와, 밥상이다!" 하면서 기쁨의 환호성을 질렀다. 지금 박테리아들은 야수의 야윈 몸을 완전히 장악하고 있었다.

야수의 털이 땀과 피로 범벅이 되었다. 의식이 가물가물한 무아노는 다른 감방으로 옮겨졌다는 것만 겨우 알아차리고 있는 상태였다. 야수의 몸으로 통증에 시달리면서 인간의 정신이 점점 사라지고 있었다.

파브리스를 발견한 것은 무아노가 아니라 야수의 노란 눈이었다.

성난 야수는 달려들기 위해 근육을 긴장시켰다. 야수는 채찍으로 맞았다는 걸 기억하고 있는 것이다.

하지만 너무 힘이 없어서 다시 쓰러진 채 움직이지 못했다.

"자, 자, 진정하고 가만히 있어, 내가 치료해줄게. *레파루스의 이름으로 상처는 사라지고 통증은 멈출지어다!*"

파브리스의 손에서 숫구친 시커먼 불이 등을 후려치자 야수가 통증 때문에 뒷발로 일어났다. 잠시 후, 벗겨진 살갗과 근육이 재생되었고, 채찍질 때문에 빠졌던 털이 다시 돋아났다. 파브리스는 이어서 조심스럽게 안티미크로부스와 안티박테리우스 주문을 읊었다. 몇 초 만에 마법이 야수를 서서히 죽이고 있던 세균을 박멸했다.

치료는 되었지만 녹초가 된 야수는 여전히 움직일 수 없었다.

파브리스는 마지막으로 무아노를 인간으로 변신시켰다. 털 사이로 소녀의 몸이 나타나더니 마법복 차림의 무아노가 파브리스의 품에 안겨 있었다. 파브리스는 무아노라는 별명을 좋아하지 않았다. 아름다운 글로리아에게 무아노는 너무 어울리지 않는다고 생각했다.

소녀가 힘겹게 예쁜 눈을 뜨고 파브리스의 검은 눈을 바라봤다.

"어떻게 된 거야?" 무아노가 물었다.

파브리스는 다정하게 무아노의 얼굴에 달라붙은 젖은 머리칼을 떼어주었다.

"네가 유령에 들리는 걸 거부했기 때문에 마지스터가 나한테 때리라고 명을 내렸어." 죄책감 때문에 마음이 편치 않은 파브리스가 대답했다. "그리고 상처가 세균에 감염되어 있는데 너를 치료하지 못하게 했어. 이제야 너를 치료하라는 허락을 받았어."

무아노는 눈을 감았다.

"나를 이렇게 인간으로 변신시켜놨다는 것은 내가 곧 유령의 공격을 받게 된다는 뜻이야. 그리고 지금으로서는 다시 야수로 변신할 힘도 없어."

"아니, 네가 유령의 숙주가 되는 일은 없을 거야." 파브리스는 무아노의 머리를 쓰다듬으면서 말했다. "마지스터와 거래를 했거든."

무아노는 경계하는 눈빛으로 쳐다봤다.

"거래? 무슨 거래?"

"마지스터에게 뭔가를 가져다주기로 했어."

눈치가 빠른 무아노는 이상한 낌새를 느꼈다. 초주검이 되어 있지만, 파브리스의 목소리에서 당황하고 있음을 느꼈다.

"무엇에 대한 대가로?"

파브리스는 반박했다.

"마지스터에게 대가를 요구할 수는 없어, 글로리아. 그는 명령을 내리고, 누구든 복종해야 하니까. 마지스터의 힘이 얼마나 대단한지 넌 상상할 수 없을 거야."

"하지만 거래라는 건 뚜렷한 이유가 있어야 하는 거지." 속아 넘어갈 리 없는 무아노가 날카롭게 지적했다. "충성의 대가로 그가 너에게 준 것이 뭔지 말해."

파브리스는 눈을 감았다. 무아노가 찬성하지 않으리라는 걸 잘 알 았지만 마지못해서 털어놓았다.

"네 목숨. 네 치료를 허락했고, 유령에 들리지 않게 하겠다고 약속했어. 그러니까 넌 인간의 모습으로 있어도 돼. 그게 협상 조건이야."

하지만 무아노의 반응에 파브리스는 깜짝 놀랐다.

"그래, 그건 말이 되네. 그럼 네가 떠나 있는 동안 조심해서 너를 곤경에 빠뜨릴 만한 어떤 구실도 만들지 않을게. 어디로 가는데?"

"나한테는 그걸 말할 권리가 없어." 파브리스는 우울한 얼굴로 대답했다.

무아노는 약간 움직이면서 파브리스의 품에서 빠져나왔다. 얼굴이 굳어져 있었다.

"잘 안 될 거야."

"뭐가 잘 안 돼?"

"우리 사이, 네가 떠났을 때 난 심장이 떨어져나간 것처럼 아팠어."

"하지만 네가 날 차버렸잖아!" 파브리스가 울컥했다.

"내가 차버렸다고?"

무아노는 무슨 말인지 이해하지 못했다.

"우리 관계를 깨뜨리고, 나를 차버린 건 글로리아 너야. 넌 나에게 몹시 화가 나 있었어. 그리고 네 입으로 직접 헤어지자고 말했어. '사귀든가 헤어지든가 선택하자'고 했어. 또한 '파브리스 너 때문에 계속 우울하게 지내고 싶지 않아. 우리 헤어지자'고 했잖아. 난 네가 했던 말을 어제 일처럼 생생하게 기억하고 있어!"

그렇지만 무아노는 귀가 의심스러울 정도로 파브리스의 항변이 비장하게 들렸다.

"파브리스, 그것이 네가 우리의 원수와 결탁한 이유는 될 수 없어. 어떤 이유로도 배신은 정당화될 수 없어."

"아직 나를…… 사랑해?" 파브리스는 자신 없는 목소리로 물었다.

"너를 사랑했지. 나를 괴롭히는 걸 용납하지 못하면서도 너를 사랑했어. 그런데 넌 우리를 배신했어. 시간이 흐를수록 내가 원하는 건 한 가지밖에 없었어. 어떤 대가를 치르더라도 너를 찾고 싶었어. 내가 너와 똑같은 짓을 하고 있다는 걸 깨닫는 순간까지. 내가 편집증세를 보이는 환자가 되어 있더라고. 그래서 나는 더 이상 너를 생각하지 않기로 했어. 이제는 오로지 나만 생각하고, 그 고통을 가라앉히겠다는 생각밖에 없어. 네가 그랬던 것처럼."

"뭐라고?"

무아노는 몸을 숙이고 속눈썹이 긴 파브리스의 검은 눈을 뚫어져라 쳐다봤다.

"넌 처음부터 너만 생각했어, 파브리스." 무아노는 매몰찼다. "너의 관심은 오직 너 자신과 빌어먹을 마법 능력이었어. 지금 네 모습이 어떤지 알아? 물론 강력해졌지. 하지만 너는 괴물의 하수인이 되었어. 그의 지시라면 뭐든 복종하는 사냥개나 다름없어. 내 마법 능력이 약하다고 생각했기 때문에 넌 내게서 멀어졌던 거야. 하지만 나는 너보다 훨씬 강해. 왜 그런지 알아?"

파브리스는 목이 꽉 막혀서 아무런 대꾸도 할 수 없었다.

"나는 마법 능력이 강력하지 않다는 것도, 잃는 것도 두려워하지 않으니까." 무아노는 부드럽게 말했다. "난 두렵지 않아. 하지만 너는 비겁해."

파브리스는 소스라치게 놀랐다. 얼굴 가득 분노를 숨길 수 없었지만, 두 달여 동안 죽을 고비를 넘기면서 자신을 통제하는 법을 터득했기 때문에 간신히 마음을 가라앉혔다.

무아노는 파브리스에게 반박할 겨를을 주지 않았다.

"비겁해." 무아노는 난쟁이가 망치로 모루를 두드리듯 비난의 말을 퍼부었다. "비겁하기 때문에 너는 마지스터에게 달라붙은 거야. 비겁하기 때문에, 두렵기 때문에. 이제 너는 모든 걸 잃었어. 첫째, 넌 가족을 잃은 거야. 네 아버지는 너의 변절 소식에 너무 충격을 받고 타공에 있는 공간이동의 문을 지키는 직책에서 물러나셨으니까. 둘째, 아더월드에서의 새로운 조국을 잃었어. 오무아와 마찬가지로 랑코비트에서도 상그라브들은 무법자들이야. 셋째, 친구도 모두 잃었어. 너를 포기한다는 사실에 많이 괴로워했지만 우리는 선택의 여지가 없었어. 마지막으로 너는 나를 잃었어. 처음에는 네가 영화처럼 반전을 노리는 거라고 생각했어. 확실하게 없애기 위해 적과 손을 잡은 척하는 거라고. 그런데 네가 마지스터 옆에 다시 나타났을 때 그게 아니라 완전히 변절했다는 걸 나도 알았고, 모든 사람이 알았어. 하지만 그게 영원할까? 우리를 잃었는데……. 혹시 네 잘못을 만회할 확실한 일을 한다면 몰라도."

파브리스는 턱이 아플 정도로 이를 악물었다. 그렇게 온화하고 부드러운 무아노가 이렇게 폐부를 찌르는 말만 골라서 하다니. 게다가

조목조목 다 맞는 말이 아닌가.

마지스터가 어떤 소식도 알려주지 않았기 때문에 파브리스는 아버지의 일을 정말 모르고 있었다. 가슴이 너무 아팠다.

파브리스가 무아노를 쳐다보는데 불안, 슬픔, 두려움…… 만감이 교차하는 얼굴이었다. 그때 크리스털 볼이 울렸다. 파브리스는 메시지를 받은 다음, 너무 무거운 짐 때문에 버거운 고개를 잠시 떨어뜨렸다.

"나는 여전히 너를 사랑해." 파브리스가 일어나면서 말했다. "내가 비겁하다는 말은 맞아. 나는 엄청난 잘못을 저질렀어. 너무 엄청난 잘못이라 마지스터를 쓰러뜨리는 것으로는 만회할 수 없을 거야. 내가 유일하게 할 수 있는 건 최악의 사태를 막기 위해 노력하는 거야. 그리고 네가 언젠가는 나를 용서해주길 기도할게."

파브리스는 몸을 숙였지만 무아노에게 입맞춤은 하지 않았다. 무아노의 부드러운 뺨을 스치는 정도로 만족하고 감방을 나갔다. 레파루스 치료에도 불구하고 아직 힘이 없는 무아노는 약간 비틀거리면서 일어났다.

무아노는 창살을 움켜잡은 채 열이 나서 뜨거운 이마를 차가운 쇠붙이에 대고 중얼거렸다.

"오, 파브리스! 너의 잘못된 선택 때문에 우리의 행성 전체가 위험에 빠져 있다는 걸 너 정말 모르는 거야? 네가 계속 충성을 다한다고 그자가 네 목숨을 살려줄까?"

무아노의 창백한 뺨을 타고 눈물이 주르륵 흘러내렸다.

"파브리스, 너를 구하기 위해 난 아무것도 해줄 수가 없어."

　크리스털 볼로 명령을 받은 파브리스는 필요한 것을 모두 챙긴 다음 전속력으로 달렸다.

　"이건 지도와 지령 문서야." 앞뜰에서 마지스터가 셀렌바에게 말하고 있었다. "현장에서는 마법을 사용하지 못한다. 따라서 600.5명 신들의 신전까지는 공간이동의 문을 이용하고 그다음 목적지인 연안까지는 양탄자를 타고 가."

　티그족 최고의 전사들로 구성된 원정대였고, 유령에 들린 전사는 한 명도 없었다.

　음산한 트럼펫 소리에 이어 북소리가 파병 소식을 알리고 있었다.

　궁전의 육중한 문이 서서히 열리고 악취를 풍기는 시커먼 물결이 썩은 고름처럼 거리로 쏟아졌다. 이른 아침인데도 모여 있던 팅가푸르 시민들은 흉측한 거미 부대의 호위를 받으며 행진하는 파브리스와 셀렌바를 보면서 질겁했다. 이 무시무시한 원정대에 쫓길 불행한 이들의 명복을 빌기 위해 신에게 기도하는 이들도 있었다.

　민첩하고 날쌘 거미들 앞에서는 누구도 움직일 수 없는데……

　오래전에 죽은 거미 좀비들은 먹을 필요가 없지만, 움직임을 포착하는 순간 본능적으로 거미줄을 발사했다. 하지만 수많은 동물, 사람, 나무, 꽃, 곤충, 둥둥 떠 있는 풍선(거미 한 마리가 우연히 낚아챈 풍선을 빨간 깃발처럼 날리고 있었다), 새, 개, 페가수스들 때문에 원정대의 행렬은 전진하기가 쉽지 않았다.

셸렌바는 부드득 이를 갈았다. '전진하지 않으면 고통을 주거나 죽여버리겠다'는 뱀파이어 식의 으름장이 통증을 느끼지 못하는 거미 좀비들에게는 먹히지 않고 있으니.

그렇지만 어느덧 공간이동의 문에 이른 그들은 마지스터가 말한 신전을 향해 출발했다. 다음 목적지는 비리디스의 연안이었고, 거기서 그들을 파트로크의 크로 항구까지 실어갈 화물선 두 척이 기다리고 있었다.

얼마 후, 신전에서 그들을 통과시킨 공간이동의 문지기는 내장이 모조리 빠져나가고 목에 구멍 두 개가 뚫린 채로 발견되었다.

셸렌바가 문지기의 입을 영원히 다물게 해버린 것이다. 뱀파이어는 문지기가 당장 유령이 되어 나타나지 않으리라는 걸 알고 있었다. 문지기의 유령이 누군가에게 그들의 목적지를 발설할 때면 원정대의 미션은 이미 오래전에 끝나 있을 것이다.

마지스터는 크리스털 볼을 통해 그들이 차례로 사라지는 걸 봤다. 배에 오르기 전 셸렌바는 크리스털 볼을 자기 쪽으로 돌렸다. 긴 이빨과 핏빛 눈으로 마지스터에게 인사를 하고 마지막으로 사라졌다. 그리고 크리스털 볼 교신은 끊어졌다.

마지스터는 침실로 가자마자 샤워를 했다. 거미들의 냄새가 지독했던 것이다.

침대에 누우려는 순간 마지스터는 문득 의문이 떠올랐다.

누군가 기계의 비밀을 알고 있다면? 에드라킨족은 그런 보물을 갖고 있다는 걸 알고 있을까? 에드라킨족이 협박할 가능성은? 압박을 가

해온다면? 육신이 소생되기 전에 그 기계가 작동되면 마지스터는 다른 유령들과 마찬가지로 완전히 소멸되는 것이 아닌가.

마지스터는 그 기계가 어떻게 에드라킨족의 나라에 있게 됐는지 이유를 알기 위해 『궁정 비사』를 다시 펼쳤다.

마지스터는 밤을 거의 꼬박 세우다시피 하면서 책을 읽었고, 마침내 그 기계가 파트로크에 있게 된 내막을 알아냈다.

과거 황제들과 여제들에게는 유령들의 침입이 그리 심각한 골칫거리가 아니었다. 오무아의 과학자들과 드래곤들이 기계를 만든 뒤로 두 번 사용한 것으로 기록되어 있었다. 마지막으로 사용한 때가 수천 년 전이었다. 기계는 오랜 세월 궁전의 지하실에 있었다. 그러고는 잊혔고, 그 존재에 대한 기억조차 영원히 사라지고 말았다.

그러나 기계는 여전히 그 자리에 존재했고, 기계에서 방출되는 물질이 생명체에 영향을 주고 있었다. 궁전의 한 샤먼이 지하실에 가서 포도주와 물을 가져오는 하인들에게 이상한 병이 돌고 있다는 걸 알아차렸다. 그리고 지하실에서 돌연변이를 유발하는 방사선을 방출하는 놀라운 기계를 발견했다. 그 시대의 에드라킨족은 오늘날의 모습처럼 퇴화한 괴물이 아니었다. 에드라킨족은 뱀파이어족, 드래곤족과 협력하여 아더월드에 존재하는 다양한 종족들의 유전형질 연구에 열중했다. 따라서 당시 오무아보다 더 현대적인 시설을 갖춘 에드라킨족의 연구소에서 그 기계를 분석하게 되었다. 더불어 기계가 생명체에 미치는 영향을 실험하기 위한 연구센터를 도시와 들판에서 멀리 떨어진 곳에 건설했고, 그곳을 '아르루쉬르'라고 명명했다.

에드라킨족은 수년이 걸린 끝에 그 기계가 정확히 어떤 작용을 하는지 알아냈다. 기계는 유령들을 섬멸할 뿐만 아니라 생명체들을 오염시켜 끔찍한 모습으로 변형시켰다.

불행히도 지각단층 전쟁이 터진 것이 그 시기였다. 아더월드를 정복하겠다는 야심에 불타는 미치광이 대장이 이끄는 에드라킨족이 아더월드를 공격했던 것이다.

에드라킨족이 패했을 때 연합군의 첫 번째 표적은 연구센터였다. 아르루쉬르 연구센터는 파괴되었다. 연합군이 상륙했을 때 항복한 에드라킨족과 협력하여 섬의 재건을 맡은 마법사들은 그 기계가 얼마나 중요한지 모르고 있었다. 그들 중에서 몇몇이 병에 걸리기 시작하자 그제야 기계의 중요성을 인식했다.

그들은 기계를 오무아로 가져가는 것보다는 땅속 깊은 곳에 묻어두는 것이 낫다고 판단했다. '아르루쉬르의 무덤'이란 말은 그렇게 해서 생긴 것이지만, 그 뒤로 또다시 기계는 잊혀졌고, 그 누구도 아르루쉬르의 무덤을 침범하지 않았다.

마지스터는 숨을 내쉬면서 눈을 비볐다. 피곤하지만 만족스러웠다.

이걸 아는 사람이 자신밖에 없다고 생각하며 책을 건성으로 훑어보던 마지스터의 눈에 한 문장이 들어왔다.

리스베스 여제가 써놓은 글이다.

'오늘 나의 후계자 타라 덩컨에게 『궁정 비사』 복사본을 주었다. 후계자가 이 책을 읽으면서 나라를 다스리다 나라를 위해 죽은 황제와 여제들의 통찰력을 배우기 바란다. 나는 독립심이 강하고, 반항적인 후계자에게 국민에 대한 나의 사랑을 느끼게 하는 것이 어려울까 걱정이 된다. 내가 후계자를 길들이지 못하면 우리 제국의 앞날은 순탄

치 않을 것이다.'

피곤이 싹 달아난 마지스터는 벌떡 일어났다.

"이런 어처구니없는 여제 같으니라고!" 마지스터는 분통을 터뜨렸다. "열다섯 살 소녀의 손에 이렇게 엄청난 비밀이 담긴 책을 쥐여주다니! 어린애를 이런 식으로 가르쳐도 되는 건가?"

마지스터는 곰곰이 생각했다. 악마의 힘을 지닌 사물들을 수호하는 지킴이들과 심판관들을 상대할 수 있는 사람은 여제와 타라밖에 없기 때문에 이제까지는 타라가 필요했다. 하지만 데미데루스의 직계 후손인 여제의 육신을 차지해 오무아를 장악한 이상 더는 타라가 필요 없었다. 이제는 혼자서도 해낼 수 있지 않은가. 생존을 위협하는 타라, 이제는 없애버릴 때가 된 것이다. 어쨌든 자신은 타라의 공격을 받고 죽지 않았던가.

이제는 타라에게 똑같이 갚아줄 때다.

마지스터는 한 가지만 다짐했다. 타라의 어머니 셀레나는 절대로 몰라야 해!

마지스터는 잿빛 망토 차림에 마스크를 쓴 본래의 모습으로 변신했다. 그러고 나서 연구실로 내려갔다. 가져와야 할 것이 있었다.

피가 들어 있는 유리병.

방으로 돌아온 마지스터는 죽은 뒤로도 손가락을 떠나지 않고 있는 검은 반지를 돌렸다. 마왕에게서 받은 아주 유용한 선물이었다. 거무스름한 해괴한 형체가 나타나더니 이내 어여쁜 금발 소녀가 순진무구한 미소를 지으면서 유형화되었다.

새까만 눈에 지옥의 불빛이 이글거린다는 건 소녀의 정체를 짐작하게 했다.

"부르셨어요, 나리?" 금발 소녀가 아양을 떨듯 물었다.

질투심 많은 셀렌바가 마지스터에게 호칭을 바꾼 진짜 이유는 이 소녀 때문이다. 소녀가 애교 섞인 어투로 '나리'라고 부르기 때문이다.

"네가 해줄 일이 있어, 림보의 여제관이자 보복의 팔인 크소아라쉬 반리드로불라트레빌." 마지스터가 말했다. "진짜 모습으로 나타나주면 고맙겠다."

"기도할 건가요? 기도 좋죠. 그리고 나는 여제관이 아니라 죽음과 피의 여신인데요?"

어여쁜 금발 소녀 대신에 붉은 악마가 나타났는데 검은빛으로 찢어지는 노란 눈빛의 광채가 소름 끼치도록 무시무시했다. 시커먼 불이 타오르는 긴 뿔들, 갈퀴발톱과 조화를 이루는, 단검처럼 날카로운 꼬리. 어디를 보나 끔찍하게 추한 모습이지만, 어떤 면에서는 아름다웠다. 이 붉은 악마에게는 오무아에서 시중을 드는 에프리트처럼 소용돌이 모양이 아닌 암사슴의 갈라진 발굽이 달려 있고, 긴 팔다리는 보라색 줄무늬가 있는 검은 털로 덮여 있었다.

"여신이라?" 마지스터는 조소했다. "그건 좀 지나치지, 크소아라. 이제 용건을 말하겠다. 타라 덩컨을 알지?"

"인간, 열다섯 살, 강력한 마법, 두 달 전부터 행방불명, 당신을 죽였음." 크소아라쉬반리드로불라트레빌이 고분고분하게 읊었다. "네, 알고말고요."

'당신을 죽였음'? 마지스터는 건방진 말투에 기분이 상했지만 꾹 참으면서 한숨을 내쉬었다. 그러고는 붉은 악마에게 유리병을 내밀었다.

"이 병에 타라 덩컨의 피가 들어 있다. 그 아이의 피니까 너는 감히 나에게 맞서는 그 발칙한 계집애를 추적할 수 있을 것이다."

"그 계집애에 대한 불만이 많으시네요, 나리." 붉은 악마 크소아라는 유리병을 받은 다음 대놓고 지적했다.

마지스터는 마스크 안에서 인상을 썼다.

"이 행성에 나타나면서부터 그 아이는 내 발에 박힌 가시야. 오늘은 그 가시를 빼버리기로 결정한 날이다."

상그라브들의 보스는 악마들이 은유적 표현에 익숙하지 않다는 사실을 깜빡 잊고 있었다.

"뭘 빼버리기로 결정했다고요?"

"가시."

"무슨 가시요?"

마지스터는 마스크 안으로 손가락을 집어넣고 코를 틀어쥐었다.

"흠흠." 마지스터는 마른기침을 했다. "네가 타라 덩컨을 죽이기를 원한다고. 이제 알겠니?"

이번에는 붉은 악마의 얼굴이 일그러졌다.

"하지만 가시라고 말했잖아요. 그게 타라에 대한 말인지 내가 어떻게 알겠어요? 타라의 어머니가 숲의 요정인가요? 나무의 후손이에요? 원하신다면 불에 태울 수 있어요."

마지스터는 이를 악물고 참았다. 림보의 제5서클에 속한 악마들은 사냥감을 추격했다 하면 죽여야 직성이 풀리기 때문에 마지스터가 접촉할 일이 별로 없었다. 마지스터가 찾아야 하는 이들은 대체로 생포해야 하는 경우라 붙잡혀왔을 때 최소한 질문에 대답할 수 있는 상태여야 했다. 마왕은 은하계에서 아마 가장 뛰어난 킬러라고 알려주었지만, 제5서클의 악마들에게 얕은꾀는 삼갈 필요가 있었다. 이 악마들은 말을 제대로 이해하지 못할 뿐만 아니라 귀찮게 하면 가차 없이 죽여버리기 때문이다.

그리고 너무 빨리 싫증을 내는 경향이 있었다.

마지스터는 대답을 기다리고 있는 붉은 악마에게 알려주었다.

"그 아이는 아마 너보다 훨씬 강력할 테니 불에 태우려고 하지 마, 크소아라. 그리고 나무의 후손이 아냐. 아주 영리하고 교활한 아이니까 타라 덩컨을 찾으면 기습적으로 재빠르게 조용히 죽여."

붉은 악마의 몸이 축소되더니 예쁜 소녀의 모습을 되찾았다. 그리고는 엄지손가락을 입에 넣고 빨다가 잠시 후 빼더니 물었다.

"왜 조용히 죽여요?"

"뭐라고?"

"'타라 덩컨을 찾으면 기습적으로 재빠르게 조용히 죽여'라고 말했잖아요. 찾는다, 기습적으로, 재빠르게, 죽인다, 그건 알아들었어요. 하지만 왜 조용히 죽여야 하죠?"

"그거야 이목을 끌지 않기 위해서지!"

"이목을 끌지 말아야 해요?"

"중요한 거 아니니까 그만 됐다."

"그런데 왜 조용히 하란 말을 했어요?"

마지스터의 마스크가 빨갛게 변하고 있었다. 붉은 악마는 모르고 있지만, 죽기 일보 직전이었다.

마지스터는 화가 치밀지만 참고 또 참았다. 어쨌든 붉은 악마가 필요했기에 마음을 다잡았다.

"네 마음대로 해, 조용히 하지 않아도 되니까." 마지스터는 더 이상의 입씨름을 포기했다.

"하지만 나는……."

"슬루르크!" 마지스터는 악마의 언어로 욕설을 내뱉으면서 핏대를 올렸다. "하고 싶은 만큼 시끄럽게 소리를 내라니까! 트럼펫 소리, 폭죽 소리, 요란한 소리, 천둥소리, 번개소리…… 네 마음대로 하되 재빠르게 해치우란 말이다! 잘못되면 나와 마찬가지로 너의 주인인 마왕도 위험하게 되니까. 이제 가봐! 그 아이는 아마 파트로크로 가는 중일 테니까 우리 대륙이나 섬에서 찾을 수 있을 거다."

붉은 악마는 마지스터의 명확하지 않은 말 때문에 머뭇거렸다. 도대체 조용히 죽이라는 거야, 요란한 소리를 내면서 죽이라는 거야? 정확하게 알아야 되는데…….

붉은 악마는 유리병의 마개를 열고 냄새를 맡았다. 피 몇 방울을 혀에 떨어뜨렸다. 맛있는 냄새가 기억에 새겨졌다. 그 즉시 붉은 악마는 타라가 궁전에서 머물렀던 모든 곳의 냄새를 맡을 수 있었다. 그리고 가장 최근에 타라가 지나간 공간이동의 문 대합실로 연결되는 빨간 선을 볼 수 있었다. 타라를 추격하려면 규칙적으로 피를 맛봐야 하는데 붉은 악마는 피의 양이 충분하기를 바랐다.

예쁜 소녀 모습의 크소아라는 마지스터 앞에서 허리를 굽힌 다음 유리병의 마개를 닫고 완벽한 가슴 안의 주머니에 집어넣고 방을 나갔다.

문이 닫히자 마지스터는 한숨을 내쉬면서 리스베스의 모습으로 돌아왔다. 몹시 피곤한 마지스터는 불을 끄라고 지시했다. 아침이지만 마지스터는 첫 번째 접견을 하기 전에 두 시간 정도 휴식을 취하기로 했다.

이제부터 방해하는 사람은 누구든 죽는 날까지 후회하게 될 것이다.

서랍장 밑에서 치를 떨고 있던 유령이 벽을 뚫고 황금빛 복도로 나갔다. 셀레나, 셀레나를 찾아야 해!

벽에 찰싹 붙어 있던 팔이 넷 달린 시커먼 실루엣이 미행하고 있지만, 유령은 알아채지 못했다.

셀레나가 발분 버터와 미암 잼을 바른 빵으로 아침 식사를 하면서 평온하게 차를 마시고 있을 때 유령 하나가 불쑥 나타나서 고함을 질렀다.

셀레나는 깜짝 놀라며 찻잔을 놓쳤다. 찻잔이 공중으로 떠올랐다 떨어지면서 푹신한 장밋빛 카펫이 깔려 있는데도 박살이 났다. 그녀의 패밀리어 퓨마가 침입자를 향해 으르렁거렸다.

셀레나는 아무 소용없다는 걸 알면서도 유령과 싸울 기세로 벌떡 일어났다. 잼 바른 빵을 휘둘러봤자 그게 무슨 위협이 될까.

"놈이 우리 딸을 죽이려 하고 있소!" 유령이 카펫에 닿기도 전에 사라지는 눈물을 흘리며 소리쳤다. "놈이 우리 딸을 죽이려 한단 말이오!"

유령은 공격하려는 것이 아니라 절망적으로 손을 비틀고 있었다. 셀레나는 심장박동수가 90으로 다시 내려가자 이번에는 흥분하지 않기로 마음먹었다.

유령이 내지르는 소리가 이제야 귀에 들어왔다.

누구의 목소리인지 알아차렸다.

단비우, 죽은 남편의 목소리.

키가 크고 잘생긴 유령. 금발에 타라와 똑같은 흰 머리털이 또렷이 보였다. 멋진 파란 눈에서도 예의 그 시니컬한 빛이 반짝이고 있었다. 그런데 같은 눈빛이지만, 지금은 시니컬하기보다는 불안에 떨고 있는 것이 역력했다.

아! 그 남편이 투명한 유령의 모습으로 공중에 떠 있는 것이다. 셀레나는 무지갯빛을 띠는 다른 유령들과는 달리 단비우는 단조로운 빛이라는 것도 알아봤다.

"오, 내 조상들의 혼령들이여!" 격분한 셀레나가 외쳤다. "나를 이렇게 놀라게 하다니!"

셀레나의 반응에 깜짝 놀랐는지 유령이 고함을 멈추고 그녀 앞에 섰다.

"내 말 못 들었소? 놈이 우리 딸을 죽이려 한단 말이오! 우리 딸을!"

"그렇게 고함을 지르는데 당연히 들었죠." 셀레나는 냉소적으로 대답했다. "누가 우리 딸을 죽이려 하는데요? 그리고 우리 딸 누구를 말하는 거죠?"

유령은 어안이 벙벙한 얼굴이었다.

"우리 딸 누구냐니, 그게 무슨 말이오?"

"타라? 아니면 마라? 자르는 당신의 아들이니까 그 아이를 말하는 건 아닐 테고."

아연실색한 단비우는 자신이 유령이라는 걸 잊고 주저앉았다가 바닥을 뚫고 들어가 버렸다. 셀레나는 바닥을 살피면서 외쳤다.

"오! 단비우? 돌아와요, 제발!"

약간 당황한 유령이 다시 나타났다.

"미안하오, 방금 뭐라고 했소?"

"타라 말고도 당신에게는…… 어쨌든 나에게는 쌍둥이 자르와 마라가 있어요. 당신이 죽고, 내가 마지스터에게 납치되었을 때 나는 임신 중이었어요. 임신 2주라서 우리가 모르고 있었던 거예요."

"난 전혀 모르고 있었소! 그 소식은 비욘드월드에 전해지지 않았으니! 그런 일을 아무도 말해주지 않다니, 멍청한 놈들! 내가 아더월드에 왔기에 망정이지!"

셀레나는 눈살을 찌푸렸다.

"마지스터가 비욘드월드에서 당신을 불러들였다는 뜻이에요? 나와 결혼하겠다는 마지스터가 내 남편인 당신을 불러들였다는 건 아무래도 이해가 안 되는데……."

단비우는 묘한 미소를 지었다.

"그건…… 아니오. 아더월드로 향하는 유령 행렬에 슬그머니 끼어들었소. 거기서는 내가 누군지 아는 유령이 아무도 없었기 때문에. 어쨌든 당신을 제외하고는. 어떻게 된 일인지 자세히 설명해주오."

셀레나는 마지스터에게 억류되어 있던 10년 동안 상그라브들이 단비우의 아이들을 교육시키면서 어떻게 꼭두각시로 만들어놨는지를 얘기했다. 그러나 마지스터는 결국 쌍둥이 아이들 마라와 자르에게 배신당했고, 자르는 현재 지구에서 외할머니 이사벨라의 엄격한 감독을 받고 있다고 말했다.

흥분한 단비우의 유령은 아내가 겪은 고통을 위로해주는 걸 잊고 천장을 향해 날아갔다.

"내 자식이 셋이라니! 딸 둘에 아들 하나! 이럴 수가……."

"그래요, 당연히 놀랐겠죠." 셀레나는 쌀쌀맞게 대꾸했다. "하지만 당신은 내 질문에 대답하지 않았어요. 내 딸들 중 누가 위험하다는 거죠? 짐작은 하지만 누가, 왜 위협을 받고 있는지 알아야지요!"

"그런데 여기는 안전하오?" 단비우는 대답하기 전에 확인하려는 듯 갑자기 물었다.

"참, 일찍도 물어보는군요." 셀레나가 비아냥거렸다. "안전하니까 걱정 마요. 내가 방을 비울 때마다 마지스터가 곳곳에 스쿠프와 마이크를 설치해놓지만, 들어오는 즉시 내가 그것들을 파괴해버리죠. 자, 이제 누군지 대답해요."

단비우는 리스베스의 방에 숨어 있다가 알게 된 마지스터의 계략을 모두 얘기했다. 아르루쉬르, 기계, 크소아라, 타라를 죽이라는 마지스터의 명령.

손가락을 물어뜯다가 천장을 쳐다보던 셀레나는 화가 나서 손가락을 뺐다.

"타라? 그렇다면 놀랄 일이 아니군요. 왜 그런지 알아요? 마라라면 걱정이지만, 타라는 곤경에서 벗어날 수 있을 거니까."

단비우는 목소리가 나오지 않았다.

"……?"

"타라는 림보의 붉은 악마보다 훨씬 위험한 존재들과도 당당히 싸워서 이겼던 아이니까요." 셀레나가 말했다. "그 정도는 큰 문제도 아니죠."

단비우는 자신의 귀가 믿어지지 않았다.

"셀레나. 다시 말해주겠소? 제대로 들은 건지 도무지 믿을 수가 없어서."

"나이가 들면서 귀머거리가 된 거예요? 아니면 유령은 인간보다 귀가 안 들리는 건가요?"

이번에는 단비우가 눈살을 찌푸렸다.

"나를 너무 차갑게 대하는구려, 셀레나. 화가 많이 나 있는 것 같은데……."

셀레나가 다가가자 유령이 뒤로 물러났다.

"화가 나 있는 것 같다고요? 그럼 왜 화가 나 있을까요?" 셀레나는 격분했다. "당신은 2년 동안 거짓말을 했어요. 당신은 신분을 숨기고 있다가 죽어버리면서 나를 그 미치광이 괴물에게 넘겼어요! 그것만으로도 화가 날 이유는 충분하지 않은가요? 그 미치광이에게 억류된 채 지옥 같은 나날을 보냈던 내게는 고생했다는 말 한마디, 미안하다는 말 한마디 하지 않고 오직 자신에게 두 아이가 더 있다는 것에만 관심이 있다니!"

단비우는 이맛살을 찡그렸다.

"그렇게 소리 지르지 마요, 여보. 나 귀먹지 않았소."

"아니, 당신은 귀가 먹었어!" 셀레나는 더 크게 고함을 질렀다. "아무리 말해도 알아듣지 못하는 멍청하고 무책임한 바보! 그렇게 중요한 걸 어떻게 나한테 숨길 수 있죠?"

단비우는 위엄을 보였다.

"하지만 우리 딸이 위험하다고 방금 알려줬……."

"당신이 오무아의 황제였다는 걸 숨겼잖아!" 셀레나는 거칠게 내뱉었다.

단비우는 무력하게 입술을 실룩거렸다. 이윽고 침착하게 말했다.

"아, 그거? 그럴 만한 이유가 있었고……."

"도대체 그 이유라는 게 뭔지 어디 들어보죠." 셀레나가 냉랭하게 말을 끊었다.

단비우는 더 이상 핑계를 대는 것이 이롭지 않다는 걸 깨달았다.

"오무아로 돌아가고 싶지 않았소. 랑코비트에서 익명의 사람으로 사는 것이 좋았기 때문에. 수색령에도 불구하고 사라진 황제와 랑코비트 궁전에 프레스코화를 그린 화가가 같은 사람이라는 걸 아무도 알아채지 못했소. 그래서 난 그냥 당신의 남편으로 살 수 있었던 거요. 물론 내가 황제라는 걸 알렸다면 장모께서 나를 삼류화가로 얕보는 대신 아주 흡족해했겠지만."

셀레나는 단비우가 또다시 뒤로 물러나야 할 정도로 바짝 다가섰다. 셀레나는 목소리의 세기를 몇 데시벨 내렸지만, 오히려 더 차갑고 날카롭게 들렸다.

"내가 그 짐승 같은 놈에게 억류되어 있던 10년 동안 우리 딸은 모성애와는 거리가 먼 내 어머니 이사벨라의 손에서 자랐어요. 타라는 당신에게서 받은 그 어처구니없는 혈통 때문에 끊임없이 위협을 받고 있는데 당신은 변명이라고 하는 말이 고작 내 어머니를 기쁘게 하고 싶지 않았다는 거예요? 당신이 그렇게 멍청한 사람이었어요?"

"당신 말대로 난 그 잘못에 대한 대가를 아주 비싸게 치르고 있는 바보요." 단비우는 솔직하게 인정했다. "그러다 죽기까지 했으니."

그 말에 가슴이 찡해진 셀레나가 한 걸음 물러났다.

"당신은 언제부터 열다섯 살밖에 안 된 우리 딸이 악마와 싸워서 이길 거란 자신감을 갖게 되었소?"

"타라가 마지스터를 죽이고, 드래곤들의 쿠데타를 막고, 실루르의 옥좌와 저주받은 왕홀을 파괴하고, 배반한 드래곤이 작동한 스톤헨지의 기계를 정지시키고, 악마들의 침략으로부터 두 번이나 지구를 구하고, 붉은 여왕을 쓰러뜨리는 것으로 금지된 대륙에서 수천 년 동안 노예로 살았던 늑대인간들을 해방시키는 등 아더월드를 침략하려는 모든 음모를 좌절시켰을 때부터 타라를 믿게 되었죠."

타라가 그렇게 엄청난 일들을 해냈단 말인가! 단비우는 셀레나의 말을 들으면서 그저 놀랄 수밖에 없었다.

"우리 딸 타라가?"

"그래요, 우리 딸 타라가 해낸 업적이죠. 그 아이의 마법 능력은 상상 이상으로 강력해요. 유능한 인재들로 하여금 그 아이를 따르게 하는 능력도 있죠. 타라를 위해서라면 목숨을 내놓는 친구들이 있고, 타라도 친구들을 위해서라면 목숨을 내놓을 정도니까. 우리가 낳은 딸은 진정한 전사가 되었어요, 단비우. 타라는 싫어하면서도 용감하게 후계자의 임무를 이행하고 있어요. 그 예쁜 아이가 난 정말 자랑스러워요."

셀레나의 목소리에 모성애와 딸에 대한 자부심이 고스란히 배어 있었다. 단비우는 감격했다. 하지만 3년 전 악마들의 림보에서 재판관의 부름을 받았을 때 봤던 예쁜 소녀의 모습과 셀레나가 묘사하는 용감무쌍한 전사가 같은 아이라는 것이 믿어지지 않았다. 단비우는 세상의 모든 어머니가 그렇듯 셀레나도 자식의 재능을 과장하는 것이라고 생각했다.

셀레나의 말투가 많이 부드러워져 있다는 걸 눈치채지 못한 단비우는 회의적인 미소를 지었다.

셀레나도 남편의 미소에 주의를 기울이지 않았다.

"그런데 두 달 전부터 타라와 연락이 안 돼요." 셀레나가 말을 이었다. "행방불명이에요. 숨어 있는 것이 분명한데 그 아이에게 마지스터의 계략을 알릴 방법이 없어요."

"크리스털 볼로 연락하면?"

"단비우, 그 아이는 바보가 아니에요. 도청이 되기 때문에 벌써 오래 전에 크리스털 볼을 꺼놨어요. 그리고 우리가 메시지를 남기면 마지스터가 즉시 당신이 여기 있다는 걸 알게 될 거예요. 하긴 이미 유령이된 당신은 걱정할 필요가 없겠지만."

단비우는 슬픈 표정으로 셀레나를 물끄러미 쳐다봤다.

"나를 사랑하지 않소?"

셀레나는 그토록 사랑했던 남편의 얼굴을 응시하면서 솔직하게 대답했다.

"많은 시간이 흘렀어요, 단비우. 너무 많이 흘렀어요. 우리에게 무슨 미래가 있어요? 당신은 유령인데!"

단비우는 몸을 웅크리면서 셀레나 가까이 내려왔다.

"난 지금도 당신을 사랑하오, 셀레나. 비욘드월드에서 지내면서도 늘 당신을 생각했소. 당신이 와서 우리가 다시 만나는 순간과 우리가 다시 결합되는 순간을……."

"내가 죽기를 바라는 거예요?" 남편의 충격적인 말에 셀레나가 외쳤다.

"아, 그런 뜻이 아니라……. 언젠가는 그런 날이 올 것이고, 늙고 주름살이 진 당신이라도 난 상관없다는 뜻으로 한 말……."

셀레나는 벌떡 일어났다.

"늙고 주름살이 진 당신이라도? 어떻게 그런 말을 할 수 있죠?"

단비우는 큰 실수를 저질렀다는 걸 깨달았지만 이미 늦었다.

"아니, 내 말은 당신이 늙어서 주름이 졌을 때 죽어도, 그런 모습으로 와도 걱정할 필요가 없다는 뜻으로 한 말이오. 내 마음을 모르겠소?"

"아니, 난 당신의 마음을 이해할 수 없어요." 셀레나는 턱에 경련이 일어날 정도로 이를 악물면서 대답했다. "그거 알아요, 단비우?"

"그거라니?"

"내가 왜 당신을 사랑했는지조차 이제 기억나지 않아요!"

단비우에게 말할 겨를도 주지 않고 셀레나가 나가면서 문을 쾅 닫는 바람에 뒤따르던 퓨마는 하마터면 꼬리를 다칠 뻔했다.

단비우는 멍하니 입을 벌리고 있었다.

"하지만…… 하지만…… 셀레나!"

그러나 문은 이미 닫혔고, 장밋빛 아름다운 방의 가구들이 등 뒤에서 단비우를 비웃는 것 같았다.

"빌어먹을, 나는 왜 이 모양일까!" 단비우는 투덜거렸다. "내 딸이 위험하다는 걸 알리러 왔다가 도리어 셀레나를 화나게 만들어버렸으니. 여자들이란! 셀레나가 원하든 원치 않든, 붉은 악마 크소아라에 대해 내 딸에게 알릴 방법을 찾아야 해. 나는 타라를 찾을 수 없지만, 붉은 악마는 타라를 찾을 수 있어. 따라서 악마를 뒤쫓아야 해……."

단비우의 유령은 연기 같은 몸을 둥글게 웅크리면서 벽을 뚫고 나갔다. 잠시 후 공간이동의 문을 지키는 병사들에게 뭔가를 묻고 있는 크소아라를 발견했다. 눈 깜짝할 사이에 붉은 악마는 꼬리로 병사의 목을 휘감고 마구 흔들어댔다.

"아니, 아니, 그게 아니지. 맛있는 냄새가 나는 어린 인간이 어디로 갔는지 알고 싶다. 그 인간의 이름은 타라 덩컨이다."

병사의 목에서 우지끈거리는 불길한 소리가 나더니 병사가 힘없이 축 늘어졌다. 격분한 붉은 악마는 늘어진 병사를 마구 흔들었다.

"너희들은 정말 아주 허약한 종족이야. 그런데 어떻게 림보의 위대한 악마들에게 승리했는지 아직도 이해가 안 돼. 자, 그럼 이번에는 누구 차례지?"

"트라비아!" 재빠르게 서류를 조회하던 병사가 외쳤다. "트라비아로 떠났습니다. 랑코비트로 병사와 유령 분대를 파견했지만 찾지 못했습니다. 트라비아에 도착하자마자 살아 있는 궁전을 떠났다고 생각합니다."

"쯧쯧, 너희들이 여기 있는 건 생각하기 위해서가 아니다. 내가 살아 있는 궁전으로 가겠다. 타라 덩컨이 거기 있는지, 없는지는 가보면 알겠지."

병사들이 공간이동의 태피스트리들을 작동했고, 그 순간 단비우의 유령은 붉은 악마의 허리를 휘감았다.

방에서 나온 셀레나와 퓨마는 천천히 복도를 걸었다.

어쨌든 티그족 병사 둘과 유령 여섯이 따라다니고 있기 때문에 가능한 한 조심스럽게 행동해야 했다. 물론 셀레나는 거짓말을 했다. 단비우 앞에서 보여준 장면은 거의 지어낸 것이다.

천부적인 재능을 지닌 바이올리니스트처럼 셀레나는 단비우를 속이기 위해 분노를 연주한 것이다.

그리고 단비우는 셀레나의 분노를 분명히 느꼈을 것이다.

셀레나는 주저치 않고 단비우를 속였다. 어쨌든 단비우는 유령이 아닌가. 한 유령이 알면 다른 유령들도 모두 알게 된다고 했는데…….셀레나의 진짜 의도를 어느 누가 알아챌 수 있을까? 단비우는 유령퇴치 기계에 대한 진실을 말했던 걸 수도 있었다. 딸을 구하기 위해서일까? 아니면 유령의 몸을 구하기 위해서일까?

타라를 배신할 수밖에 없는 피치 못할 사정이 있다면, 단비우도 거짓말을 할 수 있었다.

퓨마 셈보르가 셀레나의 머릿속으로 이미지를 보냈다. 단비우와 셀레나가 포옹하는 장면이었다. 하지만 셀레나는 싸움을 몹시 싫어하는 퓨마가 보낸 이미지를 거부했다.

점점 더 빨리 걸어가면서 셀레나는 위험을 무릅쓰지 말아야 한다고 생각했고, 또 그래야 한다고 확신했다. 믿을 만한 유령이 없었다. 늙은 여제 유령 엘세스는 적이 아닌 것 같지만, 확신이 없었다. 그리고 단비우가 셀레나를 제대로 알고 있다면 절대로 딸을 위험에 **빠지게** 가만히 내버려두지 않으리라는 걸 눈치챘을 텐데.

그런데 왜 눈이 촉촉해지는 걸까? 왜 이토록 믿고 의지할 사람이 간절한 걸까? 그리고 든든한 어깨에 기대어 울고 싶은 걸까?

화가 난 셀레나는 눈물을 닦았다.

걸음을 재촉하면서 감옥을 향해 돌진했다.

유령들은 마법을 무효화시키는 작은 조각상 때문에 감옥을 꺼려했다. 조각상이 유령들에게는 크게 위협적이지 않지만 께름칙한 모양이었다.

그렇다면 이제 병사들만 떼어내면 되었다.

통제 구역을 벗어난 셀레나는 간수에게 어떤 죄수를 면회하겠다면서 열쇠를 요구했다.

간수는 궁전의 감독관 칼리 부인처럼 팔이 여섯 달린 티그족인데 열쇠를 선뜻 내주지 않았다.

"당신 위로 상사가 아주 많은 것으로 알고 있는데." 셀레나는 차분하게 물었다. "당연히 계급 순서에 따라 차례로 보고해야겠죠?"

티그족 간수는 찌푸린 얼굴로 미소를 지었다.

"저는 직속상관인 하사에게 보고하면 됩니다. 그다음 하사가 대위에게, 대위가 소령에게, 소령이 대령에게, 대령이 마침내 친위대장 크산디아르에게 보고해야 되기 때문에 시간이 좀 걸릴 겁니다."

셀레나는 미소로 화답했다.

"그렇군요. 면회는 오래 걸리지 않을 거예요."

그렇게 말하면서 열쇠를 받은 셀레나는 꾸물거리지 않고 곧장 조각상의 영향력이 미치지 않는 곳으로 갔다.

무아노의 감방이었다

셀레나가 멀찍이 떨어져 있으라고 명하자 병사들이 군소리 없이 복종했다. 티그족 병사들은 셀레나를 지키라는 명을 받았지 감시하라는 명을 받은 것이 아니었다. 티그족 대다수는 유령에 들리지 않았고, 후계자의 어머니에 대한 애정에는 변함이 없었다.

그렇지만 셀레나가 느닷없이 감방을 감시하는 스쿠프들을 태워버렸을 때 병사들은 소스라치게 놀랐다. 경보기가 작동하다가 멈췄다. 아! 셀레나는 모르고 있지만 티그족 여성이 그림자처럼 따라다니며 도와주고 있는 것이다.

깜짝 놀란 무아노가 힘겹게 창살 쪽으로 다가와 셀레나에게 미소를 지었다. 인간 모습의 무아노는 야수로 두 달을 지낸 까닭에 많이 수척해 있었다.

"덩컨 부인, 저를 찾아주시다니 황송합니다."

셀레나는 더 일찍 무아노를 만나러 오지 않은 것에 죄책감을 느꼈다. 감옥에도, 유령들의 침략으로 부상을 입은 이들이 누워 있는 의무실에도 가지 않았다.

셀레나는 감방의 자물쇠에 열쇠를 집어넣고 재빠르게 열었다.

"셀레나라고 불러주렴. 그리고 난 네가 필요해."

무아노는 어리둥절한 얼굴이었다.

"무슨 일이세요?" 소녀가 목이 멘 목소리로 물었다.

"너를 풀어주려고 왔어."

"네? 저를 풀어줘요? 하지만……."

"네가 내 딸을 찾아서 붉은 악마가 죽이려고 뒤쫓고 있다는 걸 알려야 해. 크소아라란 이름인데 전해들은 바에 따르면 친구나 예쁜 소녀 등 어떤 모습으로도 변신이 가능하대. 제발 타라가 아무도 믿지 말아야 하는데……. 그리고 마지스터가 아더월드에 있는 모든 유령을 섬멸할 어떤 기계를 찾아오기 위해 원정대를 파견했다는 것도 알려야 해. 에드라킨족의 나라 파트로크에 그 기계가 묻혀 있다는데……."

무아노는 숨을 죽였다. 기계?

"마지스터는 영악해서 에드라킨족에게 그 기계의 기능을 설명해주지 않고……." 셀레나는 침울하게 말을 이었다. "타라가 그 섬으로 갈 거라고 알렸을 거야. 따라서 에드라킨족은 타라를 죽이려고 온갖 짓을 다 할 테고, 그렇게 되면 타라는 크소아라와 에드라킨족의 공격을 피하기 어려울 거야. 누가 가서 내가 알아낸 정보를 타라에게 말해줘야 하는데……."

무아노는 엄청난 얘기를 들으면서 마치 해머에 뒤통수를 얻어맞은 것 같았다. 소녀는 두 손으로 머리를 감싸면서 감방 안쪽으로 뒷걸음쳤고, 절망적인 신음소리를 냈다.

"저는 갈 수 없어요! 그럴 수 없어요!"

셀레나는 모든 걸 예상했지만 이 반응만은 아니었다. 괴로워하는 무아노를 보면서 셀레나는 알아차렸다.

"파브리스 때문에 그러니?"

"네, 파브리스…… 저는……."

"내 말 들어봐, 글로리아 공주. 내 딸이 먼저 유령퇴치 기계를 찾으면 어떻게 되는지 아니?"

셀레나는 타라가 유령퇴치 기계가 존재한다는 것과 기계가 있는 장소를 알고 있기를 바라며 말한 것이다.

"유령들이 섬멸되고……."

"그래, 맞아. 당연히 마지스터도 섬멸되는 거지. 따라서 네가 파브리스에게 마지스터를 떠나 우리에게 돌아오는 것이 좋겠다고 설득하라는 거야."

아연실색한 무아노는 셀레나를 쳐다봤다.

"마지스터에게 뭔가를 가져다주기로 했어요!"

"뭐라고 했니?"

"파브리스가 말했어요. 마지스터에게 뭔가를 가져다주기로 했다고. 파브리스의 미션! 나한테 말하지 않으려고 했던 것이 바로 그 기계였어요! 원정대까지 파견했으니…… 파브리스는 반드시 그 기계를 찾아서 마지스터에게 가져올 거예요!"

아! 셀레나는 무아노에게 그렇게 자세히 말해줄 생각이 없었는데. 하지만 무아노가 알고 있으니 차라리 잘된 일인지도 몰랐다.

"그래, 맞아. 파브리스가 원정대를 지휘하고 있어. 셀렌바와 함께."

무아노는 흔들렸다.

"파브리스는 거래를 했다고 말했어요. 미션을 성공하는 대가로 내 목숨과 거래를 한 거예요."

셀레나는 입술을 깨물었다. 마지스터는 부하에게 충성심을 부추기는 데 천부적인 재능이 있었다. 실패할 경우 피와 죽음을 전제로 하는 협박……. 그러나 무아노가 자신과 같은 생각을 해준다면 일이 잘 풀릴 수 있을 거란 희망에 셀레나는 숨을 죽였다.

무아노는 셀레나를 실망시키지 않았다.

"그건 끔찍한 일이에요!" 무아노는 흥분했다. "파브리스와 타라의 목적이 같다면 둘이 맞서 싸워야 한다는 건데! 무엇보다도……."

"무엇보다도 파브리스가 자신의 성공이 네 목숨을 보장하는 것이라고 생각한다면 당연히 혈투를 벌이겠지."

완전히 얼이 빠진 무아노가 감방에서 뛰어나왔다.

"내가 둘을 만나야겠어요!"

"그래, 그래서 네가 필요하다는 거야."

"하지만 궁전을 어떻게 빠져나가죠?" 감방에서 나오는 죄수를 보고 눈살을 찌푸리는 병사 둘을 가리키며 무아노가 물었다.

셀레나는 작은 물건을 흔들면서 무아노에게 내밀었다.

"이게 있거든. 자동 트란스미투스 기구야. 오무아 연구소에서 나한테 여러 개를 만들어줬어. 지난번에 마지스터가 나를 공격했을 때 도망치기 위해 하나를 사용했지. 허가 없이는 아무도 궁전에 들어오거나 나갈 수 없도록 마지스터가 트란스미투스 방지 주문을 강화해놨어. 하지만 엘세스의 유령이 궁인을 풍선으로 둔갑시켰을 때 리스베스의 육신이 자동 트란스미투스 기구를 사용해서 이동했더라고. 내가 갖고 있는 것과 똑같은 거였어. 그래서 마지스터가 자동 트란스미투스는 차단하지 못했다는 걸 알았지. 옥좌에서 리스베스가 이동하는 일이 일어나지 않았다면 난 알아채지 못했을 거야. 이걸 사용하면 자동으로 너를 랑코비트에 있는 내 어머니 소유의 집으로 이동시켜줄 거야."

무아노는 눈살을 찌푸렸다.

"그럼 미리 알려야 할 텐데……."

타라의 할머니, 인정사정없는 이사벨라를 잘 아는 무아노는 꼬치구이로 둔갑되고 싶은 마음이 없었다.

"그럴 필요 없어. 지금 지구에 계시니까. 일단 랑코비트에 이르면 그 즉시 도착한 곳에서 멀리 떨어진 곳으로 이동해. 위성이 트란스미투스 이동을 탐지할 수 있으니까. 또다시 붙잡히는 일은 없어야지. 그리고 레지스탕스 조직과 접촉하려고 노력해봐. 그들은 네가 타라의 친구라는 걸 알기 때문에 도와줄 거야. 레지스탕스와 접촉하지 못하면 에드라킨족의 섬으로 가. 거기서는 아주 조심해야 해. 마법을 사용할 수 없으니까."

에드라킨족과 그 종족의 이상한 금기를 알고 있는 무아노는 고개를 끄덕였다. 그러고는 의심스러운 얼굴로 공 모양의 마법 기구를 받아들었다.

"그런데 이게 작동하지 않으면 어떡하죠?"

"그럼 다른 방법을 찾아야지." 셀레나는 실패할 경우를 생각해보지 않았지만 무아노에게 고백할 마음은 없었다.

무아노는 궁금하지만 차마 꺼내지 못하고 있던 질문을 했다.

"왜 이걸 사용해서 도망치지 않으세요?"

"나는 궁전에서 너희들을 도울 생각이야. 자, 크리스털 볼도 받아. 이 번호는 전화번호부에 등록되어 있지 않고, 나도 똑같은 걸 갖고 있으니까 우리는 도청당하지 않고 통화할 수 있어. 중요한 정보를 입수하면 알려줄게."

갑자기 무아노는 불안이 엄습했다.

"하지만…… 쉬바는?"

"마지스터에 대한 두려움에도 불구하고 나를 따르는 병사들이 있어. 내가 이곳으로 오는 동안 병사들이 네 표범을 이미 자유로운 상태로 어딘가에 숨겨놨을 거다. 마지스터는 절대 찾지 못하는 곳이니까 걱정하지 마. 궁전은 어마어마하게 넓은 곳이야. 내가 지켜줄게. 하지만 나는 너희들을 만나게 해줄 수는 없어, 너무 위험해서."

무아노는 확신이 들지 않았지만 순순히 고개를 끄덕였다. 다만 쉬바가 영혼의 동반자와 멀리 떨어져 있다는 걸 느끼더라도 불안해하지 않길 바랐다.

"이제 떠나." 셀레나가 속삭였다. "병사들이 이상한 낌새를 챌지도 모르니까."

무아노는 주위를 둘러봤다. 복도 끝에서 크산디아르와 많은 사람이 달려오고 있었다. 셀레나의 병사 둘도 불안한 표정으로 다가오고 있었다.

시간이 없었다. 무아노는 셀레나를 힘껏 껴안았다.

그러고 나서 뒷걸음치다가 마법 기구를 바로 앞에 던졌다.

번개 같은 것이 번쩍했고, 순식간에 무아노가 사라졌을 때 셀레나는 안도의 숨을 내쉬었다. 성공이었다!

그때 그림자가 감옥의 어둠 속으로 사라지고 있었지만, 셀레나는 알아채지 못했다.

셀레나의 얼굴에서 아름다운 미소가 사라졌을 때 크산디아르를 점령한 유령이 이끄는 병사들이 몰려왔다. 셀레나는 패밀리어를 안심시키려고 퓨마의 금빛 털을 쓰다듬었다.

이제는 마지스터를 만나 담판을 지어야 한다.

그리고 무엇보다 마지스터를 제거하기 위한 작전을 세워야 한다.

상황이 복잡해지고 있었다.

13
칼/뱀파이어

영웅적인 일을 해도 누구 한 사람
찬사를 보내지 않는 것은 아무도 모르기 때문인데……

*

거시기는 죽은 모오오오우우우를 보면서 웃고 있었다. 우캬캬캬!
중중 정신병자가 웃으면 저런 웃음일까?

그들은 거시기의 행동을 속박하고 있었다. 그리고 거시기가 사냥을
하는 한 자기들을 해치지 않을 거라고 생각했다. 거시기는 이를 갈고
있었다. 과연 그럴까? 곧 그 환상이 깨질 텐데. 이 어처구니없는 여행
이 끝나기 전에 예쁜 소녀 둘을 잡아먹을 테니까.

거시기는 주둥이를 핥으면서 형편없는 녀석이 몸을 장악하게 내버
려두었다.

가시가 돋친 괴물의 몸뚱이가 멋진 실버의 모습으로 변했다. 내장
이 드러난 짐승에 눈길이 머무는 순간 실버는 공포의 비명을 간신히
참았다.

타라를 공격할 때 그랬던 것처럼 가끔은 실버가 거시기를 제압하는 데 성공했다. 실버가 아무것도 기억하지 못할 정도로 가끔은 거시기가 머리를 완전히 지배하는 데 성공할 때도 있었다. 벌어진 일을 보고 나서야 의식을 되찾는다는 것은 정말 짜증 나는 일이었다.

가까운 곳에 맑은 개울이 흐르고 있었다. 실버는 개울물에 몸을 씻기로 했다. 온몸이 피범벅이었다.

피는 실버를 가장 괴롭히는 것이기도 하고 아니기도 했다. 실버는 피 냄새가 좋았다. 그래서 자신이 혹시 뱀파이어와 비슷한 종족이 아닐까 하는 의문도 들었다. 그가 아는 한 뱀파이어는 오로지 피만 먹고 살 정도로 피를 좋아하는 유일한 종족이다.

실버는 혀끝으로 이를 더듬었다. 아니, 인간의 치아가 틀림없다. 실망한 실버는 한숨을 내쉬었다. 자신이 누구인지 알려고 애쓰지만 이번에도 단서가 될 만한 것이 사라져버렸다.

이런, 옷까지 벗어서 빨아야 완벽하게 씻을 수가 있었다. 실버는 거시기에게 불만을 터뜨렸다.

"멍청한 녀석." 실버는 옷을 벗으면서 큰 소리로 말했다. "짐승을 죽이기 전에 네 옷, 아니 우리 옷을 벗을 수 없어? 그랬으면 이렇게 옷을 안 빨아도 되잖아?"

머릿속에서 비웃는 소리가 들렸다. 아니, 거시기는 실버를 편안하게 해줄 생각이 전혀 없었다.

알몸 상태가 되었을 때 뒤에서 나는 목소리에 놀란 실버는 물속으로 뛰어들었다. 아주 신중한 난쟁이들은 알몸이 될 경우 몸에 난 털을 이용할 줄 아는데 실버는 그렇지 않았다.

"혼자서 말하는 거야, 실버?" 목소리가 물었다.

실버를 찾아서 기쁜 안젤리카는 뜻밖의 멋진 구경거리를 즐기고 있었다. 도끼와 검술로 단련된 소년의 근육질 어깨는 눈부시게 하얀 피부였다. 물에 젖은 캐러멜색 머리털까지 온몸이 햇빛을 받아 번쩍거렸다. 안젤리카는 실버의 복부 근육에 탄복하면서 '초콜릿 복근'이라는 말로는 그 완벽한 아름다움을 표현할 수 없다고 생각했다.

실버와 며칠을 보내면서 안젤리카도 마침내 거시기에게 익숙해졌다. 밤에는 여전히 일행과 함께 자는 걸 거부하면서 양탄자 안에 틀어박혀 있지만, 낮에는 활기를 되찾고 실버를 유혹할 방법을 궁리했다.

에드라킨족을 잘 모르는 실버와 타라와는 달리 안젤리카는 그 저주받은 섬에서 죽을 확률이 더 높다고 예상했다. 타라가 마법과 기계를 작동하는 바로 그 순간에 에드라킨족이 몰려올 것이고…… 그러면 빛의 손도, 타라의 마법도, 유령퇴치 기계도 그들을 구할 수 없을 것이다.

아더월드를 구하기 위해 처음으로 하게 된 이타적 행동이 하필이면 들어본 적도 없을 정도로 위험한 일이라는 것이 안젤리카는 견디기 힘들었다.

타라는 꺽다리가 얼마나 원망하고 있는지 잘 알기 때문에 가능하면 에드라킨족에 대해 묻지 않으려고 애를 썼지만 불안했다.

두 소녀 중 하나를 해치게 될까 걱정이 된 실버는 점점 더 고립되었다. 타라는 후계자 교육을 받을 때 산도르 황제가 게릴라전이나 매복, 소수의 병사들로 막대한 군대와 싸워 이긴 전투를 설명하며 들려줬던 말이 생각났다.

"타라, 전투원들은 무슨 일이 있어도 서로에게 믿음을 주어야 해. 서로에 대한 신뢰감이 없으면 임무를 이행할 수 없어."

그런데 그들 셋은 서로에 대한 믿음이 별로 없었다.

게다가 타라는 날이 갈수록 양심의 가책 때문에 괴로웠다. 실버와 안젤리카가 필요하지만, 이 미션을 혼자서 이행할 방법을 찾게 해달라고 기도하고 있었다.

하지만 친구들과 어머니에게 작별 인사할 시간이 없다는 것은 아쉬웠다. 그래서 타라는 최후의 날이 오면 가족에 대해 느끼는 사랑을 『궁정 비사』에 글로 남기기로 결심했다. 타라는 아직 여제가 아니므로 그럴 자격이 없지만, 자신에 대해 뭔가를 남기고 싶었다. 그리고 『궁정 비사』는 너무 소중한 책이라 어떻게 해서든 오무아로 돌려보내야 했다. 이 복사본에 글을 쓰더라도 자동으로 원본에 전사된다면 좋겠지만, 마지막 심정을 기록해서 어떻게 해서든 책을 보내야 하는데…….

셀레나는 딸의 마지막 생각이 어머니를 향한 것임을 알고 그나마 위안을 받지 않을까.

그런 생각을 하면서 타라는 승강이를 벌이고 있는 안젤리카와 실버를 바라봤다. 실버가 개울가에 벗어둔 옷을 집어가려고 하는데 안젤리카도 그러길 바라는 눈치였다.

다만 그 방법에 의견이 일치하지 않았다. 실버는 옷을 던져주길 바라고 안젤리카는 실버가 물에서 나와 직접 가져가길 바랐다.

우연히 죽은 모오오오우우우에 눈길이 머물자 타라의 얼굴에서 미소가 사라졌다. 타라는 개울을 향해 걸어가면서 한숨을 내쉬었다.

"안젤리카?"

"왜?" 방해를 받은 것에 화가 난 꺽다리가 퉁명스럽게 대답했다.

"그 모오오오우우우, 목걸이가 있지?"

안젤리카가 고개를 돌리는 순간, 마치 기다리고 있었다는 듯 실버가 그 틈을 놓치지 않고 튀어나왔다가…… 재빨리 물속으로 잠수했다. 번개같이 빠른 동작에 안젤리카는 한 방 먹은 셈이다.

"반칙이잖아!" 안젤리카가 외치는 사이에 실버는 물에 둥둥 떠 있는 옷가지를 손에 잡히는 대로 허겁지겁 입었다.

꺽다리는 타라를 째려보고 흡혈파리 떼가 축제라도 벌이듯 윙윙거리면서 들러붙는 죽은 동물을 살펴봤다.

"목걸이가 두 개 있어. 두 머리에 하나씩."

"슬루르크!"

이제는 타라의 입에서도 무의식적으로 아더월드의 욕설이 툭툭 튀어나왔다.

"그런 뜻으로 한 말이 아냐. 또 어떤 농부에게 보상해야 될 일이 생긴 것 같아 하는 말이야. 실버, 야생동물을 공격하는 것이 정상인데 거시기는 가축을 물어뜯어 죽이는 걸 더 즐기는 듯싶어. 왜 야생동물이 아니라 가축을 괴롭히는 걸까?"

"타라 아가씨, 그건 아닌 거 같아요." 실버는 물속에서 넘어지지 않고 부츠를 신느라 애쓰면서 대답했다. "우리를 짜증 나게 하려고 일부러 그러는 것 같아요."

"그런 의도라면 성공했다고 거시기에게 말해줘. 정말 뚜껑이 열리려고 하니까."

"뚜껑? 무슨 뚜껑 열려요?" 실버는 진지하게 물었다.

"머리에서 연기가 풀풀 나기 시작했다고."

"연기……? 연기가 어디 있어요, 아가씨?"

난쟁이들과 마찬가지로 은유적 표현을 이해하지 못하는 실버는 어정쩡하게 눈만 끔벅이고 있었다.

타라는 안쓰러운 마음이 들었다.

"거시기가 나를 짜증 나게 했다는 뜻이야."

"실버, 난 네 발에 아무런 관심 없어." 안젤리카가 빈정거렸다. "그러니까 부츠는 물에서 나와서 신어도 돼. 이제 뭐 볼 게 남아 있다고!"

그 순간 풍덩 하는 소리가 났다. 물에서 나오다가 미끄러진 실버가 자빠지면서 놓친 부츠가 물살을 따라 떠내려가려고 있었다. 실버는 쏜살같이 부츠를 낚아챈 다음 침을 퉤퉤 뱉으면서 물가로 올라왔다.

"가축 주인을 위해 죽은 동물 옆에 크레디트-무트 동화 한 닢을 남겨두고 가야겠어요." 하고 말하면서 실버는 물이 뚝뚝 떨어지는 부츠를 신었다.

타라는 정확하게 어디에 와 있는지 알기 위해 지도를 펼쳤다. 그들은 오래전에 랑코비트 국경을 넘어 비리디스에서 가장 큰 도시 티란과 오소르를 통과했는데 사람들이 별로 없어서 다행이었다.

갑자기 실버가 멋진 코를 찡그렸다.

"이상해요. 무슨 냄새가 나는데…… 처음 맡아보는 냄새가 나요."

그들은 밤새도록 양탄자로 비행하다가 두 시간 전 동틀 무렵에 착륙했었다.

타라는 지도를 접은 다음 안젤리카의 반대에도 불구하고 언덕 꼭대기까지 올라갔고, 실버에게 오라는 손짓을 했다. 프랑스 남서쪽 바닷가에서 살았던 타라는 무슨 냄새인지 대번에 알아차렸던 것이다.

대륙 여행이 끝나가고 있었다. 실버는 눈앞에 펼쳐진 안개 대양을 경탄하는 시선으로 바라봤다.

감격한 실버는 목이 메었다.

"아름다워요." 실버가 마침내 입을 열었다.

"저게 뭐가 아름다워? 그냥 찝찔한 소금물일 뿐인데." 감성이 메마른 안젤리카가 내뱉었다. "이상한 동물이 우글우글한 저 물에 빠지면 당장 살려달라고 소리칠걸!"

경이로운 순간을 망쳐버리는 데 안젤리카를 따라올 사람이 있을까.

"이제 배를 찾아야겠어." 타라가 말했다.

안젤리카와 실버는 깜짝 놀란 얼굴로 타라를 쳐다봤다.

"배?" 안젤리카가 물었다. "그건 뭐 하러?"

"파트로크까지 배를 타고 가려고."

"양탄자로 충분히 갈 수 있어. 넌 정말 우리 행성에 대해 너무 몰라! 너 같은 애를 어떻게 오무아의 후계자로 만들려고 하는지 난 정말 이해가 안 돼!"

타라는 무슨 말을 하려다 입을 다물었다. 사실, 타라는 오무아와 랑코비트 외의 다른 나라 국민들에 대해 모르는 것이 너무 많았다. 물론 잘 모르기 때문에 타라는 때로 골탕을 먹기도 했지만, 모두가 불가능하다고 생각하는 것들을 해냈고, 그래서 살아남을 수 있었다.

"그래, 네 말이 맞다. 몰래 배를 탈 필요는 없겠어. 선장에게 발각되면 철창에 갇혀 있다가 평생을 노예로 살다 죽을 텐데 그런 위험을 무릅쓸 필요는 없지."

안젤리카와 실버는 눈썹을 지렁이처럼 꿈틀거렸다.

"그래요, 마법 때문에 배가 난파될 거예요, 아가씨." 실버는 천천히 말했다. "노 젓는 배를 사용하는 비마들이 있다는 건 알지만, 나는 사람들이 노 젓는 이유를 잘 모르겠어요. 그리고 지구에 노예가 있다면 나는 아가씨 행성으로 가서 그들을 구하는 일부터 시작해야 될 것 같아요."

"아니, 아니. 지구에도 노예는 없어. 이를테면 그렇다는 말이지." 타라는 얼른 말했다.

무슨 말을 해도 의사소통에 문제가 없는 지구의 소꿉동무 파브리스와 함께 있는 것이 아니라는 걸 타라는 잠시 깜빡했다.

타라는 나오려는 한숨을 꾹 참았다. 친구들이 많이 그리웠다.

크레디트-무트 동화 한 개를 동물의 이빨 사이에 끼워 넣은 다음 그들은 해안 쪽으로 방향을 잡았고, 죽은 모오오오우우우에게서 멀어져갔다.

얼마 후, 이 일로 '기적의 크레디트-무트'란 전설 같은 이야기가 떠돌게 될 줄이야! 크레디트-무트의 가치가 가축의 값보다 훨씬 크다 보니 그 마을에서 자신이 키우는 가축을 여러 마리 죽이는 사건이 발생했던 것이다.

아무것도 하지 않고 돈을 벌고 싶어하는 약빠른 이들은 어디나 존재하기 마련이다.

다음 날 아침 가축의 이빨 사이에서 동화를 발견하게 될 거란 욕심에 가축의 목을 벤 이들은 실망하고 말았다.

타라와 실버, 안젤리카는 바다로 가기 위해 밤이 되길 기다렸다. 바다에는 소형 보트들이 많이 보였고, 상공에는 양탄자며 페가수스 등 그 밖의 비행 수단들이 오가고 있기 때문에 조심해야 했다.

그들이 있는 상공에서 내려다보이는 해안은 굴곡이 심해 거센 파도가 무섭게 바위를 때리고 있었다. 타라는 어린 마법사들과 비마, 트리톤들이 파도타기를 하면서 즐거운 비명을 지르는 광경을 보았다.

한순간 타라는 그들이 너무나 부러웠다. 또래 같은데 누구는 저토록 즐기며 살아가건만 누구는 고통스러운 생활만 하고 있으니. 타라는 모든 걸 팽개쳐버리고 파도타기를 하며 즐거워하는 무리에 합류하고 싶은 충동이 일었다.

하지만 이내 그 충동이 싹 달아나버렸다. 그 무리 중 녹초가 돼서 나온 이들이 물을 사방으로 토해내며 괴로워했다.

파도타기를 너무 과하게 했던 것이다.

마침내, 두 달 타딕스와 마딕스가 떠올랐다. 아더월드의 밤과 지구의 밤은 사뭇 달랐다. 아더월드는 은하계의 중심 가까이에 있어서 별들이 몰려 있었다. 밤하늘이 타오르듯 번쩍거렸다. 달의 인력 때문에 산더미같이 이는 거친 파도에 과감히 맞서는 용감한 뱃사람들에게 감탄하면서 타라는 모두 같은 마음인지 안젤리카와 실버를 쳐다봤다. 실버가 미소를 지어 보였다. 소년도 감동해 있었다. 그들은 가슴 벅찬 순간을 함께 나눴다.

앞으로 맞게 될 일을 상상하면서 공포에 떠는 안젤리카는 풍광을 감상할 여유가 없었다.

출발하기 직전, 그들은 뉴스를 봤다. 랑코비트에서 유령들에 대한 파상적 공세가 일어났고, 랑코비트의 왕과 왕비는 구제되었다. 목에 붕대를 감고 뉴스에 나온 왕과 왕비는 안도의 눈물을 펑펑 흘리고 있었다. 그런데 온몸이 반짝이는 것들로 뒤덮여 있었다. 타라는 소금이라는 걸 알아차렸다.

베어 왕이 발표했다.

'불이 꺼져 있어서 우리는 볼 수 없었지만, 남성인지 여성인지 모를 뱀파이어가 내 몸을 차지하고 있던 유령을 공격한 다음 왕비의 몸을 차지하고 있던 유령도 물리쳤습니다. 그러고는 홀연히 사라졌습니다. 그러나 우리를 또다시 점령하려고 하는 유령들에게 그가 메시지를 남겼습니다.'

베어 왕이 호주머니에서 피에 얼룩진 종이를 꺼내더니 가까이 있는 스쿠프의 렌즈에 갖다댔다. 굵은 글자로 쓴 메시지가 보였다.

나는 너희를 찾아내는 방법을 알고 있다.
나는 너희를 섬멸할 방법을 알고 있다.
가차 없이 없애버릴 것이다.
또다시 인간들을 건드리면
너희는 내일을 맞지 못할 것이다.
서명: 드라큘라

타라가 갑자기 웃음을 터뜨려서 실버와 안젤리카는 소스라치게 놀랐다.

"칼이야!" 서명한 이름을 보면서 타라가 우스워죽겠다는 얼굴로 외쳤다. "지구의 영화를 그렇게 좋아하더니! 칼이 틀림없어! 가족을 구하는 김에 랑코비트에서 유령들을 몰아낸 것이 틀림없어. 마지스터는 좋아하지 않을 텐데. 전혀 좋아하지 않겠어!"

실제로 마지스터는 노발대발했다.

아더월드의 모든 방송 채널에서 뉴스를 내보낸 직후에 마지스터는 오무아 제국의 모든 국경을 봉쇄하며, 크라살비와 외교 관계를 단절한다는 성명을 발표했다. 뱀파이어들은 무고하다면서 격렬하게 항의했다. 게다가 인간의 피에 중독되면 수명이 줄어들 뿐만 아니라 미치광이가 되기 때문에 크라살비에는 인간의 피를 먹은 뱀파이어가 없다고 주장했다.

뱀파이어들의 대통령을 인터뷰하기 위해 크라살비로 몰려간 크리스털리스트들은 그 주장이 사실이라는 걸 확인했다. 인간의 피에 중독된 뱀파이어 둘은 오무아에 있고, 하나는 빌랭에 있었다. 하지만 랑코비트에 있던 뱀파이어는 부상을 입은 상태로 이미 크라살비에 돌아와 있었다.

따라서 현재 랑코비트에는 뱀파이어가 전혀 없다는 걸 알고 있기 때문에 크라살비의 대통령은 인간의 피를 먹었다는 문제의 뱀파이어에 대해 몹시 불안해했다.

뱀파이어 대통령의 딸 킬라와 엘프 아르노의 합작품이 시작된 것은 이때부터였다.

'뛰어난 재치와 수완'에서 누구도 따라올 수 없는 커플, 킬라와 아르노가 진가를 발휘하기 시작했다.

인터뷰에 응한 킬라는 크라살비의 통제를 피할 수 있는 뱀파이어는 둘밖에 없는데 그중 셀렌바는 마지스터를 추종하기 때문에 그 사건과는 무관하며…… 다른 한 사람은 타라 덩컨이라고 밝혔다.

이어서 뱀파이어 대통령의 딸과 친구라는 자격으로 인터뷰에 응한 비정치적인 엘프 신분의 아르노는 한술 더 떠 그런 엄청난 사건을 조종한 사람으로 타라를 지목했다.

킬라와 아르노의 인터뷰 화면이 전파를 타면서 모두 유령들을 습격한 사건의 배후에 타라가 있다고 확신하기에 이르렀다. 타라가 지구에서 자란 소녀이며, 드라큘라는 브램 스토커라는 작가를 시작으로 여러 작품에 등장했고, 영화로도 각색될 정도로 유명한 지구의 전설이라는 예리한 논평도 이어졌다.

안젤리카는 웃음이 터지기 직전의 얼굴로 타라를 쳐다봤다.

"모두 네가 범인이라고 생각하는 것 같다."

"그래, 나도 봤어. 친절하게 설명까지 해주다니 고마워."

"하지만 좋은 점도 있어요." 실버가 지적했다. "그들은 아가씨를 랑코비트에서 찾을 거예요. 여기가 아니라. 그건 좋은 일이에요."

"오무아의 후계자로서 모든 사람이 나를 인간의 피를 먹고, 유령들을 잡아먹는 괴물로 생각하는 건 별로 기분 좋지 않은데."

안젤리카가 킥킥거렸다. 타라는 냉소적이거나 빈정거리는 웃음을 제외하고 안젤리카가 진짜로 웃는 걸 본 적이 없었다. 그런데 지금 껑다리가 키득거리는 것은 재미있어하는 정도가 아니라 금방이라도 포복절도할 것 같은 걸 간신히 참고 있는 웃음이었다. 실버와 타라는 어리둥절한 눈길을 교환했다.

놀라서 쳐다보는 타라와 실버의 얼굴과 마주치는 순간 안젤리카는 결국 웃음이 터지고 말았다. 급기야 눈물까지 흘리고 있었다.

"칼이 화가 나서 펄펄 뛰고 있을 게 틀림없어." 안젤리카는 눈물을 닦으면서 고소해서 죽겠다는 어조로 말했다.

"화가 나? 왕국을 구했는데 왜 화가 나?"

"영웅적인 일을 해낸 건 자기니까. 랑코비트의 근위병을 속이고 피를 빨아먹으면서 유령들로부터 군주들을 구해냈으니 훈장을 받아 마땅한 업적이잖아. 그런데 그 모든 공을 타라 너한테 빼앗겼으니! 분해서 펄펄 뛸 일이 아니냔 말이야. 아유, 고소해!"

아! 이제야 타라는 안젤리카가 그렇게 즐거워하는 이유를 이해할 수 있었다. 꺽다리의 말은 일리가 있었다. 칭찬을 받아 마땅한 칼에 대한 얘기는 전혀 없었으니……. 크리스털리스트들이 뱀파이어에게 희생된 이들과 인터뷰를 했는데 레파루스 치료에도 불구하고 모두 목에 흉터가 크게 남아 있었다. 랑코비트 정부의 고위층 15명이 유령들의 속박에서 벗어나 있었다. 새로 나타난 유령들은 정체불명의 뱀파이어가 남긴 경고를 무시했다가 유령들이 잡아먹혔다는 것을 알고 랑코비트의 사람들을 장악하라는 마지스터의 명을 우습게 여기기에 이르렀다.

유령들은 어둠을 두려워하기 시작했다. 정체불명의 뱀파이어가 칠흑 같은 어둠 속에서만 공격하기 때문이다.

다른 행성들의 정보국도 그 사실을 알고 있었다. 그러나 누군가를 24시간, 아니 26시간 또는 32시간을 꼬박 지킨다는 건 불가능했다. 더군다나 그 상대가 자유자재로 변신하여 방어체계를 뚫고 들어가는 데 마법이 필요 없는 뱀파이어일 경우에는.

그 결과로 유령들이 하나둘 도망치기 시작했고, 얼마 지나지 않아 랑코비트에는 유령이 거의 사라졌다. 아무도 잡아먹힐 위험이 없는 비욘드월드가 훨씬 편안하고 평화로운 곳이라고 생각하면서 유령들

대부분이 그곳으로 돌아갔다.

마침내, 크리스털리스트들은 한 가지 의문을 던졌다. 타라 덩컨은 언제 오무아에 나타나서 마지스터와 맞서 싸울까? 큰돈을 걸고 내기를 하는 이들도 있었다. 타라가 마지스터를 없애버리기로 굳은 결심을 한다는 쪽에 많은 돈이 걸려 있었다.

타라는 벌떡 일어났다.

"가야겠어!"

소스라치게 놀란 안젤리카가 눈을 부릅떴다.

"너, 또 시작이야? 말했잖아……."

"랑코비트가 아니라 파트로크로! 마지스터에게 시간을 줄수록 피해가 커질 거야. 마지스터가 아직까지 아더월드에 전쟁을 선포하지 않는 것이 놀라워. 외교 관계를 단절하고, 국경을 봉쇄하는 건 사실 그리 중요한 게 아냐. 무역? 그 멍청한 마지스터는 무역은 안중에도 없는데! 식탁에 더 이상 빵이나 고기가 올라오지 않을 때 그제야 잘못을 알겠지. 하지만 그때는 너무 늦을 거야."

안젤리카의 눈이 삐딱해졌다.

"어쩌면 그 지옥의 섬에서 죽을지도 모르는데 넌 무역을 걱정하고 있어?"

당황한 타라는 이맛살을 찌푸렸다. 여제와 황제에게 개인의 이익보다 제국의 이익을 생각하라는 교육을 받았다. 타라는 안젤리카의 비난을 무시했다. 언젠가는 설명해줄 날이 오겠지.

타라는 양탄자에 뛰어올랐고, 그들은 파트로크를 향해 출발했다.

저 멀리 보이는 거대한 대양은 비어 있지 않았다. 그들은 바다 상공을 날아가면서 붉은 발분을 포획하는 장면을 봤다.

뱃사람들이 양탄자를 향해 손을 흔들었을 때 안젤리카는 구시렁거리면서 비행 고도를 높였다. 그들은 이목을 끌지 않을수록 좋았다. 이동하는 양탄자들과 페가수스들이 쉬었다 갈 수 있게 일정한 간격으로 플랫폼이 마련되어 있었다. 하지만 그들은 셋이기 때문에 교대하면서 멈추지 않고 계속 비행했다. 그리고 실버가 수면을 취할 필요가 있을 때면 거시기 때문에 쇠사슬로 묶어놓은 다음, 갈랑이나 타라, 안젤리카 (거시기를 무서워하기 때문에 불평을 늘어놓았지만)가 보초를 섰다.

좀 작기는 해도 물의 원소로 샤워를 하기에 충분했지만, 이따금 그들은 미역을 감기 위해 양탄자에서 다이빙을 했다.

헤엄이 서툰 실버는 양탄자에 남은 채 두 소녀에게 문제가 생길 경우 언제든 개입하기 위해 주위를 살폈다.

그렇게 이따금 미역을 감던 중에 크라켄, 나중에 안젤리카가 표현한 바에 따르면 '그들을 아침밥으로 착각한 멍청한 크라켄'과 맞닥뜨리게 되었다.

비 막이 덮개를 씌운 양탄자에 편안한 자세로 앉은 그들이 억수같이 쏟아지는 비 때문에 더욱 파도가 거세지는 바다 상공 위를 날아가고 있을 때였다. 갑자기 무지막지하게 큰 문어의 다리 같은 것이 치솟았다. 순식간에 그들 셋과 페가수스는 끔찍한 이미지를 향해 곤두박질쳤다. 굶주린 크라켄이 아가리를 쩍 벌리고 있는데 상상을 초월할 정도로 많은 이빨이 드러나 있었다.

그들을 태운 양탄자는 어떻게 해볼 겨를도 없이 아가리 속에 들어갔는데 겁먹은 발분 한 마리와 죽어가는 물고기 수천 마리 외에도 배 세

척의 선원들이 검과 마법으로 문어 아가리를 공격하고 있었다.

실버는 검을 찾고 있었고, 타라와 안젤리카가 고함치면서 마법을 사용하려고 할 때, 자신이 낚은 것들의 맛을 보던 크라켄이 뭔가 차가우면서 먹을 수 없는 걸 느꼈는지 과감하게 세 척의 배만 뱉어냈다.

그런데 크라켄이 뱉어낼 때의 엄청난 가속도 때문에 그들의 양탄자까지 하늘 높이 내동댕이쳐졌다. 그러나 자동안전장치에 크라켄의 침이 묻으면서 문제가 생겼는지 양탄자가 추락하기 시작했고, 안젤리카는 재빠르게 마법을 날렸다.

극도의 공포에 사로잡힌 그 짧은 순간, 그들은 파손된 양탄자가 성난 바다에서 박살이 날 거라고 생각했다. 하지만 엄청난 행운이 따라주었다. 파도의 정점인 물마루에 닿으려는 순간 양탄자가 기적적으로 다시 날아오르기 시작했다. 신중한 안젤리카는 어떤 크라켄도 닿을 수 없을 정도로 높이 양탄자를 상승시켰다.

"돌아가요!" 실버가 지르는 고함소리에 타라와 안젤리카는 소스라치게 놀랐다.

"뭐라고?" 안젤리카가 물었다.

"저 선원들! 선원들을 도와주러 돌아가야 해요!"

안젤리카는 마치 미친 사람을 쳐다보는 얼굴로 눈을 희번덕거렸다.

"저 괴물의 아가리 속으로 돌아가고 싶단 말이야? 머리가 잘못된 거 아냐?"

"아니에요! 그들을 도와야 해요! 죽을 거예요!"

안젤리카는 냉소를 흘리면서 조종석을 내주었다.

"그래, 그럴 수 있는지 네가 어디 한번 해봐, 제발!"

불행히도 안젤리카의 말이 맞았다. 선원들을 구할 수 없을까 봐 불안에 떨면서 실버는 한 시간 동안 그 주위를 빙빙 돌았다. 그러나 바다에 아무것도 보이지 않는다는 것은 크라켄이 배 속의 먹이들을 익사시키려고 잠수한 게 틀림없었다.

마지못해서 패배를 인정한 실버는 파트로크 쪽으로 기수를 돌렸다. 타박상을 입은 타라와 안젤리카는 레파루스 마법으로 서로를 치료해 주었고, 한쪽 날개의 힘줄을 다친 갈랑도 치료했다.

타라는 이제 실버를 다른 눈으로 보게 되었다. 그동안은 다쳐서 몸에 혹이 생겨도 변함없이 착하고 친절하며, 못 견디게 고독하면서도 낙천적인 소년이라고 생각했다. 이제는 그 이상한 비늘 깊은 곳에 목숨이 위태로운 상황에서도 다른 사람들의 목숨을 소중하게 여기는 정의로운 인간이 있다는 걸 확인했다.

왠지 관심이 가는 소년이었다.

그러나 양심의 가책 때문에 타라는 실버에 대한 관심을 접었다. 로빈 이외의 다른 소년에게 관심을 갖다니, 그건 안 돼.

그러면서도 실버가 다정한 미소를 지어 보이면 타라도 미소를 보냈다.

안젤리카는 의혹의 눈길을 보내며 입술을 삐죽거렸다. 꼴 보기 싫은 타라와 어리석은 실버, 흉측한 거시기와 어서 빨리 헤어져 랑코비트의 푹신한 침대를 되찾는 날만 꿈꾸었다. 그러나 잘생긴 소년을 가증스러운 후계자에게 넘겨줄 생각은 전혀 없었다.

이윽고 파트로크 섬이 보이고 크로 항구 가까이 이르렀다. 그런데 다들 한꺼번에 어디론가 싹 사라진 걸까. 오는 동안에 마주쳤던 배와 양탄자, 다른 이동 수단들이 눈에 띄지 않았다. 때를 잘 맞췄기 때문에 해는 이미 지고 어둠이 내리고 있었다.

그러다 타라는 착륙하려고 점찍어놓은 항만에 정박해 있는 배들을 발견하고 깜짝 놀랐다. 여섯 척이나? 에드라킨족의 악명 높은 평판을 생각하면 도저히 믿을 수 없는 일이었다.

작은 마을 정면에 거대한 정글이 반쯤 드러나 있었다.

"배들이 왜 정박해 있지?" 타라가 물었다. "위험한 곳이라고 생각했는데."

"희귀 식물 때문이지." 안젤리카가 불안 때문에 입술을 질근 깨문 채 대답했다. "에드라킨족은 어디에도 존재하지 않는 희귀 식물을 재배하고 있어. 흥분의 식물, 꿈의 식물, 기쁨의 식물, 슬픔의 식물, 고통의 식물, 죽음의 식물 등이 있지. 식물에서 수액을 추출하거나 있는 그대로 사용할 수도 있는데…… 너 뱅뱅 알아?"

타라는 등골이 오싹했다. 크라살비로 향하던 중 트롤들에게 뱅뱅 밀매꾼으로 체포되어 곤욕을 치렀던 기억이 났다.

"알아." 타라는 짤막하게 대답했다.

"여기가 원산지야. 에드라킨족이 한 상인에게 뱅뱅을 팔았는데 그걸 싣고 가던 상인이 타도르 산에서 죽었어. 그리고 얼마 후, 그 산에 뱅뱅이 숲을 이루게 되었지. 트롤들은 치통이나 그 밖의 통증을 치료하는 데 뱅뱅 가루를 사용하고 있어. 하지만 인간이 뱅뱅 가루를 먹을 경우 행복을 느끼다가 황홀경에 빠져서 죽음에 이르지."

실버는 얼굴을 찡그렸다. 저주받은 몸으로 태어난 것 때문에 고통을 안고 살아야 하는 실버로서는 이성을 잃어버릴 정도로 위험한 걸

먹는 사람이 있다는 이야기를 이해할 수 없었다.

"그건 밀매잖아?" 지구에서 마약에 관한 영화를 많이 본 타라가 물었다.

"밀매? 아니, 정당한 상업 행위야. 뱅뱅 가루 판매를 금지한 사람은 아무도 없어. 뱅뱅 가루에는 사람을 죽이기도 하지만 병을 치료하는 성분이 있어서 샤먼들에게 꼭 필요한 아주 귀중한 재료이니까. 펍시티에서 횡설수설하던 남자의 머리에 경찰이 올려놨던 식물 기억나?"

타라는 고개를 끄덕였다. 그렇지 않아도 그 식물이 궁금했는데!

" '흡수의 꽃'이라고 하는데 요란한 빛과 소리를 걸러낼 수 있기 때문에 뇌를 보호하는 역할을 해주지. 하지만 야생 상태에서는 빨아들인 소리를 폭발적인 음파로 재생한 다음 방어나 공격할 때 이용하는데 꽃이 군락을 이루고 있어서 훨씬 더 위험해. 펍시티의 꽃은 소리를 흡수해도 즉시 빼낼 필요가 없도록 변형시킨 거야. 만약 그 꽃을 머리에 얹은 정신병자를 앰뷸런스에 싣고 가는데, 간호사가 꽃을 치우는 걸 잊었다가는 큰일 나. 오래 놔두면 가는 도중에 꽃이 폭발할 수도 있으니까."

"그럼 그 꽃도 여기가 원산지야?"

"응. 에드라킨족이 발명한 꽃이야. 에드라킨족은 불법으로 암거래를 하는 것이 아니라 오히려 식물을 실용적으로 만들어내는 천재적인 생물학자들이라고 할 수 있어."

안젤리카는 호주머니에서 멋진 브로치를 꺼냈다. 가녀린 꽃잎에 보석들이 박혀 있고, 곤충처럼 날개를 부드럽게 윙윙거리고 있었다. 금, 에메랄드, 루비가 박힌 꽃이 갑자기 변했다. 금이 칙칙해지다가 구리로 변하더니 다시 회색 은이 되었고, 에메랄드는 반짝이는 사파이어로 변했다. 이어서 루비는 광채를 띠다가 다이아몬드로 변해 살아 있는 보석처럼 번쩍번쩍 빛을 발했다.

"이것도 에드라킨족이 만들었어." 안젤리카는 초롱초롱한 눈으로 설명했다. "에드라킨족이 토쿨린*이라고 부르는 '보석-꽃'이야. 수확하기가 힘든 것이라 고조부께서 거금을 주고 사들였고, 우리 집안에 대대로 내려오는 보물 중 하나야."

아더월드란 행성은 정말 알아야 할 것이 끝도 없었다. 보석-꽃의 덧없는 아름다움에 감동하면서도 타라는 뱅뱅을 만들어낸 에드라킨족에게 친근함이 느껴지지 않았다.

또 다른 의문이 들었다. 집안의 보물이라면서 안젤리카는 왜 그렇게 귀중한 걸 호주머니에 넣고 다니는 걸까?

타라는 그 점에 대해 묻는 대신 다른 질문을 했다.

"그럼 에드라킨족의 나라에 아무나 들어갈 수 있는 거야?"

안젤리카는 입술을 실룩거렸다.

"그렇다고 할 수 있지. 목숨을 걸어야 한다는 것이 문제지만, 공식적으로 희귀 식물을 구매하겠다고 요청해 허가를 받으면 배나 양탄자로 갈 수는 있어. 그런데 이따끔 돈도 힘도 없으면서 희귀 식물을 훔치러 가는 정신 나간 자들이 있다는 얘기를 들었어. 그럴 경우 에드라킨족은 모른 척하고 있다가 뒤를 쫓는대. 어차피 미친 식물이나 제사장들에게 걸리면 거의 살아남을 수가 없으니까. 생존자들의 이야기를 들으면 저 섬에 발을 들여놓고 싶은 마음이 싹 달아나지."

"섬의 상공을 비행할 수는 있어?"

"모든 항공 교통 레이더에 걸리지 않을 정도로 아주 높이 비행한다면 가능하겠지. 하지만 낮게 비행하는 순간 에드라킨족 신들이 걸어놓은 주문 때문에 양탄자는 추락하게 돼. 따라서 우리는 걸어서 가야해. 그리고 지도를 보면 아르루쉬르는 우리가 있는 이 지점에서 적어도 50타트롤은 떨어져 있어."

타라 일행은 착륙할 곳을 점찍어두고 있었다. 아르루쉬르가 바다에서 아주 멀리 떨어져 있는 건 아니라 하루에 몇 타트롤씩 전진하다 보면 그곳에 이를 수 있을 것 같았다.

그들은 식량과 물 등 당장 필요한 것들을 챙겨 마법복의 주머니에 집어넣었다. 상인이 휴대용이라고 했으니 양탄자는 착륙한 다음 접으면 될 일이다.

타라는 입술을 깨물면서 『궁정 비사』를 펼쳤다.

"잡아먹히지 않고 에드라킨족의 숲을 통과하기." 타라는 책을 톡톡 치면서 말했다.

여러 가지 경우가 나타났다. 예상보다는 그리 많지 않았고, 그중 관심을 끄는 것은 두 가지였다. 사실, 오무아 제국의 황제와 여제들은 파트로크 섬에서 헤매고 다닐 기회가 없었다. 그러나 두 가지 경우는 에드라킨족이 패전한 뒤에 공식적으로 방문했으며, '신들의 기름'이 있으면 미친 식물들의 공격을 받지 않고 숲에서 이동할 수 있다고 기록되어 있었다.

불행히도 '신들의 기름'은 신전에만 있었다. 그런데 그 신전의 문턱을 넘는 이들은 누구를 막론하고 제물로 바치려고 달려드는 잔혹한 제사장들이 있다는 것이 문제였다.

좋은 생각이 떠올랐다. 타라는 파란 숲 속에 숨어 있는 파란색 작은 마을을 자세히 관찰했다. 달빛 속의 숲은 짙은 파란색이 아니라 터키석과 블루 사파이어를 버무려놓은 것처럼 선명한 파란색 광채를 눈부시게 반짝이고 있었다. 생동감이 넘치는 숲 속에서 나무들이 신경질적으로 몸을 흔들고 있는데 분명히 바람 때문은 아니었다.

음, 안젤리카가 말한 미친 식물들인가? 그렇다면 미친 식물들이 엄청난 군락을 이루고 있다는 뜻인데……

갑자기 타라는 미소를 지었다. 아, 식물이 있잖아! 그것도 보통 식물이 아니라 아주 대단한 식물! 타라는 체인지라인의 주머니에 손을 집어넣고 로빈의 엘프 망토를 꺼냈다. 지켜보던 실버가 눈살을 찌푸렸다. 타라는 망토 주머니에서 물건들을 꺼내 가지런히 늘어놨다. 눈이 황홀할 정도로 화려한 금목걸이, 루비 목걸이, 에메랄드 목걸이, 반지, 호화로운 머리띠, 왕관들[13](이번에는 안젤리카가 시기 어린 눈으로 흘겨보았다), 그리고 무기도 제법 많았다.

마침내 타라는 찾았다.

살아 있는 나무의 싹이 움튼 어린 나뭇가지. 몇 년 전 황무지 늪으로 가던 중 성난 소 떼를 피하기 위해 타라와 로빈, 파프니르, 파브리스, 무아노, 칼은 잎이라곤 없는 나무 위로 피신한 적이 있었다. 그때 나무가 갑자기 호통을 쳐서 그들은 몹시 놀랐다. 땅이 메마른 그 초원에서

......

13. 활의 정령인 릴란드릴이 거의 약탈한 것이나 다름없는 보석들을 로빈에게 선물로 주었다. 엘프는 수명이 아주 길기 때문에 혹시라도 합법적인 주인을 만나게 될까 봐 로빈은 이 보석들을 아주 조심스럽게 간직하고 있었다.

유일하게 살아 있지만 거의 죽어가고 있는 나무였다. 로빈은 땅속의 물을 찾아서 나무에 이르게 해주었고, 나무는 로빈에게 어린 나뭇가지 하나를 주면서 말했다. "너희들이 자라나게 하고 싶은 방향에 이걸 꽂아. 그리고 '살아 있는 나무의 이름으로 즉시 자라거라' 하고 말하면 된다. 이 나뭇가지가 너희들에게 아주 유용하게 쓰일 때가 있을 거야. 내 목숨을 구해준 데 대한 감사의 표시로 주는 선물이란다."

모든 엘프와 마찬가지로 숲과 공생 관계를 유지하고 있는 로빈은 가시덤불 속에서 위험에 처했을 때 그 나뭇가지를 시험해봤다. 그리고 나뭇가지가 다른 식물들로부터 보호해준다는 사실을 알았다.

타라는 나뭇가지를 체인지라인의 주머니가 아니라 자신의 가슴 부분 안주머니에 집어넣었다. 이어서 엘프의 망토를 도로 집어넣으면서 타라는 로빈의 뜻을 알아차렸다. 로빈이 남겨준 유품…… 타라는 가슴이 미어졌다. 죽었는데도 자신을 계속 보호해주고 있다니.

아름다운 숲 속에 자리 잡은 마을의 건물들은 낮고 길고 밋밋했다. 에드라킨족은 햇빛을 싫어하는지 창문이 거의 없었다. 경사진 지붕은 물기 때문에 번들거렸다. 빨갛고 파란 두 태양 때문에 아더월드는 날씨가 덥지만, 정글은 믿을 수 없을 정도로 울창한 데다 습했다. 타라는 안젤리카가 해준 말을 떠올렸다. 에드라킨족은 식물 성장에 적합한 열대성 환경을 만들기 위해 마법으로 기후를 조작한다고 했다. 지금은 밤이지만, 두 달이 떠서 숲을 비추고 있었다.

타라가 나뭇가지를 찾는 사이에 마을과 가까운 해변에 해적으로 보이는 인간들이 상륙해 있었다. 즉시 경적이 울리기 시작했다. 갑자기 눈에 띄지 않던 건물의 문이 열리고 에드라킨족 10여 명이 튀어나왔는데 방금 섬에 상륙한 해적 50명에 비하면 수가 턱없이 적었다.

"서둘러야겠어." 타라가 외쳤다. "착륙할 기회야."

"착륙한다고? 마을이 저렇게 가까운데? 너 미쳤어? 금방 발각되고 말 거야!"

"아니, 어수선한 틈을 이용해 착륙하면 돼. 그리고 우리는 마을 가까이 있어야 해!"

"왜?"

그사이에 뱀파이어로 변신한 타라가 이빨을 드러내고 미소를 지었다.

"신전을 공격할 거니까!"

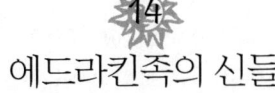

14
에드라킨족의 신들

화나게 만들지 않는 편이 나은 이들이 있는데……

*

그건 학살이었다.

그들은 처참하게 살해되었다.

타라는 에드라킨족이 감히 공격해오는 해적들과 밀수업자들, 미치광이들을 잔혹하게 죽이는 모습을 목격했다. 한동안 그 끔찍한 장면이 타라의 머리를 떠나지 않았다. 작은 마을의 전 주민보다 훨씬 많은 인간 50명은 에드라킨족이 공격할 때 비웃었다. 거칠기로는 누구에게도 뒤지지 않는 해적들은 갈퀴발톱의 공격을 대비해 조끼를 착용하는 등 나름대로 만반의 준비를 했다. 그러나 그들은 생명에 직결되는 주요 부위에만 신경을 썼지 다리와 팔을 소홀히 했다.

에드라킨족은 해적들을 추격해 수족을 절단했다.

에드라킨족은 아주 민첩했고, 갈퀴발톱을 사용하지 않을 때는 끝이 휘어진 시커먼 칼을 날렸다. 작은 마을의 에드라킨족 주민 절반을 죽였지만 해적들도 전체 인원 중 절반이 목숨을 잃었다. 25대 5의 싸움이라는 수적 우세에도 불구하고 상황은 인간들에게 유리하게 돌아가지 않았다.

해적들은 갈기갈기 찢기는 동료들을 보면서 숲 쪽으로 후퇴했고, 에드라킨족은 피리 소리를 내는 이상한 혀로 괴성을 지르면서 돌격했다.

타라는 그 틈을 이용해 숲 근처에 양탄자를 착륙시켰다.

"빨리, 빨리 내려." 타라가 속삭였다.

그리고는 버튼을 눌러 양탄자를 접은 다음 호주머니에 집어넣었다.

그들은 마법복 대신 면허 받은 도둑의 검은색 줄무늬 복장을 하고 있어서 거의 보이지 않았다. 실버는 오팔 광택이 나는 비늘을 가리기 위해 얼굴을 포함해 온몸을 옷으로 감쌌다.

실버가 타라에게 너무 바짝 붙어 있어서 여러 번 몸이 스칠 뻔했다. 섬에 발을 내디딘 뒤로 실버는 아주 예민해져 있었다. 타라는 자칭 협객이라고 선언한 실버에게 선두에 서라는 신호를 보냈고, 그 뒤를 갈랑이 검은색과 회색 줄무늬 날개를 펼치며 따라갔다.

타라는 수족이 잘린 불쌍한 인간들을 생각하니 구역질이 올라왔지만 계속 전진했다. 그들이 가까이 갔는데도 마을에서는 아무런 기척이 없었다.

에드라킨족은 인간들의 도시, 타트리스족과 엘프, 땅신령들의 도시와는 다르게 밤에는 활동하지 않는지 바닷가 마을 크로의 거리엔 아무도 보이지 않았다.

타라 일행은 마을을 굽어보는 신전을 향해 그림자처럼 움직였다. 넘어지거나 소리를 내지 않으려고 조심하는 실버를 보며 타라는 안쓰러워 몸이 오그라드는 것 같았다.

발각될지 모른다는 두려움 때문에 가슴을 졸인 탓에 그들은 숨을 헐떡이면서 마침내 목적지에 이르렀다.

신전은 파란색의 커다란 건물이었다. 이상한 점은 타라가 이제껏 아더월드에서 봤던 신전들과는 달리 조각 장식이 전혀 없다는 것이다.

신전은 세련된 멋이나 특별한 매력이 없고, 삭막해 보일 정도로 밋밋했다. 심지어 예상과는 달리 공포 분위기도 느껴지지 않았다.

에드라킨족이 수시로 드나들어서일까, 신전의 문이 활짝 열려 있었다. 제사장들은 침입자들을 전혀 두려워하지 않기 때문일까? 아니면 침입자들이 너무 두려워 신전에는 감히 발을 들여놓을 생각조차 못하기 때문일까?

"여기서 망을 보고 있어." 타라는 실버와 안젤리카에게 속삭였다. "내가 들어가서 신들의 기름을 훔쳐올게." 타라는 호주머니에서 꺼낸 양탄자를 주면서 실버에게 덧붙였다. "10분이 지나도 내가 나오지 않으면 기다리지 말고 도망쳐. 내가 붙잡혔다는 뜻이고, 너희는 나를 위해 아무것도 해줄 수 없으니까."

실버는 반박하려고 했지만, 타라는 겨를을 주지 않고 쏜살같이 신전으로 들어갔다. 갈랑은 축소된 상태로 타라의 어깨에 앉아 있었다.

천장에 달린 흰색 꽃들이 신전 내부를 은은하게 밝혀주고 있었다. 타라는 신전이 어떤 종류의 돌로 지은 것인지 몰랐다. 아주 단단해 보이는데 이상하게 미지근했다. 타라는 너무 가까이 다가서지 않으려고 조심했다. 조명 불빛처럼 밝혀주던 꽃들이 더는 보이지 않았다.

신전의 외부에 장식을 하지 못한 것에 한풀이라도 하듯 예술가들이 내부에 많은 것을 조각해놓았는데 그 이미지들이 혐오스러웠다. 신들에게 희생양으로 바쳐진 에드라킨족의 모습을 표현한 것들이었다.

에드라킨족의 신들은 촉수, 송곳니, 갈퀴발톱, 오톨도톨한 혹, 끈적끈적한 것을 좋아하나? 타라는 구토증이 이는 것을 가까스로 참았다.

타라는 벽과 조각상들에 대한 관찰을 그 정도에서 중단하고 미션에 집중했다. 신들의 기름을 찾아야 했다.

갑자기 타라는 머리를 흔들었다. 윙윙거리는 소리가 들렸던 것이다. 질겁한 타라는 주위를 둘러보면서 어디서 나는 소리인지 살폈다. 알 수가 없었다. 타라는 정신을 집중했다. 작은 중얼거림 같았다.

타라의 머릿속에서 나는 소리였다.

이제 미쳐가고 있는 건가? 잠시 후, 아무 일도 일어나지 않자 안심한 타라는 서둘러야 하기 때문에 다시 걸음을 뗐다.

신전에는 아무도 없는 것 같았다. 다른 것들보다 훨씬 크고 혐오감을 주는 조각상이 보이고, 그 발치에 양쪽으로 손잡이가 달린 커다란 항아리가 놓여 있었다. 조각상의 머리는 천장에 거의 닿아 있는데 몸과 머리통에 엄청나게 많은 촉수가 꿈틀거리고 있었다. 현무암을 깎아서 조각한 듯 전체적으로 까맣고, 촉수들은 노란색과 빨간색이라 묘한 효과를 연출했다. 그 주위에서 빨간색과 검은색 꽃이 뿜어내는 향기 때문에 타라는 숨쉬기가 힘들었다.

살금살금 항아리로 다가갔다. 뚜껑을 열어보니 푸르스름한 기름이 들어 있었다.

신들의 기름이라면 좋을 텐데. 식물을 위한 비료? 아니면 램프용 연료? 그것도 아니면 살과 뼈를 부식시키는 물질?

타라는 정체불명의 액체에 손가락을 담그고 싶은 충동을 억제하고 호주머니에서 꺼낸 천을 액체에 적셨다. 그러고는 조심스럽게 빛을 발하는 꽃에 다가갔다. 액체를 묻힌 천이 스치자마자 꽃이 몸서리를 치듯 오므라들었다.

성공! 신들의 기름이다.

타라는 기름이 얼마 동안 효력이 있는지 모르지만 서둘렀다. 체인 지라인의 주머니를 벌리고 항아리를 밀어 넣었다. 체인지라인이 즉시 팽창하면서 항아리를 삼켰다.

좋았어!

타라는 돌아섰다. 그리고 한 에드라킨과 맞닥뜨렸다.

에드라킨이 송곳니를 드러냈다.

타라도 똑같이 했다.

에드라킨은 깜짝 놀랐다.

"뱀파이어?" 에드라킨이 휘파람 같은 소리를 내면서 말했다. "신들의 저주를 받은 뱀파이어가 우리 섬에는 무슨 일이냐?"

"산책 중." 타라는 무릎이 후들거리면서도 셀렌바의 거만한 태도를 흉내 내면서 대꾸했다. "나를 가만 내버려두는 게 좋을 텐데, 어린 고양이?"

에드라킨은 야옹거리면서 갈퀴발톱을 세웠다. 타라는 침을 삼켰다. 오케이, 에드라킨족에게 '어린 고양이'라고 부르면 안 되겠어.

타라는 미소를 지으면서 위협하듯 송곳니들을 쭉 내밀었다.

"내 말 잘 들어. 섣불리 행동하지 않는 것이 좋을 거다. 네 동지들은 숲에서 해야 할 일 때문에 바빠서 여기 못 온다는 거 알고 있거든? 나를 그냥 가게 내버려둬. 아니면 우리 둘 중 하나는 몹시 후회하게 될 테니까."

에드라킨의 얼굴에 당황하는 기색이 역력했고, 거의 보이지도 않는 코를 찡그렸다.

"신들의 저주를 받은 뱀파이어, 전투보다 우리 신들의 심판을 받는 것이 어떠냐?"

전투를 벌이는 것으로 마을 전체의 이목을 끄는 것보다 조용히 끝나는 게 당연히 낫겠지만…… 타라는 신중해야 했다.

"협상하자는 건가?" 타라가 물었다.

"뭐라고?"

"내 말은 조건이 뭐냐고."

"기도하자."

오! 누가 더 빨리 무릎이 아픈가 시합이라도 하자는 건가?

"그게 다야?"

에드라킨은 기분 나쁜 미소를 지었다.

"이 마을을 보호해주는 수많은 신 중 한 분이 은혜를 베풀 자에게 응답하실 것이다."

"좋아. 그럼 은혜를 받지 못하는 자에게는 무슨 일이 일어나는데?"

"소멸된다."

타라는 잠시 숨을 멈췄다. 오래 생각할 필요가 없었다.

"알았어!"

"받아들이는 건가?"

"아니, 나는 전투를 택하겠어!"

"너무 늦었다. 나는 이미 기도하기 시작했다." 납작 엎드린 에드라 킨이 머리 위에 달린 고양이과 동물의 동그란 귀를 뜯어버릴 듯 비벼대면서 고함을 질렀다. "에드라킨족의 신이여, 내 말 들으소서! 이 저주받은 피조물에게 벼락을 내리소서!"

"에이, 그건 반칙이지!" 타라는 무릎이 후들거렸다. "이 나라에서는 신들에게 그런 식으로 기도하나?"

에드라킨의 목이 쉬어서 신들이 그 기도를 듣지 못한 걸까? 반응이 없었다. 타라도 소름 끼치는 조각상을 올려다보면서 한마디 했다.

"신이시여, 이 미치광이의 말을 들어주지 않으신다면 정말 고맙겠어요."

머릿속에서 목소리가 쩌렁쩌렁 울려 타라는 우거지상을 했다.

"너는 나를 믿느냐?"

눈이 동그래진 타라는 '별로'라고 대답하는 것은 현명하지 않다고 생각하며 소극적으로 대응했다.

"네? 그게……."

어디서 나는 소리지? 뭔가가 찢어지는 듯한 엄청난 소리가 났다. 거대한 톱으로 산을 자르면 저런 소리가 날까? 타라는 귀를 틀어막았다.

신들이 오고 있었다.

타라는 비명을 질렀다.

조각상이 움직였고, 그 위에서 불쑥 나타난 뭔가가 타라 앞에 떨어졌다.

쿵!!!

아주 작은 것인데 촉수들이 오글오글했다.

위에서 떨어졌다는 걸 고려하면 크게 다쳤을 것 같은데…….

타라는 비명을 멈추고 살펴봤다. 거대한 조각상의 축소판이었다.

아주 작지만, 에드라킨족의 신들 중 하나가 틀림없었다.

"이게 어떻게 된 거야……. 내가 왜 이렇게 작아졌지?" 작은 신이 모기만 한 소리로 물었다.

타라는 몸을 숙이고 으스러뜨리고 싶은 충동을 간신히 억제했다.

"뭐라고요?"

신은 머리통들, 어쨌든 머리로 사용하는 것이 아프다는 낯짝을 하면서 목소리에 온힘을 불어넣었다.

"내가 왜 이렇게 작아졌냐고?"

"글쎄…… 난 몰라요."

신은 머리통 두 개를 문지르면서 한숨을 내쉬었고, 핑핑 돌던 눈알이 멈췄다. 그리고는 주위를 둘러보다 또다시 한숨을 내쉬었다.

"너는 믿음이 없구나, 우리의 저주를 받은 피조물?" 신이 타라를 향해 10여 개의 눈을 쳐들었다.

‘저주를 받은 피조물’이라는 표현이 거슬리지만 타라는 개의치 않았다.

“당신은 나의 신이 아니에요. 그러니까 솔직히 말해서 나는 당신을 믿지 않아요.”

신이 촉수 하나를 쳐들더니 불쾌한 낯짝으로 쳐다봤다.

“그 때문이었구나. 우리는 신도들의 믿음을 양식으로 삼는데 네가 나를 믿지 않으니 이렇게 작아진 것이다. 다른 신도들이 못 봐서 천만다행이야. 그랬다면 천년 동안은 계속 조롱당할 텐데. 자, 본론으로 돌아가자. 무슨 일로 왔느냐?”

아! 신은 사람의 머릿속을 읽는다고 생각했는데 에드라킨족의 신은 그렇지도 않은 모양이군.

“그게…… 아르루쉬르의 무덤으로 가야 해요.” 타라는 기계적으로 대답했다.

“이유는?”

“내 친구를 죽인 유령들을 섬멸할 기계를 찾으려고요.”

타라는 소스라치게 놀랐다. 지금 뭐 하고 있는 거지? 적에게 목적을 알려주다니! 타라는 눈살을 찌푸렸다. 마법은 느껴지지 않는데 꽃향기가…….

타라는 알아차렸다.

꽃들. 꽃들이 뿜어내는 향기가 진실을 말하게 만든 것이다. 에드라킨족의 신들은 이 술책으로 신도들을 지배하고 있었다. 이제 알았으니 타라는 버텨낼 수 있을 것이다.

“문제될 거 없다.” 신이 아주 흡족한 낯짝으로 대답했다. “기계가 있는 곳으로 내가 데려다줄 테니까."

타라는 어리둥절했다. 뭐라고? 촉수가 오글오글하는 신이 기계가 있는 곳으로 데려다주겠다고 제안하는 거야?

"설마, 정말이에요?" 타라는 믿기지 않는다는 얼굴로 물었다.

"물론이다! 너를 데려가서 무덤을 파괴해줄 테니 너는 기계를 가져. 유령들을 섬멸하고 질서를 회복시켜. 그다음 대륙으로 돌아가서 네 인생을 살아. 원한다면 네 친구를 소생시켜줄 수도 있으니 걱정하지 마."

진실이라고 믿기에는 너무 멋진 말이 아닌가. 타라는 아더월드에서 많은 걸 경험했다. 물론 때로는 전혀 쓸데없는 것도 있었지만.

타라는 작은 신의 10여 개의 눈을 뚫어져라 쳐다봤다.

"그 대가로 뭘 원하죠?"

작은 신은 난처한 낯짝을 했다.

"대수롭지 않은 것."

"대수롭지 않은 것이라고요?"

"너희 인간들은 대수롭지 않게 여기지만 우리는 중시하는 것이지. 나는 단지 네 영혼을 원한다."

신이 아주 작은데도 타라는 겁을 먹고 뒷걸음쳤다.

"내 영혼이요? 그건 어림없어요. 미쳤군요!"

"네 친구를 소생시켜주는데도?" 신이 유혹하듯 말했다. "그 정도쯤은 나한테 어린애 장난인데 어떠냐?"

가슴이 미어지는 타라는 잠시 생각했다. 그 대가로 어느 정도의 희생은 각오하고 있었지만, 영혼이라니 이건 너무 심하잖아.

"아뇨, 내 영혼은 이 세상 무엇과도 바꿀 수 없어요. 내 영혼은 내 것이고, 영원히 내 것으로 남을 거예요. 다른 걸 요구하시죠."

"네가 가진 것 중에서 우리가 중요하게 여기는 건 그것밖에 없다."

신이 등을 돌리고 나서(말이 그렇다는 것이지 사실, 어찌나 작은지 돌아섰다고 말할 수도 없는 움직임이었다) 반쯤 몸을 일으킨 자세로 그 모습을 쳐다보는 에드라킨을 향해 움직였다.

에드라킨에게 가까워질수록 신이 타라와 비슷할 정도로 키가 커지기 시작했다.

"음, 나아졌군." 신이 흡족해했다. "정말 훌륭한 숭배자로군. 당장 너를 소멸시키지는 않을 생각이다."

에드라킨은 다시 납작 엎드리는 것으로 맹목적인 복종심을 보였다. 정작 자기가 숭배하는 신은 기대를 저버리고 저주받은 피조물에게 응답하고 있건만.

신이 신호를 하자 촉수 때문에 구멍이 잔뜩 뚫린 의자 같은 것이 바로 뒤에 유형화되었다.

신은 만족스러운 낯짝으로 의자에 앉았다.

"항아리가 사라진 것으로 보아 너는 기름을 가져가기 위해 우리 신전을 더럽혔구나. 내가 기름을 주면 그 대가로 넌 무엇을 내놓겠느냐?"

"돈이 있어요." 타라는 약간 얼이 빠진 어조로 말했다.

신은 촉수를 흔드는 것으로 그 제안을 물리쳤다.

"내가 그까짓 돈으로 뭘 하겠느냐? 나는 좀 더 물질적인 것이 필요하다."

타라는 신과 협상하고 있다는 것이 도무지 믿어지지 않았다.

지구에서는 바람, 소원, 욕구, 희망이 실현되게 도와달라고 열심히 기도하는데 아더월드에서는 관심 있는 걸 놓고 협상을 벌이다니……. 특히 이 미치광이들의 세상에서 통용되는 법칙을 세세히 모르는 타라는 지구의 방식이 훨씬 마음에 들었다.

상황을 뒤집어야 하는데……. 타라는 솔직한 답변이 어떻게 작용하는지 시험해보기로 했다.

"무엇을 원하세요? 원하는 게 뭔지 전혀 모르겠어요." 타라가 말하는 사이에 어깨에 앉은 갈랑이 날개를 파닥였다. 타라가 섣부른 생각으로 자신들을 죽일 수도 있는 신의 심기를 건드리는 것이 불안했던 것이다. "에이스 카드를 내놓으세요. 그래야 빨리 결론을 내리죠."

신이 미소를 지었는데 이빨을 다 드러내지 않는다는 것은……?

"너희 인간들은 걸핏하면 은유적 표현을 사용하는구나. 우리 신들은 사용하지 않는 표현이지만…… 어쨌거나 너의 표현대로 '에이스 카드'를 내놓겠다. 우리의 기름을 가져가는 대가로 손가락을 내놓아라. 길의 절반을 갈 수 있는 양의 기름이면 손가락의 두 마디를 내놓고, 기계가 있는 곳까지 갈 수 있는 양의 기름이라면 손가락 하나를 통째로 내놓아라."

타라는 구역질을 참았다.

"내 손가락을 바치라는 거예요?"

"그건 비싸지 않은 대가다!" 엎드려 있던 에드라킨이 갑자기 끼어들었다. "내 사촌은 집을 얻는 대가로 손 하나를 통째로 바쳤다."

잠시 후, 자신이 감히 참견했다는 것에 질겁한 에드라킨은 재빨리 손을 호주머니에 집어넣었다. 타라는 거리낌 없이 말했다.

"집을 얻으려고 손을 바친다는 건 미친 짓이다. 그 손으로 자기가 직접 집을 지으면 될 것을 왜 그런 짓을 해?"

"그게 훨씬 빠르니까." 에드라킨이 응수했다. "그리고 신께서 지어주시는 집인데!"

타라는 역겨웠다. 피와 살을 바쳐야 도움을 주는 게 무슨 신이야?

타라의 반응을 보면서 신이 촉수들을 꼬물거렸다.

"너는 내 신도들이 손가락, 손, 발…… 등을 다시 회복시킬 수 있다고 생각하는 모양이구나. 아니, 너는 잘못 알았다. 우리의 제사장들만 마법을 사용할 권리가 있다. 신도들은 우리에게 신체 일부를 바치는 것을 영광으로 생각한다. 그리고 그걸 다시 회복시키는 건 명예로운 일이 아니다. 따라서 네가 손가락을 바치면 다시는 회복시킬 수 없다. 그건 절대로 금지되어 있으니까."

타라는 슬금슬금 뒷걸음쳤다.

"미안하지만 난 그럴 수 없어요. 파트로크의 풍습을 잘 모르지만, 나의 것인 피, 살, 침, 머리칼 중 뭔가를 갖게 된다면 나에게 주문을 걸 수 있다는 것쯤은 알고 있어요."

신이 깜짝 놀라는 것 같았다. 그리고 약간 기분이 상해 보였다.

"어린 인간, 내가 원하면 언제든 너에게 주문을 걸 수 있어. 주문을 걸기 위해 필요한 것은 없다. 나는 신이니까!"

"아, 그래요? 그런데 어쩌죠? 난 아무것도 주지 않을 건데. 그리고 원하신다면 항아리를 돌려드리겠어요."

신이 반응하기 전에 체인지라인은 타라의 소리 없는 명에 복종했다. 체인지라인의 주머니에서 튀어나간 항아리가 엎어지면서 신은 파란색 기름을 뒤집어썼고, 타라와 갈랑, 에드라킨에게도 기름이 제법 많이 튀었다. 화가 나서 이성을 잃은 신이 촉수들을 뻗는 순간 타라는 재빠르게 몸을 숙였고, 때마침 일어나던 에드라킨이 새까맣게 타버렸다.

신도를 잃은 신이 대번에 줄어들었다.

"슬루르크!" 신이 욕설을 내뱉었다. "아, 다시 줄어드는구나!"

타라는 뒤도 안 돌아보고 도망쳤다. 치타처럼 신전 밖으로 튀어나간 타라는 어리둥절한 안젤리카와 실버를 지나쳐 숲을 향해 내달렸다. 타라의 온몸에 기름이 묻어서일까, 터키옥색 식물들이 마지못해서 길을 열어주었다.

실버와 안젤리카는 무슨 일인지 물어볼 겨를조차 없었다. 그들은 타라를 따라 전속력으로 달렸고, 식물들이 길을 막기 전에 통과할 수 있었다.

타라는 속도를 약간 늦췄다. 안젤리카는 따라오면서 숨을 헐떡이는 반면에 실버는 뱀파이어와 같은 속도로 달리는데도 멀쩡했다. 가끔 비틀거리면서도 실버는 정말 놀라울 정도로 빠르게 타라를 따라잡고 있었다.

"무슨 일이에요?" 실버는 타라가 날렵하게 뛰어넘은 덤불과 수풀을 불도저처럼 뚫고 나오면서 물었다.

실버는 나뭇가지 하나를 피하다가 넝쿨과 정면으로 충돌하자 그 식물을 뿌리째 뽑아버리고는 계속 달려왔다. 실버는 넝쿨과 충돌할 때 눈을 다쳤는지 반쯤 감고 있었다.

"신과 협상을 벌였어." 타라는 숨을 헐떡이면서 안젤리카가 따라올 수 있게 속도를 조절했다.

"네?"

"신, 에드라킨족의 신과 협상을 벌였다고!"

그제야 실버는 무슨 말인지 알아들었다.

"그래서요?"

"그게 잘 안 됐어. 신이 화가 난 것 같아."

마치 그 말을 증명하듯 신의 분노가 폭발하면서 신전의 지붕이 멀리 날아갔다. 숲이 갑자기 조용해졌다. 타라는 작게 줄어든 신이 지원해 주는 에드라킨이 없는 상황에서는 힘을 쓰지 못하겠지만, 신도들이 또 다른 신들을 현실 세계로 불러들일 것이라고 생각했다.

실버의 눈이 휘둥그레졌다.

"정말 신, 화 많이 난 것 같아요. 왜죠?"

타라는 신전에서 있었던 일을 자세히 얘기하면서 주위를 유심히 살폈다. 뒤에 넝쿨을 달고 따라오는 안젤리카와는 달리 식물들이 조심스럽게 실버를 피하고 있었다. 아니, 실버의 몸이 식물들을 밀어내는 건가? 정말 이상했다. 타라는 정체불명의 실버에 관한 또 하나의 사실을 머릿속에 추가로 입력했다. '건드릴 수 없는 비늘로 뒤덮인 천연 갑옷, 난쟁이들의 손에서 자라면서 익힌 검술, 무시무시한 괴물로 둔갑하는 변신술, 식물에게 두려움을 주는 존재…….' 정말 기괴하지만, 실버는 정체성에 대한 혼란 때문에 마음이 무거우면서도 아주 친절하고, 어린애 같은 천진무구한 면도 지닌 소년이었다.

어디인지 전혀 모르기 때문에 타라는 달리기를 멈췄다. 아르루쉬르가 어느 쪽인지 알아야 했다. 기진맥진한 안젤리카도 옆구리를 잡으면서 멈춰 섰다.

"헉, 헉…… 왜 이…… 이렇게 뛰어야 하는지 이유는 알아야지?"

"타라가 신을 화나게 했어요." 실버가 심각한 어조로 설명하는데 이제부터는 '아가씨'라는 호칭을 쓰지 않기로 한 모양이다. "멀리 가는 게 좋겠어요. 거시기도 신에게 대항할 수 없어요. 아니, 시도해본 적 없어요. 신과 마주친 적이 없어서 모르겠지만, 내 비늘 갑옷도 신의 분노를 견딜 수 없을 거예요."

"인간들은 너를 감당할 수 없어." 안젤리카가 비아냥거리면서 숨을 돌리기 위해 허리를 구부렸다. "후계자, 감당이 안 되기로는 너도 누구에게 빠지지 않지! 그래서 이제는 신들에게 맞서는 거야? 다음 계획은 뭔데? 아무리 적이라도 상대할 적이 따로 있지, 목숨을 재촉할 일 있어? 신들을 상대로 무슨 뾰족한 수가 있다고!"

나무 하나가 안젤리카를 향해 촉수를 날렸는데 꺽다리는 등을 돌리고 있어서 보지 못했다.

타라가 느닷없이 안젤리카를 와락 끌어안았다.

안젤리카는 어찌나 놀랐는지 가만히 있었다. 잠시 후 상황을 파악한 꺽다리가 몸을 빼면서 격분했다.

"너 미쳤어? 도대체 이게 무슨 짓이야?"

타라는 냉소적인 미소를 지었다.

"왜? 내가 너를 사랑하기라도 할까 봐?"

"무슨 헛소리야?" 안젤리카는 질겁했다. "내게 가까이 오지 마!"

그 뒤에서 기분이 상한 촉수가 뒷걸음쳤다.

잔뜩 겁먹은 안젤리카를 보면서 타라는 웃음을 참을 수 없었다. 소리를 크게 내지 않으려고 입을 틀어막으면서 포복절도하는 타라는 눈물까지 글썽거렸다.

어안이 벙벙한 얼굴로 쳐다보던 실버는 안젤리카의 몸에 신의 기름이 묻어 있는 걸 봤다. 그리고 악착같이 따라붙던 미친 식물들이 갑자기 안젤리카에게서 떨어진 이유를 알아차렸다.

"아! 이제 알았어요. 안젤리카를 보호하기 위해 기름을 묻힌 거죠?"

터진 웃음보 때문에 대답할 수 없는 타라는 고개를 끄덕였다.

안젤리카는 기름이 묻은 옷을 쳐다보면서 안도의 숨을 내쉬었다.

"오, 내 조상들이시여! 그렇다고 갑자기 사람을 놀라게 하면 어떡해? 멍청하기는!"

타라는 전혀 미안하지 않기 때문에 사과하지 않았다. 그리고 미션에 정신을 집중하면서 심호흡을 한 다음 지도를 꺼냈다. 다행히 방향은 제대로 들어서 있었다. 타라는 또다시 웃음이 터질까 봐 눈이 뒤집힐 것 같은 안젤리카의 얼굴을 생각하지 않으려고 애를 썼다.

미션, 미션, 미션. 정신 집중.

"지금은 에드라킨족 제사장들이 해적들을 추격하고 있어." 타라가 말했다. "따라서 그렇게 빨리 신전으로 돌아오지 않을 거야. 그리고 신이 신전을 폭발시켰기 때문에 잔뜩 겁먹은 에드라킨족이 그 근처에는 가지 못할 거야. 하지만 어떤 신도가 기도를 하러 신전으로 들어가는 순간……."

"엄청난 일이 터지겠지. 아니, 정확하게 말하면 너한테 엄청난 일이 일어나겠지. 그리고 실버와 나는 이미 오래전에 도망쳤을 테고." 안젤리카는 눈을 부라리면서 결론을 내렸다. "그래서 이제 어떡할 건데?"

"가능한 한 빨리 도망쳐야지. 서두르지 않으면 아마 우리는 타 죽을 거야."

"우리가 왜? 너는 그럴 만한 짓을 했지만, 난 아무 짓도 안 했잖아!"

타라는 대꾸 없이 파란 숲 속으로 질주했다. 나뭇가지와 뿌리에 걸려 넘어질 듯 아슬아슬하게 실버가 그 뒤를 쫓았고, 안젤리카는 선택의 여지가 없었다.

그들을 추격하는 신이 있었으니…….

15
파브리스
육식동물이 어쩌다 채식주의자가 되었을까

*

바로 그래서 덫에 걸려들었다.

신에게 쫓기게 된 타라가 무작정 뛰었고, 실버와 안젤리카는 타라를 따라 덩달아 뛰었기 때문이다.

에드라킨족은 숲으로 도망친 해적들을 붙잡는 데 실패했다. 해적들은 기름을 갖고 있지 않은데도 숲의 식물들을 방어하기 위해 다른 방법을 쓰는 것 같았다.

에드라킨족은 이내 그들이 아주 영리한 인간들이라는 걸 알아차렸다. 정글 속으로 달아난 해적들이 여러 무리로 흩어졌기 때문이다. 게다가 필요한 식물을 정확하게 알고 있었다. 에드라킨족은 무더기로 파헤쳐진 식물을 발견하고 이빨을 부드득 갈았다. 그래서 숲 속 곳곳에 함정을 놓았던 것이다.

정글 속 통로 곳곳에 거의 보이지 않는 거미줄들이 쳐 있었다. 타라는 뱀파이어의 눈인데도 어두컴컴해서 통로 하나가 열리고 있는 걸 알아채지 못했다. 머리가 먼저 거미줄에 걸린 타라는 옴짝달싹할 수가 없었다.

빠져나가려고 몸부림치는 순간 거미줄이 움직였고, 방울 소리가 요란하게 울렸다. 도처에 방울이 엄청나게 매달려 있었다. 방울 소리를 들은 에드라킨족의 날카로운 괴성이 숲 속에 울려 퍼졌다.

전속력으로 달려오다 제때에 멈춰 선 실버가 두 손을 흔들자 날카로운 비늘이 섰다.

"잠깐!" 타라는 가급적 움직이지 않으려고 애쓰면서 말했다. "내 호주머니에서 톨리스 기름을 꺼내 발라주면 돼. 그러면 이 거미줄에서 내가 빠져나갈 수 있어. 너도 달라붙기 때문에 거미줄을 잘라내지 못할 거야."

실버는 동작을 멈추고 거미줄을 피해 타라의 호주머니에서 톨리스 기름을 꺼내는 데 성공했다.

"안젤리카, 타라를 풀어줘요." 실버가 부탁했다. "내가 하면 타라의 몸에 상처를 입히니까요.

그 목소리에서 타라는 실버의 고뇌를 느낄 수 있었다. 안젤리카는 툴툴거리면서도 톨리스 기름을 발라 타라를 재빨리 구해냈다.

끈끈이 거미줄에서 빠져나오는 타라를 보면서 실버는 아무 말없이 이마를 찡그렸다. 거시기를 움직이지 못하게 했던 로프와 비슷하지 않은가!

이제 실버가 톨리스 기름이 거미줄을 무력화한다는 걸 알았으니 타라는 거시기를 제압하는 최고의 방법을 잃은 것이다. 물론, 실버의 몸속에 동거하는 이상한 동물이 이 섬에서 톨리스를 찾아내야 하겠지만.

그들은 방울들을 피해서 가능한 한 멀리 가려 했지만, 에드라킨족이 추격하고 있었다. 실버가 옆에 있지만, 타라는 마법을 사용하지 않고서는 너무 잔혹한 에드라킨족과 맞서 싸우기에 역부족이라는 걸 느꼈다. 하지만 마법을 사용하면 30초 내에 에드라킨족의 나라 절반을 쑥대밭으로 만들고, 아더월드를 구할 수 있는 가능성까지 날려버리는 것이 아닌가.

그래서 그들은 뛰었다. 숨이 넘어갈 정도로.

안젤리카는 몹시 힘들어했다. 너무 숨이 차서 욕설도 내뱉지 못할 정도였다. 실버는 안젤리카가 고통을 덜 받도록 재빨리 히블리아의 철로 만든 덮개를 꺼내 어깨와 겨드랑이 밑에 감싸준 다음 부축했다. 그렇게 해서 그들은 속도를 냈지만, 타라는 그리 오래 버티지 못하리라는 걸 알았다.

상황이 불리해지고 있었다.

"더는 못 가겠어." 안젤리카가 죽는소리를 했다. "심장이 터질 것 같아."

꺽다리의 얼굴이 잿빛으로 변한 걸 보면 엄살이 아니었다. 한계에 이른 안젤리카는 기진맥진해 있었다.

무슨 소리가 들려서 타라는 걸음을 멈췄다.

안젤리카는 힘겹게 숨을 몰아쉬면서 그 자리에 주저앉았다. 실버가 안젤리카를 향해 몸을 숙였는데 그 얼굴에 불안한 기색이 역력했다.

허리를 세우는 실버는 손에 혈검을 쥐고 있었다. 어디서 나타난 거지?

"안젤리카와 여기 남아 있을게요." 실버가 말했다. "혼자서 임무 이행해요, 타라 덩컨. 내 검과 내가 목숨 걸고 안젤리카의 몸을 돌볼 거예요."

"그 말을 이제야 하다니!" 안젤리카는 헐떡거리면서 말했다. "원하는 대로 내 몸을 돌봐도 돼."

안젤리카에게 아직은 농담할 힘이 남아 있는 건가.

좋은 징조.

에드라킨족이 곧 그들을 따라잡을 것이다.

나쁜 징조.

이제 작전을 바꿔야 했다. '적의 주의를 흐트러뜨린 다음 기습하라'는 것이 산도르 황제의 가르침이었다. 그 순간 또다시 이상한 소리가 들렸다. 타라는 길이라고 생각했는데 흡사 마차가 지나가면서 남긴 자국처럼 뭔가에 의해 움푹 파인 게 보였다.

그런데 그 자국의 폭이 다수의 무리가 지나갈 수 있을 정도로 꽤 넓었다. 타라는 뱀파이어의 눈으로 그 자국을 살폈다. 자이언트 거미들이 남긴 것 같은 이상한 자국이었다.

파트로크에는 자이언트 거미가 없는 걸로 아는데……. 게다가 파손된 안장의 고리가 길에 떨어져 있는 것으로 보아 이 거미들은 누군가를 태우고 지나간 것이 분명했다. 탐험대? 원정대? 하필 지금 여기를? 불길한 징조.

그때였다. 땅바닥에서 무언가가 타라의 눈에 띄었다.

몸을 숙이고 금빛 털 뭉치를 집어서 냄새를 맡던 타라가 갑자기 어? 이 털이 어떻게 여기 있지? 하고 의문을 갖는 얼굴이 되었다.

타라가 안젤리카를 내려다보자 소스라치게 놀란 꺽다리가 어린아이처럼 두 팔로 몸을 감싸면서 달아났다.

"에이, 저리 가!" 안젤리카는 딸꾹질까지 하면서 외쳤다. "걸핏하면 껴안으려고 하는 버릇 빨리 고쳐, 너!"

"착각은 금물! 네가 좋아서 껴안은 게 아니라 네 목숨을 구해준 거니까 입 닥쳐!" 타라가 응수했다.

머쓱해진 안젤리카는 반박하고 싶었지만, 때로는 신중한 태도를 보이는 것이 현명하기 때문에 입을 다물었다.

타라는 반짝거리는 털 뭉치를 손에 쥐고 자국을 따라 돌진했다.

금빛 털, 늑대의 털······.

무언가가 숲 속을 달려오고 있었다. 파브리스는 매복하며 늑대의 감각으로 그 소리를 듣고 있었다. 미친 듯이 달리면서 나뭇가지들을 부러뜨리는 소리······. 주위에서 일어나는 일들을 보면 그냥 흘려버릴 수도 있지만, 파브리스는 귀를 곤두세웠다.

괴상한 존재들이 사는 괴상한 숲.

이 빌어먹을 섬은 온통 괴상했다.

밀물이 몰려와 모든 걸 휩쓸어버리면 시간도 절약되고 그 이상 좋을 수가 없을 텐데. 파브리스는 팔에서 나는 냄새를 맡으며 오만상을 찌푸렸다. 만지는 것마다 파란 기름으로 얼룩지고 있었다. 좀비 거미 한 마리는 몸뚱이에 기름이 덜 발렸는지 숲이 집어삼켰는데 마치 존재한 적도 없던 것처럼 사라져버렸다. 두려움을 느낀 파브리스는 잠시 쉴 때마다 꼼꼼하게 기름을 발랐고, 줄곧 늑대의 모습을 유지했다. 그런데 이번만은 사냥하고 싶은 마음도 전혀 생기지 않았다.

현재 파브리스 일행은 격렬히 저항하는 나무와 식물들을 없애버리고 만든 빈터에 있었다. 에드라킨족 길잡이 둘을 데려오느라고 시간을 낭비해 화가 난 셸렌바가 엄청나게 잔소리를 퍼붓고 있었다. 하지만 원정대는 야영하기 위해 텐트를 세웠다.

파브리스는 자는 사이에 살금살금 다가온 나무들에게 목이 졸리지는 않을까 걱정되었다.

이제 정말 기름밖에 믿을 게 없었다.

달려오는 소리가 난 것은 그들이 보초들을 배치하고 있을 때였다.

그들 쪽으로 오는 소리였다. 셸렌바도 고감도 청각으로 그 소리를 감지했다.

"음, 피…… 피 냄새가 느껴져. 에드라킨이 아냐. 인간의 냄새야."

"인간의 냄새요? 이런 썩어……(파브리스는 에드라킨족 길잡이들의 시선을 의식하고 얼른 정정했다) 이 섬에 인간이 뭘 하러 오겠어요?"

"이따금 인간들이 옵니다." 길잡이 중 하나가 탐욕스러운 얼굴로 말했다. "머물지는 못하지만."

"당신들에게 쫓겨나서요?"

"우리가 잡아먹죠."

파브리스는 소리가 나지 않게 침을 삼키려고 노력했다.

"아, 물론 우리의 신들에게 영혼을 바친 뒤에 잡아먹지요." 또 다른 길잡이가 덧붙였다.

"그래, 네 말이 맞다." 첫 번째 길잡이가 말을 이었다. "우리가 숭배하는 신들에게 먼저 바쳐야지."

길잡이들이 불안한 눈길을 던지면서 마치 격렬하게 씻는 것처럼 고양이과 동물의 머리 위에 달린 동그란 귀를 비벼댔다.

바로 그때 숲 속을 달려오던 것이 내처 빈터로 뛰어들었다.

에드라킨 길잡이들은 격분한 신들이 그들을 위협하는 것이거나 메시지를 보낸 것이라고 생각했다. 그래서 두려움에 사로잡혔다. 얼마나 공포에 떨었는지 길잡이 하나가 심장마비로 즉사했다. 다른 길잡이는 눈이 흐릿해지더니 웅크리고 앉아서 귀가 떨어져나가라 비벼대기 시작했다.

"나는 충성스러운 신도, 나는 충성스러운 신도, 나는 충성스러운 신도……."

식물들에게 상처를 입었는지 침입자가 포효하면서 파브리스 앞에 버티고 섰다.

파브리스는 숨이 멎는 것 같았다. 무아노……?

"이런, 이런!" 우아한 걸음으로 다가온 셀렌바가 몸을 숙이고 속삭였다. "네 여친이잖아? 너한테 채찍으로 맞은 걸 앙갚음하러 왔을까? 너한테 화가 많이 나 있을 텐데, 아주 많이."

무아노는 파브리스가 반응할 겨를도 없이 덤불 속으로 내몰았다. 잠시 후, 둘 다 사라졌고, 싸우는 소리에 나무들이 부들부들 떨었다.

"애들이 그렇지 뭐!" 셸렌바는 역겨워하는 어조로 구시렁거렸다. "계획을 바꿨으니까 길을 알려줘." 셸렌바는 여전히 꿇어 엎드리고 있는 에드라킨 길잡이의 옆구리를 발로 걷어찼다. "갈 길이 먼데 시간을 너무 낭비했다."

무아노의 흔적을 뒤쫓아온 에드라킨들이 유령처럼 나타났다가 분개하면서 이내 돌아섰다. 야수가 뱀파이어의 수중에 있으니 먹이를 내놓으라고 할 수가 없었던 것이다.

티그족 병사들이 텐트를 거두고 있었다.

아무도 질문하지 않았다. 티그족 병사들은 신경이 날카로워져 있었다. 가장 두려운 대상이 숲인지, 에드라킨족인지, 뱀파이어인지 알 수가 없어 그들은 감히 셸렌바에게 왜 파브리스를 기다리지 않느냐고 물어볼 엄두조차 내지 못했다.

셸렌바가 이틀 동안 굶었는데…… 괜히 뱀파이어의 심기를 건드렸다가는 간식거리가 되기 십상이었다.

"야, 늑대인간!" 셸렌바가 싸우는 쪽을 쳐다보면서 외쳤다. "서로 물고 뜯으면서 실컷 싸우고 난 다음에 우리에게 합류해. 기름은 이틀 동안만 효력이 있다는 거 잊지 말고! 살고 싶으면 우리를 따라잡아야 해. 얘들아, 그럼 재미있게 놀다 와!"

그리고 나서 셸렌바는 출발 신호 명령을 내렸다.

무아노/야수가 낙승했고, 파브리스/늑대는 믹서에 갈리는 느낌이었다. 무아노는 야수의 갈퀴발톱과 송곳니를 거리낌 없이 사용하면서 늑대에게 고통을 주고 있지만, 본의 아니게 무아노를 죽이게 될까 걱정이 된 파브리스는 무조건 참고 있기 때문에 사실 불공평한 싸움이었다.

무아노는 격분해 있었다. 세상만사에 대해 화가 나 있었다. 유령들을 아더월드로 끌어들인 타라에 대해, 도와줄 거라고 믿었는데 배신하고 채찍질까지 가한 남친에 대해, 뱀파이어의 송곳니로 목을 깨물게 한 마지스터에 대해, 털이 젖는 걸 끔찍하게 싫어하건만 섬에서 너무 멀리 떨어진 곳에 내려주는 바람에 몇 킬로미터를 헤엄치게 만든 레지스탕스에 대해, 무아노가 발가락 하나를 넣어준 뒤로 계속 잡아먹으려고 달려드는 숲에 대해, 해적으로 오해하면서 계속 쫓아오는 에드라킨족에 대해, 사랑을 주었다가 '이제 알았지? 사랑은 이런 거야!' 하는 식으로 도로 빼앗아간 세상에 대해 화가 나 있었다. 무아노는 그 화풀이 대상으로 파브리스를 미친 듯이 고문하고 있는 것이다.

무아노의 화를 풀어줄 최선책은 아무런 방어도 하지 않는 것임을 파브리스는 깨달았다. 그저 녹초가 된 권투 선수처럼 움직이지 않은 채 얻어맞고 있었다.

축 늘어진 늑대의 몸뚱이를 가혹하게 대하던 무아노/야수는 이 정도 화풀이로는 성이 차지 않는 것 같았다.

야수는 경멸하듯 늑대의 머리를 향해 발길질을 날렸고, 그 충격으로 나가동그라진 늑대가 한 나무에 쿵 부딪쳤다. 나뭇가지와 잎이 우수수 떨어졌지만, 방금 본 광경에 놀란 나무는 미친 것들을 건드리지 않는 것이 좋겠다고 판단했는지 가만히 있었다.

늑대는 꿈쩍도 하지 않았다. 상처가 대번에 아물었는데도(늑대인간이 가진 치유 능력 때문에) 늑대는 움직이지 않았다. 무아노의 분노가 마침내 서서히 수그러들고 있었다. 무아노/야수는 경계하면서 다가갔다. 늑대는 금빛 눈을 뜨고 있지만 미동도 하지 않았다. 늑대가 가장 약한 목을 드러내고 있었다.

"퉤!……." 무아노/야수는 털 뭉치를 내뱉었다. "너는 늑대가 아냐. 그렇게 목을 드러내고 있으면 내가 불쌍하게 여길 줄 알고? 어림없어!"

"네가 하고 싶은 대로 해." 파브리스/늑대는 헐떡거리면서 말했다. "너와 싸우고 싶지 않아. 원한다면 날 죽여. 크로크둘**14**! 난 녹초가 되었으니까."

파브리스가 저런 상스러운 말을 내뱉다니…… 무아노는 깜짝 놀랐다.

"억울해하지 마. 마지스터에게 달라붙으면서 네가 초래한 일이니까."

"유령들을 돌아오게 한 건 내가 아냐!" 파브리스가 반박했다. "타라가 그런 대형 사고를 치지 않았다면 나는 마지스터를 죽인 영웅이 되었을 거야. 그리고 마지스터의 유령은 아직 비욘드월드의 림보에 있을 것이고, 마지스터에게 원한이 있는 수많은 적들에게 늘씬하게 얻어맞았을 거야. 글로리아, 그랬으면 나는 영웅이 되었을 거라고!"

마지스터가 죽었다면, 상그라브들이 파브리스를 살려둘 리 없기 때문에 죽은 영웅이 되는 것이지만…….

무아노는 나무 밑동에 기대고 주저앉은 늑대를 경멸하듯 아래위로 훑어봤다.

• • • • • • • • • • • • • •

14. 7권에서는 욕설이 자주 나오고 있다. 크로크둘이 욕설이라는 것 말고는 나 역시 정확하게 무슨 뜻인지 전혀 모른다.

"한심한 영웅이겠지." 무아노는 3미터에 이르는 털북숭이 몸을 웅크리면서 말했다. "어처구니없는 선택을 한 한심한 영웅!"

파브리스는 한순간 반박하려다가, 불행히도 틀린 말이 아니라 침묵했다. 자이언트 거미에게 잡아먹히지 않기 위해 빌어먹을 수수께끼의 답을 찾느라고 진땀을 흘리던 순간부터 파브리스는 아더월드의 생활이 자신에게 맞지 않는다는 걸 깨달았다.

야수가 일어나서 숲 속으로 가려는데 파브리스가 팔, 아니 다리를 붙잡으면서 부드럽게 끌어당겼다.

"그건 내가 누구보다도 잘 알고 있어." 한숨을 쉬면서 말하는 파브리스를 보면서 무아노는 깜짝 놀랐다. "하지만 내가 마지스터를 따라오지 않았다면 글로리아 너를 만나지 못했겠지."

파브리스는 늑대의 눈으로 야수의 눈을 뚫어져라 쳐다봤다.

"그래서 전혀 후회하지 않아." 파브리스는 무아노가 몸을 숙여야 할 정도로 작은 소리로 속삭였다.

그렇게 말하고 나서 늑대가 재빠르게 야수를 포옹했다.

그러고는 주둥이를 포갰는데…… 늑대의 주둥이에 야수의 주둥이라 솔직히 불편하기 짝이 없었다.

무슨 말이든 해야 하는데…… 말이 나오지 않는 무아노는 뒷걸음쳤다. 파브리스는 무아노의 냉랭한 눈빛을 보면서 입맞춤으로는 여친의 마음을 돌릴 수 없다는 걸 깨달았다.

파브리스는 할 말이 많았지만 한 가지만 물었다.

"근데 너는 우리를 어떻게 찾았어? 에드라킨족의 표현으로 '신들의 저주를 받은' 이 섬에 어떻게 왔어?"

야수의 얼굴은 태연했다.

"네가 그게 왜 궁금한데?" 무아노는 경계하는 어조로 물었다.

무아노의 말에 함축된 뜻을 알아차린 파브리스가 말했다.

"마지스터나 셀렌바에게 알리려고 물어본 게 아냐. 글로리아, 난 네가 어떻게 여기 왔는지 알고 싶을 뿐이야. 네가 불쑥 우리에게 나타난 것을 우연의 일치로 보기에는 너무 믿어지지 않는 일이라서……."

거짓이 아니라는 걸 보여주려는 듯 파브리스가 변신했다. 금빛 눈의 늑대 대신 검은 눈의 금발 소년이 나타났다.

무아노는 망설이면서 아무 말없이 섬에 이르기까지의 과정을 떠올렸다. 무아노는 살아 있는 궁전에서 '나는야 인간의 피를 먹는 뱀파이어'가 된 칼을 만났고, 둘은 타라에 대한 아주 중요한 정보를 교환했다. 칼은 타라가 히믈리아로 떠난 것으로 알고 있었고, 무아노는 파트로크로 떠나야 하는 이유를 칼에게 설명했다.

무아노는 선택의 여지가 없었다. 붉은 악마 크소아라에 대한 정보를 타라에게 알리려면 히믈리아로 가야 하지만, 유령퇴치 기계를 찾는 것도 중요했다. 무아노는 칼의 도움으로, 레지스탕스 조직원들이 기습을 받았을 때 무사히 빠져나온 트리톤 몽타뉴크리스토가 빌려준 배에 오를 수 있었다.

랑코비트에서 일어났던 그 많은 일은 '자신도 모르게 뱀파이어가 된 칼리반 달 살란의 모험'이란 제목으로 책을 한 권 쓰고도 남을 정도였다. 그러나 칼은 미션이 끝나지 않았기 때문에 무아노와 동행할 수 없었다.

그래서 지원해줄 칼이나 타라, 파프니르도 없이 배에 오른 무아노는 완전히 버림받은 느낌이었다.

그리고 로빈이 죽었다니! 오, 아더월드의 모든 신이시여······.

친구들과 똘똘 뭉쳐 지내는 데 익숙해진 무아노는 완전히 혼자라는 생각에 외롭고 힘들었던 것이 언제였는지 기억도 나지 않았다.

배를 타고 오는 동안 무아노는 생각할 시간을 가졌다. 파브리스와 셀렌바보다 먼저 목적지에 이르는 것은 도저히 불가능하기 때문에 그들이 기계를 손에 넣기를 기다렸다가 빼앗는 쪽으로 작전을 세웠다.

그래서 레지스탕스의 첩자들이 알려준 파브리스와 셀렌바의 원정대가 거미 부대를 이끌고 상륙한 곳 부근에 내린 다음 헤엄쳐서 육지에 올랐다. 그러고는 원정대가 어디로 가는지 전혀 모르기 때문에 그들이 남긴 흔적을 따라온 것이다.

자이언트 거미들이 남긴 악취와 끈적끈적한 점액.

원정대가 어찌나 기름을 뒤집어썼는지 그 흔적의 한복판을 따라 지나가면 식물들의 공격을 피할 수 있으니 일석이조였다.

그러나 무아노는 한두 번 나무들에 너무 가까이 접근했다가 부상을 당했다. 너무 아프고 따가웠지만 다행히 걷지 못할 정도는 아니었다.

해적들을 추격하던 에드라킨족이 사방에서 튀어나온 적도 있었다. 순식간에 사라진 해적들을 찾다가 에드라킨족이 무아노를 발견한 것이다. 무아노는 도망쳤고, 하필이면 셀렌바가 야영하기 위해 멈춰 있는 원정대의 진영으로 뛰어든 것이다.

물론 원정대가 깜짝 놀라는 틈을 이용해 내처 달아날 수도 있었지만, 파브리스를 보는 순간 무아노는 분노가 치밀었다. 그래서 도망치는 대신 파브리스에게 달려들었던 것이다. 무아노는 화가 나면 이따금 인간이라는 걸 잊을 정도로 야수적 성향이 훨씬 강해져 난폭해졌다.

문제는 야수로 변신해 있는 순간이 마음에 든다는 것이다.

파브리스는 무아노가 야수로 있을 때는 강력한 힘을 존중해주지만, 연약한 소녀의 모습으로 있을 때는 우습게 여기는 경향이 있었다. 무아노는 이번 기회에 따끔한 맛을 보여주는 것은 당연한 일이라고 정당화했다.

게다가 파브리스를 마구 때린 것에 쾌감까지 느꼈으니.

멍청한 짓을 했으니 맞아도 싸!

이런 생각들이 머릿속을 주마등처럼 지나갔다. 파브리스는 참을성 있게 무아노의 대답을 기다렸다.

"너를 뒤쫓아왔어." 무아노는 그간의 사정을 생략하고 짤막하게 대답했다.

"뭐라고? 내가 마지막으로 봤을 때 넌 그 악명 높은 오무아의 감옥에 갇혀 있었어. 어떻게 거길 탈출할 수 있었지?"

"나를 지지하는 친구들이 도와줬지. 그래서 지금 이렇게 여기 있는 거고."

"내 추측이 맞는다면 너도 기계 때문에 온 거지? 그런데 너 혼자서 왔단 말이야?"

무아노는 망설이다가 솔직해지기로 했다. 파브리스의 태도가 공격적이지 않고, 그 교활한 셀렌바가 무아노를 봤으니 경계하고 있을 것이 틀림없었다.

"그래, 원정대를 뒤쫓아온 거 맞아. 이제는 선택의 여지가 없어. 정글과 싸우면서 너희들보다 더 빨리 가야 하니까."

"그건 미친 짓이야. 넌 산 채로 잡아먹힐 거라고!"

"아니, 야수의 모습으로 있으면 힘이 세니까 난 할 수 있어. 너한테 셀렌바와 맞서 싸우라는 말은 하지 않겠어. 하지만 네가 진군을 지연시켜주면 고맙겠어. 마지스터가 완전히 죽고, 아더월드의 질서가 다시 잡히면 우리는 정상적인 삶을 되찾을 거야."

파브리스는 고개를 설레설레 저었다.

"셀렌바는 절대로 네가 기계에 접근하지 못하게 할 거야. 내 생각에 셀렌바가 너를 봤기 때문에 이미 아르루쉬르 지역을 경비하기 위해 틀림없이 척후병을 보냈을 거야."

"난 셀렌바가 두렵지 않아." 무아노는 유혹하는 어조로 모험을 시도했다. "우리 둘이면 셀렌바를 이길 수 있어. 그건 나도 알고 너도 알잖아."

"아니, 티그족 병사들도 있어. 그건 자살행위야."

침착하게 행동하기로 마음먹었건만 무아노는 그 말에 발끈했다.

"천만에, 아무것도 하지 않는 것이 자살행위지. 파브리스, 눈을 떠, 제발! 나는 정말 이해할 수 없어. 너를 이해할 수 없어."

예전의 파브리스라면 힘을 원한다고 응수했을 것이다. 하지만 두 달 동안 지옥을 경험했고, 무아노에게 깊은 마음의 상처를 주었던 지금의 파브리스, 이 소년의 눈빛에는 두려움이 어려 있었다. 파브리스가 가슴에 올린 손에서 경련이 일었다. 그 손에서 악마의 힘을 지닌 마법의 반지가 꿈틀거리고 있었다.

아더월드를 구하려면 파브리스를 죽여야 하나? 파브리스는 모르고 있지만, 무아노는 털 속에 은장도를 감추고 있었다. 칼끝이 어찌나 뾰족한지 바늘 같아서 늑대의 가슴속 깊숙이 찌를 수 있고, 치명적인 상처를 입힐 수 있었다. 은에 알레르기 반응을 일으키기 때문에 늑대인간을 죽일 유일한 방법이다. 그다음 셀렌바를 공격하고, 티그족 병사들을 해치울 것이다. 그리고 나서 기계를 작동하면 모든 것이 해결되는데…….

무아노가 불안에 떨면서 망설이고 있을 때 파브리스는 미소를 지었다.

갑자기 파브리스가 머리 위쪽에 있는 나무를 올려다보면서 경악했다.

"오!"

무아노는 몸을 반쯤 돌리면서 하늘을 향해 고개를 쳐들었다.

갑자기 돌변한 파브리스는 무아노를 한 방에 때려눕혔다.

사실, 파브리스는 의도적으로 인간으로 변신해 있었던 것이다. 모든 사람과 마찬가지로 무아노 역시 이제 파브리스가 인간의 몸도 늑대 못지않게 강력하다는 걸 모르고 있음을 이용한 것이다.

무아노는 의식을 잃으면서 즉시 소녀의 모습으로 돌아왔다.

파브리스는 손을 털면서 중얼거렸다.

"어휴, 고집불통!"

어긋났던 손의 뼈마디가 다시 맞춰지자 파브리스는 오만상을 찌푸렸다. 파브리스는 허리를 숙이고 마치 헝겊인형처럼 무아노를 업은 다음 셀렌바 일행을 따라가기 위해 숲 속으로 사라졌다.

파브리스는 달리 방법이 없었다. 무아노를 도망치게 하면 셀렌바가 살가죽을 벗기려고 달려들 것이다. 어차피 기름이 없는 무아노는 멀리 가지도 못하고 숲에 산 채로 잡아먹히고 말 텐데……. 무아노를 살리려면 어쩔 수 없는 선택이었다.

깨어나면 몹시 화를 내겠지만, 파브리스는 무아노가 죽게 내버려둘 수 없었다.

파브리스는 슬픈 미소를 짓지 않을 수 없었다.

무아노의 마법복 주머니 안에 치명적인 은장도가 감춰져 있었으니…….

16

안젤리카

적대적인 환경에 있을 때는
손을 주머니에 넣고 있는 것이 나은데,
어리석게 손을 잃고 싶지 않다면……

*

그 장면을 지켜보는 눈들이 있었다. 타라와 실버, 안젤리카의 눈이었다. 에드라킨족이 그들의 흔적을 찾지 못하도록 나무에 올라가기로 했는데 실버(타고난 능력인지, 아니면 훈련으로 습득한 것인지 모를 뛰어난 높이뛰기 능력 덕분에)와 타라(뱀파이어의 강력한 근육 덕분에 안젤리카까지 데리고)는 보통 인간들보다 훨씬 높이 뛰어오를 수 있었다.

파브리스와 무아노의 싸움은 흥미진진했다.

그러다 갑자기 파브리스가 그들이 올라앉은 나무를 향해 고개를 쳐들면서 경악할 때는 정말 가슴이 철렁했다.

하지만 그것은 파브리스가 무아노를 속이기 위해서였을 뿐 그들을 발견한 것이 아니었다.

파브리스가 무아노를 때려눕혔을 때 타라는 눈을 감아버렸다. 정말 괴롭지만 대의를 위해 과감하게 내린 결정이었다.

아무도 없다는 걸 확인한 다음 그들은 나무에서 내려갔다. 타라는 방금 본 충격적인 장면 때문에 몹시 심란했다.

실버와 타라는 눈길을 주고받았고, 짧은 순간이지만 똑같이 유감스러워하는 감정을 공유했다. 누구든 맨손으로는 만질 수 없는 실버는 파브리스와 무아노가 몹시 부러웠고, 타라는 친구들을 잃어버린 느낌 때문에 가슴이 서늘해졌다.

타라는 가슴이 미어졌다. 옆에 있는 실버는 타라의 눈빛에 어린 슬픔을 없앨 수 있다면 검을 빼어들고 이 숲의 나무들을 모조리 베어버리고 싶었다.

"지구소년 파브리스가 멋있어졌는걸!" 어지간히 놀랐는지 이제야 숨을 돌린 안젤리카는 호기심이 동하는 목소리로 말했다. "음…… 많이 컸어."

신경을 거스르는 말에 타라는 가자미눈을 떴다.

"안젤리카?"

"뭐?"

"내가 너라면 왜 권력을 갈망하는 위험천만한 정신병자들에게만 마음이 끌리는지 의문을 갖겠어."

"꼭 그런 것만도 아니지." 안젤리카는 태연하게 지적했다. "난 이 미남과 정말 잘해보고 싶었어. 빌어먹을 비늘만 없었다면 벌써 오래 전에 내 남자로 만들었을 거야."

실버는 초록색이 감도는 금빛 눈으로 안젤리카를 응시하면서 냉정함을 유지하려고 애쓰는 듯했다. 하지만 광대뼈가 불그레하고 얼빠진 눈이 된다는 건 실버가 안젤리카의 말에 귀를 기울이고 있다는 뜻이다. 타라는 왠지 모르게 실버의 그런 반응이 거슬렸다.

"게다가 실버는 권력을 원하는 것도 아니잖아." 안젤리카가 말을 계속했다. "오로지 협객, 그것도 아주 잘생긴 협객이 되겠다는데. 그러니까 정신병자들만 좋아하는 건 아니지!"

"아무래도 실버 속에 있는 거시기가 너를 유혹하고 있는 게 틀림없어." 타라가 속삭이면서 목소리를 낮추라고 손짓했다. "조심해, 원정대가 그리 멀리 있지 않아."

"그럼 원정대도 우리랑 같은 이유로 와 있는 거야?" 안젤리카는 타라의 손짓에 아랑곳하지 않고 물었다. "마지스터도 그 정보를 알아낸 건가? 그래서 기계를 손에 넣으려고?"

"마지스터가 내 고모의 몸을 점령했으니까 『궁정 비사』에서 그 정보를 알아내는 건 시간문제였어."

"방해해서 미안한데 좀 전의 그 사람들이 누구예요?" 실버가 물었다.

실버의 목소리에서 그 장면을 얼마나 이상하게 생각하고 있는지가 역력하게 느껴졌다.

타라가 빠르게 설명해주었고, 실버는 고개를 끄덕였다. 복잡한 사랑 이야기, 실버는 이해할 수 있었다. 찜찜한 것은 이 섬에 그들과 같은 목적을 가진 사람이 너무 많다는 사실이었다.

셋은 서로를 쳐다봤다. 그들의 모험이 경쟁 체제로 돌입해 있었다. 어느 쪽이 승리하느냐에 따라 아더월드의 운명이 판가름 나는 것이다.

그사이에 정글이 다시 시끄러워지고 있었다. 그들은 아르루쉬르 방향으로 출발하면서 조심스럽게 자이언트 거미들이 열어놓은 길을 따라갔다.

숲 속에 들어온 뒤로 타라는 주위를 관찰할 시간이 없었다. 이제는 흥분과 두려움이 누그러지면서 정신을 집중하자 뱀파이어의 감각들이 많은 정보를 가져왔다.

우선 정글은 생명으로 가득했다. 세 걸음을 떼기가 무섭게 갈가리 찢으려고 달려드는 미친 식물만 있는 것이 아니었다. 빨간 목의 파란색 새들, 개구리, 뱀들이 있었고, 무지갯빛 곤충들은 어찌나 아름다운지 타라는 에드라킨족의 신에게 쫓기는 상황이 아니라면 걸음을 멈추고 감상하고 싶었다. 숲에 사는 생명체들은 색이 아주 화려해서 새인지, 곤충인지, 꽃인지 구별하기가 어려웠다. 달빛을 받아 반짝이는 형형색색의 생명들을 보면서 타라는 햇빛이 쏟아지고 있다는 착각이 들었다. 그중에서도 사파이어빛의 나무들은 단연 장관이었다. 파란 나무들은 투명하기까지 해서 평온하게 수축 운동을 하는 잎맥을 타고 흐르는 수액이 선명하게 보였다. 달빛이 스쳐갈 때는 거대한 블루 다이아몬드처럼 뿜어내는 눈부신 광채에 휩싸였다.

환상적인 숲이지만 기괴했다. 아름다움에도 불구하고 이따금 돌연변이처럼 형태가 변형되는 식물들이 공포를 불러일으키기 때문이다. 안젤리카의 말에 따르면 에드라킨족은 식물들이 필요한 것을 생산할 수 있도록 고문하고 노래까지 불러준다는데……. 그래서일까, 식물의 고통이 느껴지는 것 같았다.

갑자기 숲 속이 시끄러워지기 시작했다. 한 식물이 노래를 부르자 다른 식물이 그 노래를 반복하고, 또 다른 식물로 이어지더니 급기야

수백, 수천의 식물이 합창을 했다. 식물들의 노래가 어찌나 이상한지 때로는 머리털이 곤두서기도 했고, 때로는 어찌나 아름다운지 눈물이 흐르기도 했다.

아무리 노래라지만 끈질기게 계속되는 소리를 들어야 하는 것은 견디기 힘들었다. 타라는 손가락으로 귀를 틀어막고 펄쩍펄쩍 뛰었다. 그래도 소용없었다.

타라는 머릿속에 울리는 소리를 떨쳐내면서 전진하는 데만 정신을 집중했다. 문득 셀렌바가 파브리스에게 소리쳤던 말이 기억났다. 기름은 이틀 동안만 효력이 있다고 했다. 이틀 동안 적어도 40타트롤(그들은 이미 10타트롤을 주파했다)을 가야 하는데…… 도저히 불가능할 것 같았다. 그렇다면 셀렌바의 기름을 훔쳐야 하나? 그런데 이상했다. 로빈을 만날 거라 생각하면 죽음을 두려워하지 말아야 하는데 겁이 났다. 타라는 공포에 떨고 있었다.

타라는 실버와 안젤리카에게 신호를 보내면서 늑대로 변신했다.

타라가 힘겹게 진군하는 원정대를 발견했던 것이다. 타라는 살금살금 접근했다. 나무들이 대체로 자이언트 거미들이 지나갈 수 있게 비켜주고 있지만, 단단히 뿌리를 내린 나무들 사이를 빠져나가기에는 거미들의 덩치가 너무 컸다. 그래서 티그족 병사들이 방해가 되는 나무들을 쓰러뜨려야 했다. 그 바람에 식물들이 분노했고, 기름을 발랐는데도 거미들은 가죽이나 살이 벗겨지고, 심지어 다리까지 뜯겨나갔다. 덕분에 타라 일행의 전진은 훨씬 수월해졌다. 타라는 늑대의 미소를 지었다.

셀렌바가 무아노를 거미에 태워 꽁꽁 묶어놓은 것을 보면서 타라는

126

친구가 여전히 의식을 잃은 상태라는 것이 불안했다.

하지만 지금은 무아노를 돕기 위해 아무것도 할 수 없기 때문에 타라는 원정대를 유심히 살폈다. 한 거미에게 기름이 실려 있고, 병사 두 명이 지키고 있는데 목숨을 지켜줄 유일한 희망인 기름에서 한시도 눈을 떼지 않고 있었다.

타라는 동태를 완전히 파악한 뒤에 살금살금 돌아섰다.

일행 쪽으로 돌아가던 타라는 아연실색했다.

나무들이 안젤리카와 실버를 공격하고 있었다!

안젤리카가 보석-꽃을 손에 쥐고 있었다.

타라는 대번에 알아차렸다.

안젤리카가 보석-꽃을 발견하고 슬쩍 꺾어온 것이 분명했다. 귀한 꽃을 훔친 소녀를 공격하려는 나무의 힘이 기름의 효력을 능가하고 있었다. 안젤리카를 구하기 위해 실버가 달려들었다. 실버의 검이 현란한 속도로 나무의 넝쿨을 베어버리는데 그 주위로 산산조각 난 넝쿨이 비가 쏟아지듯 떨어졌다. 날카로운 비늘도 달려드는 촉수들을 무력화시키는 데 한몫 단단히 했다.

한편 안젤리카는 곤경에 처해 있었다. 나무의 촉수들이 두 팔을 휘감고 있어서 빛의 손을 사용할 수 없는 꺽다리가 공포에 질린 채 질질 끌려갔다. 사람을 집어삼킬 입이 없는 식물이지만, 나무가 안젤리카를 어떻게 할지 타라는 짐작이 갔다. 나무는 넝쿨로 안젤리카를 밑동에 휘감아놓고 촉수로 생명의 액을 빨아먹을 것이다.

그럴 경우, 나무 수액의 농도가 진해져서 딱딱해질 것이고, 무뎌지지 않는다는 혈검의 칼날도 점점 더 딱딱해지는 수액으로 덮인다는 것이 문제였다. 그러면 혈검은 아무것도 벨 수 없게 되는데……. 타라는 실버의 분노가 눈에 선했다.

타라는 상황을 살피다가 공격받기 쉬운 늑대보다는 뱀파이어로 다시 변신했다. 그러고는 갈퀴손톱을 세우고 나무 뒤쪽으로 달려갔다. 타라는 촉수가 아니라 나무를 직접 공격할 생각이었다.

먹이를 끌어오는 데 정신이 팔린 탓인지, 타라가 밑동을 공격하는데도 나무는 느끼지 못했다. 타라는 강철도 꿰뚫을 수 있는 뱀파이어의 손톱으로 종이를 찢듯 나무를 쪼개고 있었다. 그리 오래 걸리지 않아 나무의 심장에 이르렀다. 곧바로 촉수들이 타라를 향해 돌진했지만, 이미 때가 늦었다. 타라의 작전이 적중한 것이다. 한숨 돌린 실버는 마침내 검을 거두고 도끼 두 개를 꺼내 들었다. 그러고는 사시나무 떨듯 부들부들 떠는 안젤리카를 구해냈다. 이번에는 실버가 나무를 공격하려고 달려들었지만, 나무는 신음소리를 내면서 비틀거리다가 우르릉 쿵쾅 엄청난 소리를 내면서 쓰러졌다.

나무 뒤쪽에서 타라가 불쑥 튀어나왔는데 온몸이 수액으로 끈적끈적했다.

"모두 무사하지?" 타라는 만족스러운 얼굴로 속삭였다.

실버는 갑자기 말문이 막힌 듯 타라를 물끄러미 쳐다보기만 했다.

"넌 뭐 하고 있었어?" 이번에는 안젤리카가 감히 소리를 지르지 못

128

하고 중얼거리듯 말했다. "우리가 적어도 한 시간이나 싸우고 있었는데……."

"한 시간? 기껏해야 몇 분밖에 안 되는데." 실버가 딱 잘라 말했다. "고마워요, 타라. 우리의 목숨을 구해줬어요. 나에 대한 식물의 혐오감에도 불구하고 내 비늘로 나무를 제압하지 못했어요."

아! 실버도 알아챘구나. 그 목소리에서 식물도 자기를 좋아하지 않는다는 것에 실버가 깊은 상처를 받은 것이 느껴졌다. 타라는 속으로 생각했다. '나라면 이 섬의 미친 식물들이 좋아하지 않는 걸 오히려 기뻐할 텐데.'

"어떻게 된 일이야?" 타라가 물었다.

"아무 일도 없었어." 안젤리카는 호주머니에 보석-꽃을 집어넣으면서 천연덕스럽게 대답했다.

하지만 실버는 거짓말을 할 줄 몰랐다.

"안젤리카가 경솔한 행동을 했어요." 실버는 안젤리카가 째려보거나 말거나 폭로했다. "집안이 소유하는 것보다 더 크고 아름다운 보석-꽃을 꺾었어요. 그래서 나무가 공격했어요. 어쨌든 나무를 죽인 건 유감스러운 일이에요. 나무는 방어한 것뿐인데."

타라는 인상을 썼다. 물론 맞는 말이지만 타라로선 선택의 여지가 없었다. 몇 분 후면 둘 다 죽을 상황이었다. 이미 많은 죽음을 경험했는데 두 명이 더 추가되는 것만은 어떡하든 막아야 했다.

그들은 그렇게 나무의 공격에서 벗어났고, 실버는 혈검을 닦았다. 그리고 원정대를 뒤쫓기 시작했다.

타라는 따가운 시선을 느꼈다. 처음에는 안젤리카가 지켜보는 것이라고 생각했지만, 꺽다리는 나무들을 엿보느라고 타라에게 신경 쓸 겨를이 없었다. 문득 뒤돌아보던 타라는 실버가 마치 처음 보는 사람처럼 뚫어져라 쳐다보고 있는 걸 알았다.

이때부터 실버는 타라에게서 눈을 떼지 않았다. 타라는 당황했다. 실버가 너무 쉽게 마음의 상처를 받기 때문에 왜 그러는지 이유를 물어볼 엄두가 나지 않았다.

그러나 계속되는 실버의 시선이 아주 거북했다. 아니, 정확하게 말하면 거북하다기보다는 혼란스러웠다. 이렇게 되면 실버가 어디로 가는지, 어디에 누워 있는지, 어디에 처박혀 있는지 평소보다 두 배로 신경이 쓰일 것이기에.

새벽 2시경, 셀렌바의 원정대가 마침내 야영하기 위해 멈췄다. 타라 일행도 1킬로미터 떨어진 곳에 정지했다. 타라의 몸에 스며든 기름이 면 앞으로 하루 반나절 정도 효력이 있을 것이지만, 안젤리카의 옷에 묻은 기름으로는 어림없었다. 나무들이 안젤리카에게 다시 접근하고 있었다. 타라는 안젤리카가 신경 발작이라도 일으켜 적에게 발각되기 전에 기름을 훔치기로 했다. 다시 늑대로 변신한 타라는 원정대 진영으로 향했다.

기름으로 원을 그려놓고 줄지어 세운 텐트들, 푹신한 침낭을 보면서 타라는 이날 밤 편안한 잠을 잘 티그족 병사들이 부러웠다. 타라는 길게 엎드린 채 늑대의 인내심으로 때를 기다렸다.

고된 진군에 녹초가 된 티그족 병사들에게서 그리 멀지 않은 곳에 좀비 거미들이 보이는데 잠을 자지 않고 있었다. 하지만 셀렌바가 뭐라고 한마디 내뱉자 마비된 것처럼 거미들이 꿈쩍도 하지 않았다.

그 한가운데에서 파브리스와 야수 모습의 무아노가 또 다투고 있었다.

거미에서 내린 무아노는 침낭에 묶여 있는데 불만을 표시하고 있었다. 다정하고 수줍은 무아노가 내뱉는 욕설을 들으면서 타라는 부모와 함께 타도르 산에서 난쟁이들 속에 살았다고 한 말이 실감났다. 망치와 곡괭이를 다루는 난쟁이들은 실수로 바위나 광석 대신 손가락이나 발가락을 때렸을 때 욕설을 내뱉는 것으로 불만을 표시하는데 그 습관이 배어 있는 걸까?

무슨 이유인지 욕을 먹으면서도 파브리스는 즐거워하는 것 같았다. 파브리스는 정말 이상하게 변해 있었다.

잠시 후 파브리스가 하는 말에 무아노는 물론이고 타라도 아연실색했다.

"그렇게 욕해봐야 아무 소용없어. 네가 나를 사랑하고 있다는 거 아니까!"

그런데 파브리스는 마치 모두가 듣기를 바라는 것처럼 큰 소리로 말했다.

야수는 적어도 10초 동안 멍하니 입을 벌리고 있었다.

이윽고 무아노/야수가 말했다.

"잘못 생각했어. 내 감정은 전혀 그렇지 않으니까."

"아니, 맞아." 파브리스는 아주 흡족한 표정으로 건들거리면서 단정적으로 대꾸했다. "네가 나를 사랑하고 있다는 거 알아. 그게 아니면 왜 이 끔찍한 정글까지 나를 찾으러 왔겠어?"

살아남은 에드라킨 길잡이가 분노의 눈빛으로 파브리스를 쏘아봤지만, 더 이상의 반응은 보이지 않았다. 자기보다는 신들이 이 무례한 이방인들에게 심판을 내리리라고 믿는 걸까?

타라는 재미있어하는 동작으로 늑대의 혀를 말았다. 무아노의 답변이 정말 궁금했던 것이다.

"내가 지금까지 봤던 어리석고, 자기중심적인 바보들 중에서 네가 가장 형편없어. 내가 묶여 있지 않다면 그 말도 안 되는 생각을 집어치우게 만들어줄 텐데!"

그러나 무아노가 갑자기 입을 다물어 파브리스의 얼굴에서 미소가 사라졌다. 셀렌바가 다가오고 있었다. 뱀파이어 앞에서 싸울 수는 없었다.

"이 아이가 너 때문에 온 거라고 생각하니?" 뱀파이어가 흉악한 고양이처럼 파브리스 주위를 돌면서 이죽거렸다. "그런데 어쩌지? 얘는 네가 아니라 나 때문에 온 건데!"

파브리스의 눈빛이 흔들렸다.

"뭐라고요?"

"너 무슨 생각하는 거야?"

파브리스는 전혀 이해가 되지 않는 얼굴을 했다. 무아노가 셀렌바를 좋아한단 말인가?

셀렌바는 파브리스의 표정을 보며 웃음을 터뜨렸다.

"당연히 나를 죽이러 온 거지! 우리의 나리에게 그 기계를 가져가는 걸 막기 위해서. 하지만 네가 이 아이를 잡아왔으니 궁전으로 데려가자. 장담하는데 나리께서 너를 흡족해할 거야. 아주 많이."

그렇게 말하면서 셀렌바는 뒷걸음치는 파브리스의 뺨을 꼬집고는 낄낄거리면서 자신의 텐트로 들어갔다.

"미안해." 파브리스가 속삭였다. "하지만 셀렌바가 나를 얼간이로 생각하는 게 나으니까."

"너 내 편이구나?" 무아노가 갑자기 기뻐하는 어조로 말했다. "나를 도와줄 거지?"

파브리스는 유감스러운 눈길을 던졌다. 무아노의 희망을 꺾어야 하는데……

"미안하지만 그건 안 돼. 마지스터가 원하면 무슨 일이 있어도 기계를 가져가야 해. 무아노, 내가 말했잖아. 난 마지스터에게 맞설 수 없다고. 특히 마지스터가 나에게 악마의 마법을 감염시킨 뒤로는. 그 마법이 살아 있는 동물처럼 내 심장을 갉아먹고 있어. 머지않아 심장을 다 먹어치울 것이고, 나는 아무것도 남지 않을 거야. 빈 조개껍데기처럼."

파브리스는 심호흡을 하고 미친 숲을 향해 두 팔을 벌렸다.

"세상을 지배할 마지스터가 총애하는 부관이 되는데 이 정도는 그리 나쁜 것도 아니잖아?"

파브리스는 농담하려는 것인데 잘되지 않았다.

무아노는 눈을 감았다. 파브리스와 의사소통이 안 되는 것이 끔찍했다. 파브리스를 미워하고 싶은데 불가능했다. 거만하게 굴었다면 그럴 수 있겠는데, 잔혹하게 나왔다면 그럴 수 있겠는데……. 파브리스는 불행한 패배자였고, 그 목소리에서 마지스터를 얼마나 두려워하는지 느낄 수 있었다. 무아노는 파브리스를 이해했다. 그래서 두려웠다.

그토록 가슴앓이를 했건만 아직 파브리스를 사랑하고 있으니까.

무아노는 눈을 떴다. 두려움을 극복하고 기계를 작동하게 도와달라고 설득할 방법을 찾아야 했다. 파브리스에게 말로 하는 것은 소용이 없기 때문에 이제 무기는 한 가지밖에 없었다. 침묵. 무아노는 파브리스에게서 얼굴을 돌리고 고개를 숙였다.

파브리스는 즉각적으로 반응했다.

"글로리아? 괜찮아?"

무아노는 대답하지 않고 눈을 감았다.

몇 분 동안 파브리스가 말을 걸었지만, 무아노는 대꾸하지 않았다. 파브리스는 어찌할 바를 모르다가 포기하고 잠을 자러 갔다.

타라는 덤불 속에서 머리를 흔들었다. 무아노와 파브리스의 관계는 점점 더 어려워지고 있었다. 파브리스를 이해 못하는 건 아니었다. 현재 견디기 힘든 상황이라는 것도 알고 있었다. 핏속에 흐르는 악마의 마법이 도와주지 않는 것이 틀림없었다. 무아노에 대한 사랑과 마스터에 대한 두려움 사이에서 하나를 선택해야 하는 날, 파브리스는 죽을 수도 있었다. 파브리스에게 미치는 무아노의 영향력이 얼마나 큰지 타라는 너무나 잘 알기에. 타라는 셀렌바가 그 영향력을 과소평가하기를 빌었다. 파브리스와는 달리 셀렌바는 무아노가 미션에 방해될 거란 의심이 들면 가차 없이 죽일 것이다.

타라는 망설였다. 무아노를 구해주어야 하나? 그러면 발각될 위험이 있는데, 그냥 기름 항아리만 훔쳐가야 하나?

타라는 황제와 여제에게 배운 대로 했다. 우선 동태를 살폈다. 무아노는 캠프 중앙에 있어서 모든 시선에 노출되어 있는 반면에 기름 항아리들은 한쪽 구석에 있었다. 셀렌바가 악취 때문에 거미 부대를 멀리 떨어진 곳으로 몰아냈던 것이다. 티그족 병사 한 명만 지키고 있는

데 힘든 진군으로 녹초가 되어 있었다. 꾸벅꾸벅 조는 것으로 보아 곧 곯아떨어지리라.

타라는 기름을 훔치기로 결정했다.

그림자처럼 거미를 향해 살금살금 기어갔다. 식물들이 다가오지 않는 걸 보면 늑대의 털에 묻은 끈적끈적한 기름이 아직은 효력이 있었다. 밤이라서 기름 항아리들을 땅바닥에 내려놓은 상태였다. 타라/늑대는 땅바닥에 배를 깔고 기어갔다. 출발하기 전에 타라는 체인지라인의 도움으로 털을 검은색과 파란색으로 물들였기 때문에 거의 보이지 않았다. 나무가 어찌나 울창한지 달빛이 땅바닥까지 이르지 못했다. 그리고 눈에서 빛이 반짝이지 않도록 타라는 눈을 반쯤 감고 있었다.

그것으로는 충분하지 않았다.

갑자기 잠을 깬 병사가 일어났다. 병사의 눈길이 타라 쪽으로 향했다. 타라는 숨을 죽이면서 꼼짝하지 않았다.

발각된 건가?

병사는 네 개의 손으로 마지스터에게 받은 박살기[15]를 휘두르면서 걸어왔다. 타라는 침도 삼키지 못하고 있었다. 마법을 사용할 수 없는데 어떻게 박살기에 대항한단 말인가.

그때였다. 등 뒤에서 목소리가 들렸다.

"쏘지 마요!"

식물과 에드라킨족의 갈퀴발톱에 옷이 갈가리 찢긴 인간 세 명이 빈

---

15. 지구의 기관총과 흡사한 무기. 지구에서 들여와 처음에 사용할 때보다는 과학과 마법을 섞어 개량했기 때문에 예측 불가능한 방식으로 작동한다.

터에 불쑥 나타났다. 그들은 타라 옆을 그냥 지나쳐서 걸어가다 멈춰 섰고, 두 손을 쳐들어 항복 표시를 했다. 그들이 커다란 배낭을 메고 있는데 그 안에서 식물들이 격렬하게 버둥거리고 있었다.

이제는 모두 잠을 깼기 때문에 타라는 아무것도 할 수 없었다.

타라는 살금살금 뒷걸음쳐서 숲으로 들어갔다. 기회를 다시 엿봐야 했다.

불행히도 그것이 항아리에 접근할 수 있던 마지막 기회였다. 인간들도 기름 항아리를 훔쳐가려는 것이었다. 그러나 그때 기름 항아리들을 텐트 안에 보관하기로 생각을 바꾼 셀렌바가 갑자기 나타났으니.

타라는 다시 뱀파이어로 변신하면서 속으로 욕설을 내뱉었다.

인간들이 셀렌바에게 자기들도 데려가 달라고 사정했다.

"물론이지. 나를 따라와." 셀렌바가 말했다.

"안 됩니다." 에드라킨 길잡이가 항의했다. "우리의 신들에게 바쳐야 합니다."

"너, 원주민. 간섭하지 마! 내가 데려간다니까. 그리고 그 이유를 말하지 않았잖아!"

그러고는 느닷없이 한 명에게 달려들더니 셀렌바가 피를 빨아먹기 시작했다.

파브리스는 고개를 돌리는 반면에 무아노는 눈에 쌍심지를 켜고 혐오감을 드러냈다. 셀렌바가 그런 야만적인 짓을 저지를수록 파브리스의 충성심이 흔들릴 것이 아닌가. 파브리스가 제발 정신을 차리고 결단을 내려야 할 텐데.

몸속으로 뱀파이어의 독이 퍼지는 사이에 남자의 비명이 그쳤다. 공포에 사로잡힌 나머지 두 명이 비명을 질러댔다. 뱀파이어의 끔찍한 만행에 경악하면서도 티그족 병사들은 그 둘을 제압하면서 입을 다물게 해야 했다.

타라는 셀렌바의 식사에 동참하고 싶은 충동을 가까스로 참아내야 했다. 뱀파이어의 몸이 피를 원했다. 정상적인 식사를 하려면 인간으로 다시 변신해야 했다. 아니면 배가 고파서 결정적인 순간에 싸우지 못할 것이다.

지금으로서는 아무것도 할 수 없었다. 타라는 살며시 뒷걸음쳐 숲 속으로 사라졌다.

타라가 돌아갔을 때 실버는 몹시 불안한 얼굴로 기다리고 있었다. 뱀파이어 모습의 타라를 보자 그제야 안도했다.

갈랑도 영혼의 동반자를 반겨주었다. 갑자기 인간의 모습으로 돌아온 타라를 보면서 깜짝 놀란 실버는 소녀가 호주머니에서 꺼낸 샌드위치를 우적우적 먹는 모습을 보고서야 이유를 알아차렸다. 갈랑도 자기 몫의 곡식을 게걸스럽게 먹었다. 페가수스/뱀파이어의 모습이 한층 위협적이라 좋기는 해도 한 끼분의 맛있는 귀리와는 바꿀 수 없지 않은가.

"무슨 일이에요? 비명소리가 들렸는데……." 잠든 안젤리카를 깨우지 않으려고 실버가 속삭였다.

"살아남은 해적들이 기름을 훔치려다가 붙잡혔어."

"그래서……?"

"셀렌바의 야참이 되고 말았지."

"아아." 실버는 태연하게 대꾸했다. (그도 그럴 것이 거시기는 더 끔찍한 짓도 서슴지 않으니!) "기름은 훔쳤어요?"

"아니, 접근할 수 없었어. 그리고 지금은 셀렌바가 지키고 있어. 기름을 훔치지 않고 어떻게 해봐야지. 한 가지 방법이 있긴 한데……."

내친김에 숲 속으로 들어간 타라와 실버는 거미들이 지나간 길을 따라갔다. 나뭇잎이나 나뭇가지, 죽은 거미 이외의 다른 것이 예민한 발바닥에 느껴졌다.

기름.

티그족 병사들, 거미들, 셀렌바와 파브리스는 모두 기름을 바르고 있었다. 많은 양은 아니지만 땅에 기름이 묻어 있었다. 따라서 타라는 원정대가 야영했던 빈터에 기름이 많이 스며들었을 거라고 내심 기대했다. 흙이 기름을 모조리 흡수하지 않았다면 뒹굴기만 해도 희망을 가질 수 있지 않을까.

타라와 실버가 돌아가보니 식물들이 잠이 든 안젤리카를 포위하고 있었다.

이런 상태로는 밤을 보낼 수 없었다.

"바리케이드 같은 걸 만들어야 해요." 실버가 말했다. "밤새 우리를 식물들로부터 지켜줄 만한 것으로."

"응. 내가 갖고 있는 살아 있는 나뭇가지가 저 식충식물들을 물리치는 데 도움이 되면 좋겠는데."

"식충식물…… 딱 맞는 표현이에요."

타라는 살아 있는 나뭇가지를 꺼내면서 생각했다. 살아 있는 나무가 로빈에게 준 선물인데 나한테도 도움을 줄까? 마법을 사용할 수 없지만, 나뭇가지의 마법은 순 식물성이라 에드라킨족이 감지하지 못할 것이다.

타라는 식물의 마법을 부르면서 원하는 것을 설명했고, 머릿속의 지시에 따라 숲의 비옥한 흙 위에 그들을 에워싸는 커다란 원을 그렸다. 나뭇가지가 수많은 씨앗을 뱉어냈다.

즉시 살아 있는 나무와 똑같은 나무들이 완벽한 원을 그리면서 쑥쑥 자라기 시작했다. 나무 밑동들이 어찌나 빽빽한지 그 안으로 어떤 식물도, 어떤 나뭇가지도, 어떤 넝쿨도 비집고 들어올 수 없을 정도였다. 마치 거대한 식물 텐트 안에 갇혀 있는 느낌이었다. 타라는 만족스러운 미소를 지었다.

"대단하네요." 실버가 짤막하게 말했다. "이제 어떡할 거예요?"

"에드라킨족이 마법으로 이 숲의 식물들을 변질시켜놨어. 우리의 나무들로 맞서는 방법밖에 없어. 살아 있는 나뭇가지가 포자를 뿌리니까 순식간에 나무가 자라서 숲을 이룰 정도가 됐잖아."

"하지만 우리도 갇혀 나갈 수 없어요." 실버가 지적했다.

"그건 중요하지 않아. 날이 밝으면 우리 나무가 이 숲의 식물들을 물러나게 할 거니까. 지금은 안전한 게 우선이야. 그래도 차례로 불침번을 서는 것이 좋겠어."

불침번을 서기 위해 잠을 깬 안젤리카는 꼭두새벽에 진창에서 뒹굴어야 한다는 걸 알고 벌레 씹은 얼굴이 되었지만, 선택의 여지가 없었다. 기름의 효력이 약해질수록 식물들이 점점 더 대담해진다는 걸 껑다리도 알고 있었다. 새벽녘 식물의 장벽을 발견한 안젤리카는 깜짝 놀랐다. 그동안 작은 소리에도 소스라치게 놀라 잠을 제대로 자지 못했고, 악몽까지 꿨던 안젤리카는 그 가치를 제대로 평가했다.

먹은 걸 소화한 뒤에 다시 뱀파이어로 변신한 타라는 몇 시간 동안 푹 잠을 잤다. 동이 트자 그들은 출발했다.

셸렌바와 파브리스가 야영했던 땅에 예상대로 기름이 스며 있었다. 악취가 진동했지만 타라와 갈랑, 안젤리카, 실버는 코를 틀어막은 채 기쁜 마음으로 땅바닥에 뒹굴었다. 정말로 나무의 촉수들이 더 이상 다가오지 않았다.

경계심이 많은 셸렌바가 따라오는 이들에게 함정을 놓았을 경우를 대비해 타라 일행이 길 옆을 따라 전진하고 있을 때였다. 안젤리카가 나뭇가지 같은 걸 밟았는데 시끄러운 소리를 냈다. 겁을 먹고 걸어가다 파란 이끼 속에 숨은 마른 나뭇가지에 또다시 발이 걸리자 안젤리카는 눈살을 찌푸렸다. 앞서가던 실버도 나뭇가지를 연달아 으스러뜨렸다. 그들이 전진할수록 점점 더 시끄러워졌다. 갑자기 안젤리카 앞에서 마치 시끄러운 소리에 잠을 깬 것처럼 빨간 식물이 꽃잎을 활짝 폈다. 창백해진 안젤리카는 옴짝달싹하지 못했다.

"실버, 타라!" 안젤리카가 외쳤다. "절대 움직이지 말고, 어떤 소리도 내지 마!"

타라가 발을 들려고 하다 내리자 나뭇가지 하나가 으스러졌다.

빨간 식물들이 마치 매복해 있던 군대가 적을 포위하는 것처럼 움직였다.

안젤리카의 얼굴은 이제 창백한 정도가 아니라 공포에 질린 잿빛이었다.

"흡수의 꽃이야." 안젤리카가 작은 소리로 말했다. "움직이지 마. 그리고 말할 때도 나무 사이로 부는 바람처럼 속삭여야 해. 아니면 우리 모두 죽는 거야!"

타라는 이해가 되지 않았다. 흡수의 꽃이라면? 펍시티의 경찰이 미친 남자의 머리에 올려놨던 그 꽃? 그런데 안젤리카가 왜 저토록 두려워하지?

공포에 질린 실버도 타라도 이유를 물어볼 엄두가 나지 않았다.

"아주 천천히 움직여야 해." 안젤리카가 지시했다. "이제 깨어났으니까 우리의 발에 나뭇가지들이 밟힐 때 내는 시끄러운 소리를 모조리 흡수했다가 폭발성 음파로 토해내면서 지나가는 모든 것을 갈기갈기 찢어버릴 거야. 그렇게 해서 번식하는 식물이니까. 사냥한 동물의 뼈와 피는 식물의 종자를 위한 비료가 되거든."

단순한 나뭇가지라고 생각했던 것이 뼈라는 걸 알고 이번에는 타라가 창백해졌다. 수천, 수만 개의 뼈가 널려 있었다.

그들은 일종의 납골당에 들어와 있는 것이다.

타라는 까치발을 하고 '표범의 걸음'으로 걷기 시작했다. 뱀파이어가 알려진 대로 엄청나게 날렵하고 유연해서 천만다행이었다.

나뭇가지 하나가 또 으스러졌다.

슬르루크, 사방이 온통 뼈였다! 타라는 멈춰 섰다가 '홍학의 걸음'으로 한 발을 쳐들었다. 안젤리카가 타라를 노려봤다.

"너 우리를 다 죽이고 싶어서 그래?"

"그럼 너는 이 끔찍한 곳을 어떻게 빠져나갈 건데?" 타라는 화가 나서 속삭였다. "나야 박쥐로 변신하면 날아가기라도 하지만, 너희는 꼼짝 못하잖아!"

"바로 그거야. 그러니까 네가 우리 셋을 위해 필요한 걸 찾아야지! 뱀파이어의 본능에 도움을 청하란 말이야." 안젤리카는 대꾸했다. "뱀파이어는 사냥하는 습성이 있잖아!"

타라는 정신을 집중했다. 만약 뱀파이어가 이런 상황이라면 어떻게 했을까?

뱀파이어라면 위로 걷지 않고, 나뭇가지, 즉 뼈를 밟지 않기 위해 그 밑의 흙을 밟으며 걸으리라.

타라는 비옥한 부식토 속으로 발을 슬그머니 집어넣고는 밟기를 기다리는 뼈다귀들을 별안간 멀리 차버렸다. 이끼 위로 떨어진 뼈다귀들은 아무 소리도 내지 않았다.

안젤리카는 쓸모없는 애는 아니군, 하는 얼굴로 미소를 흘렸다.

실버와 안젤리카는 타라의 행동을 따라했다. 망보는 식물들이 부르르 떨었고, 빨간 꽃들은 수상쩍은 것을 찾고 있지만, 세 침입자는 조심스럽게 한 발짝 한 발짝 나아갔다.

그러나 거대한 격자무늬를 이룬 뼈다귀들은 지면에만 있는 것이 아니라 흙 속에도 있었다. 그런데 실버는 무겁고, 걸음이 서툴렀다. 가볍게 발을 내디딘다 싶었는데 중심을 잃으며 서로 얽혀 있는 뼈와 이끼를 으스러뜨렸고, '와지끈' 하는 소리가 울렸다.

이어서 끔찍한 일이 터졌다.

타라와 안젤리카, 실버는 머리 위로 두 팔을 처들고 할 수 있는 한 눈과 귀를 보호했다. 그 모든 소리를 흡수한 꽃들이 마치 과부하에 걸린 듯 폭발성 음파를 토해내 주위에 있는 것들을 박살 냈던 것이다.

잠시 후 잠잠해지자 빨간 꽃들은 음파의 폭격에 살아남은 것이 있는지 주의 깊게 살폈다.

142

"모두 괜찮아요?" 실버가 나직한 소리로 물었다.

"응." 타라가 모기만 한 소리로 말했다. "하지만 큰일 날 뻔했어. 이제 어떡하지?"

"빠져나가요, 타라." 실버는 침착하게 상황을 정리했다. "원정대와 거리 너무 벌어지면 그들이 우리보다 먼저 기계를 손에 넣을 텐데, 그러면 유령들을 섬멸할 기회를 잃어버리는 거예요."

"그건 절대로 안 돼." 타라가 자신들을 버리고 떠나는 걸 원치 않는 안젤리카가 반대했다. "그들이 돌아오는 길목을 지키고 있다가 기계를 회수할 수도 있어. 여기서는 트란스미투스도, 양탄자도 사용할 수 없으니까. 매복하고 있다가 결판을 내는 거야."

실버는 확신이 없는 얼굴이지만 잠자코 있었다. 안젤리카가 공포에 떨고 있다는 걸 안 것이다.

언제 나타났는지 에드라킨족 다섯이 꽃들에 포위된 타라 일행을 지켜보고 있었다.

에드라킨족은 꽃들의 표적이 되지 않기 위해 입을 꾹 다물고 아무 말도 하지 않고 있었다. 하지만 함정에 빠진 사냥감들을 보면서 눈빛은 좋아죽겠다는 듯 즐거워했다. 그중 하나가 뒷걸음치더니 큼직한 돌을 집어 들고 세 사람이 있는 곳으로 힘껏 던졌다.

돌이 퍽! 소리를 냈다.

꽃들은 쾅! 소리를 냈다.

타라는 귀가 떨어져나가는 것 같았다. 아무리 머리를 쥐어짜도 꽃들의 장벽을 뚫고 나갈 방법이 없었다. 그때 에드라킨들이 돌을 마구 던지기 시작했다. 퍽, 퍽! 뼈다귀 위로 떨어지면서 돌들이 내는 소리에 세 사람은 옴짝달싹도 할 수가 없었다. 게다가 이제는 아예 그들을 겨냥한 돌들이 날아오고 있었다. 돌에 맞은 타라의 머리에서 피가 흘러내렸다. 실버는 타라의 입에서 새어 나오는 신음소리를 들었다.

격분한 실버는 돌아서서 전광석화처럼 재빠르게 도끼를 날렸고, 에드라킨 하나가 눈 사이에 꽂힌 도끼를 보느라고 사팔눈이 되어 푹 쓰러졌다.

질겁한 에드라킨들이 도끼를 뽑아서 보복하려고 했지만, 동료의 이마에 박힌 도끼는 마치 그 몸의 일부가 된 것처럼 꿈쩍도 하지 않았다. 실버가 두 번째 도끼를 던지는 시늉을 하자 에드라킨들이 재빨리 나무 뒤에 숨었다.

"타라, 괜찮아?" 실버는 많이 걱정되는 목소리로 물었다.

"네가 하는 말이 반말로 들리는 걸 보면 내가 날아오는 돌에 머리를 맞은 게 틀림없네." 타라가 속삭이는 소리로 대꾸했다. "네가 둘로 보이지만 괜찮아."

"그리 오래 버티지 못할 거야." 안젤리카가 울먹였다.

"나는 꽃들의 음파 공격에 맞설 수 있어. 비늘 갑옷이 보호해줄 거야."

"말도 안 되는 소리!" 타라는 반대했다. "그러다 폭발하면 어쩌려고!"

빗발치듯 쏟아지는 돌이 또다시 꽃들을 자극했고, 타라는 재빨리 몸을 피했다. 웅크리고 있던 안젤리카는 흐느껴 울었다.

에드라킨들의 조준이 점점 정확해졌다.

이러다간 돌에 맞아 죽거나 산산조각이 날 텐데……. 타라는 마법을 사용하는 수밖에 없었다.

타라의 손에 마법의 에너지가 몰리고 그들 셋을 위한 음파 방어 장막이 작동되었을 때 도저히 믿어지지 않는 일이 일어났다.

꽃잎을 활짝 펼치고 가능한 한 많은 소리를 흡수하던 꽃들이 토해내는 소리였을까? 난데없이 트럼펫 소리가 요란하게 울려 퍼졌다. 그와 동시에 번개가 치는 듯한 섬광에 이어 천둥소리, 폭죽 터지는 소리가 나더니 트란스미투스를 사용할 수 없는데도 그들의 머리 바로 위로 흉측한 악마가 유형화되었다. 악마가 어찌나 크게 고함을 지르는지 그 소리가 트럼펫과 천둥소리를 덮어버렸다.

"나는 제5서클의 악마 크소아라쉬반리드로불라트레빌이다. 마지스터의 명으로 너 타라 덩컨을 처형하……."

악마는 말을 끝마칠 시간이 없었다.

과부하에 걸린 꽃들이 크소아라와 에드라킨들, 숲을 향해 소리를 토해내는데 거의 폭격 수준이었다.

소리의 폭격에 얼빠진 표정을 짓던 크소아라는 힘 한번 쓰지도 못한 채 폭발하고 말았다.

악마뿐만 아니라 20미터의 거리에 있는 빨간 꽃들을 포함한 모든 것이 폭발했다.

사방에서 악마와 트럼펫, 에드라킨들의 파편이 비 오듯 쏟아졌다.

한바탕의 소동이 가라앉자 실버가 장갑 낀 손으로 엎드려 있는 타라와 안젤리카의 손목을 잡아끌었다. 그들은 실버에게 이끌려 숲으로 도망쳤다. 실버는 안젤리카의 손목을 잠시 놓고, 폭발하는 순간 에드라킨의 이마에서 튕겨나가 나무 밑동에 박힌 도끼를 회수했다. 반쯤 녹초가 되어 있으면서도 타라는 속으로 애꾸눈 악어 하나, 애꾸눈 악어 둘, 애꾸눈 악어 셋…… 하면서 붉은 악마가 나타난 순간부터 흐르는 시간을 재고 있었다. 애꾸눈 악어 열여섯, 애꾸눈 악어 열일곱, 애꾸눈 악어 열여덟, 애꾸눈 악어 열아홉, 애꾸눈 악어 스물······.

실버가 갑자기 둘의 손목을 놓고 나뭇가지로 덮어주었다. 다행히 그들은 이미 나무가 울창한 정글 안에 들어와 있어서 몸을 숨길 수 있었다.

에드라킨족 제사장 수십이 붉은 악마가 나타났던 바로 그곳에 유형화되었다. 타라는 에드라킨족이 굉장히 빠르다는 것에 주목했다. 이 섬에서는 누군가가 마법을 사용한 위치를 정확하게 탐지하는 데 20초밖에 걸리지 않았다.

아주 빨랐다.

죽은 악마와 동족의 파편을 발견한 에드라킨족 제사장들이 치열한 싸움이 벌어졌다고 믿는 눈치여서 타라 일행에게는 천만다행이었다. 그곳은 초토화되었고, 실버와 두 소녀의 흔적을 발견하지 못했던 것이다.

타라는 안도했다. 휴, 이 상태로는 파리 한 마리 죽일 힘도 없는데 정말 잘됐어.

반쯤 부서져서 시커멓게 그을린 커다란 트럼펫 다섯 개를 발견했을 때 에드라킨족 제사장들은 경악하는 표정이었다. 그중 한 제사장이 트럼펫 하나를 불어보았는데, 소리가 어찌나 큰지 다른 제사장들을 깜짝 놀라게 했다. 하지만 그 주변에서 살아남은 흡수의 꽃들은 앞으로 며칠 동안은 소리를 저장할 수 없기 때문에 더는 위험하지 않았다.

그런데도 제사장들은 입을 꾹 다물고 아무것도 만지려 하지 않았다.

수색 시간이 어찌나 오래 걸리는지 타라는 잠이 들 뻔했다. 자다가 소리를 낼까 봐 타라는 졸음을 쫓고 있었다.

다행히 신들의 기름이 동물이나 곤충에게도 효력이 있어서 그들 셋은 물리거나 쏘이지 않은 채 숨어 있을 수 있었다.

썩은 이빨로 보아 늙수그레한 에드라킨이 생존자가 있는지, 잠재적 사냥감이 있는지 확인하기 위해 현장 주변을 수색하라고 지시했다. 에드라킨 둘이 살육 현장 주위를 원을 그리면서 돌기 시작했다.

페가수스는 타라의 머리에서 불과 5센티미터 옆을 지나가는 에드라킨들을 지켜보면서 가슴을 졸였다.

그러나 에드라킨들은 타라 일행을 보지 못했다. 에드라킨 둘이 아무 성과도 얻지 못하고 돌아오자 늙은 에드라킨은 철수하라고 명했다.

이윽고 에드라킨들이 하나둘 사라졌다.

타라는 숲 전체를 뒤흔들어놓을 정도로 큰 폭발음이 진동했으니 셀렌바가 누군가를 보냈을 거라고 예상했지만, 뱀파이어는 전혀 신경 쓰지 않는지 아무도 오지 않았다. 한참 뒤, 타라 일행은 이제는 길을 나서도 안전하다고 판단했다.

지칠 대로 지친 그들은 일어나서 흙을 털고 편안하게 얘기를 나누었다. 잠시 쉬고 싶은 마음도 있지만, 셀렌바의 원정대가 전진하고 있으니 그럴 수 없었다.

그들은 원정대가 지나간 길을 따라 전진할 경우 셀렌바가 함정을 놓았을 수도 있다는 생각에 길 옆을 따라갔다. 하지만 도리어 흡수의 꽃들이 만든 함정에 빠지지 않았던가.

그래서 타라 일행은 위험이 있는지 정찰하기 위해 갈랑을 먼저 보내놓고 티그족과 거미들이 지나가면서 만들어놓은 길에서 기다렸다. 엄폐물이 없어서 위험하기는 해도 전진하기가 수월한 데다 간간이 핏자국이 보인다는 것은 티그족 전사들이 식물들의 공격을 받았음을 알려 주는 것이기도 했다. 따라서 식물들에 대한 긴장을 늦추지 않고 가는 데는 오히려 도움이 되었다.

얼마 후, 안젤리카가 힘없는 목소리로 물었다.

"무슨 일이 일어났었는지 누가 설명 좀 해줘."

"트럼펫 소리가 울렸어." 실버는 자신 없는 어조로 말했다.

"그다음에 폭죽 터지는 소리가 났고." 타라가 덧붙였는데 환청을 들은 건지 확신이 없는 목소리였다.

"번개 같은 섬광에 이어 천둥소리도 났잖아." 안젤리카는 피곤한 어조로 지적했다.

"도저히 믿어지지 않는 광경이었어." 타라가 대꾸했다.

"붉은 악마가 한 말 들었지?" 안젤리카가 말했다.

타라는 고개를 끄덕이려고 하다가 생각을 바꿨다. 그랬다간 머리가 떨어져나갈 것 같았다.

"응, 마지스터가 보냈다고 했는데 붉은 악마가 그런 말을 하지 않았어도 난 이미 이상한 낌새를 눈치채고 있었어."

"이름이 크소아라…… 뭐라고 하면서 턱이 빠져나가라 소리를 질러댔어." 실버도 한마디 했다.

"붉은 악마가 왜 그렇게 소리를 꽥꽥 질러댔는지 아는 사람?" 안젤리카가 물었다.

"그 요란한 천둥소리, 폭죽 소리, 트럼펫 소리 때문에 다른 방법이 없었겠지. 게다가 꽃들이 악마를 공격했으니까. 그 순간에는 고막이 터지는 줄 알았어."

"고막이 터졌어?" 실버가 놀란 얼굴로 물었다.

"아니, 그게 아니라." 타라가 대답했다. "귀가 먹먹해질 정도로 소리가 컸다는 뜻이야. 내 귀에는 아무 이상 없어."

안젤리카까지 이상한 표정으로 타라를 쳐다보다가 의문을 제기했다.

"마지스터가 너를 죽이려고 악마를 보내면서 왜 트럼펫이나 폭죽 소리를 내게 했을까?"

"안젤리카, 천둥, 천둥소리를 빠뜨렸어." 실버가 너무 진지하게 덧붙였다.

잠시 침묵이 흘렀다.

안젤리카는 한마디 하려다가 두 손 들었다는 얼굴이었다. 서로 쳐다보다가 웃음을 터뜨린 세 사람은 눈물까지 흘리면서 데굴데굴 구르며 포복절도했다. 언제 죽을지 모르는 위험한 숲 속이지만 웃음을 멈출 수 없었다. 한 사람이 숨을 돌리려고 할 때마다 나머지 둘이 "천둥, 천둥소리를 빠뜨렸어!" 하면서 배꼽을 잡고 웃었다.

타라는 웃음을 그치지 못할 것 같았다. 얼마나 웃었는지 뺨과 배가 아팠다. 그 순간에 에드라킨들이 왔다면 세상에서 가장 위험한 곳으로 이름난 곳에서 미친 듯이 웃어대는 인간들에 경악하면서 셋을 체포했을 것이다.

마침내 안젤리카가 눈물을 닦았다.

"그러니까 우리는 왜…… 그런 일이 일어났는지 모르는 거네."

안젤리카는 트럼펫이나 천둥소리란 말을 아예 하지 않았다. 하도 웃어서 뱃가죽이 당겼다.

타라는 고개를 끄덕였다.

"그 일은 이 이상한 숲의 미스터리 사건으로 남겠지. 하지만 마지스터는 머지않아 자기가 보낸 자객이 우리의 목숨을 구했다는 사실을 알게 될 거야. 분해서 펄펄 뛰면서 난리 치는 모습이 눈에 선하다!"

정찰 임무를 마치고 돌아온 갈랑이 타라의 머릿속으로 이상한 이미지를 보내서 타라는 깜짝 놀랐다. 하마터면 또다시 폭소를 터뜨릴 뻔했다.

"풍선? 원정대가 풍선을 갖고 다녀?"

갈랑이 머리를 끄덕였다. 폭발 사건의 충격이 아직 가시지 않은 페가수스는 거미 몸뚱이 위에서 둥둥 떠다니는 빨간 풍선을 발견했을 때 신경 발작을 일으킬 뻔했다. 거미는 풍선에 집착하고 있는 것 같았다. 원정대를 따라갈 때도 기름을 훔치러 갔을 때도 타라는 풍선을 보지 못했는데 누군가에게 빼앗길까 봐 감추고 있었던 걸까?

"페가수스가 뭐래?" 안젤리카가 물었다.

"셀렌바의 원정대가 풍선을 들고 다닌대."

"그게 아니잖아!"

"사실이야!"

"뜬금없이 풍선은 또 뭐야? 어떤 건데?"

"빨간색이래."

그들 셋은 그 이상한 정보에 대해 곰곰이 생각하는데 아직도 미소를 머금고 있었다.

"점점 더 이상해지고 있어." 안젤리카는 한숨을 내쉬었다. "그런데 아무리 생각해도 이해가 안 되는 게 있어. 나는 마지스터가 악마의 사물들을 손에 넣기 위해 네 목숨을 지켜주고 있다고 생각했거든?"

"마지스터는 내가 필요 없다는 걸 보여준 거야. 이제는 마지스터가 여제의 몸을 점령했으니까 언제든 악마의 사물들을 손에 넣을 수 있잖아."

갑자기 안젤리카가 새파랗게 질린 얼굴로 타라의 머리 위쪽으로 시선을 고정한 채 뒤로 물러났다.

"천만에." 등 뒤에서 목소리가 말했다. "지킴이들도 유령들이긴 하지만 아주 특별한 유령들이지. 나는 지킴이들에게 상황을 설명했고, 주의를 주었다. 만약 마지스터가 악마의 사물들을 탈취하려고 하면 지킴이들이 저지할 것이다. 나의 누나 리스베스의 몸을 해치지 않겠다고 지킴이들이 약속했다. 그 비열한 자가 뜻밖의 난관에 부딪히는 꼴을 보면 아주 재미있을 거야."

타라가 돌아섰는데 누구의 목소리인지 이미 알고 있었다.

눈앞에 단비우, 오무아의 전 황제가 유령 상태로 공중에 떠 있었다.

아버지!

17
결혼식

결혼식은 신부가 찬성할 때
준비하는 것이 좋은데……

*

마지스터는 두려움이라는 걸 거의 모르고 살았다. 감동을 받는 일도 거의 없었다. 그러나 지금 마지스터는 예외적인 일이 일어나리라는 예감이 들었다.

마지스터 앞에 늑대인간들의 대통령 틸이 있었다.

조상인 아나자시 종족보다 훨씬 큰 키에 금빛 눈과 머리털, 틸에게서는 달아오른 화덕의 열기처럼 뜨거운 기운이 느껴졌다.

늑대인간 틸은 냉정하게 불만을 표시했다. 늑대인간들이 영웅으로 떠받드는 타라 덩컨이 없기 때문이다. 마지스터가 타라 덩컨을 어딘가에 가두었다고 의심하는 틸은 후계자가 무사하다는 걸 확인하기 전에는 유령과의 평화 협정을 체결할 수 없다고 버티고 있었다.

이번만은 거짓말이 아닌데 상대가 믿어주지 않자 마지스터는 몹시 짜증이 났다.

"단언하건대 나는 타라 덩컨이 지금 어디 있는지 전혀 모릅니다." 마지스터는 여제의 날카로운 목소리로 말했다. "나도 찾고 있지만(그건 사실이었다. 아더월드 방방곡곡에 타라 덩컨을 찾는 수배령이 내려져 있으니까!), 도저히 찾을 수가 없어요."

마지스터가 그렇게 말하면서 놀랍게도 한숨을 내쉬자 늑대인간들의 대통령이 마침내 인정했다.

"거짓은 아닌 것 같군요. 아니, 당신이 점령한 육신이 그렇게 믿고 있는 것 같으니 의혹은 거두겠소."

마지스터는 눈살을 찌푸렸다. 마지스터가 여제의 모습으로 회의를 하는 것은 틸이 남자보다는 여자에게 정중하게 대할 거라고 생각했기 때문이다. 그러나 틸의 태도는 아름다운 여인의 육신 속에 들어앉은 마지스터를 꿰뚫어보고 있는 것 같았다.

"그럼 이제 평화 협정을 체결하는 겁니까?" 마지스터는 꾹 참으면서 의연하게 물었다.

"아니요." 틸은 분명히 대답했다. "타라 덩컨을 만나지 못한다면 우리는 어떤 협정도 체결하지 않겠소. 우리 늑대인간들은 아더월드의 주민들을 대하는 당신의 방식에 문제가 있다고 생각하오. 그 방식은 그만두라는 충고를 드리겠소."

"그런데 당신의 늑대인간 한 명이 나를 위해 일하고 있지요."

"우리의 뜻을 잘 모르는 어린 늑대지요. 우리가 잘 가르칠 겁니다."

"국제 무대에 새로 등장해서 직무 수행 중인 군주를 위협하는 것은 아주 잘못된 일이라는 걸 잘 모르는 모양이오." 마지스터는 분노를 드러내지 않으려고 애를 쓰면서 차분하게 응수했다.

"하지만 당신은 찬탈자이지 군주가 아니오." 늑대인간들의 대통령은 거리낌 없이 대꾸했다.

"전쟁을 선포하면 당신의 군대와 싸우는 건 이 나라의 병사들이오."

"그렇겠죠. 병사들은 당연히 상관과 자기 나라에 충성해야 하니까요. 그러나 우리 늑대인간들과 맞서게 될 때 당신의 병사들이 애국적으로 싸울 수 있을지는 두고 볼 일이오!"

그렇게 말하고는 틸이 느닷없이 커다란 늑대로 변신했다. 움찔한 마지스터는 본능적으로 물러서려다 가까스로 억제하는 눈치였다. 길이가 단도에 가까운 송곳니와 갈퀴발톱들을 세운 늑대가 떡 버티고 서 있으니!

"나는 당신의 병사들이 우리와 싸울 마음이 들 거라고 생각하지 않소." 늑대인간이 장밋빛 혀를 늘어뜨리면서 으르렁거렸다. "우리를 죽일 수 있는 수백만의 군사가 있다면 모를까."

"나는 전쟁을 원하는 게 아니오." 마지스터가 일어나면서 말했다. "언론에서 말하는 것처럼 나는 타 종족을 혐오하지 않소. 다만 드래곤들을 우리 행성에서 몰아내고 우리 방식대로 행성을 다스리길 바라는 것이오. 그뿐이오. 그 때문에 내가 여기 있는 것이고."

"그러니까 당신 방식대로 행성을 다스리겠다는 것 아니오?" 미친 붉은 여왕의 폭정을 경험했던 틸이 지적했다. "당신 말대로 우리는 국제 무대에 새로 등장했지만 그렇게 어리석지는 않소. 지금은 개입하지 않겠소. 하지만 우리가 정한 기한 내에 타라 덩컨이 돌아오지 않는다면 우리는 당신 쪽에서 전쟁을 선포한 것으로 간주하겠소."

마지스터는 천장을 쳐다볼 뻔했다. 타라 덩컨, 타라 덩컨, 하나같이 타라 덩컨을 찾고 있으니!

도무지 되는 일이 없는 나날이었다.

셀레나가 미친 듯이 화를 냈기 때문에 마지스터는 그녀가 무아노를 풀어주었다는 걸 알았을 때 처음에는 별다른 반응을 보이지 않았다.

하지만 셀레나가 소녀를 풀어주게 가만히 있었던 티그족 병사들을 처형했다. 메시지는 명확했다. "내 아내가 될 여자를 도와주고 싶으면 그렇게 해, 말리지 않을 테니까. 그 대신 너희가 죽는다."

새로 셀레나를 경호하게 된 병사들은 훨씬 조심스럽게 행동했다. 한 발짝만 움직여도 줄줄 따라다니는 통에 셀레나는 굉장히 짜증이 났다.

셀레나가 신경질을 부리면 마지스터는 어울리지 않게 다정한 모습을 보이려고 애를 썼다.

"우리의 결혼식 준비는 다 했소?" 마지스터가 느끼한 어조로 물었다.

"난 당신과 결혼하지 않아요." 셀레나는 솔직하게 대답했다.

그들은 마지스터가 남성적 취향으로 새로 꾸며놓은 리스베스의 스위트룸에 있었다. 나쁘지 않았다. 검은색과 차가운 금속을 좋아하는 사람이라면 아주 좋아할 분위기였다. 세련된 가구들은 엄청난 비용을 들여 지구에서 수입해온 것들이다. 안락의자의 가죽이 어찌나 반들거리는지 앉으면 미끄러질 것 같았다. 셀레나는 아더월드의 가구들처럼 의자가 달려올 줄 알고 앉다가 넘어질 뻔했다. 그 모습을 보면서 마지스터는 아주 즐거워했다.

문득 셀레나의 머릿속을 스치는 생각이 있었다. 마지스터가 지구인인가? 그래서 몇 년 전까지만 해도 전혀 알려지지 않았던 걸까? 지구인이라서 드래곤들을 증오하는 걸까? 아더월드에 존재하는 종족들은 오히려 드래곤들을 좋아하는 편이었다. 셀레나는 자세히 조사해볼 필요가 있다고 생각하면서 지구에 있는 어머니 이사벨라에게 도움을 청하기로 마음먹었다.

"하지만 당신은 나와 결혼하게 될 거요. 그 이유를 모르겠소?"

마지스터의 목소리에 셀레나는 정신을 차렸다.

셀레나는 대답하지 않았다. 그녀는 이런 게임의 규칙을 잘 알고 있었다. 마지스터는 예전에도 뭔가를 원한다면서 만약 거부하면 12명을 죽이겠다고 협박한 적이 있었다. 그녀는 하는 수 없이 마지스터가 원하는 걸 들어주었다. 하지만 부르르 떨면서 굴복하지 않은 적도 있었다. 그러자 마지스터는 정말로 사람들을 죽였다. 그 뒤로 셀레나는 마지스터가 제안하는 게임에 절대로 말려들지 않았다.

"나를 강제로 복종시키기 위해 이번에는 누구를 죽이려고요?" 셀레나가 마침내 물었다.

리스베스/마지스터의 얼굴이 충격받은 표정을 지었다.

"당치 않은 생각이오. 나는 훨씬 더 소중한 걸 당신에게 돌려줄 생각이오."

셀레나는 기다렸고, 마지스터는 리스베스의 얼굴로 미소를 지었다.

"당신의 기억을 돌려주겠소. 특히 자르와 마라가 태어났을 때의 기억, 그리고 그 아이들과 당신의 생활에 대한 기억. 어떻소, 마음에 드는 제안 아니오?"

셀레나는 경계하는 얼굴로 쳐다봤다. 마지스터는 너무 인자하다고 생각되는 어머니에게서 자르와 마라를 떼어놓기 위해 셀레나에게 아메모루스 주문을 날렸다. 그녀는 친자식들에 대한 기억을 완전히 잊었고, 아이들은 마지스터가 친아버지라고 생각하면서 자랐다.

그런데 이제 마지스터가 그 기억을 돌려주겠다고 제안한 것이다. 결혼을 승낙해주는 대가로.

정말 추악한 남자다. 하지만 셀레나는 마지스터에 대한 작전을 세웠고, 작전의 일부로 복종하는 것처럼 보였다. 셀레나는 마치 순종하듯 고개를 숙였다.

"당신이 이겼어요." 셀레나는 부드러운 어조로 말했다.

"늘 그랬듯이." 마지스터가 리스베스의 얼굴로 빙긋이 웃었다. "그럼 우리의 결혼을 승낙하는 거요?"

"당신과 관련된 것들을 포함하여 내 기억 전체를 돌려준다면 승낙할게요."

리스베스/마지스터는 눈살을 찌푸렸다.

"그건 협상 조건에 들어 있지 않은데."

"왜요, 난처한 기억이 있나 보죠?"

"아니, 그런 건 아니지만……."

"마지스터?"

"말해요."

약간 맞서는 척해야지 아니면 마지스터가 의심할지 몰랐다.

"이게 흥정할 일은 아니죠? 내 기억을 온전하게 돌려달라는 건데. 지금 당장 돌려주는 것이 아니라면 결혼은 포기해요."

마지스터는 미소를 지었다. 셀레나는 모르지만, 마지스터는 육신이 죽은 뒤로 시간이 경과하며 마법이 약해지고 있어서 이제는 기억을 돌려주려고 생각하던 차였다.

마지스터는 두 손을 맞잡으면서 고개를 끄덕였다.

"알겠소. 기억 전체를 돌려주는 대가로 당신은 나한테 뭘 주겠소?"

"아직도 나한테서 원하는 게 있어요?"

"당신의 사랑. 우리가 결혼한 뒤에도 나를 사랑해주길 원하오."

셀레나는 놀란 얼굴로 쳐다봤다. 그녀는 아름다운 시누이의 이미지와 근육질의 마지스터를 일치시키기 힘들었다. 마지스터도 그걸 알아차렸는지 갑자기 마스크로 여성의 얼굴을 가리면서 남성으로 변했다. 그렇게 변신한 마지스터의 모습은 여전히 당당하고 위압적이었다.

이럴 때 딸이 즐겨 쓰는 수법이 있는데…… 셀레나가 이 순간을 모면할 방법을 궁리하고 있을 때였다. 갑자기 온갖 기억이 밀려오면서 망치로 머리를 얻어맞는 듯한 충격에 셀레나는 의식을 잃고 푹 쓰러졌다. 옆에 있던 퓨마도 까무러쳤다.

이런, 너무 늦었군. 그래도 두꺼운 카펫이 충격을 흡수해준 것에 만족하면서 마지스터는 셀레나를 끌어안고 아름다운 얼굴을 바라봤다. 셀레나는 그의 유일한 아킬레스건이었다.

마지스터가 침대에 눕히자 셀레나는 어머니 이사벨라의 눈처럼 초록빛에 금빛이 감도는 아름다운 눈을 떴다.

"어떻게…… 된 거죠?"

충격이 너무 심했는지 셀레나는 기억이 나지 않았다.

"당신이 우리 결혼을 승낙한 뒤에 잃어버린 기억을 돌려주었는데 생각 안 나오?" 마지스터는 걱정하는 척했다.

셀레나는 떨리는 손으로 이마를 짚었다. 아니, 기억이 났다. 마법을 작동한 걸 보지도 못했는데 마지스터가 어떻게 한 거지?

마지스터가 10년 동안 지워버렸던 기억이 물밀 듯 밀려왔다. 단비우에 대한 사랑, 마지스터가 남편을 죽이고 납치했을 때의 절망. 이어서 단비우를 잊게 하려고 걸었던 첫 번째 민투스 주문, 쌍둥이 출산, 남편을 잃은 슬픔과 딸과 헤어진 아픔을 달래주었던 아이들의 존재, 마지스터와의 끝없는 싸움.

갑자기 일어나 앉은 셀레나는 안도의 숨을 내쉬었다.

마지스터에게 굴복한 적이 없었던 것이다. 단 한 번도! 혹시나 하는 의혹 때문에 그동안 얼마나 고민하며 살았던가. 하지만 마지스터는 난생처음으로 셀레나의 의사를 존중해주었다. 그는 마법의 힘을 빌려서가 아니라 셀레나 스스로 자기에게 오기를 바랐다. 그러다 셀레나가 너무 괴로워하자 기억을 앗아간 것이다.

셀레나는 자신이 누구인지, 마지스터가 무슨 짓을 했는지 모르기 때문에 얼마 동안은 행복했다. 그러나 셀레나의 재치 있는 답변과 유머가 그리운 마지스터는 기억을 돌려주었다. 그러고는 자신의 생각에 위배되는 가치관, 즉 신의, 연민, 생활규범, 존중, 공감, 사랑…… 등에 대한 정상적인 가치관을 셀레나가 아이들에게 주입시킬 때는 또다시 아메모루스 주문을 날려서 기억을 잃게 했다.

쌍둥이들을 신봉자로 만들고 싶은 욕심에 마지스터는 셀레나에게서 아이들을 떼어냈고, 그녀는 아이들의 존재조차 잊었다. 마지스터는 쌍둥이들을 공포에 떨게 하면서 잔혹하게 교육시켰다. 마라는 복종하지 않았지만, 자르는 후계자로 키워도 될 만한 가능성을 보여주었다. 자르는 권력의 개념을 이해했고, 수단 방법을 가리지 않아도 된다는 잘못된 교육을 받았다. 셀레나는 이제라도 어머니 이사벨라가 명예롭지 않은 권력은 파국에 이를 뿐이라는 걸 손자에게 교육시켜주기를 진심으로 빌었다.

셀레나는 마지스터를 쳐다봤다. 그는 공격당할 경우를 대비해 멀찍이 물러나 있었다. 이번만은 마지스터가 두렵지 않은 셀레나가 부드럽게 말했다.

"강제로 당신을 사랑하게 한 적이 없었군요."

"난 내가 원하는 걸 얻기 위해 속임수 쓰는 걸 좋아하오." 뜻밖에도 부드럽게 나오는 셀레나에게 놀란 마지스터가 대꾸했다. "하지만 당신? 당신에게는 그럴 수 없소. 난 당신을 미친 듯이 사랑하니까. 셀레나, 그건 절대로 잊으면 안 되오."

"언젠가는 당신의 얼굴을 보여줄 거죠?"

마지스터는 소스라치게 놀랐다.

"모든 일이 잘되어 내가 이 나라를 지배하고, 아더월드를 드래곤들의 속박에서 해방시키는 날이 오면 그때 당신은 내 얼굴을 볼 것이고, 아더월드의 모든 종족이 내 얼굴을 보게 될 것이오. 더 이상 숨을 필요가 없으니까. 당신과 내가 이 세상을 통치합시다."

정말 이상한 것은 마지스터는 셀레나가 자기를 사랑하지 않는다는 걸 이해하지도, 인정하지도 않는다는 점이었다. 마지스터는 셀레나가 언젠가는 반드시 자기를 사랑할 거라고 굳게 믿고 있었다.

그런 일은 절대 없을 텐데. 하지만 마지스터를 좀 더 알게 되었으니 이제는 셀레나가 권모술수에 능한 이 파렴치한을 조종할 차례였다.

"당신과 나, 타라, 자르, 마라는 한가족이에요. 하지만 우리가 진정한가족을 이루려면 타라도 살아 있어야 해요. 크소아라를 불러들여야해요."

마지스터는 마치 말벌에 쏘인 것처럼 소스라쳤다. 셀레나는 속으로쾌재를 지르면서 마치 채소값에 대한 이야기를 하고 있었다는 듯 담담한 어조로 말을 이었다.

"당신이 타라를 해친다면 결혼은 단념해요. 나는 타라가 여기서 합당한 예우를 받으며 살기를 원해요. 감옥에 가두지도, 수갑을 채우지도 않은 자유로운 몸으로."

마지스터는 타라를 죽이라고 악마를 보냈다는 걸 부인하지 않았다.그리고 셀레나에게 그걸 어떻게 알았는지, 언제부터 알고 있었는지도묻지 않았다.

"그 아이는 나를 죽이려고 할 거요." 마지스터는 냉랭하게 말했다

"그럴지도 모르죠." 셀레나는 어깨를 으쓱했다. "하지만 그 아이보다는 당신이 훨씬 강하고, 지금은 유령이니까 큰 위험도 없을 거예요.그리고 일단 육신을 되찾으면 당신은 얼마든지 방어할 수 있잖아요."

"나는 타라가 어디 있는지 전혀 모르오." 이날 마지스터가 이 말을하는 게 벌써 네 번째였으니 지겨워지기 시작했다. "그리고 나는 랑코비트에서 유령들을 괴롭히는 것이 타라라고 생각하고 있소."

"내 딸이 무사히 오지 않는 한 난 결혼하지 않아요." 셀레나는 차분한 목소리로 압박했다.

마지스터가 말하려고 했지만, 셀레나는 손을 들어 막았다.

"더 이상 토 달지 말아요. 당신에게 호의적인 태도를 보이기 위해 결

혼식과 웨딩드레스를 준비하고 있을게요. 하지만 내 딸이 무사히 돌아오지 않는 한 결혼식은 없을 거예요."

셀레나는 충분한 시간을 갖고 마지스터에게서 벗어나기 위한 작전을 짜고 있었다.

무엇보다도 타라가 기계를 찾아서 작동하기를 바랐다. 그러면 아더월드는 마지스터에게서 해방되는 건데…….

그렇게 말하고 셀레나가 방을 나가자 마지스터는 마음껏 이를 갈 수 있었다. 늑대인간들에 이어서 이제는 셀레나까지 모두 타라가 돌아와야 한다고 주장하고 있으니! 정말 분통이 터졌다!

그렇지만 이번에는 선택의 여지가 없었다. 이해할 수 없는 이유로 지킴이들이 악마의 사물들을 내놓으려고 하지 않기 때문에 마지스터는 늑대인간들과 싸울 준비가 되어 있지 않았다. 늑대인간들을 이기려면 악마의 사물들이 필요했다. 물론 드래곤들을 이기기 위해서도 꼭 손에 넣어야 하는데.

마지스터는 반지를 돌렸다.

붉은 악마가 나타났다.

마지스터는 깜짝 놀랐다.

크소아라가 아니라 붉은 털에 노란 줄무늬가 있는 악마였다.

"크소아라는 어디 가고?" 마지스터가 불안한 어조로 물었다.

"죽었어요." 악마는 태연하게 대답했다.

아연실색한 마지스터가 멍하니 입을 벌리고 있는데…… 날카로운 신음소리가 새어 나왔다. "뭐라고?"

"크소아라는 죽었어요. 영문을 알 수 없는 트럼펫 사고로. 나는 누구를 죽여야 하나요?"

"뭐라고? 아니, 아니다, 그래서 부른 게 아냐!"

"그럼 왜 나를 불렀어요?"

노란 줄무늬 붉은 악마는 거만하게 꼬리를 탁탁 치면서 사라졌다.

마지스터는 불손한 악마의 버릇을 고쳐주기 위해 다시 부를 마음조차 없었다. 그는 반지를 쳐다봤다.

림보의 악마들이여, 대체 그 빌어먹을 타라가 또 무슨 짓을 한 겁니까?

마지스터는 마스크 안에서 음흉한 미소를 지었다. 악마들을 빼놓고는 아무도 크소아라의 죽음을 모르고 있다는 건 그나마 다행이었다.

18
유령

보이지도 만져지지도 않는 존재가
사람들을 감시할 수 있다는 건 너무 과장인데……

*

"유령이야." 안젤리카가 속삭였다. "이제 우리는 끝장이야! 타라,
덤벼들어서 깨물어. 우리를 밀고하기 전에!"

"아니, 난 덤벼들지 않아. 그리고 물어뜯지도 않을 거야, 적어도 지
금은."

"뭐? 그게 무슨 말이야? 빨리 해치우라니까!"

"그럴 수 없어."

"도대체 무슨 헛소리야? 타라, 너 미쳤어?"

"내 아버지야."

"뭐?"

"선대 황제 단비우, 내 아버지라고! 안녕 아빠?"

단비우는 타라의 헝클어진 머리와 이마에 난 상처, 흙이 묻은 코, 긴

이빨을 유심히 살폈다.

"오, 내 사랑. 얼굴이 왜 그 모양이야? 괜찮은 거니?"

타라가 얼굴에 대해 칭찬을 듣고 싶었다면 실패한 것이다.

"사실은 어리광을 부리고 싶었거든요." 타라는 두 팔을 내밀면서 말했다.

타라는 따뜻한 체온이라곤 없는 아버지의 휑한 느낌에 안타까운 표정이었고, 두 팔로 힘껏 딸을 껴안던 유령도 허망한 표정을 지었다.

"미안하구나. 내가 유령이 아니라면 얼마나 좋을까······!"

"아빠, 나도 정말 아빠가 보고 싶었어요!"

"나도 네 어머니와 네가 정말 그리웠다. 하지만 타라, 네가 한 일은······."

"무책임하고, 멍청하고, 형편없고, 위험하고, 어리석고······ 온갖 최상급 형용사를 다 사용해도 모자랄 정도로 어처구니없는 잘못을 저질렀다는 건 나도 알아요."

"나는 고맙다는 말을 하려는 거야."

타라는 멍하니 입을 벌렸다.

"아, 그래요?"

"그래, 그게 성공했다면 나는 아주 기쁜 마음으로 돌아왔을 텐데! 실패해서 정말 아쉽지만 그래도 너를 만나고, 네 어머니와도 재회하는 특혜를 누렸어. 비록 짧은 시간이었지만."

눈이 부실 정도로 멋진 미소를 짓는 단비우의 유령을 보면서 실버는 타라의 매력이 아버지에게서 온 것임을 알았다.

"어떻게 빠져나갈 생각이니?"

"이 숲에 함정이 많아서 힘들지만 나아질 거예요. 그런데 아빠가 여기 무슨 일로, 어떻게……?"

이 질문 속에는 여러 가지 뜻이 함축되어 있었다. 우리를 어떻게 찾았어요? 아빠가 그럴 수 있다면 다른 유령들도 할 수 있는 거예요? 아빠가 붉은 악마를 해치운 거예요?

"크소아라가 마지스터로부터 너를 죽이라는 지령을 받는 현장에 내가 있었어. 그래서 붉은 악마를 미행했지. 붉은 악마가 너를 찾아낼 줄 알았으니까. 너를 공격하기 전에 개입하려고 했어. 그런데 놀랍게도 붉은 악마가 섬으로 트럼펫들을 먼저 보내서 요란한 소리를 낸 다음에 곧바로 유형화되는 거야. 트란스미투스 방지 주문이 작동되어 있는데도 붉은 악마는 개의치 않는 것 같았어. 알릴 겨를이 없었는데 네가 해치웠어. 내 딸, 정말 대단하구나."

한 식물의 넝쿨이 단비우의 유령을 휘감으면서 가시로 가슴을 찌르려고 했지만, 유령은 아랑곳없었다. 실망한 식물이 단단한 꽃잎을 닫으면서 물러갔다.

타라는 부르르 떨면서 대답했다.

"붉은 악마는 내가 해치운 게 아니에요. 근데 의문이 있어요. 그 요란한 트럼펫 소리는 왜 냈을까요?"

단비우는 크소아라와 마지스터가 입씨름을 벌이던 장면을 얘기했고, 타라와 안젤리카, 실버는 또다시 폭소가 터질 뻔했다. 그러나 시간이 없는 단비우는 계속 들으라는 손짓을 했다.

"그래서 네 어머니를 만나러 갔지."

타라는 그제야 아버지를 만난 기쁨에 어머니의 소식을 묻지 않았다는 걸 깨달았다.

"엄마는 괜찮아요?"

"응. 네 어머니가 어찌나 소리를 질러대는지 귀머거리가 될 뻔했다. 점점 더 네 외할머니를 닮는 것 같구나."

단비우와 타라는 미소를 주고받았다.

"엄마는 뭐래요?"

"나한테 멍청한 바보라고 소리치는 것 말고 무슨 말을 했냐고 묻는 거지? 네가 이 세상을 여섯 번도 더 구했다면서 붉은 악마는 너의 상대가 안 된다고 했어. 난 그 말을 믿지 않았는데 네 어머니의 말이 맞았어. 너를 제대로 알고 있는 거야."

크소아라가 트럼펫 소리를 내지 않고 기습적으로 공격했다면 타라는 오래 살지 못했을 텐데. 게다가 흡수의 꽃들까지 제때에 실력 발휘를 해주었으니 정말 운이 따라주었던 것이다.

주변의 숲이 살랑거리면서 빨강, 초록, 보라, 파랑, 노랑 등 어지러울 정도로 색을 바꿨다. 그들은 몸 상태가 좋지 않았다. 타라는 머리에서 피가 나고, 안젤리카는 다리를 절뚝거리고, 실버만 비교적 정상이었다.

"결혼 얘기는 어떻게 됐어요?" 어머니가 걱정이 된 타라가 물었다.

단비우의 유령이 침울해졌다.

"그 때문에라도 기계를 빨리 작동해야 해. 감히 내 아내와 결혼할 생각을 하다니. 자기 손가락으로 제 눈을 찌르는 맛이 어떤지 그 오만한 폭군에게 확실히 알려줘야지."

타라는 안심했다. 아, 아버지는 어머니를 여전히 사랑하고 있어. 다행이야.

"불행히도 그 비열한 작자가 리스베스를 점령하고 있어. 보통 놈이 아니다. 만약 그자가 악마의 사물들을 손에 넣으면 이 세상은 가망이 없어. 악마들을 불러들이고 드래곤들을 몰아내고, 내가 사랑하는 이들을 노예로 만들 거야. 그런 일은 절대 일어나면 안 돼!"

그 말에 불안해진 타라와 실버, 안젤리카는 웃음이 싹 달아났다.

"한 유령이 알면 다른 유령도 모두 알게 된다고 들었는데요, 폐하?" 실버가 정중하게 물었다. "그럼 여기 있는 따님이 위험해지는 건 아닙니까?"

"훌륭한 지적이구나. 하지만 우리가 원할 때만 정보를 공유할 수 있어."

"나 때문에 많은 사람이 고통을 겪었어요." 타라가 말했다. "그리고 아빠, 로빈이 죽었어요!"

타라는 아버지가 위로해줄 거라고 기대했는데 그렇지 않았다.

"로빈이 누구니?"

"아! 아빠도 만난 적 있어요. 림보로 재판관을 만나러 갔다가 아빠를 처음으로 만났잖아요? 그때 로빈도 거기 있었어요. 하프엘프였는데 기억 안 나요?"

"아, 그랬니? 그래서 너와는 무슨 사이인데?"

"내 남자친구예요."

단비우는 눈살을 찌푸리면서 딸을 뚫어져라 쳐다봤다.

"뭐라고? 하프엘프가 남자친구라고? 농담이지?"

"농담 아니에요. 근데 아빠는 무슨 이유로 하프엘프를 반대하는 거예요?"

"타라, 엘프들이 얼마나 통제할 수 없고, 무분별한 종족인지 너도 알 잖아. 오무아를 전쟁의 도가니로 몰아……."

"아아, 그만하세요!" 타라는 발끈해서 말을 잘랐다. "아빠까지 그런 말을 할 줄은 정말 몰랐어요!"

"죄송한데요." 유령과 타라가 서로 노려보고 있을 때 안젤리카가 빈 정거리는 목소리로 끼어들었다. "로빈은 이미 죽었는데 이런 대화를 한다는 게 좀 이상하다고 생각하지 않으세요?"

고개를 떨어뜨리는 타라의 어깨가 축 늘어졌다. 몹시 당황한 유령 은 공중에서 몸을 비비 틀고 있었다.

"오, 젤리소르의 충치여! 정말 미안하구나. 내가 왜 그랬는지 모르 겠어. 황제였을 때의 타성이 아직 남아 있었던 모양이야. 미안하다. 네 남자친구에게도 미안하고."

아버지가 진심이라는 걸 느낀 타라는 고개를 끄덕였다. 단비우는 화제를 바꿨다.

"앞으로 어떻게 할 건지 말해주면 내가 도울 일이 있을지 모르지. 교 란작전을 펼 거니?"

그들은 단비우를 쳐다봤다. 전 황제도 그들을 쳐다보면서 손가락으 로 허공을 톡톡 치는데 초조한 표정이었다.

"어떤 작전이니?"

전 황제 앞에서 감히 무슨 작전을 말하란 말인가? 작전이랄 것도 없 는데…….

"무덤까지 갈 생각이에요. 안젤리카가 빛의 손으로 무덤을 파괴할 예정이고요."

단비우는 호기심을 보이면서 안젤리카를 쳐다봤다.

"브란다우드 가문의 자손이니?"

"네, 폐하, 영광스럽게도 그렇습니다. 하지만 나에게 이런 능력이 있는지 몰랐습니다. 얼마 전에야 내 손에서 빛의 손을 발견했으니까요. 죽음의 손을 갖고 있다는 표현이 더 어울리겠지요. 무덤이든, 기계를 가져가려는 원정대든 모조리 파괴할 수 있으니까요."

"아! 용감한 전사로구나. 음, 그래, 훌륭해."

"그다음에 내가 기계를 작동할 거예요." 안젤리카를 칭찬하는 아버지의 말이 신경에 거슬린 타라가 말을 끝맺었다.

단비우는 깜짝 놀라서 딸을 쳐다봤다.

"넌 하면 안 돼!"

"왜요? 아빠도 방금……."

"아, 그래, 물론 유령들을 섬멸해야지. 하지만 네가 기계를 작동하면 안 돼. 방사선 때문에 너는 죽어!"

죽는다는 말에도 타라는 눈썹 하나 까딱하지 않았다.

"하는 수 없죠. 그렇게 되면 아빠에게 가는 것이고, 로빈도 만나게 되겠죠. 로빈이 지금 아더월드에 있는데도 우리는……."

"아니, 로빈은 없다." 단비우가 무뚝뚝하게 대꾸했다.

"네?"

"이미 비욘드월드에 가 있는 것이 틀림없어. 하프엘프의 유령은 보지 못했으니까. 우리 유령들은 어디에 있는지 정확한 위치를 알 수는 없지만, 아더월드에 어떤 유령들이 와 있는지는 알 수 있거든. 하프엘프는 없었다."

믿기지 않는다는 표정을 짓는 타라의 얼굴에 경련이 일었다.

로빈이 나를 저버렸다니! 기다리지도 않고 비욘드월드로 떠나버렸다니!

안젤리카는 질겁했다. 타라가 포기하면 기계를 누가 작동하지?

갑자기 실버가 앞에 섰는데 어찌나 바짝 다가서는지 타라는 이마에 닿는 숨결을 느꼈다. 실버가 초록색이 감도는 금빛 눈으로 타라를 쳐다보는 사이에 캐러멜색 머리털이 바람에 흩날렸다.

"내가 할 거니까 너는 걱정하지 마. 너는 죽을 필요 없어. 난 네가 죽는 걸 원치 않아. 내가 막을 거야."

타라의 눈이 동그래졌다. 언제부터인지 실버의 어눌한 말투가 거의 없어졌을 뿐만 아니라 자신의 생각을 자신감 넘치게 표현하고 있었다.

"뭐라고?"

"네 아버지의 말씀이 맞아. 너는 틀림없이 죽게 될 거야. 나는 비늘이 있어서 전혀 위험하지 않아."

"아니, 위험하긴 너도 마찬가지야." 단비우의 유령이 말했다.

"유령, 아니 폐하?" 안젤리카가 끼어들었다.

"왜?"

"딸을 살리고 싶으시죠?"

"그거야 당연하지."

"그럼 딸의 입을 닫치게 해주세요."

이런 버릇없는 말투에 익숙하지 않은 전 황제는 눈살을 찌푸리다가 건방진 소녀의 말이 맞다는 걸 알아차렸다.

실버가 미소를 지었는데 그 미소에 타라를 걱정하는 애정이 담겨 있었다.

"나는 협객이라는 거 잊지 마. 그런 미션은 내가 할 일이야."

혼란스러운 타라는 실버에게서 뒷걸음쳤다. 가슴이 두근거리고 입이 마르는 것 같았다. 이건 흡수의 꽃들에게 공격을 받아 생긴 후유증이 틀림없어.

"그건 말도 안 돼." 타라는 자신 없는 목소리로 대꾸했다. "이 행성으로 유령들을 불러들인 건 나니까 그들을 몰아내는 것도 내가 해야 돼."

실버와 단비우가 동시에 입을 벌렸지만, 타라가 위엄 있게 손을 들었다.

"다 맞는 말이에요. 하지만 내 마음을 이해해줘요. 처음에는 너무 큰 충격에 괴로웠고…… 그때는 정말 죽고 싶다는 생각을 했어요. 나도 죽음을 아름답다거나 로맨틱하다고 생각하는 건 아니에요. 내가 유령이 되어 아빠와 로빈과 함께 살게 된다는 걸 몰랐다면 죽겠다는 생각은 하지도 않았을 거예요. 난 그렇게 어리석지도 비겁하지도 않아요. 이제 로빈은 떠났고, 나를 원치 않는다는 걸 알았어요. 내가 생각했던 것보다 로빈은 훨씬 현명하다고 봐야겠죠."

마지막 말을 하는 타라의 목소리가 흔들렸다.

딸의 괴로움을 모르는 아버지가 끌어안으려고 하자 타라는 손을 들었다.

"하지만 내가 저지른 잘못인데 다른 사람이 그 대가를 치르게 할 수는 없어요. 기계는 내가 작동할 거예요. 그런데 아빠, 약속할게요. 나는 인간의 피를 먹는 뱀파이어의 모습으로 기계를 작동할 거예요. 보통 뱀파이어도 아주 빠르지만, 인간의 피를 먹는 뱀파이어는 훨씬 더

빠르니까요. 방사선은 나를 해칠 겨를이 없을 거라고 확신해요."

"너는 오무아의 후계자로서 더 이상 바랄 것이 없을 정도로 믿음직하고 훌륭하구나. 리스베스 여제가 바라는 것 이상이야. 하지만 나도 무슨 방법을 찾아볼게."

"아빠는 떠나야 해요." 타라는 가슴이 아프지만 말했다. "기계를 작동하면 아빠도 소멸되니까요. 비욘드월드로 다시 떠나기 전에 엄마에게 작별 인사를 하고 가세요. 내가 사랑한다는 말도 전해주시고요. 다 잘될 거예요, 아빠. 나를 믿으세요."

안젤리카는 하늘을 쳐다봤다. 휴, 눈물샘을 자극하는 작별의 시간이 되겠군. 안젤리카의 예상은 적중했다. 유령이 오열하자 타라도 눈물을 흘렸다. 그들을 쫓던 에드라킨들이 죽었기에 망정이지 당장 발각되었을 것이다. 훌쩍거리던 타라는 코를 풀었고, 마침내 유령이 작별 인사를 했다.

그리고 단비우의 유령이 사라졌다. 단비우도 트란스미투스 방지 주문의 영향을 받지 않았다. 절대로 뚫지 못한다고 주장하는 트란스미투스 방지 주문이 유령에게도 악마에게도 통하지 않는다는 걸 알면 에드라킨족의 코가 납작해질 텐데.

안젤리카는 경멸하는 눈으로 눈물겨운 장면을 지켜봤다.

"황제였다는 남자가 어쩌면 그렇게 질질 짤 수가 있어! 17년 전에 도망치길 잘했지, 황제의 역량을 지니지 못했던 거야!" 꺽다리가 독설을 날렸다.

타라는 안젤리카를 쩌려보고 원정대가 터놓은 길을 따라갔다. 타라는 안젤리카와 가족에 대해 이러쿵저러쿵 얘기하고 싶은 마음이 추호도 없었다.

게다가 로빈이 떠났다는 것에 상처를 받은 타라는 아무 말도 하고 싶지 않았다. 로빈이 어떻게 그냥 떠나버릴 수 있지? 작별 인사도 하지 않고 비욘드월드로 가버리다니…….

넝쿨이 휘파람 같은 소리를 내면서 달려들거나 말거나 아랑곳없이 생각에 빠진 타라가 그냥 지나가자 무색해진 식물이 공격을 하지 못했다.

갑자기 눈앞에 사람의 시체 같은 것이 보였다.

가슴이 철렁한 타라는 파브리스나 무아노를 생각하면서 뛰어갔다.

타라가 다가가자 식물들이 물러섰기 때문에 시체를 확인할 수 있었다.

파브리스도 무아노도 아니었다. 휴!

죽은 지 몇 시간이 지난 듯한 시체……. 식물들이 갈기갈기 찢어놨는데도 피가 난 흔적이 없다는 것은 뱀파이어의 소행이 틀림없었다. 셀렌바가 피를 다 빨아먹은 건가?

타라는 떨리는 손으로 이마의 땀을 닦았다. 셀렌바나 마지스터가 죽이기 전에 파브리스와 무아노를 구해낼 방법을 찾아야 했다.

그들은 숲에서 두 번째 밤을 보내기 위해 멈췄다. 아마도 토끼보다 클 경우에는 자동으로 식물들의 공격을 받기 때문인지 큰 짐승은 없었다. 그들은 기름 덕분에 위험하지는 않지만, 계속 신경을 써야 하기 때문에 타라는 이번에도 살아 있는 나뭇가지를 사용해 나무 장벽을 세웠다.

아이스크림이나 얼음이 그리울 정도로 정글이 무덥기 때문에 불을 피울 필요는 없었다.

게다가 비까지 내리기 시작했다. 따뜻한 비는 밤새도록 내려 지붕을 이룬 나뭇가지 사이로 스며들었다.

잠을 자던 안젤리카가 악몽을 꾸는지 두 번이나 비명을 질렀다.

타라는 체인지라인이 입혀준 모자 달린 망토를 걸치고 정글과 마주하고 있었다. 잠을 잘 수 없었기 때문에 먼저 불침번을 서겠다고 했다. 나뭇가지에 올라앉은 갈랑은 커다란 나뭇잎 밑에서 젖은 털을 말리고 있었다. 타라는 정상적인 식사를 위해 인간으로 다시 변신해 있었다. 뱀파이어보다는 인간으로 있을 때 윙윙거리는 소리가 더 크게 들리는 것 같아 주저했지만 피를 먹고 싶은 충동 때문에 어쩔 수 없었다. 타라는 축축한 밤공기를 깊이 들이마셨다.

내일, 내일이면 아르루쉬르에 도착하는데…….

타라는 뭘 어떻게 할지 아무런 생각이 없었다. 노란색과 장미색의 날다람쥐가 머리 위로 지나갔다. 나무 장벽을 세웠을 때 갇힌 모양이다. 날다람쥐를 바라보면서 문득 떠올랐다. 아! 박쥐로 변신하면 날 수 있잖아! 박쥐의 발로 기계를 작동하는 버튼 같은 걸 누르고 재빠르게 날아가면 방사선을 피할 수 있지 않을까? 좋은 생각이었다.

생각에 잠긴 타라를 보면서 실버가 다가왔는데 비늘을 세웠다면 찔릴 정도로 바짝 다가섰다.

"나 스무 살이야." 실버는 뜬금없이 말했다.

타라는 쪽빛 눈으로 실버를 쳐다봤다. 잘생긴 얼굴에 눈이 부신 타라는 또다시 숨이 막히는 것 같았다.

"뭐라고?"

"나 스무 살이라고. 그리고 나는 불굴의 전사야. 난쟁이들은 나를 인정하지 않지만, 아버지가 불굴의 전사이기 때문에 나는 불굴의 전사 수련을 받았어. 음…… 불굴의 전사가 뭔지 알아?"

작전을 짜는 데 골몰하고 있지 않았다면, 약간 흥분한 어조로 비밀을 고백하는 실버의 말에 타라는 웃음이 나왔을 텐데.

"네가 불굴의 전사라는 거 알고 있어."

"그걸 어떻게 알아?"

"거시기를 믿을 수 없어서 갈랑을 데리고 너를 감시했지. 그러다 네가 훈련하는 걸 보게 됐어. 정말 대단한 무예였지. 실버, 난쟁이들이 그 무예를 연마하려면 수백 년이 걸린다고 들었어."

"아버지도 내가 비정상적인 경우라고 하셨어." 실버는 자랑스럽게 말했다. "아버지가 시범을 보이면 나는 그대로 따라 할 수 있었거든. 아주 쉽게. 아버지가 어머니와 훈련하는 걸 보면서 그대로 흉내 낸 것이 두 살 때였어."

타라는 눈이 동그래졌다.

"어머니도 불굴의 전사야?"

실버의 집에서 싸움이 나면 그야말로 스릴이 넘치겠군.

"응. 양부모님은 키가 크고 유연하고 날렵해서. 광산에서 작업하는 데는 쓸모없지만, 검을 다루는 데는 아주 이상적이지. 그래서 그분들에게 나를 맡겼던 거라고 생각해. 불굴의 전사들만큼 나를 안전하게 지켜줄 사람은 없을 테니까."

그 목소리에서 버림받은 아픔이 느껴졌다. 안쓰러운 마음에 타라는 실버를 안아주고 싶은 충동이 일었지만 간신히 억제했다. 비늘 때문에 살이 찢길 위험이 있기 때문이기도 하고, 실버가 몹시 거북해할 것이기 때문이다.

얼굴에 빗방울이 뚝뚝 떨어지고 있다는 것도 잊은 듯 타라는 팔짱을 꼈다. 체인지라인이 재빨리 비를 막아주었다.

"친부모는 찾아봤어?"

"아니. 돈 문제 때문에 한 번도 친부모를 찾으려고 하지 않았어. 내가 친부모를 찾으면 매년 양부모에게 보내주는 돈이 즉시 중단될 테니까. 농장을 경영하려면 돈이 필요한데 부모님은 나 때문에 불굴의 전사 이외의 다른 직업을 가질 수 없어. 그래서 나는 친부모를 찾지 않기로 결심했지."

그렇게 말하면서 슬픈 미소를 짓는 실버를 보며 타라는 가슴이 아팠다.

"하지만 내가 우연히 친부모를 만나는 경우는 계약이 유지되겠지. 그래서 나는 여행하면서 눈과 귀를 열어두고 있어. 이제 나에 대해 다 말했으니까 너는 나를 믿어야 해. 내가 너를 지켜줄 거야. 마법으로는 나를 해칠 수 없고, 내 검에 당할 자는 아무도 없어. 에드라킨족도 상대가 안 돼. 그들의 갈퀴발톱? 내 몸은 찢지 못해. 그러니까 기계를 내가 작동하게 해줘. 그다음에 우리 함께 떠나자."

실버가 금빛 눈으로 타라의 눈을 뚫어져라 쳐다보는데 그 눈빛에서 세상의 모든 고통을 저지할 것 같은 자신감이 느껴졌다.

갑자기 실버가 믿어지지 않는 행동을 했다. 그 누구도 만지지 못한다면서 두려워하던 실버가 선뜻 강철 장갑을 낀 손으로 타라의 뺨을 살짝 건드리는 것이 아닌가.

그러고는 몸을 숙인 실버의 숨결이 타라의 입술에 닿았다.

"너를 죽게 놔두지 않을 거야. 너는 내 인생에 의미를 주었어. 네가 아니었다면 난 인간들을 맺어주는 이 이상한 감정을 전혀 알지 못했을 거야."

타라는 온몸이 마비되는 느낌이 들었다. 아무도 그런 눈으로 자신을 처다본 적이 없었다. 실버는 마치 믿을 수 없을 정도로 아름다우면서도 접근할 수 없는 사람이라도 되는 듯 타라를 처다보고 있었다.

"그…… 그게 무슨 뜻이야?" 타라는 멍한 얼굴로 물었다.

실버는 고통이 가득한 눈으로 타라를 처다봤다.

"넌 이해 못할 거야. 넌 이해 못할 거야."

"그래, 난 무슨 말인지 모르겠어." 혼란스러워진 타라가 말했다. "난 텔레파시 능력이 없으니까. 그러니까 내가 이해하길 바란다면 설명해줘."

실버는 잠시 망설이다가 열렬하게 고백했다.

"네 옆에 있으면 강력한 불가에 있는 것 같아. 네 불길이 나를 뜨겁게 달구면서 내 가슴에 불을 지르고 있어."

타라는 반박하려고 했지만, 마지막 말에 입을 다물었다.

실버는 더는 다가오지 않았지만, 비늘이 날카롭다는 걸 잊었는지 타라의 뺨을 만지려 했다.

"사랑이 뭔지는 나도 알아. 부모님은 서로 사랑하기 때문에 결합했고, 사랑이 나와 그분들을 결합시켰어. 하지만 누군가를 사랑한다는 것, 내게는 일어날 수 있는 일이 아니라고 생각했는데…… 내 목숨을 구해준 너를 사랑하게 됐어."

타라의 귀가 윙윙거렸다. 뭐라고? 실버가 지금 무슨 말을 하는 거지?

"처음에는 몰랐어. 네가 하는 말을 들으면서 많이 슬퍼하고 있지만 아주 강한 아이라고 생각했어. 차츰 네가 내 영혼 속으로 들어오기 시작했고, 그러다 내 가슴속으로 들어왔지. 네가 내 목숨을 구해주었을 때, 내가 나무와 싸우고 있을 때, 생기가 가득하고 어지러울 정도로 아름다운 모습으로 네가 나타났어. 그때 마침내 깨달았어."

실버의 목소리에 사랑뿐만 아니라 애원에 가까운 간절한 마음이 담겨 있기에 타라는 눈물이 핑 돌았다.

"네가 없는 세상은 나에게 꽁꽁 얼어붙은 회색 풍경일 뿐이야." 실버는 나직하지만 강한 어조로 말을 이었다. "네가 웃음 지을 때면 그 미소에 대해 시를 쓸 수 있을 것 같아. 네 미소는 태양 같으니까. 그 태양 같은 미소가 나를 얼마나 흔들어놓는지 넌 모를 거야. 온몸이 뜨거워지면서 모든 것이 잘될 것 같으니까. 네가 눈물 흘릴 때면, 그 슬픔이 내 가슴을 찢는 것처럼 아파. 너를 아프게 한 눈물의 바다에 세상이 잠기는 것 같아. 넌 아무것도 요구하지 않지만, 네가 원하면 내가 앞장서서 세상을 공격할 거야. 처음에는 너를 보지 않았어. 너는 너무 키가 크고, 수염도 없고, 도끼도 갖고 있지 않았으니까. 그러다 차츰 나는 눈을 떴어. 넌 미쳤다고 생각될 정도로 용감하고, 솔직하고, 관대하고, 난쟁이 못지않게 고집스러웠어. 너는 좋아하는 것과 싫어하는 것이 아주 분명했어. 그리고 네가 그 파란 눈에 온 세계를 담고 있을 줄은 정말 몰랐어."

목이 멘 타라는 모든 확신이 흔들리는 것 같았다.

실버의 눈에서 금빛 눈물이 주르륵 흘러내렸다.

"하지만 너를 만질 수 없다는 것, 너를 안을 수 없다는 것은 죽음이

나 다름없어." 실버는 고개를 떨어뜨리고 중얼거렸다. "때로는 너무 고통스러워 숨을 쉴 수가 없어. 정말 견디기 힘들어."

실버가 고개를 들었는데 눈빛이 이글거리고 있었다.

"난 너에게 다가갈 수 없어. 너를 스치는 것만으로도 상처를 입히기 때문에 피를 흘리게 하느니 내 손을 잘라버리는 게 나아. 내 침은 너를 해칠 수 있어. 내 몸에 있는 것은 너에게 독이 되니까."

실버의 입술이 타라의 입술에 거의 닿고 있었다.

"그리고 너를 죽게 만들 거야."

타라가 무슨 말을 하기도 전에 실버는 허리를 펴더니 갑자기 어둠 속으로 사라졌다.

다리에 힘이 빠진 타라는 질퍽한 땅바닥에 털썩 주저앉았다. 무슨 일이 일어난 거지? 타라는 이해가 되지 않았다. 겨우 며칠 전에 알게 된 소년이, 아니 이젠 청년이라고 해야 하는 실버가 타라에게 일생일대의 사랑이라고 고백한 건가?

눈물이 흘러내렸다. 타라는 원치 않았다. 다시 사랑하고 싶지 않았다. 너무 고통스러웠다. 다른 누군가를 사랑한다는 건 로빈을 배신하는 것이고, 로빈을 잊는 것인데……. 그건 생각할 수도 없는 일이었다.

문제는 실버의 순수함이었다. 그 고백을 무시하고 싶어도 실버는 마음의 상처를 쉽게 받기 때문에 걱정이 되었다. 사랑을 고백할 때 흔히 사용하는 미사여구를 이용한 것도, 다른 사람들의 근사한 말을 인용한 것도 아니었다. 실버는 자신의 마음을 있는 그대로 말한 것이다. 솔직하고, 직설적이고, 호소력 있는 말로 실버는 타라를 감동시켰다.

타라는 거의 잠을 이루지 못했다. 타라는 실버가 너무 원망스러웠다. 모든 것에 자신이 있었건만! 기계를 작동해서 아더월드를 구할 수 있다고, 이 모험에 성공해서 살아남을 수 있다고…….

타라는 자신에게 쏟아지는 사랑이 부담스러웠다. 아버지의 사랑, 어머니의 사랑, 실버의 사랑……. 타라가 없어지기를 바라는 사람은 안젤리카밖에 없었다.

마침내 깜빡 잠이 든 타라는 동이 틀 무렵 눈을 떴다. 에드라킨족의 신들을 봤는데 꿈이었나?

악몽이었다. 신들은 타라에게 말했다. "너를 추격하지 않는 것은 성공하기를 기다렸다가 희망을 앗아가기 위해서다. 그게 훨씬 재미있으니까." 게다가 신들은 타라가 불안해하고 있다는 걸 알고, 그 불안이 그들에게 맛있는 양식이 된다고 했다. 타라는 꿈속에서 공포의 비명을 질렀지만, 신들이 갈퀴발톱과 송곳니를 들이댄 채 쳐다보고 있다가 건드리기 직전에 사라졌던 것이 기억났다. 타라는 잠을 깼는데 기분이 좋지 않았다. 꿈이 너무 현실 같았다. 게다가 이 꿈으로 신이 다시 나타나지 않는 이유가 설명되지 않는가.

꿈 덕분에 타라는 실버에 대한 생각에서 벗어날 수 있었다. 사랑한다고 고백하는 실버와 죽이고 싶어하는 이들, 어디에 정신을 집중해야 할지 그리 어렵지 않았다. 그래서 타라는 당황해 있다는 걸 들키지 않으려고 침묵을 지켰다.

아침에 일어난 안젤리카는 타라의 빨간 눈과 실버의 슬픈 얼굴을 보며 무슨 일이 있었는지 대충 짐작했다.

그들은 다시 출발했고, 비를 맞으면서 가는 동안 안젤리카는 실버에게 다가갔다. 이날 아침 안젤리카는 발걸음이 무거웠다. 벌써 몇 번째 넘어지면서 온몸에 진흙이 묻었다. 안젤리카는 오늘따라 자꾸 넘어지는 자신에게 짜증이 나면서도 눈길도 주지 않는 실버가 섭섭했지만, 넘어지는 걸 알아채지 못한 거라고 생각하면서 태연하게 물었다.

"어젯밤 너희 둘 무슨 얘기했어? 타라가 오늘 아침 많이 피곤해 보이던데."

실버는 거짓말을 할 줄 몰랐다. 융통성이 없을 정도로 너무 솔직한 점도 난쟁이족의 습성이다.

"만질 수 없다는 걸 내가 얼마나 괴로워하고 있는지 타라에게 말했어. 그리고 경험할 수 없을 거라고 생각했던 사랑이란 감정을 느끼게 해줘서 얼마나 고마워하는지 말했어."

안젤리카가 비틀거리면서 또다시 넘어질 뻔했지만, 실버는 아랑곳없이 말을 계속했다. 난쟁이족은 여성도 남성 못지않게 강하기 때문에 실버 역시 여성에 대한 친절에 익숙지 않았다.

"오, 내 조상들의 혼령들이여!" 마침내 실버를 따라잡은 안젤리카가 물었다. "네가 뭐라고 했는데?"

"내 사랑을 고백했어, 왜?"

안젤리카는 이를 갈았다. 그런 고백을 자신이 아니라 하필이면 미워하는 계집애에게 했다는 것이 기분 나쁘고, 무엇보다 실버의 사랑으로 타라가 임무를 포기하게 내버려두고 싶지 않았다.

타라와 실버 사이가 더 이상 진전되지 않게 막을 필요가 있는데……. 머리를 쥐어짜면서 궁리하던 안젤리카는 심각한 얼굴로 고개를 끄덕였고, 잠시 후 입가에 미소가 번졌다.

"네가 타라를 너무 힘들게 한 게 틀림없어." 안젤리카는 슬픈 어조로 밀어붙였다.

"내가 힘들게 해? 왜?" 실버가 어리벙벙한 얼굴로 물었다.

"타라는 아직 잃어버린 사랑에 대한 상처가 낫지 않았어, 실버. 그런데 타라가 어떻게 네 고백을 받아들이겠어? 타라의 눈이 빨개진 거 못 봤어? 너 때문에 밤새도록 울었나 봐!"

실버가 질겁하여 안젤리카를 향해 고개를 돌렸다.

"나 때문에? 난 타라를 울리고 싶지 않았어!"

"나라면 다시는 타라에게 그런 말을 하지 않겠어. 네가 계속 그러면 타라는 훨씬 상처를 받을 거야."

실버는 잠시 생각하다가 고개를 끄덕였다.

"네 말이 맞아, 안젤리카. 충고 고마워. 내 감정으로 더는 타라를 귀찮게 하지 않을 거야."

안젤리카는 미소를 감추며 덧붙였다.

"하지만 나는 무슨 말이든 다 들어줄 수 있는데!"

"뭐라고?"

"나한테는 사랑한다는 말을 해도 된다고! 난 다 들어줄 수 있거든. 나는 현재 남자친구가 없으니까. 어때? 좋은 생각 아냐? 한 가지만 해결하면 되는데……. 그 빌어먹을 비늘을 사라지게 할 무슨 방법 없을까? 솔직히 말해서 그건 불편하잖아. 너무 불편하단 말이야."

괴로운 듯 실버의 눈빛이 흔들리고 있었다. 실버가 단음절 이상의 대답을 하지 않는데도 혼자서 신이 난 안젤리카는 계속 조잘대고 있었다.

그러다 안젤리카는 입을 다물었다.

그들이 도착한 것이다.

눈앞에 아르루쉬르의 무덤이 보였다.

19
뱀파이어

발코니에서 우연히 만난 아름다운 여인이
반드시 글래머는 아닌데……

*

셀레나가 창가에서 유령들에 대한(궁극적으로는 마지스터에 대한) 저항운동을 조직화할 방법을 구상하고 있을 때 머리 위에서 뱀파이어가 떨어졌다.

질겁한 셀레나를 데굴데굴 구르게 만든 것은 정확하게 말하면 박쥐/뱀파이어였다. 핑크빛과 금빛 화장대 위로 떨어진 박쥐는 움직이지 못한 채 끽끽거렸다.

셀레나는 마법을 작동하고 공격할 만반의 준비를 했다. 기분 전환 거리가 생긴 것이 기쁜(휴! 날아다니는 것들이란!) 퓨마 셈보르가 박쥐를 향해 갈퀴발톱을 세우다 놀란 울음소리를 내면서 뒷걸음쳤다. 박쥐가 부풀어 오르다 점점 커지더니 면허 받은 도둑의 검은색 가죽 옷 차림의 뱀파이어로 변했기 때문이다.

그러나 뱀파이어가 공격하지 않자 셀레나도 마법의 광선을 껐다.

"휴, 타라가 날아다니는 것이 이렇게 어렵다는 말을 해주지 않았거든요." 뱀파이어는 두 손으로 머리를 감싸면서 말했다. "아이고, 머리야! 그리고 부인의 패밀리어가 고양이라는 걸 깜빡 잊었네요!"

셈보르가 으르렁거렸다. 뭐, '고양이'라고?

딸의 이름을 듣고 셀레나가 얼른 뛰어갔다.

"그런데 누구……."

그제야 뱀파이어를 알아본 셀레나는 말을 중단했다. 눈이 믿어지지 않았다.

"칼?"

"네, 저예요!"

"오, 내 조상들의 혼령들이여! 칼, 네가 어떻게 뱀파이어로 변신한 거야?"

셀레나는 그렇게 물어놓고는 칼에게 말할 기회도 주지 않고 자신이 대답했다.

"내가 이렇다니까. 타라가 너를 변신시켜놓은 거지? 내 딸이 뱀파이어로 변신해 있었던 것처럼?"

칼은 고개를 끄덕이다가 뇌가 흔들리는 것 같아 오만상을 찌푸렸다.

"아야!" 칼은 신음소리를 냈다. "뱀파이어가 튼튼하기에 망정이지 나는 벌써 오래전에 뇌진탕으로 죽었을 거예요!"

셀레나는 칼이 일어나게 도와주었다. 젊은 여인의 방에 난생처음 들어온 칼은 핑크빛과 금빛 일색의 실내장식을 보면서 눈을 깜박였다. 하지만 칼은 아무 말도 하지 않았다. 나전과 금을 박아 화려하게 장식된, 다리가 부드럽게 휘어진 안락의자 하나가 칼의 엉덩이 밑에 와서 멈췄다. 아름다운 원탁 하나도 음료수를 마실 경우를 대비해 칼 바로 옆으로 이동했는데 길게 늘어지는 핑크빛 레이스로 덮여 있어서 다리는 보이지도 않았다.

칼이 앉자마자 셀레나의 질문이 쏟아졌다.

"내 딸을 만났니? 타라는 괜찮지? 왜 너를 변신시킨 거니? 무슨 일인데? 타라는 어디 있니……?"

셀레나는 칼이 말하려는 순간 손으로 중단시켰다.

"아니, 마지막 질문은 잊어. 알고 싶지 않구나. 내가 타라가 어디 있는지 안다는 걸 마지스터가 눈치채면 그걸 이용해 음모를 꾸밀 거야. 하지만 다른 질문은 말해주렴."

칼은 유령들이 습격한 뒤로 타라에게 일어났던 일을 모두 얘기했다. 셀레나는 딸이 그토록 고통을 겪었다는 걸 알고 부르르 떨었다. 곁에서 위로하며 지켜줬어야 했는데…….

"고맙다. 네가 내 딸의 목숨을 구해줬어. 넌 영웅이야. 랑코비트의 유령들을 공격한 게 너였구나?"

칼은 뱀파이어의 이빨을 드러내며 미소를 지었다.

"먼저 부모님을 구한 다음 베어 왕과 티타니아 왕비, 장관들을 점령한 유령들을 퇴치하자 남은 유령들이 겁을 먹기 시작했어요. 그러고는 마침내 유령이 모조리 랑코비트를 떠났어요. 그래서 우리 가족을 안전한 곳에 피신시켜놓고, 오무아의 도둑 대학으로 왔어요. 레지스탕스에서 나를 만나길 원하는 사람이 거기 있다고 알려왔거든요."

칼은 마치 그때의 놀라움을 떠올리는 듯 잠시 침묵했다.

"그 사람이 마라였어요."

셀레나의 얼굴이 환해졌다.

"마라? 마지스터가 타라와 마찬가지로 그 아이도 찾고 있어. 그럼 마라가 계속 도둑 대학에 있었다는 거야?"

칼은 고개를 끄덕였다.

"네, 우리는 숨는 데 능하거든요. 교수님들이 병사들과 유령들로부터 마라를 지켜주고 있어요. 대학의 높은 분들은 거의 유령에 들렸지만, 지위가 낮은 사람들만 마라가 어디 있는지 알기 때문에 위험하지 않아요. 마라가 오무아의 레지스탕스 운동을 주동하고 있어요. 부인의 막내딸은 아주 조숙해요."

칼은 자세한 얘기를 하지 않았지만, 그가 도착했을 때 마라가 목을 끌어안고 입맞춤을 했는데 열세 살 소녀의 순수함이라고 할 수 없었다.

"마지스터가 그 아이를 그렇게 만들어놨어." 셀레나는 씁쓸하게 대꾸했다.

"마라가 궁전으로 들어갈 수 있는 새로운 암호를 알려주며 부인은 믿을 수 있다고 말해줘서 여기 온 거예요."

그들은 미소를 주고받았다.

"그 아이는 안전한 거지? 잘 숨어 있는 거지?"

칼은 망설이다가 솔직하게 대답했다.

"타라요? 부인, 타라에게 안전이라는 말이 어울리는지 모르겠어요. 어쨌든 내가 마지막으로 봤을 때 타라는 위험한 곳으로 가는 것 같지 않았어요. 하지만 딸을 잘 아시잖아요. 타라는 아마 유령들을 돌아가게 할 방법을 찾고 있을 거예요. 그리고 내 생각에는 꼭 찾아낼 거예요."

"위험해지면 내가 정보를 알려줄게. 그리고……."

"이미 무아노에게서 들었어요." 칼이 말을 잘랐다. "기계에 대해서, 파브리스에 대해서도 알고 있어요."

"아, 그래? 무아노도 만났어? 그사이에 정말 많은 일을 했구나. 근데 넌 중요한 걸 말하지 않았어. 여긴 뭐 하러 온 거니?"

칼은 손가락 세 개를 폈다.

"첫째, 블롱딘을 데려가려고 왔어요. 패밀리어와 헤어진 지 두 달이 넘어서 힘들어지기 시작했어요. 내가 알기로 블롱딘은 궁전에 숨어 있는 게 틀림없어요. 둘째, 엘레아노라가 비욘드월드에서 아더월드로 오지 않았는지 확인하러 왔어요. 나는 빠르게 도망치느라고 그녀를 찾아볼 겨를이 없었거든요. 셋째, 부인을 도울 일이 있는지 보러 왔어요. 랑코비트에 있는 유령들은 소탕했으니까 여기도 그렇게 할 수 있을 거예요."

셀레나가 어찌나 뚫어져라 쳐다보는지 칼은 뱀파이어의 이빨 사이에 손가락이나 피가 묻어 있는 게 아닐까 의문이 들 정도였다. 이윽고 셀레나가 흘리는 비웃음에 칼은 등골이 오싹해졌다.

"네가 뱀파이어라는 걸 그는 몰라." 셀레나는 흡족한 얼굴로 중얼거렸다.

"그가 누구예요?"

"네가 타라라고 생각하고 있어." 셀레나는 대답하지 않고 말을 계속했다.

"마지스터요?"

"따라서 네가 여기서도 계속 유령들을 해치우면 그는 타라가 싸우러 왔다고 생각할 거야."

"부인, 불안하게 왜 그러세요?"

"내가 더 친절하고 상냥하게 대해주면 그는 내가 뭔가를 숨기고 있다고 생각할 거야. 그러다가 내 딸을 숨겨놨다고 생각하겠지……."

"당연하죠." 칼은 혼란스러우면서도 셀레나의 논리적인 생각에 빨려들고 있었다.

"너를 추적하기 위해 특공대를 구성할 것이고……."

"나는 면허를 거의 딴 것이나 다름없는 도둑이기 때문에 얼마든지 따돌릴 수 있어요."

"……너에게 함정을 놓을 거야."

셀레나는 칼의 말을 듣지 않고 있기 때문에 대답할 필요가 없었다. 그래서 칼은 "으흠?"이란 중성적인 대꾸로 맞장구를 치기로 했다.

"그는 전적으로 너를 잡는 데만 혈안이 될 거야. 그리고 계속되는 너의 도전 때문에 미쳐버리겠지."

"으흠?"

"모든 주르스탈이 그 사건을 다루게 되고, 정보를 얻기 위해 크리스털 리스트들이 열심히 뛰어다니겠지. 내가 정보를 계속 흘리면, 그는 너를 잡는 일에 전념하느라고 타라에 대해 신경을 쓰지 못할 거야. 그렇게 되면 타라는 자유롭게 그 일을 해낼 수 있어. 그래, 아주 좋은 생각이야. 이것으로 내 작전이 더 확실해지는 거야."

셀레나가 도대체 무슨 말을 하는 건지 궁금하면서도 칼은 시종일관 "으흠?"으로 대답했다. 무슨 작전이지? 셀레나가 벌떡 일어나서 칼은 깜짝 놀랐다.

"시간당 유령을 몇이나 죽일 수 있니?"

"으흠?"

셀레나는 초조한 듯 손가락을 튕겼다.

"칼, 내 말 듣고 있니? 시간당 유령을 몇이나 죽일 수 있냐고?"

어? 이제는 제대로 대답해야 되는 건가?

"부인, 그건 빵을 먹어치우는 것처럼 간단하게 해치울 수 있는 일이 아니에요. 유령들을 죽이려면 우선 아주 어두워야 돼요."

"깜깜해야 된다고? 왜?"

"유령들은 몸에서 빛이 나는데 그 빛은 완전히 깜깜해야만 보이거든요. 실수로 숙주를 죽이면 안 되니까요. 그리고 유령들만 퇴치하는 것이기 때문에 살아 있는 숙주가 나를 보는 걸 원치 않아요. 마지스터가 나를 타라라고 믿기를 바라신다면 특히 나는 '유령들을 죽이는 정체불명의 뱀파이어'로 남아야 해요. 공포 분위기는 그래야 훨씬 효과가 있으니까요."

"그래, 네 말이 맞아. 정체불명의 뱀파이어로 꼭꼭 숨어서 마지스터의 숨통을 조르는 거야."

"하지만 내가 사냥하는 동안 부인은 내 패밀리어를 찾아주셔야 해요. 나에게는 정말 중요한 일이에요."

"그래, 꼭 찾아줄게."

칼은 일어나서 물었다.

"좋아요. 누구부터 시작할까요?"

"크산디아르. 크산디아르부터 시작해."

20
기계

작은 기계에 그토록 엄청난 파괴력이 있다니……

*

발굴 작업이 이미 시작되어 있었다. 주위는 신전을 밝혀주던 것과 똑같은 흰색 꽃 모양의 브리양트들이 현장을 환하게 비추고 있었다.

타라는 영화 〈미라 2〉를 보는 느낌이 들었다. 물론 분위기는 훨씬 기괴해서 으스스하지만.

타라는 온몸이 부르르 떨렸다.

마법을 사용할 수 없기 때문에 티그족 병사들이 삽과 곡괭이로 땅을 파고 있었다. 타라는 쌓여 있는 부식토를 유심히 살피면서, 부드러워 보이지만 기계가 있는 데까지 흙을 파내려면 족히 이틀은 걸릴 거라고 계산했다. 지금으로서는 기계를 어떻게 손에 넣을지 뾰족한 방법이 없기 때문에 시간적 여유가 있다는 것이 그나마 다행이었다.

"운이 따라주네." 타라 옆으로 기어온 안젤리카가 속삭였다. "우리가 할 일을 대신해주고 있잖아!"

"근데 저들을 어떻게 쫓아버리지?"

그들은 이제야 마지스터가 원정대에 좀비 거미들까지 보낸 이유를 알았다. 전갈의 꼬리가 달린 자이언트 거미들은 여덟 개의 다리로 거의 미친 듯이 흙을 파내고 있었다. 사방으로 날아가는 흙덩어리 때문에 셀렌바와 파브리스는 멀찍이 피해 있었다. 마치 거대한 포크레인 같았다.

타라는 계산을 수정했다. 이런 속도라면 몇 시간밖에 걸리지 않을 텐데!

다행히 거미들이 단단한 지층에 이르렀을 때 속도가 현격히 떨어졌다. 거미는 피로를 느끼지 못하지만, 다리의 키틴질이 빠른 속도로 부서지거나 닳고 있었다. 흙이 바위처럼 단단하게 굳어 있었기 때문이다. 거미들은 머지않아 다리가 다 부러져 더는 흙을 파내지 못할 것 같았다.

타라와 안젤리카, 실버가 있는 곳까지 셀렌바의 욕설이 들렸다.

"화가 많이 난 거 같아." 실버가 말했다. "어떻게 저런 심한 욕을!"

"난 신선하다고 생각하는데." 안젤리카는 미소를 지었다. "어쨌든 아주 독창적이잖아!"

뱀파이어가 크리스털 볼을 꺼냈다.

그러고는 살아남은 에드라킨 길잡이 앞에서 크리스털 볼을 흔들었다.

"내가 이걸 사용하면 무슨 일이 일어나는데?" 셀렌바가 짜증스러운 어조로 물었다.

"우리의 제사장들이 올 것이고, 당신을 신들에게 바칠 겁니다."

"난 너희 제사장들이 겁나지 않아." 셀렌바는 폭발했다. "너희 신들도 두렵지 않아!"

에드라킨이 비웃음을 흘렸다.

"제발 그걸 사용하세요. 그러면 내 임무는 끝나고, 우리는 당신들을 몰아내게 되니까요."

셀렌바는 아랑곳하지 않고 크리스털 볼을 켰다.

만일을 대비해서 마법도 작동했다.

크리스털 볼 위로 이미지가 나타났다. 여제의 모습이지만 눈빛이 이글거리는 것으로 보아 마지스터는 몹시 격분해 있었다. 파트로크와 오무아 간의 시차로 인해 그곳은 이미 밤이었고, 마지스터 뒤쪽 창문 너머의 도시는 컴컴했다.

"나리." 셀렌바는 땅바닥에 무릎을 꿇고 머리를 조아리며 말했다. "거미들이 더 필요합니다. 여기 있는 것들을 데리고는 속도를 낼 수 없습니다! 에드라킨족에게 트란스미투스 방지 주문을 해제하는 허락을 받아서 거미들을 더 보내주시겠습니까? 아니면 마법을 사용해도 된다는 허락을 받아주십시오. 그러면 몇 초 만에 해치울 수 있습니다."

마지스터는 다른 일에 열중하느라 뱀파이어의 말을 듣지 않고 있었다. 셀렌바는 고개를 쳐들다가 크산디아르의 모습을 보고 깜짝 놀랐다. 크산디아르가 티그족 친위대원 둘에게 붙잡혀 있는데 레파루스 치료에도 불구하고 회복되지 않았는지 목에 붕대를 감고 있었다. 옛 부하들에게 붙들린 친위대장은 몸부림치면서 증오심으로 이를 갈고 있었다.

"유령에게서 벗어난 지 얼마나 됐느냐?" 마지스터가 거칠게 물었다.

"한 시간쯤 됐습니다, 폐하. 금방 알아채지 못했기 때문에……. 그리고 수상도 공격을 받은 것 같은데 찾지 못했습니다. 유령들도 사라졌습니다. 샅샅이 뒤졌지만 어디에도 없습니다. (친위대원이 크산디아르의 목을 가리켰다) 대장님이 물렸는데 뱀파이어의 소행이 틀림없습니다."

그런데 친위대원의 목소리에서 미묘하지만 분명히 기쁨이 느껴졌다. 마지스터도 그걸 감지했다.

"그 계집애, 그 계집애의 짓이야. 타라 덩컨! 나에게 앙갚음하려고 망할 계집애가 여기 나타난 거야!" 마지스터가 고함을 질렀다.

뱀파이어가 반응할 겨를도 없이 마지스터는 크리스털 볼을 끊어버렸다. 셀렌바는 꺼진 크리스털 볼을 응시하며 아연실색했다.

"도대체 이게 무슨 일……."

병사들의 시선을 의식한 셀렌바는 냉정을 되찾았다.

에드라킨은 산타할아버지를 기다리는 표정으로 주변을 두리번거리고 있었다.

그러다가 몹시 실망하는 표정이 되었다.

산타할아버지는 다른 데서 많이 바쁜 모양이었다. 기다리는 이는 오지 않고, 곤충 몇 마리만 다가왔다가 신들의 기름 냄새를 맡는 순간 윙윙거리며 날아가 버렸다.

에드라킨은 귀를 비벼대다가 절망적인 어조로 기도하기 시작했다.

셀렌바는 마지스터가 면전에서 크리스털 볼을 끊어버린 것이 믿어지지 않았다. 분노가 가득한 눈빛으로 뱀파이어는 자신의 텐트로 들어갔다.

그 순간 타라는 무아노의 웃음소리를 들었다. 친구도 당황한 뱀파이어를 지켜보다가 고소해하고 있는 것이다.

"어딘가에 정말 너의 쌍둥이가 있는 거 아냐?" 놀란 안젤리카가 속삭였는데 얼굴이 진지했다.

"모르지. 하지만 그건 아니라고 생각해. 마지스터가 펄펄 뛰는 걸로 봐서 또 누군가가 유령들을 몰아낸 모양이야. 내가 무슨 생각하는지 알지?"

안젤리카는 오래 생각할 필요가 없었다.

"칼이 오무아에 있다고 생각하는 거야?"

"응, 칼이 아니면 또 다른 뱀파이어가 있는 거겠지. 하여튼 셀렌바가 지원을 받는 일이 물 건너 갔으니 우리에게는 잘된 일이야!"

"마법을 사용하는 허락이나 트란스미투스 주문 방지를 해제하는 허락을 마지스터가 받아낼 가능성은 전혀 없어." 안젤리카가 단언했다. "근데 셀렌바가 크리스털 볼을 사용했는데도 제사장들이 나타나지 않은 게 이상해. 더 중요한 일이 생겼나?"

제사장들은 절호의 기회를 기다리고 있었다. 꿈속에서 신들이 말하지 않았던가. '모든 희망을 앗아가기 위해서'라고. 타라는 머릿속이 복잡했다. 신들과 경합을 벌여야 하는가? 그들이 막기 전에 기계를 작동시켜야 해. 유일한 위안은 방사선의 여파로 서서히 죽는 것이 아니라 송곳니와 촉수들로 달려드는 불사의 신들과 싸우다 빨리 죽는 것이다.

타라는 무릎이 얼어붙고, 위가 뒤틀리는 느낌이었다.

타라가 공포에 사로잡혀 있음을 모르는 안젤리카는 티그족 병사들에게 집중하면서 어떤 방식으로 순찰을 도는지 살폈다.

거미들을 지원받지 못하게 된 셀렌바는 마지스터에 대한 분풀이를 하듯 거미들과 티그족 병사들을 잠시도 쉬지 못하게 닦달했다.

그들은 밤을 새워서 흙을 팔 기세였다.

크리스털 볼을 사용했는데도 아무도 나타나지 않자 안심한 셀렌바는 마법을 사용하기로 결정했다. 뱀파이어는 마법을 작동했고, 빠른 속도로 흙이 줄어들었다.

마침내 에드라킨족의 신들은 명을 어긴 이들에게 다른 방법으로 벌을 내렸다.

숲의 분노가 폭발했다. 식물들이 신들의 기름 장벽을 휩쓸어버리면서 티그족 병사 셋과 셀렌바의 야참으로 예정된 인간, 거미 세 마리를 낚아채고는 말 그대로 으스러뜨렸다. 거미들의 턱도, 식물들을 꼼짝 못하게 하려고 날린 거미줄도, 손이 넷 달린 티그족 병사들의 검도 식물의 힘을 당해내지 못했다. 그들의 비명소리가 길게 울려 퍼졌다. 타라와 실버, 안젤리카는 기름의 효력이 떨어질 때를 대비해 잔뜩 경계했지만, 식물들이 거들떠보지도 않는 것으로 보아 신들은 타라에게 다른 계획이 있는 것이 틀림없었다.

원정대의 일원들이 살육되는 광경을 보고도 나 몰라라 하던 셀렌바가 넝쿨이 자신을 공격해오자 마법을 껐다. 식물들은 죽은 티그족 병사들과 인간, 거미들을 끌고 즉시 물러갔다.

셀렌바는 명심했다. 마법=죽음, '단순 무식한' 공식이었다. 뱀파이어는 공포에 질린 티그족 병사들과 태평한 거미들에게 고함을 질렀고, 다시 작업이 시작되었다. 에드라킨은 아무 말도 하지 않았지만, 여봐란 듯이 흡족한 미소를 흘렸다.

타라가 돌아서서 속삭였다.

"자, 받아. 톨리스 기름인데 이걸 바르면 거미줄 공격을 받지 않을 거야."

"그랬다가 신들의 기름이랑 맞지 않아서 괜히 효력만 떨어지는 거 아냐?" 안젤리카는 불안한 얼굴로 물었다. "식물들이 갑자기 나에게 군침을 흘리면 어떡해?"

"그렇지 않아. 아니, 사실은 나도 전혀 모르지만 지금은 위험을 무릅쓸 수밖에 없어."

실버가 먼저 톨리스 기름을 바르는 것으로 시범을 보였다. 식물들이 멀찍이 떨어진 채 다가오지 않았다. 그러자 타라와 안젤리카도 톨리스 기름을 발랐다. 이어서 체인지라인의 도움으로 마법복을 눈에 띄지 않는 색으로 위장했다. 발굴 지역은 사파이어빛 나무들로 에워싸였고, 땅바닥에 흩뿌려진 꽃들이 눈부신 빛을 반짝였다. 게다가 아더월드의 두 태양과 별, 두 개의 달, 브리앙트 등의 수많은 빛 때문에 구덩이 안에서는 발굴 지역 바깥에 있는 타라 일행이 보이지 않았다.

거미들이 흙을 파헤치면서 수많은 곤충들이 날아다녔다. 첫 번째로 보초를 서게 된 안젤리카는 곤충이라면 질색이기 때문에 옷을 껴입기로 했다.

밤새 지켜보던 타라와 실버는 잠시라도 눈을 붙이기 위해 숲 속으로 들어갔다. 그들은 세 시간마다 교대하기로 했다. 타라는 재빠르게 행동해야 할 경우를 대비하여 나무 장벽을 세우지 않았다.

자는 것을 꺼리던 타라는 깜빡 잠이 들었는데 아니나 다를까, 신들이 나타나는 꿈을 또 꾸었다. 땀에 흠뻑 젖어서 잠을 깬 타라는 하마터면 비명을 지를 뻔했다.

"타라, 괜찮아?" 실버가 걱정이 가득한 목소리로 속삭였다.

"응." 타라는 부르르 떨면서 대답했다. "악몽을 꿨어. 괜찮으니까 너는 자."

"나는 안 잤어. 거시기가 나를 제압하고 말썽을 피울 수도 있으니까."

"그래, 거시기의 독특한 취향을 생각하면 그럴 수도 있지. 잘 생각했어."

어둠 속에서 실버의 목소리가 다정하게 변했다. "우리는 어쩌면 내일…… 아니 몇 시간 후에 죽을지도 몰라. 타라, 너에게 고맙다는 말을 하고 싶었어. 안젤리카는 그런 얘기를 다시는 하지 말라고 했지만……."

"안젤리카?" 타라는 감정을 억제하는 목소리로 물었다. "안젤리카에게 무슨 얘기를 했는데?"

"내가 너에게 사랑을 고백했다고 말했어. 사실은 네가 나를 두렵게 했을 때, 그때부터 너를 사랑하게 된 것 같아."

안젤리카는 알 필요가 없는데 뭐 하러 말했느냐고 내뱉으려던 타라는 마지막 말이 뇌리에 박혔다.

"뭐라고?"

"인간의 피를 먹는 뱀파이어로 변신했을 때 네가 나를 보면서 말했어. 맛있는 냄새가 난다고. 나를 아주 맛있는 음식처럼 쳐다보는 사람은 처음이었고…… 그때 네가 정말 두려웠어."

아! 기대를 저버리지 않는 이 솔직함! 타라는 실버의 솔직함이 정말 마음에 들었다.

"아더월드 사람들은 사랑에 대한 개념이 정말 이상한 것 같아." 타라는 한숨을 내쉬었다. "무아노도 비슷한 말을 했어. 파브리스가 갑자기 달려들어서 끌어안았을 때부터 사랑하게 되었다고. 하지만 사랑은 달콤하고 따뜻하고 부드러운 것이지 '둘 중 누가 먼저 쓰러지는지 내기할까?' 하는 식으로 힘자랑하는 게 아냐."

어둠 속에서 숨죽인 소리가 들렸다. 타라는 몇 초가 지나서야 실버가 웃고 있다는 걸 알아차렸다.

"우리 난쟁이들은 사랑에 대해 얘기하는 것에 익숙하지 않아. 그런데 내가 사랑을 고백했다는 건 나 자신의 겉모습뿐만 아니라 내면도 인간임을 입증하는 건 아닐까? 아버지는 어머니를 처음 보는 순간 불같은 사랑에 빠졌어. 어머니는 집 근처 공원에서 훈련 중이었는데, 때마침 공원을 지나가던 아버지가 본 거야. 그리고 대번에 자신과 똑같은 불굴의 전사 훈련이라는 걸 알아봤지. 그래서 아버지는 가까운 꽃집으로 쏜살같이 달려가 꽃다발을 사들고 공원으로 돌아갔어. 거기까지는 좋았는데 아버지가 꽃다발을 등 뒤에 감추고 있다가 기습적으로 어머니 앞에서 흔드는 바람에 목숨을 잃을 뻔한 사건이 되고 말았어."

"어머니가 어떻게 했기에?"

"공격이라고 생각한 어머니는 그게 뭔지 묻지도 않고 꽃다발을 뭉개버렸어. 꽃이 다 떨어진 앙상한 줄기만 품에 안자 아버지는 격분했지. 아주 비싸게 주고 산 꽃이거든."

타라는 웃음을 참았다.

"그래서 아버지가 어떻게 했는데?"

"아버지는 배상을 요구했지."

"어떤 배상?"

"꽃다발을 뭉개버린 것에 대한 대가로 결혼해달라는 배상."

그 대가로 결혼이라니! 와, 난쟁이들은 정말 거침이 없구나!

"그래서 어머니는 어떻게 했는데?"

"웃긴다고 생각했지. 어머니는 1년 동안 아침마다 매번 다른 꽃 한 송이를 들고 어떤 집 앞으로 오면 생각해보겠다면서 주소를 알려줬어."

타라는 아름다운 이야기로 머릿속에 가득한 두려움을 잊게 해준 실버가 고마웠다.

"와우, 1년이면 454송이의 꽃이잖아! 그래서 아버지는 뭐라고 대답했는데?"

"다음 날 만나러 오겠다고."

"아버지가 그걸 받아들인 거야?"

"당연히 받아들였지. 처음에는 순조로웠어. 불굴의 전사 지도자의 제자로서 히믈리아를 위한 미션 때문에 직접 갈 수 없을 때는 누군가에게 대신 꽃을 가져가게 할 정도로 열성을 보였으니까. 그런데 제동이 걸렸어. 딸을 어린애로만 보는 내 외할아버지가 누군가가 아내, 즉 외할머니에게 꽃을 보낸다고 오해를 한 거야."

타라는 제때에 손으로 웃음을 틀어막았다.

"농담이지?"

"천만에. 아버지의 사랑이 진실한 건지 확인하고 싶었던 어머니가 모습을 나타내지 않았기 때문에 아버지는 집 앞 층계에 꽃을 두고 가야 했거든. 그런데 문제는 어머니가 주소만 알려주고 이름을 말해주지 않아서 아버지는 누구에게 주는 꽃이라는 걸 표시할 수가 없었어. 게다가 어머니는 외할아버지가 그 일에 끼어드는 걸 원치 않아서 그 꽃이 자기에게 온 것이라고 말하지 않았고."

타라는 어떻게 되었을지 뻔히 상상이 갔다.

"할머니는 날마다 누군가가 자기에게 꽃을 놓고 간다면서 아주 즐 거워했어. 기분이 상한 할아버지는 유부녀를 탐하면 어떻게 되는지 보여주기로 작정하고 별렀지. 그러던 어느 날 아버지가 꽃을 두고 돌 아설 때 머리 위에서 엄청나게 많은 돌이 떨어지는 거야. 54번째 꽃송 이를 가져간 날이었는데……."

"맙소사." 타라는 웃음을 참느라고 배를 움켜잡았다. "그래서 어떻 게 됐어?"

"기습 공격을 가까스로 피한 아버지는 방어를 했지. 그러다 오해의 희생양이 되었다는 걸 알았어. 할아버지가 남의 아내에게 눈독을 들 이는 무례한 놈은 절대로 가만두지 않겠다고 고함쳤거든. 할아버지는 아내에게 보내는 꽃이라고 확신하고 있었으니까. 여자에게 속았다는 걸 알고 격분한 아버지는 할아버지를 때려눕히고는 가버렸지."

어둠 속에서 타라는 놀란 토끼 눈이 되었다. 아내가 될 여자의 아버 지를 때려눕히는 건 그리 좋은 생각이 아닌데…….

"집 안에 있다가 싸우는 소리에 놀란 어머니가 마침내 무슨 일인지 보러 뛰어내려왔지. 그리고 쓰러져 있는 자신의 아버지를 봤고, 한 난 쟁이가 아버지를 죽이려 했다고 외치는 할머니의 증언을 들은 거야. 그러다 땅바닥에 떨어진 꽃을 보면서 사태를 파악했지. 어머니는 아 버지가 할아버지에게 딸과의 결혼을 허락해달라고 했다고 생각하고 소리를 지르기 시작했어."

타라는 웃음소리를 내지 않으려고 어찌나 애를 썼던지 볼이 아팠다. 이제껏 들어본 것 중 가장 복잡하게 얽히고설킨 이야기였다.

"아직 정신이 없는 할아버지는 아내에게 치근거리는 난쟁이를 쫓아냈는데 딸이 왜 그렇게 화를 내며 난리 치는지 이해할 수 없었지."

"맙소사, 말도 안 되는 얘기야!"

"잠깐, 아직 끝나지 않았어. 그리 멀지 않은 곳에 있던 아버지는 어머니가 외치는 소리를 들은 거야. 울화가 치민 아버지는 화풀이라도 하려고 되돌아갔지. 무엇보다도 비싸게 주고 산 꽃다발이 아까웠으니까."

타라는 어둠 속에서 미소를 지었다. 난쟁이들은 도가 넘치게 인색한 건 아닌데 한 푼이라도 아끼는 습관이 몸에 밴 종족이었다.

"거리 한복판에서 남이 하는 말은 전혀 듣지 않고 서로 악을 쓰면서 싸우는 난쟁이 넷, 그 장면을 상상해봐."

도저히 참을 수가 없는 타라는 소리를 내지 않으려고 입을 틀어막았다.

"그래서 어떻게 끝났어?"

"경찰이 왔는데 네 난쟁이가 하는 말을 도무지 알아들을 수가 없어 모두 연행했지."

"실버! 꾸며낸 얘기지? 말도 안 돼!"

"우리 난쟁이들은 거짓말 못해." 실버는 아주 진지하게 대답했다. "그게 단점이기도 하지만."

"단 한 번도?" 타라는 농담으로 받아쳤다.

"난쟁이들은 복수심이 강해." 실버는 타라의 말에 개의치 않고 말했다. "이해가 되지 않던 미스터리가 풀리자 할아버지는 위아래도 모르는 무례한 놈은 절대로 사위로 맞지 않겠다고 딱 잘라 말했지."

"그렇게 간단하게 끝났을 것 같지 않은데 그래서 어떻게 됐어?"

"아버지도 괴팍한 늙은이의 딸과 결혼하고 싶지 않다고 받아쳤어. 그 말에 격분한 어머니는 아버지, 즉 나의 외할아버지를 때려눕힌 난쟁이와는 결혼할 마음이 없다고 응수했지. 그때 할머니가 나섰어. 그런데 할머니는 아더월드에서 목소리가 아름답기로 이름난 성악가였거든."

타라는 경적을 울리는 것처럼 쩌렁쩌렁한 난쟁이들의 노래를 들어본 적이 있었다.

"할머니가 어찌나 크게 소리를 질러댔는지 할아버지 말로는 그날 고막이 터질 뻔했고, 유치장 철창이 흐물흐물해질 정도였다는 거야. 공공질서 문란 행위에 벌금형을 내리려던 경찰관의 입까지 다물어버리게 했다니 상상이 가지? 할머니는 목소리를 내리깔고 나의 아버지에게 자초지종을 설명하라고 명했어. 먼저 말하려는 할아버지를 보며 할머니가 다시 소리를 지르려고 하자 할아버지는 얼른 입을 닫아버렸어. 엄청난 고함소리에 벼락을 맞고 싶지 않았으니까. 아버지가 어머니에게 첫눈에 반해 날마다 꽃을 가져가게 되었다고 말하자 할머니는 어머니에게 그 꽃이 누구를 위한 것인지 왜 말하지 않았냐며 설명하라고 했어. 어머니는 한편으론 할아버지의 반응이 두려웠고, 다른 한편으로는 이 남자가 정말로 그 이상한 약속을 지킬 거라고 생각하지 않았다고 설명했어."

"할머니가 아주 현명한 분이셨네. 그래서 할머니가 모든 책임을 할

아버지에게 돌리는 것으로 문제를 해결하셨어?"

"정확해. 모두 할아버지에게 비난의 눈길을 보냈으니까. 할머니는 아내를 믿지 못한 할아버지를 용납할 수 없다고 비난했어. 할아버지가 딸을 과잉보호한 것을 인정하자 어머니는 기회를 놓치지 않고 아버지의 청혼을 긍정적으로 생각하겠다는 약속을 받아냈지. 거의 5년이 지나서야 허락을 받았고, 두 사람은 마침내 결혼했어. 그리고 100년 동안 오무아에서 살았는데 아이를 낳을 수 없다는 걸 알게 되었지. 그래서 입양을 신청했어."

"그랬구나. 하지만 공식적으로 입양된 거라면……."

"아니, 나를 그분들에게 맡긴 누군가는 공식적 절차를 거치지 않았어. 그분들이 아이를 원한다는 걸 알고 편지와 함께 나를 맡겼으니까. 그 편지에는 아기를 키우면서 부모로서 행복을 누리고, 아기도 행복을 누리게 해달라고 적혀 있었어. 그래서 양부모님은 다른 이들에게서 나를 보호하기 위해 도시를 떠나 농촌으로 가야 했어. 그러니까 양부모님이 그 약속을 지켰던 것은 나를 키워주는 대가로 보내주는 돈 때문이 아니라 나를 안전하게 키우기 위해서였어. 내가 너에 대해 느끼는 감정을 고백했을 때 말했듯이 나는 사랑이 뭔지 알아. 타라, 사랑은 복잡한 감정이지만, 나는 서로 사랑하는 부모님을 보면서 자랐고, 나를 사랑으로 키워주신 것도 알아. 하지만 사람들을 해치는 비늘 때문에 나에게 사랑이란 감정을 느끼는 날이 올 거라고는 생각하지 않았어. 그래서 너에게 고맙다는 말을 하고 싶었던 거야. 그런 감정을 느끼게 해줘서 정말 고마워. 나에게는 아주 소중한 거니까. 그리고 너에게 사과하고 싶어. 내 감정을 고백한 것이 너를 가슴 아프게 하리란 생각은 못했어. 로빈에 대한 너의 사랑이 크다는 걸 알았지만, 네가 전혀 말하지 않았기 때문에……."

웃음이 싹 달아난 타라는 신중하게 말했다.

"내가 로빈에 대해 말하지 않은 건 죽고 싶을 만큼 괴로웠기 때문이야. 칼이 내 목숨을 구해주지 않았다면 난 죽었을 거야. 로빈을 생각하지 않고서는 하루도 살 수 없었으니까. 실버, 너는 내가 이제껏 만난 사람 중에서 가장 이상하고 놀라운 존재야. 너는 용맹하고, 친절하고, 잘생기고, 현명하지만, 난 너의 사랑을 받아들일 수 없어. 비늘이 없었더라도 그건 안 되는 일이야. 여전히 로빈을 사랑하고, 몇 시간 뒤에는 죽을 위험이 있기 때문이기도 해. 그리고 사랑하는 사람을 잃는 것보다 더 고통스러운 건 없어."

실버가 한숨을 내쉬는 소리가 들렸다.

"난 네가 죽게 놔두지 않을 거야. 그건 있을 수 없어. 그리고 기다릴 거야. 그래, 난 기다릴 거야."

"아니, 난 너를 기다리게 하지 않을 거야." 타라는 단호하게 말했다. "로빈도 똑같은 말을 했어. 내가 자기를 사랑하게 되길 기다리겠다고. 그리고 내가 나이가 들기를 기다리겠다고. 실버, 그런데 나는 위험해. 몇 번인지 수를 헤아릴 수 없을 정도로 내 친구들을 위험에 빠뜨렸어. 게다가 내가 사랑하는 로빈을 죽게 했어. 너를 멋있다고 생각할 여자는 수없이 많아. 네가 그 비늘과 독성이 있는 침에서 벗어나는 날, 그날이 오면 틀림없이 많은 여자가 너를 쫓아다닐 거야. 그 여자들 중에서 나보다 더 너를 두렵게 할 여자를 만날 거라고 확신해."

마지막 말은 타라 자신이 생각해도 좀 이상했지만, 실버가 관심을 가질 만한 말을 하려면 어쩔 수 없었다.

　침묵…….

　"실버." 타라는 부드럽게 불렀다. "내 말 듣고 있어?"

　그러나 실버는 대답하지 않았다.

　타라는 일어나서 주위를 둘러봤다.

　실버가 보이지 않았다.

　그 순간 들리는 고함소리에 소스라치게 놀란 타라는 발굴 지역을 향해 질주했다.

　타라의 얼굴이 창백해졌다.

　원정대가 기계를 찾아낸 것이다.

21
작전

누가 뭐래도 선택의 여지가 없는 카드

*

마지스터는 크리스털 볼을 작동했다. 아름다운 셀레나의 얼굴이 나타났다.

"여보세요?" 마지스터를 알아본 셀레나가 경계했다.

"기분이 좋아 보이는구려." 마지스터는 유쾌한 어조로 말했다.

"아, 네." 셀레나는 성의 없이 대답했다. "무슨 일이죠?"

"마침내 크소아라를 불러들였소. 이제 위험하지 않으니까 타라 걱정은 하지 않아도 되오."

"그거 좋은 소식이군요!" 셀레나는 매력적인 미소를 지으면서 대꾸했다. "정말 고마워요, 친애하는 친구!"

어안이 벙벙한 마지스터가 무슨 말을 하기도 전에 셀레나는 크리스털 볼을 끊어버렸다.

208

한편 셸레나가 크리스털 볼을 받을 때 옆에 숨어 있던 틸이 통화가 끝나자 어둠 속에서 나타났다.

"'친애하는 친구'?" 늑대인간들의 대통령이 비아냥거렸다. "엘세스 여제께서 부인을 지지하는 이들이 많다고 알려주지 않았다면 의심했을 겁니다."

셸레나 뒤쪽에 떠 있는 선대 여제 엘세스의 유령도 놀란 표정을 짓고 있었다.

"어허, 너무 티를 내면 안 되지! 그러다 마지스터가 의심이라도 하면 어쩌려고!"

셸레나는 음흉한 미소를 지었다.

"아니, 그는 너무 오만해서 그것으로 망할 거예요. 틸 대통령은 내 작전을 어떻게 생각하세요?"

"뱀파이어라는 뛰어난 에이스 카드가 있지만, 허점이 너무 많습니다." 틸이 머리를 긁적이면서 말했다. "하지만 가녀리게 보이는데도 부인은 거의 알파 늑대에 버금가는 용맹한 여성이라는 것은 인정합니다."

감탄을 나타내는 어조였다. 틸은 이상을 실현하기 위해 투쟁하는 용맹한 셸레나가 자신의 취향이라고 생각했다. 게다가 아름답기까지 하지 않은가.

틸은 셸레나에게 추파를 던졌다.

"아, 고마워요." 틸이 무슨 생각으로 하는 말인지 전혀 관심이 없는 셸레나는 칭찬이라고 여겼다.

"준비가 되려면 얼마나 걸리겠습니까?" 틸이 진지하게 물었다.

"빨리 움직여야지요. 날이 갈수록 마지스터의 힘이 커지고 있으니까."

"그럼?" 틸이 물었다.

"내일 한밤중이요. 30시간 후 우리는 작전을 개시할 겁니다. 준비해 주세요."

"여러분은 정말 순진하시네요." 갑자기 누군가가 말해서 모두 소스라치게 놀랐다. "죄송한 표현이지만, 그건 미친개에게 먹이를 던져주는 꼴이 될 수도 있습니다."

명색이 퓨마인데 인기척조차 느끼지 못했다는 것에 놀란 셈보르가 으르렁거렸다.

그들이 맞서 싸울 기세로 돌아섰다. 벽에서 떨어져 나온 그림자 하나가 윤곽이 또렷해지더니 주홍빛 머리에 검은 눈의 아름다운 티그족 여성이 상냥한 미소를 지어 보였다.

그러고는 손에 들고 있는 것을 보았는데 새까맣게 탄 스쿠프 여섯 개였다.

늑대인간들의 대통령이 몸을 웅크리면서 으르렁거리자 셀레나가 손으로 막았다.

"잠깐, 친구예요. 세네? 여길 어떻게……?"

"유령들과 숨바꼭질을 하는 중이에요." 카무플레 국장 세네 센스사스가 대답했다. "사람들의 눈길을 피하는 남다른 재주로 유령들을 따돌릴 수 있거든요."

"내 후각도 그렇지요." 틸이 씁쓸한 표정으로 말했다. "하지만 우리를 너무 놀라게 했소."

명색이 늑대인간인데 냄새도 맡지 못한 것에 틸은 자존심이 상하고 적잖이 당황한 눈치였다.

세네는 활짝 웃어 보였다.

"궁전 안팎에서 활동하는 레지스탕스들을 연결해주면서 여러분도 주시하고 있었지요. 한 뱀파이어가 유령들을 공격했을 때 처음에는 나도 타라라고 생각했어요. 그래서 숨어서 지켜보다가 범인이 칼이라는 걸 알고 깜짝 놀랐어요. 무엇보다 칼에게 크산디아르를 가장 먼저 구하라고 하셨는데 부인에게 감사합니다. 내 사랑이 마지스터의 노예가 되어 있는 꼴을 정말 볼 수가 없었는데……."

"크산디아르는 핵심 요원 중 한 사람이니까요." 셀레나가 말했다. "그래서 그를 선택한 거예요." 그러고는 스쿠프들을 가리키며 물었다. "그런데 그건 뭐죠?"

"아, 이거요? 부인의 방을 감시하는 두 번째 장치예요." 세네는 시커멓게 탄 작은 카메라들을 호주머니에 집어넣은 다음 손을 닦았다. "지난 몇 주 동안 부인의 방에서 여러 번 차단시켜야 했어요."

셀레나의 얼굴이 창백해졌다.

"두 번째 장치?"

"네."

"하지만 스쿠프들은 내가 매번 다 파괴했는데……."

"복잡한 주문이 걸려 있는 장치죠. 부인이 첫 번째 스쿠프들을 파괴하는 순간 그 뒤에 설치된 다른 스쿠프들이 소리 없이 자동으로 작동되기 때문에 부인은 알 수 없었을 거예요."

"세네가 아니었다면 칼과 내가 했던 작전이 모두 들통이 났을 거란 뜻이에요? 엘세스 여제, 틸 대통령과 계획하고 있는 작전도 그럼?"

"네, 맞아요." 세네가 대답했다.

갑자기 셀레나가 달려들어서 세네의 손을 붙잡았다.

"고마워요, 정말 고마워요."

"내가 할 일을 했을 뿐입니다, 부인. 우리 제국이 위험에 처해 있어요. 나는 오무아 제국의 비밀정보국 요원이 되면서 나라를 지키겠다고 맹세했습니다."

"세네, 당신은 나라의 보물이에요. 틸 대통령?"

"네, 부인?"

"불을 꺼주시겠어요?"

틸은 의아한 표정을 짓다가 시키는 대로 했다. 응접실이 어둠에 잠겼다.

셀레나는 안도의 숨을 내쉬었다.

세네에게서 빛이 나지 않았다.

"좋아요." 셀레나가 말했다. "이제 불을 다시 켜주세요."

틸이 불을 켰다. 다시 환해졌을 때 그의 눈에 의문이 가득했다.

"마지스터가 또 무슨 짓을 꾸몄을지 알 수 없어서…… 미안해요." 셀레나는 약간 난처해하면서 세네에게 말했다. "내가 당신의 손을 붙잡은 것은 방을 나가거나 위장술로 숨지 못하게 하려는 것이었어요. 유령들은 어둠 속에서 빛을 발하기 때문에 숙주의 몸에서도 빛이 나거든요. 이제는 당신이 우리 편이라는 것이 확실해졌어요. 다시 한 번 고마워요."

틸 대통령은 고개를 끄덕이면서 경의를 표했다.

"세네 정보국장, 당신 덕분에 우리가 살았군요. 고맙소, 당신이 부르면 언제든 늑대들이 달려올 거요. 당신은 우리 늑대인간들의 존경을 받을 겁니다."

이번에는 세네가 허리를 굽히면서 경의를 표했다.

"천만의 말씀입니다. 방금 얘기하던 작전에서 내가 뭘 도와드리면 되는지 알려주시지요."

셀레나는 기대 이상으로 운이 좋다고 생각하면서 미소를 지었다.

그러고 나서 계속 마음에 걸렸던 점을 물었다.

"왜 나예요?"

"무슨 말씀인지요?"

"왜 나를 감시하고 있었죠? 유령들의 행동을 감시하는 건 이해하겠는데 나는 왜?"

"사실은…… 미션이었어요."

"미션이라니요?"

"유령들이 습격하기 직전에 리스베스 여제께서 타라에게서 눈을 떼지 말라는 명을 내리셨지요. 정보국의 일 때문에 26시간을 꼬박 감시한 건 아니지만, 어쨌든 타라를 감시했어요. 그래서 금지된 대륙에도 후계자를 따라갔던 것이고요."

"타라를 감시하고 있었군요. 당신도 타라가 돌아왔다고 생각해요?"

"네, 처음에는." 세네가 대답했다. "그러다가 그게 아니라는 걸 알아차렸지요."

그때였다. 갑자기 들리는 목소리에 그들은 또다시 깜짝 놀랐다.

"타라는 파트로크 섬에 있소!"

셀레나의 스위트룸 벽을 통과한 단비우가 다가오고 있었다.

"오, 내 조상들이시여!" 엘세스 여제가 중얼거렸다. "10분도 안 돼서 벌써 두 번이나! 심장이 없기에 망정이지 심장마비로 죽었을 거야. 어허, 노크하는 것도 안 배웠나?"

세네와 단비우는 어이가 없는 표정으로 엘세스를 쳐다봤다.

"아, 그래, 알았네. 내 말 신경 쓰지 말고 어서 얘기들 하게."

셀레나는 질겁한 얼굴로 단비우에게 다가갔다.

"우리 딸이 지금 파트로크에 있다고요? 히플리아가 아니고? 맙소사, 그럼 에드라킨족과 싸우고 있단 말이에요? 타라는 괜찮아요?"

"식충식물들의 숲에서 적들에게 에워싸여 있는 상태요. 그리고 유령퇴치 기계를 타라가 직접 작동할 생각이던데 당신은 알고 있었소?"

셀레나는 어깨를 으쓱했다.

"아뇨, 난 그게 정확하게 어떤 기계인지도 모르는데……."

"아주 위험한 기계요." 단비우가 말했다. "셀레나, 타라가 기계를 작동하면 방사선 때문에 죽게 돼요. 당장 죽는 건 아니지만, 돌이킬 수 없게 된단 말이오."

"확실해요?"

"셀레나, 나는 오무아의 황제였던 사람이고, 데미데루스의 직계 후손이오. 리스베스 누나에게 후손이 없기 때문에 황태자이기도 했소. 따라서 나는 『궁정 비사』를 자유롭게 접할 수 있었고, 수년 동안 읽으면서 내 머릿속에 내용이 거의 다 입력되어 그 기계에 대해서도 똑똑히 기억하고 있단 말이오."

다리에 힘이 빠져서 안락의자에 털썩 주저앉은 셀레나는 두 손으로 얼굴을 감쌌다.

"타라가 죽으려는 건가, 로빈 때문에?"

"타라는 어떡해서든 자신의 잘못을 바로잡아야 한다는 생각에 빠져 있었소."

"살신성인!" 틸이 탄복했다. "정말 믿어지지 않을 정도로 용감한 소녀입니다."

틸의 말을 들은 척도 않고 단비우는 셀레나에게 말을 이었다.

"당신의 의견을 묻기 위해 돌아온 거요. 당신이 나보다 그 아이를 더 잘 아니까 어떻게 설득해야 하는지 방법을 알려줘요. 그 아이를 단념하게 하려면 무슨 말을 해야 하는 거요?"

셀레나는 얼굴을 비볐다. 타라가 어머니 이사벨라 못지않게 고집쟁이라는 걸 벌써 오래전부터 알고 있었다. 일단 결정을 내리면 누구도 타라의 고집을 꺾을 수 없었다.

셀레나는 애석한 눈길로 단비우를 쳐다봤다.

"당신은 비욘드월드로 돌아가야 해요."

"뭐요? 하지만……."

셀레나는 벌떡 일어났다.

"못 알아들었어요? 그 아이는 아무도 말리지 못해요. 기어코 그 기계를 작동할 거라고요. 타라가 기계를 작동할 때 당신이 여기 있으면 영원히 소멸될 거예요. 단비우, 당신은 우리 딸의 힘이 어느 정도인지 전혀 몰라요. 타라는 살아남을 거예요. 난 그렇게 믿어요. 하지만 내 말 잘 들어요. 당신이 소멸되면, 타라는 사랑하는 로빈뿐만 아니라 아버지의 혼마저 영영 죽였다는 죄책감까지 짊어지게 돼요. 당신까지 보태지 않아도 제국의 일로 늘 위험에 빠져서 살아야 하는 아이라고요!"

"하지만 그건 당신 생각이지 확실한 게 아니잖소! 그 아이가 생각을 돌리게 해서 구해야 돼요. 나…… 내가 당신과 그 아이를 얼마나 사랑하는데!"

셀레나는 창백해졌다.

"알아요. 그러니까 타라를 위해 떠나라는 거예요. 당신을 위해서가 아니라……."

"방사선이 그렇게 치명적입니까?" 부부의 대화를 끊으면서 세네가 물었다. "타라를 구할 수 있는 무슨 방법이 없을까요?"

"없소." 단비우가 대답했다. "『궁정 비사』에……."

"오래전이었잖아요." 셀레나가 말을 잘랐다. "그 뒤로 과학과 의학이 엄청나게 발전했어요. 단비우, 제발! 내 말 믿어요. 당신은 파트로크로 돌아갈 필요 없어요. 우리를 믿고, 타라를 믿어야 해요."

셀레나는 단비우의 파란 눈을 뚫어져라 쳐다봤고, 그녀가 느끼는 감정을 모두 전했다. 단비우는 애통했다. 셀레나도 아직 남편을 사랑하고 있었다. 그녀는 남편도 구하고 싶고, 딸도 구하고 싶었다. 그녀는 들러리가 되기를 거부했다. 그녀는 부드러우면서 강했다. 그녀는 아내였고, 단비우는 아내를 위해서라면 죽을 수 있을 정도로 사랑했다.

단비우는 사랑하는 아내의 말을 따르기로 결심했다.

엘세스 여제가 마른기침을 했다. 자신의 존재를 상기시키기 위해서였다.

"타라가 언제든 기계를 작동할 수 있는 건가?"

"네." 단비우는 셀레나에게서 눈길을 떼고 대답했다.

"나도 유령이잖아." 엘세스가 말했다.

"네, 저와 똑같은 신세지요." 단비우는 한숨을 내쉬었다.

"그 기계에 산산조각이 나고 싶지 않지만 나는 위험을 무릅쓰겠다."

엘세스 여제는 단비우의 관심을 끄는 데 성공했다.

"무슨 말씀인지?"

"나는 에드라킨족의 섬나라에 가본 적이 없지만, 생존자들이 전하는 말에 따르면 에드라킨족 신들이 굉장히 까다롭다는 건 알고 있지. 너의 딸, 타라의 능력을 믿는 건 알겠는데…… 그래서 한 가지 묻겠다. 그 아이가 실패할 경우를 대비해 우리가 직접 마지스터를 제압할 작전을 짜야 한다는 것에 모두 동의하는가?"

셀레나는 하염없이 흐르는 눈물을 닦으면서 말했다.

"타라의 마법 능력은 강력하지만, 옳으신 말씀입니다, 폐하. 실패할수도 있습니다."

"그 누구도 타라에게 기계를 작동하라 마라 간섭할 수 없다. 우리는 모든 상황에 대비하고 있어야 한다. 따라서 마지스터를 제압하고, 리스베스를 제국의 수장으로 복귀시킬 작전을 짜야 한다. 마지스터를 제압하는 데 성공하면 나는 즉시 떠날 것이다." 엘세스가 손가락으로 단비우를 가리켰다. "젊은 유령, 너도 떠나. 타라가 기계를 작동하면 일이 수월해지겠지만, 여기 있으면 소멸되기 때문에 우리는 떠나야 한다. 하지만 실패할 경우에는 뱀파이어에게 리스베스의 피를 빨아먹게 하는 것으로 끝을 봐야 할 것이다. 그리고 파트로크로 원정대를 파견해 에드라킨족에게서 타라를 구하고 가능하면 기계도 함께 회수해야 한다. 다음 세대를 위해서라도 기계를 연구해야 한다."

단비우는 간청하는 눈길로 셀레나를 쳐다봤지만, 그녀는 꿋꿋하게 단호한 눈길을 보냈다. 단비우는 한숨을 내쉬었다.

"좋아요. 파트로크로 가지 않겠소. 그 미치광이를 제압한 뒤에 곧바로 비욘드월드로 가겠소. 당신을 믿겠소, 내 사랑 셀레나. 타라가 제발 아주 많은 세월이 흐른 뒤에야 나에게 오길 바라오."

셀레나는 희미한 미소를 지었다.

"네, 약속할게요."

그들은 무거운 마음으로 작전을 수정했다. 세네가 합류하면서 어렵다고 생각한 것들이 갑자기 아주 쉬운 일로 바뀌었다.

그들은 계획을 면밀히 검토했고, 이제 행동으로 옮기면 되었다.

"우리를 믿으셔도 됩니다, 부인." 틸이 말했다. "우리는 준비가 되었습니다. 부인의 편에서 싸우는 것은 영광입니다. 복수 작전은 혈전이 될 것입니다."

"신들이시여, 우리를 불쌍히 여겨 승리를 허락하소서." 늙은 여제 엘세스는 유령의 가슴에 성호를 그으며 중얼거렸다.

"아니면 죽음이죠." 틸이 단정적으로 말했다.

늙은 여제는 얼굴을 찌푸렸다.

"죽음은 너무 과장이고!"

신 1000

어떻게 해야 불사의 적들을 이길 수 있을까

*

구덩이에서 승리의 춤을 추는 셀렌바, 어디서 본 듯한 장면인데……[16] 그들이 기계를 찾은 것이다.

크리스털 볼을 탁 끊어버린 마지스터의 태도에 자존심이 상한 셀렌바는 기계를 찾았다는 소식을 알리지 않을 작정이었다. 거미들이 파 놓은 구덩이를 내려다보면서 뱀파이어는 티그족 병사들에게 기계를 들어 올리라고 명했다.

타라는 가슴이 두근거렸다. 마침내 유령들을 섬멸할 수 있는 기계를 보는 것인가. 그 순간 타라는 〈스타게이트〉의 한 장면이 떠올랐다. 외계 종족 고아울드들이 고대인들의 기계를 파내는 장면을 바라보는

---

16. 타라는 영화 〈인디펜던스 데이〉의 한 장면이 떠올랐다.

오닐 대령의 심정도 이랬을까? 이제는 기계를 빼앗아 작동하는 방법을 알아내야 하는데……. 지금 내 옆에도 오닐과 함께 지구를 구하는 다니엘 잭슨 박사나 사만다 카터가 있다면 얼마나 좋을까?

기계의 크기가 의외로 작은 것에 모두 놀라고 있었다. 가로세로의 길이가 1미터인 정육면체…… 그리 무거워 보이지도 않았다.

그런데 흙을 파내지 않던 거미가 두 마리 있더라니 그중 한 마리에는 안장이 얹어져 있었다. 기계를 싣고 가기 위해 남겨둔 것이다.

흙을 파느라고 다리가 닳아 쓸모없게 된 거미들은 정글에 버려졌다. 셀렌바가 뭐라고 한마디 하자 좀비 거미들이 마침내 골격만 남은 채 최후의 죽음을 맞았다.

해안 방향으로 출발 신호를 내리던 뱀파이어가 갑자기 뻣뻣해지더니 멈춰 섰다.

실버가 버티고 서 있는데 톨리스 기름 때문일까. 아더월드의 햇빛을 받아 유난히 번쩍번쩍 빛나고 있었다. 옆구리에 찬 검도 번쩍거렸다.

타라는 침을 삼켰다.

"이 두꺼비 같은 놈은 또 뭐야?" 뱀파이어가 으르렁거렸다.

뱀파이어의 핏빛 눈에 엄청나게 화가 나 있는 것이 그대로 드러났다. 셀렌바는 누구든 걸리기만 하면 마지스터에 대한 화풀이를 할 기세로 실버에게 다가섰다.

실버는 협객의 자세로 정중하게 고개를 약간 숙였다.

"내 이름은……."

실버는 신원을 밝힐 겨를이 없었다. 상대에 대한 예의로 고개를 숙이느라고 뱀파이어에게서 눈을 뗐었는데…… 이런! 명예롭게 싸울 상대가 따로 있지!

셀렌바가 갑자기 달려들어 두 주먹으로 실버의 머리를 가격했으니! 갑작스러운 공격에 실버는 힘 한번 쓰지 못한 채 풀썩 쓰러졌다.

그런데 셀렌바도 고통의 비명을 질렀다. 믿을 수 없을 정도로 단단한 실버의 머리통에 손목이 부러졌고, 손은 뼈가 드러날 정도로 찢겨 있었다. 그사이에 실버는 정신을 차리기 위해 머리를 흔들었다.

질겁해서 달려간 파브리스가 셀렌바에게 레파루스 치료를 해주려다 멈췄다. 여기서 마법을 사용했다가는 식물들에게 잡아먹힐 텐데…….

"뭐 하고 있어? 빨리 치료해주지 않고!" 셀렌바가 고통스러워하면서 말했다.

"그, 그럴 수 없어요." 지구소년 파브리스는 더듬거렸다. "식물이 우리를 공격할 거예요! 그리고 마지스터……."

"마지스터는 신경 쓰지 마." 셀렌바가 고함쳤다. "빨리 치료해!"

그러나 파브리스는 뒷걸음쳤다.

"안 돼요." 파브리스는 단호하게 대답했다. "여기서 오래 지체하지 않고 빨리 출발하면 하루도 안 걸려 해안에 이를 수 있으니까 그때 치료해줄게요. 당신 때문에 이 미션을 망칠 수는 없어요."

고통스러워하는 뱀파이어를 보면서 고소해하는 걸까. 파브리스의 목소리에서 아주 약하지만 즐거워하는 것이 느껴졌다.

파브리스에게 농락당할 셀렌바가 아니었다. 갈가리 찢긴 손인데도 길어진 손톱을 세우더니 눈 깜짝할 사이에 무아노의 목을 찔렀고, 피가 흘렀다.

"나를 치료해." 셀렌바가 외쳤다. "아니면 이 계집애의 목을 따버리 겠다!"

파브리스는 새파랗게 질렸다. 잔혹하고 격한 이 행성은 열다섯 살 의 소년이 감당하기에 녹록한 세계가 아니었다. 아직은 협박할 줄도 몰랐다.

덜덜 떨면서 파브리스는 셀렌바에게 다가가 마법을 작동했다.

나무들이 부르르 떨었다.

파브리스는 레파루스 주문을 날렸고, 셀렌바의 상처는 아물었다. 나무들이 흥분하면서 수많은 넝쿨이 그들에게 달려들었다. 파브리스 는 비명을 질렀다.

셀렌바도 비명을 질렀다.

티그족 병사들은 모두 넝쿨에 휘감겨 끌려갔다. 기계를 실은 거미 와 함께 남은 거미도 끌려갔다. 셀렌바는 싸우려고 했지만 나무들을 상대로는 아무것도 할 수 없었다.

거미 두 마리는 힘없이 이 나무에서 저 나무로 옮겨지고 있었다. 기 계는 거미의 등에 단단히 묶여 있어서 떨어질 것 같지 않았다. 성난 거 미들이 넝쿨을 잘라내고 있지만, 바통을 이어받듯 새로운 넝쿨이 휘 감는 통에 거미는 빠져나올 수가 없었다.

셀렌바는 미친 듯이 거미를 뒤쫓았다. 뱀파이어의 강력한 몸으로 정글을 헤치고 나가던 셀렌바는 문득 나무들이 왜 거미와 티그족은 잡아가면서 자신을 비롯해 파브리스와 무아노는 잡아가지 않는지 의문이 들었다. 오히려 잡혀가지 않는다는 것이 무슨 함정인지도 몰 랐다.

뱀파이어는 돌진하면서 마법을 작동했다.

그사이에 파브리스는 무아노를 풀어주었다. 둘 다 변신했고, 이번에는 같은 목적으로 셀렌바를 쫓아갔다. 야수는 늑대 못지않게 빠르게 내달렸고, 파브리스는 달리기 시합을 하게 된 것이 즐거운지 웃음을 터뜨렸다.

에드라킨도 거친 숨을 쉬면서 뒤따르고 있지만, 고양이과 동물은 장거리 경주에 맞지 않기 때문에 점점 뒤처졌다.

타라가 에드라킨을 추월했다. 그로기 상태의 실버를 안젤리카에게 맡겨놓고 타라는 인간의 피를 먹는 뱀파이어의 힘으로 기계를 뒤쫓았다.

쫓고 쫓는 추격전…… 목적은 하나, 기계를 손에 넣으려는 것이다.

성난 에드라킨이 갑자기 멈춰 섰다. 그것으로 자기가 할 도리는 지킨 것이다. 신성한 숲에 이방인들이 점점 많아지고 있었다. 에드라킨은 꿇어앉아서 귀가 떨어져나가라 비벼대면서 신들에게 어서 와달라고, 자기를 버리지 말라고 간청했다.

이번에는 신들이 그에게 응답했다.

눈 깜짝할 사이에 에드라킨은 나무들에 에워싸인 빈터에 옮겨져 있는데 그 한가운데에 기계가 놓여 있었다. 기계를 싣고 있던 거미는 박살이 났는지 떨어져나간 조각들이 꿈틀거리고 있었다.

성난 황소처럼 빈터로 돌진해 들어오던 셀렌바는 아연실색했다.

눈앞에 제사장 1000이 소름 끼치는 송곳니를 드러내고 있었고, 바로 옆에 신 1000이 뱀파이어를 거만하게 훑어보고 있었으니.

파브리스는 무아노를 약간 앞서서 달리다 하마터면 빈터로 뛰어들 뻔했다. 기계가 어디 있는지 보려고 머리를 들던 파브리스는 속이 뒤집힐 뻔했다.

나무 사이로 신들이 부분적으로 보였던 것이다. 얇은 막으로 이뤄진 날개, 가시에 찢긴 촉수, 탐욕스러운 상어 아가리, 흉악한 낯짝, 보는 것만으로도 기절할 것 같은 괴물이었다.

말이 신이지 어쩌나 흉측한지 이런 괴물들과 맞닥뜨리면 림보의 악마들도 줄행랑치리라.

제사장들의 열렬한 기도를 양식으로 삼는 신들이 힘을 과시하는 걸까. 공기에서 탁탁 튀는 소리가 나더니 구름들이 부딪치면서 벼락을 쳤다.

전속력으로 질주해오던 무아노는 두려움에 떨며 웅크려 있는 파브리스에게 걸려 넘어질 뻔했다.

야수가 소리를 지르려는 순간 늑대가 얼른 아가리를 발로 막으면서 턱으로 가리켰다. 야수의 눈알이 동그래졌다.

"오, 내 조상들이시여! 저게 뭐야?"

"에드라킨족의 신들이야. 기계는 아무도 손에 넣지 못할 것 같아. 이번 미션은 셀렌바도 후회가 막심하겠어. 살아남는 것도 힘들게 생겼으니."

야수는 눈을 가늘게 떴다.

"파브리스?"

"응?"

"친구야? 적이야?"

"지금은 네 편이야." 파브리스가 속삭였다. "하지만 나를 믿지는 마. 내가 무슨 짓을 할지 모르니까……."

무아노는 말을 잘랐다. 알고 싶지 않았다.

"좀 더 가까이 가서 보자."

둘은 빈터가 내려다보이는 작은 언덕까지 기어 올라갔다. 신들이 나무들 사이에 숨어서 그 주위를 에워싸고 있었다.

셀렌바는 빈터 한복판에 있는 기계 옆에서 부르르 떨었다.

"나는 내 주인의 명을 받고 왔다." 셀렌바는 차분한 어조로 말했는데 손가락에서 마법의 연기가 나고 있었다.

1000개의 목소리가 합창하듯 한목소리로 터져 나오는데 쩌렁쩌렁 울렸다.

"우리에게 주인이라는 건 없다."

"당신들의 주인이 아니라 나의 주인을 말하는 것이다."

"닥쳐라, 우리의 인내심에도 한계가 있는 법!"

"나는 당신들을 방해하고 싶지 않다." 셀렌바는 주저 없이 말했다. "그러니까 이 기계를 갖고 떠나게 해달라. 그리고……."

"아니, 아직은 안 된다."

갑자기 날아온 초록색 마법의 광선을 맞고 셀렌바는 마비되었다. 마법은 꺼졌고, 뱀파이어의 눈에서 번뜩이는 분노의 빛만 셀렌바가 아직 살아 있음을 알려주었다.

파브리스와 무아노는 등 뒤에서 나는 인기척에 소스라치게 놀랐다. 타라가 소리 없이 나타났는데 어깨 위에 갈랑이 앉아 있었다.

"파브리스." 타라는 감정을 싣지 않고 담담한 어조로 인사했다.

이런 곳에서 이런 순간에 타라를 만날 줄이야. 파브리스는 안절부절못하면서 침을 삼켰다.

"타라?" 파브리스는 시선을 피하면서 대답했다.

무아노는 안도하면서 함박미소를 지었다.

"오, 내 조상들이시여! 타라, 너를 만나서 얼마나 기쁜지 모르겠어. 어떻게 지냈어? 괜찮은 거야? 너 여전히 뱀파이어 모습이네. 칼을 만났는데 네가 히믈리아로 갈 거라고 했어. 근데 어떻게 여기 와 있는 거야?"

"숲을 통과하는 데는 뱀파이어 모습이 안전하니까. 그리고 나도 똑같은 질문을 해야겠다. 괜찮아? 에드라킨들에게 쫓기는 너를 볼 때도 그랬지만, 파브리스와 싸울 때는 심장마비가 일어날 뻔했어."

파브리스는 난감해했다.

"어, 그게…… 내가 채찍으로 때렸기 때문에 글로리아가 화가 많이 나서……."

"네가 뭐 어쨌다고?"

무아노가 캠프에 도착했을 때 셀렌바가 작은 소리로 말했기 때문에 타라는 무슨 일이 일어났는지 정확히는 모르고 있었다.

"그게…… 얘기하자면 길어." 무아노는 난처해하며 말을 잘랐다. "파브리스를 뒤쫓다가 내가 냉정을 잃었거든. 아, 참, 몽타뉴크리스토가 무사하다고 안부 전해달랬어."

트리톤이 경찰을 따돌렸다는 걸 암시하는 말이었다.

더 이상의 설명을 바랄 때가 아니지 않은가. 타라는 살아남으면 그때 무아노에게 자세히 물어보기로 마음먹었다.

"어떻게 된 일이야?" 타라가 물었다.

"나도 확실히는 모르겠어. 신들이 우글우글하고, 셀렌바는 마비되어 있어. 저기 봐, 기계가 있잖아. 뭔가를 기다리고 있는 것 같아."

신들이 기다리고 있는 건 맞는데…… 뭔가가 아니라 누군가를 기다리는 것이다. 타라는 심호흡을 했다. 먼저 확인할 것이 있었다.

"파브리스, 너 누구 편이야?" 타라는 오랜 소꿉동무에게 물었다.

파브리스는 한숨을 내쉬었다. 앞으로 계속 따라다닐 질문이라는 걸 느꼈던 것이다.

"솔직히 나도 모르겠어." 파브리스는 정직하게 대답했다. "이 모험에서 살아남을 자신도 없고…… 윽, 이게 뭐야?"

파브리스는 옆구리를 찌르는 은장도를 쳐다봤다.

"내가 도와줄게." 무아노가 다정하게 말했다. "너에게 선택할 기회를 주지 않을 거니까. 움직이지 말고 여기 가만히 있어. 아니면 이 칼로 심장을 찔러버릴 거야. 은으로 만든 칼이니까 알아서 해."

"글로리아, 넌 그러지 못해!" 파브리스가 속삭였다.

"1초도 망설이지 않을 거야!" 무아노는 야수의 눈을 부릅뜨면서 받아쳤다. "너는 선택의 여지가 없었다고 여러 번 말했어. 악마의 마법이 가슴을 갉아먹고 있어서 복종할 수밖에 없다고 했어. 이제 내가 그 말을 똑같이 돌려줄게. 우리가 실패하고 마지스터가 승리하면 그자에게 말해. 선택의 여지가 없었다고."

달려들 것처럼 근육이 팽팽해진 늑대가 야수의 눈을 노려봤다. 하지만 무아노는 꼬떡도 하지 않았고, 은장도를 쥔 손에 힘을 주었다.

늑대는 힘이 쭉 빠졌다.

"그래, 알았어. 네가 늑대인간보다 더 강한 것 같아. 글로리아, 항복. 네가 더 강력하다는 거 인정할게. 늑대인간은 은장도를 상대로 아무것도 할 수 없으니까."

예쁜 소녀의 모습으로 돌아온 무아노는 다른 손으로 마법복 호주머니를 뒤졌다.

"아!" 무아노는 미소를 지으면서 말했다. "은장도만 있는 게 아니라 이것도 있거든."

무아노의 손에서 체인 달린 은빛 수갑이 반짝이고 있었다.

격분한 파브리스가 저항할 겨를도 없이 무아노는 여전히 은장도로 위협하며 수갑을 채웠다.

"히믈리아의 철과 은을 섞어 만든 거니까 벗어나려고 애써봐야 소용없어. 내가 랑코비트에서 이미 늑대인간에게 시험해봤는데 수갑이 꼬떡도 하지 않았으니까."

벗어나려고 버둥거리던 파브리스는 타라와 무아노에게 예전의 친구들이 아니라고 볼멘소리를 했다. 그러고는 무아노의 마음을 사로잡았던 속눈썹이 긴 검은 눈의 소년으로 변신했다.

무아노는 흔들리지 않았다. 수갑의 철이 늑대 모습일 때보다 더 가늘어진 파브리스의 팔목에 맞게 줄어들었다.

늑대인간의 힘으로 수갑의 체인을 쉽게 끊어버릴 수 있을 거라고 생각하던 파브리스는 실망했다. 무아노의 말대로 체인은 꼬떡도 하지 않았다.

"이제 어떡할 건데?" 파브리스는 동정을 구하는 목소리로 말했다. "그리고 언제 무슨 일이 생길지 모르는데 이렇게 손이 묶여 있으면 싸울 수 없잖아. 두 손이 자유로워도 이길 수 있을지 알 수 없는 판에……. 그럼 내가 너무 불쌍하잖아."

"이제부터 생각해봐야지." 예전의 친구로 돌아온 듯한 파브리스를 보며 타라는 안심이 되었다.

신들이 빈터를 에워싸면서 편안하게 자리를 잡았다.

갑자기 날아온 에드라킨이 뱀파이어 앞에 착지했다. 셀렌바는 깜짝 놀라서 으르렁거렸다.

타라와 친구들의 얼굴이 굳어졌다.

뭔가가 시작되고 있었다.

"우리의 충성스러운 신도가 우리를 대표하여 피에 굶주린 이방인과의 결투에 나선다." 신들이 에드라킨을 가리키면서 한목소리로 말했다.

에드라킨은 절대로 신들에게 거역하지 않겠지만, 싸우고 싶은 마음이 없어 보였다. 사실, 에드라킨은 신들이 이방인들을 묵사발로 만들어 당장 내쫓아버리길 바랐다. 그런데 뱀파이어와 맞서 싸우라니, 전혀 예상 밖의 상황에 당혹스러웠다.

에드라킨은 무릎을 꿇고 귀를 비벼댔다.

"나는 에드라킨족의 신들을 숭배합니다."

하지만 에드라킨의 힘없는 목소리는 이렇게 말하고 있는 것 같았다. '이 자리를 피할 수만 있다면 오른팔이라도 내놓겠습니다.'

신들이 풀어주자 셀렌바는 아직 마비된 팔다리를 뻗어보면서 죽을 상을 지었다.

"오, 모든 신들이시여, 나의 뱀파이어 신들이시여, 정녕 내가 이 작은 고양이와 싸우기를 원하십니까? 농담이겠죠?"

"우리는 농담이 뭔지 모른다. 싸워라!" 목소리가 대답했는데 이들의 삶에는 '유머와 웃음'이라는 것이 아예 없는 것 같았다.

갑자기 날아온 마법의 광선을 정통으로 맞은 에드라킨이 몸집은 물론이고 키가 쑥쑥 커지기 시작했다. 눈 깜짝할 사이에 에드라킨은 뱀파이어보다 머리 두 개가 더 커졌고, 근육질의 어깨도 더 우람하게 변했다.

타라의 눈이 동그래졌다. 에드라킨을 향해 마법의 광선을 발사하면서부터 어딘지 모르게 신들이 변하는 느낌이 들었던 것이다.

셀렌바는 주눅 들지 않았다. 에드라킨의 갈퀴발톱이 단검만 하게 커지는데도 뱀파이어는 흔들리지 않았다.

"아하, 알겠다." 뱀파이어는 한결같이 자신만만한 어조로 말했다.

그러고는 신들을 향해 고개를 쳐들고 물었다.

"이 결투의 쟁점은 무엇인가?"

"너의 목숨." 신들이 한목소리로 대답했다.

"나의 목숨? 오케이. 그럼 기계는? 기계를 갖고 떠나지 못한다면 결투에 별로 관심이 없는데."

침착함을 넘어 배짱까지 두둑한 뱀파이어의 태도에 신들이 당황하는 것 같았다.

"기계는 네 목숨의 대가에 들어 있지 않다."

"그럼 나는 싸우지 않는다." 뱀파이어가 대꾸했다.

"싸우지 않으면 너는 죽는다."

뱀파이어는 어깨를 으쓱했다.

"이 기계를 가져가지 않으면 어차피 나의 주인이 나를 죽일 것이다. 따라서 당신들의 위협 따위에는 관심이 없다."

그때 수백만의 말벌이 한꺼번에 윙윙거리는 듯한 소리가 들리는데 귀가 먹먹해질 정도였다.

"너의 냉혈한 정신은 거짓말하지 않고 있구나. 너는 정말로 네 주인이 죽일 거라고 생각하는구나. 단순한 죽음으로는 재미가 없다. 싸워서 이겨라. 그러면 기계를 갖고 떠날 수도 있다."

타라는 숨을 죽였다. 셀렌바가 거짓말하고 있는데 신들은 그걸 알아채지 못했다. 마지스터는 그의 오른팔인 셀렌바를 절대로 죽이지 않을 것이다.

신전에서도 그러더니 신들은 머릿속을 읽는 능력이 없었다. 그리고 이곳에는 진실을 말하게 만드는 꽃들도 없었다.

"고맙다." 뱀파이어는 흡족한 얼굴로 대꾸했다.

"그 말은 살아남은 다음에 하라." 목소리가 음험하게 덧붙였다.

하지만 셀렌바는 이미 신들에게 관심이 없었다. 초조하게 기다리고 있는 에드라킨을 향해 돌아선 뱀파이어는 긴 갈퀴손톱을 세웠다.

뱀파이어는 준비가 끝나기를 기다리고 있던 에드라킨에게 달려들어 실버에게 했던 것과 똑같은 공격을 했다. 가슴을 갈가리 찢는 공격에 에드라킨은 뒷걸음쳤다. 그러나 어느새 앞지른 뱀파이어가 에드라킨의 머리 위를 뛰어넘어 착지했다.

그런데 이상한 것은 강철도 찢을 수 있다는 갈퀴손톱이 에드라킨의 단단한 근육에는 효과가 없었다. 찢기기는 했는데 치명적인 상처는 아니었다.

그리고 상처에서 흐르는 액체도 빨간색이 아니라 초록색이었다.

에드라킨은 고통스러워하면서도 앞으로 나아갔다. 셸렌바는 뒷걸음치다가 에드라킨을 빙빙 돌면서 뛰어다니기 시작했다. 군데군데 찢어진 에드라킨의 몸뚱이에서 초록색 액체가 흘러내렸다. 에드라킨은 공격할 때마다 고통스러운 비명을 지르면서도 끈질기게 뱀파이어를 밀어붙였다.

신들은 조용히 지켜보고 있었다.

갑자기 셸렌바가 빈터를 에워싼 나무들을 뛰어넘으려고 했지만 불가능했다. 보이지 않는 장벽에 부딪혀서 내동댕이쳐진 셸렌바가 그 충격으로 반쯤 녹초가 되자 에드라킨이 기회를 놓치지 않고 덤벼들었다.

"너는 나갈 수 없다."

신들이 뱉어내는 소리가 음산하게 울렸다.

"에드라킨 신도 역시 나갈 수 없다. 싸워라."

셸렌바의 호흡이 가빠지기 시작했다. 영리한 에드라킨이 목을 보호하고 있기 때문에 여러 번 시도 끝에 뱀파이어는 근육질의 팔뚝에 이빨을 박는 데 성공했다. 하지만 셸렌바는 웩, 피를 내뱉었다. 초록색 피……?

뱀파이어 역시 에드라킨의 공격으로 여러 군데 상처를 입어 에드라킨이 흘린 초록색 액체 못지않게 많은 피를 흘리고 있었다. 셸렌바는 선택의 여지가 없었다.

그래서 마법을 작동했다.

긴장한 신들이 주의 깊게 살폈다.

셀렌바는 욕설을 내뱉으면서 마법의 불을 발사했다.

이번에도 빈터를 에워싸는 것 같은 보이지 않는 장벽에 부딪혔다. 눈이 초록색으로 변한 에드라킨이 포효하는데 훨씬 동물적으로 보였다. 단숨에 달려드는 에드라킨을 가까스로 피했지만 셀렌바는 이번엔 허벅지에 부상을 당했다.

타라는 결투 장면이 아니라 신들을 살피고 있었다. 또 신들이 변해 있었다. 뭔가 이상하다 싶었는데 제대로 짚은 것이다.

신들의 키가 줄어 있었다. 많이 줄어든 건 아니지만 알아볼 수 있을 정도였다. 타라는 생각에 잠겼다.

셀렌바는 허벅지 부상에도 불구하고 번개같이 빠르게 에드라킨의 등을 갈가리 찢었다. 그러나 에드라킨은 멈추지 않았다.

뱀파이어가 옆구리의 털을 뽑는 순간 의도적으로 허리를 드러냈던 에드라킨이 느닷없이 셀렌바의 팔을 잡았다. 뱀파이어는 저항했지만 팔을 빼지 못했고, 우지끈 불길한 소리를 내면서 팔이 부러졌다.

셀렌바는 고통스러운 비명을 질렀다. 에드라킨이 놓아주면서 얼굴을 가격했는데 뱀파이어의 목이 부러질 뻔했다.

에드라킨은 승리의 포효를 내지르면서 신들을 향해 머리를 쳐들었다. 신들도 함께 포효했고, 그 괴성이 숲 전체에 울려 퍼졌다.

"믿을 수가 없어." 파브리스가 얼이 빠진 얼굴로 중얼거렸다. "에드라킨이 셀렌바를 이기다니! 여길 떠나는 것이 좋겠어. 셀렌바가 졌으니 저 기계는 누구도 가져갈 수 없겠어."

타라는 고개를 끄덕였다. 결투를 해봐야 빠져나갈 구멍이 없었다. 신들은 어리석지 않았다. 승리한 에드라킨은 셀렌바를 쓰러뜨리기 위해 만반의 준비가 되어 있었다. 역시 누구든 때려눕히는 무적의 영웅은 책 속에서나 가능했다.

갑자기 신들이 작은 언덕을 돌아보더니 한목소리로 외쳤다.

"이제 네 차례다, 타라 덩컨. 기계를 가지려면 우리 챔피언에게 도전하라. 챔피언이 기다리고 있다."

무아노와 파브리스는 질겁했다.

"제기랄!" 파브리스가 속삭였다. "우리가 여기 있는 걸 알고 있잖아?"

"아마도." 타라가 대답했다. "이제는 확실해졌어. 내가 뭘 해야 하는지도 알아."

몇 분 전부터 타라는 마음이 굉장히 평온해지는 걸 느꼈다. 이곳에 온 것은 수백, 수천만의 목숨을 구하기 위해서였다. 어깨 근육이 풀리는 것 같고, 무거운 짐에서 벗어난 느낌이 들었다.

이제는 왜 그토록 긴장되고 불행하게 느껴졌는지 이해가 되었다. 로빈의 죽음 때문만은 아니었다. 남자친구가 죽었다고 열다섯 살의 소녀가 따라 죽는다는 것이 말이 되는가.

처음에 이 모험에 뛰어들기로 마음먹었던 것은 로빈을 따라가기 위해서였지만 그건 아주 잘못 생각한 것이었다.

진정한 임무는 무고한 사람들을 구하는 것이다.

타라는 미소를 지었고, 그 미소는 눈물이 날 정도로 아름다웠다.

이제는 실버에 대해 느끼기 시작한 묘한 감정을 받아들여도 되는 것 아닐까? 타라는 행동은 어설퍼도 저주받은 몸으로 태어난 걸 괴로워

하는 실버가 정말 마음에 들었다. 실버에게 흔들리는 마음을 떨쳐냈
던 것은 로빈을 배신하지 말아야 한다는 생각 때문이었다.

그것도 잘못 생각한 것이다. 타라는 배신하기는커녕 여전히 로빈를
사랑하고 있었다. 아마 영원히 사랑할 것이다.

하지만 실버를 사랑할 권리도 있었다. 실버를 사랑하는 것이 어떤
신을 모독하는 것도, 도덕을 해치는 것도, 어떤 법을 어기는 것도 아니
지 않은가.

타라는 죽을 권리도, 사랑할 권리도, 살 권리도 있었다.

"이제 너희 둘은 떠나야 해." 타라가 불쑥 무아노와 파브리스에게
말했다. "갈랑도 함께 데려가."

두 친구가 놀란 얼굴로 타라를 쳐다봤고, 갈랑은 항의하는 울음소리
를 냈다.

"뭐?"

"신들과 나의 결투야. 너희들의 희생은 헛된 죽음이 될 거야. 너희
들이 해줄 일이 없을 테니까. 나는 싸우면서 기계를 작동할 기회를 엿
볼 거야. 그러니까 너희는 떠나야 해. 아니면 신들이 너희들을 이용해
나를 위협하겠지. 그러면 내 마음이 약해져 흔들리게 될 거야. 가서 실
버와 안젤리카를 찾아. 양탄자를 갖고 있으니까 가능한 한 빨리 도망
쳐. 그리고 내가 기계를 작동하지 못하면 너희들이 유령들과 싸워야
할 거야."

파브리스는 타라를 응시했다.

"글로리아의 말대로 나는 용감하지 않아. 하지만 곤경에 처한 너를
버리고 갈 수는 없어. 친구야, 난 그럴 수 없어."

타라는 오랜만에 들어보는 '친구야'라는 표현이 정겹다고 생각하면서 말했다.

"그래, 알아. 하지만 나를 믿어. 그게 가장 좋은 방법이야. 나중에라도 싸우려면 우선 살아남아야지. 죽으면 아무 소용없잖아. 죽은 영웅이 뭔지 알아?"

"몰라."

"시체."

"아!"

"아더월드도 나도 죽은 영웅은 필요 없어. 우리는 살아 있는 전사들이 필요해. 그리고 신들은 나를 기다리고 있어. 신들과 나는 이미 이틀 전부터 협상을 벌이고 있거든."

무아노의 눈썹이 치켜 올라갔다.

"협상?"

타라는 보조개가 파일 정도로 활짝 웃었다.

"응, 내 악몽 속으로 신들이 들어왔거든. 아주 독창적인 방식으로 나를 찾아왔지. 어쨌든 신들과 담판을 지을 사람은 나밖에 없어."

타라의 침착한 어조에 놀란 무아노와 파브리스는 새파랗게 질렸다.

타라는 강력한 뱀파이어의 모습 대신 본래의 모습으로 변신했다.

"너 왜 그래?" 질겁한 무아노가 물었다.

"셀렌바는 나보다 훨씬 강한 뱀파이어야. 셀렌바만큼 뛰어난 전사도 아닌데…… 내가 패배할 게 뻔하잖아. 걱정하지 마, 작전이 있으니까."

타라가 일어났는데 흰 머리털이 섞인 긴 금발이 뜨거운 바람에 날렸다.

친구들의 눈에 눈물이 글썽였다.

"타라!" 무아노가 중얼거렸다. "안 돼. 그럴 수 없어!"

"타라! 너를 두고 갈 수 없어." 파브리스도 반대했다.

"제발, 어서 피해. 너희들을 사랑해."

타라는 격렬하게 버둥거리는 갈랑을 떠밀었고, 무아노는 기계적으로 붙잡았다.

그리고 친구들이 붙잡기 전에 일어난 타라는 빈터를 향해 내려갔다.

23
결투

보는 것만으로도
무릎이 얼어붙고 위경련이 일어나는
적과 어떻게 맞서 싸우나

*

타라의 손가락에서 크라에토비르의 반지는 경악했다. 이 섬에 도착한 뒤로 상황이 좋지 않게 돌아가고 있었다.

그렇지만 타라가 운명에 맞서기로 결정했을 때 크라에토비르의 반지는 소녀를 막기는커녕 부추기기까지 했다. 신이라고 하는 존재들에 대해 자세히 알아둘 필요가 있었다. 림보의 악마들로서는 자기들보다 더 흉측한 모습에 강력한 힘을 지닌 존재들이 있다는 것이 달가울 리 없지 않은가. 최악의 경우 타라가 패배하더라도 에드라킨족의 신을 새 주인으로 맞게 될 텐데……. 그렇게 되면 새 주인이 훨씬 혐오감을 주는 모습이라는 것이 나쁘지 않고, 이 존재들의 본질에 대해서도 마왕에게 알려줄 수 있으니 반지에게는 일석이조였다.

크라에토비르의 반지는 타라의 정신이 너무나 평온한 것에 놀랐다. 지난 며칠은 그토록 의혹과 불안, 두려움에 떨었건만 모두 사라지고 없으니.

차분한 걸음으로 빈터를 가로지른 타라는 기계를 향해 다가갔다. 그러고는 기계를 유심히 살피다가 당황했다. 직선, 곡선, 이상한 무늬만 가득하고 버튼이라고는 보이지 않았다. 발명가들은 왜 단순하게 만들려고 하지 않을까? 눈에 확 띄는 빨간색 버튼 같은 걸 달아놓으면 좀 좋아? 하긴 바보가 아닌 다음에야 어떤 발명가가 이런 기계를 만들면서 '보이지 않는 걸쇠가 있으니 되도록 작은 갈퀴로 풀어서 작동할 것'이라고 대놓고 알려줄까.

타라는 한숨을 내쉬었다. 이어서 신들에게 정중하게 물었다.

"사용법을 아세요? 나는 이 기계를 가져가려는 것이 아니라 작동하고 싶을 뿐이거든요."

신들이 동요했다.

"기계를 원치 않는다?"

"누구, 내가요? 전혀 원하지 않죠."

그 말에 신들은 아연실색했다. 좋았어, 1번 테스트는 타라가 생각하고 있는 것을 확인시켜주었다. 그들은 머릿속을 읽지 못했다. 그들이 꿈속으로 들어왔던 것은 타라가 잠이 들어서 무의식 상태였기 때문이다.

"기계를 원치 않는다?"

타라는 활짝 웃어 보였다.

"네, 원치 않아요. 기계는 당신들이 잘 간직하세요. 나는 단지 그걸 작동하고 싶은 것뿐이니까요."

성난 신들이 으르렁거리자 또다시 수백만의 말벌이 윙윙거렸다. 타라는 얼굴을 찌푸렸다. 고통스러웠다.

"기계를 원하면 싸워야 한다."

"나는 원치 않는다니까요!"

목소리가 짜증스러운 어조로 말을 바꿨다.

"기계를 작동하고 싶으면 싸워야 한다."

"꼭 그래야 하겠어요?"

"그렇다."

"오케이! 알았어요! 하지만 문제가 있어요."

"무슨 문제? 싸우면 죽으니까 너는 그것으로 끝인데!"

"바로 그거예요. 나는 셀렌바(타라는 기계 옆에 쓰러져 있는 뱀파이어를 가리켰다)처럼 뛰어난 전사가 아니에요. 열다섯 살 소녀일 뿐이에요. 따라서 당신들이 내세운 유전자 변형 괴물체가 나를 으스러뜨리겠죠. 그건 결투가 아니라 살육이라고요!"

"유전자 변…… 뭐라고?"

"유전자 변형 괴물체."

목소리는 잠시 생각하다가 받아들였다.

"결투가 아니라 살육? 그건 재미없다. 동등하게 싸우게 하겠다."

"괜찮다면 나는 마법으로 싸우고 싶어요. 마법이 내 말을 잘 듣는 건 아니지만, 그래야 송곳니나 갈퀴발톱에 무참히 당하는 걸 막을 수 있잖아요."

신들은 망설였다. 소녀의 마법이 강력하면 에드라킨에게 자신들의 마법을 많이 보내줘야 했다. 하지만 결투를 너무 좋아하기 때문에 타라의 제안을 거부할 수 없었다.

타라는 모르고 있지만, 신들은 그 섬에서 몹시 지루해하고 있었다. 그래서 어쩌다 한 번씩 하나둘 섬을 나가봤지만, 대륙으로 가기만 하면 마치 존재한 적도 없는 것처럼 사라져버렸다. 그래서 섬 밖에서는 보이지 않는 적이 자기들을 노린다고 생각하게 되었다. 그 뒤로 불안해진 신들은 불쌍한 주민들을 공포에 떨게 하는 것으로 권태로움을 이겼다. 그러던 차에 타라와 셀렌바는 아주 오랜만에 만나는 흥미로운 먹잇감이었다.

초록색 마법의 광선이 날아와 건드리자 에드라킨이 바람 빠지는 풍선처럼 줄어들더니 정상적인 크기를 되찾았다. 이어서 날아온 광선이 번쩍번쩍 빛나는 것으로 보아 신들이 이번에는 에드라킨에게 마법을 불어넣고 있었다. 그 뒤의 제사장들이 비틀거렸고, 신들의 키는 또다시 몇 미터 줄어들었다. 이제 신들은 제일 큰 나무들의 키를 넘지 못했고, 그중에는 사람의 키만 한 신들도 있었다.

2번 테스트도 성공! 신들은 그만큼 힘을 잃은 것이다.

물론 그 대가로 에드라킨이 백열전구처럼 빛나고 있었다. 귀와 눈에서까지 쏟아져 나오는 섬광, 정말 이상한 광경이었다.

"따라서 내 요구를 들어주는 겁니까?" 타라는 공손하게 물었다.

"너는 네 마법으로 싸워라. 에드라킨은 우리의 마법으로 싸운다."

명확해서 좋군.

타라는 마법을 작동했다. 상처에도 불구하고 누런 송곳니를 드러낸 에드라킨이 소름 끼치는 미소를 흘리며 마법을 작동했다.

"네가 이 싸움을 포기하는 대가로." 타라는 차분하게 물었다. "너의 상처를 치료해준다면 나를 보내주겠나?"

육식동물 에드라킨은 무슨 말인지 모르거나 표현을 이해하지 못했는지 포효하면서 마법을 날렸다.

타라는 옆으로 펄쩍 뛰었다.

마법은 상대를 명중시켜야 효과가 크다는 걸 타라는 이미 오래전부터 알고 있었다. 그래서 타라는 싸움에 맞는 마법을 궁리했다.

마법의 광선이 아니라 강력한 분수를 발사했다. 에드라킨이 펄쩍 뛰면서 피한 분수는 그 뒤의 나무를 강타했다. 나무는 마비가 되었고, 분수가 사방으로 뻗어나갔다.

도처에서 짙은 파란색 물이 분출했고, 주변의 식물이 마비된 듯 온통 뻣뻣해졌다. 에드라킨의 어깨 위로도 물방울이 후드득 떨어져 근육이 마비되었다. 동작이 불편할 정도는 아니지만, 약간 거북한 것은 틀림없어 보였다.

어깨가 마비되어 있지만 에드라킨은 동시에 타라가 피하지 못하게 연속으로 공격했다. 선택의 여지가 없는 타라는 방패로 막았다. 하지만 강한 충격 때문에 고통스러웠다. 에드라킨의 연속 공격이 격렬해질수록 신들의 키가 점점 줄어들었다. 그걸 노린 것이지만 타라는 신들이 예상보다 강력한 것에 내심 놀라고 있었다. 그때, 방패를 뚫고 들어온 공격에 타라는 부상을 입었다.

타라는 고통의 비명을 질렀다. 불에 달군 단검이 옆구리를 뚫고 지나간 것처럼 화끈거리고 따가웠다. 체인지라인이 충격을 반쯤 흡수해 주었는데도 타라는 토할 뻔했다.

신들이 박수를 쳤다. 타라는 뒷걸음치면서 혼자 힘으로는 안 된다는 걸 깨달았다.

이제는 도움이 필요했다.

'살아있는 돌.' 타라는 머릿속으로 말했다. '네가 필요해!'

'아, 친절하지 않은 타라!' 살아있는 돌이 성난 어조로 말했다. '계속 혼자 내버려두더니…… 왜 나를 찾는데?'

타라의 호주머니에서 튀어나와 작은 태양처럼 빛을 번쩍이던 살아있는 돌은 그제야 두 가지 사실을 알아차렸다. 타라가 부상을 당했으며, 끔찍한 것들에게 포위되어 있다는 것. 살아있는 돌은 타라와 입씨름할 때가 아니라는 걸 알아차렸다.

'힘을 원해?'

'응, 그래주면 고맙겠어.'

'힘을 줄게. 예쁜 타라를 위해 예쁘게 싸워줄게! 야만적인 적들이야?'

'응, 네 표현대로 아주 야만적이야. 고마워, 살아있는 돌.'

깜짝 놀라는 에드라킨의 눈길을 받으며 두 팔을 벌리는 타라의 눈빛이 새파랗게 변해 있었다. 이어서 살아있는 돌이 크리스털 왕관처럼 타라의 머리에 내려앉았다.

신들이 성난 말벌처럼 요란을 떨었지만 냉정을 되찾았는지 이내 조용해졌다.

신들이 보내는 마법의 초록빛이 후려치자 이번에는 에드라킨이 날아올랐다. 타라는 살아있는 돌의 도움으로 미사일처럼 날아오는 마법을 흡수해버렸다. 성난 에드라킨이 다시 공격했는데 신들과 제사장들의 지원을 받기 때문에 이제 인간을 쓰러뜨리는 것은 시간문제라고 생각하는 듯싶었다.

타라는 파란색 태양처럼, 에드라킨은 초록색 태양처럼 빛나고 있었다. 마법의 광선들이 교차하면서 주변에 있는 것들이 변형되었다. 특히 타라의 분수 공격을 받은 식물들은 모두 마비가 된 상태였다.

타라는 에드라킨을 죽이려는 게 아니라 지치게 하려는 것이다. 타라 자신도 같이 녹초가 되는 것이 문제지만.

타라는 옆구리가 물어뜯기는 것처럼 아팠다. 살아있는 돌은 '야만적인 적들'과 싸우느라고 타라를 치료해줄 겨를이 없었다. 타라는 마법의 저장소라고는 해도 살아있는 돌이 에너지를 너무 많이 소모하는 것이 마음에 걸렸다.

기계를 작동하기 전에는 죽을 권리가 없기 때문에 타라는 실패하지 않아야 했다.

그래서 살아있는 돌의 지원을 받아 전력을 다하고 있는 것이다. 타라는 모르지만 크라에토비르의 반지도 힘을 합하고 있었다.

타라의 마법이 엄청난 힘으로 폭발했다. 신들도 타라의 공격에 맞서느라 많은 힘을 짜내야 했기에 이제는 키가 2, 3미터에 이를 정도로 줄어들었다.

방패로 신들의 공격을 막아내고 있지만 타라는 오래 버티지 못할 것 같았다. 마치 강력한 망치가 내리치는 것처럼 방패에는 이미 균열이 생기고 있었다.

타라가 더 이상 견딜 수가 없다고 느끼는 순간, 갑자기 이상한 일이 벌어졌다.

신 하나가 사라졌다.

다른 신들은 타라와 싸우는 데 열중하느라 주의를 기울일 수 없었다. 하나, 둘, 셋…… 신들이 연달아 없어지기 시작했다.

스무 번째 신이 사라지면서 힘이 현저하게 떨어지자 나머지 신들은 그제야 상황을 알아차렸다.

압박에서 벗어난 타라는 기회를 놓치지 않고 전력을 다해 공격했고, 일시적으로 버림받게 된 에드라킨은 방패를 만들어야 했다.

맙소사! 생각지도 못했던 광경에 한눈을 팔다가 타라는 죽을 뻔했다.

셀렌바, 실버, 안젤리카, 무아노, 파브리스가 에드라킨 제사장들과 싸우고 있는 것이 아닌가! 친구들이 떠나지 않은 것이다. 타라를 버리지 않은 것이다. 무아노가 결국 수갑을 풀어주었는지 파브리스가 늑대의 모습으로 후위를 지키고 있었다.

셀렌바는 죽은 게 아니었다. 의식을 잃었다가 깨어난 뱀파이어는 타라와 신들의 싸움을 유심히 살폈고, 신들을 이기려면 제사장들을 죽여야 한다는 걸 알아차렸다. 셀렌바가 타라의 친구들을 어떻게 설득했는지(파브리스를 제외하고), 레파루스 치료까지 받은 것 같았다. 유일하게 살아남은 거미가 머리에 매단 빨간 풍선을 휘날리며 그림자처럼 뱀파이어를 쫓아다니고 있었다.

뱀파이어와 거미는 뒤쪽으로 가서 제사장들을 하나둘 제거했다.

햇빛을 받아 번쩍번쩍 빛나는 실버는 검을 휘두르면서 저항하는 것을 모조리 쓰러뜨렸다. 늑대 모습의 파브리스와 야수의 무아노는 뛰어난 전사들인 에드라킨들을 재빨리 해치워야 해서 나란히 싸우고 있었다. 셀렌바는 혼자 싸우고 있는데 제사장들에게 어떤 공격을 하는지 굳이 말할 필요도 없었다. 안젤리카는 실버가 가능하면 죽이지 않으려고 애쓰면서 쓰러뜨리는 에드라킨들을 때려눕히고 있었다. 거미가 하는 짓은 뱀파이어보다 훨씬 끔찍해서 타라는 고개를 돌려야 했다.

격분한 에드라킨들이 방패를 만들었고, 실버의 검이 튕겨 나왔다. 셀렌바의 송곳니, 파브리스와 무아노의 갈퀴발톱, 거미의 무시무시한 아가리도 방패 앞에서 무력했다.

언제부터인가 공격에 합세한 나무들이 갑자기 방어에 전념하는 것 같았다.

에드라킨 제사장들은 신들에게 에너지를 공급하느라고 나무들의 변화를 모르고 있었다. 신들이 타라에 대한 공격을 강화했다.

타라가 굴복하면 친구들이 무참히 살육되는 것이다.

그보다 더 최악은 유령들에게 권력을 넘기게 되는 것이다.

그런데 문제는 더 이상 버틸 수 없다는 것이다. 땀으로 끈적끈적하게 달라붙은 머리털, 벌겋게 달아오른 얼굴, 숨쉬는 것도 힘들었다. 타라는 정신을 활짝 열고 살아있는 돌과 그 밖의 모든 것에 도와달라고 기도하면서 기계적으로 가슴 부분(살아 있는 나무의 나뭇가지가 안주머니에 들어 있었다)에 손을 얹었다.

'드디어!' 머릿속에서 엄청나게 큰 목소리가 기뻐했다. '인간아, 너는 믿을 수 없을 정도로 정신이 닫혀 있었다! 내가 이틀이나 말을 걸었지만 너는 듣지 않았다! 저놈들은 내가 맡겠다. 내가 도울 수 있게 방패를 내려, 지금 당장!'

타라는 경계를 늦추라고 명하는 머릿속의 누군가에게 순순히 복종할 수는 없었다.

'당신은…… 누구죠?'

'나는 숲이다. 트롤들의 나라 크랑카르에서 너와 싸우다가 패했던 숲이다. 나를 믿어라, 인간아, 이건 네 능력으로는 불가능한 싸움이다.'

246

'그런데…… 어떻게…… 내 머릿속에서?'

'네가 지니고 있는 살아 있는 나무의 나뭇가지는 내 자식 중 하나이다. 이곳에서 끔찍한 일이 벌어지고 있다. 에드라킨족이 이 숲의 정령을 매수하였다. 이 숲의 정령은 내 딸이고, 살아 있는 나무는 내 아들이다. 내 딸이 도움을 청했지만, 나는 지금까지 아무것도 해주지 못했다. 너는 우리를 도와주고, 우리는 너를 도와주겠다!'

타라는 어리둥절했다. 설마 내가 미치고 있는 것 아니겠지? 숲이 나에게 말하려고 애를 썼다니!

오케이, 오케이.

타라는 복종했다.

마지못해서 경계를 늦추면서 방패를 치웠다.

한순간 깜짝 놀란 에드라킨이 소름 끼치는 미소를 흘렸다.

"항복해. 하지만 너무 늦었다. 나의 신들은 용서하지 않는다."

에드라킨이 그렇게 말하고 마법을 날렸는데 이번에는 불덩어리였다.

불은 정확하게 타라의 얼굴 바로 앞에서 멈췄다.

하마터면 잿더미가 될 뻔한 타라는 침을 꼴깍 삼켰다.

'놈들은 너를 해치지 못했지만 아주 강력하다.' 숲이 말했다. '내가 트란스미투스 방지 주문을 깨뜨리고 섬에 유형화할 수 있도록 네 정신을 활짝 열어라.'

아직 살아 있다는 것이 믿어지지 않는 타라는 복종했다. 타라는 눈을 감고 섬을 둘러싸고 있는 트란스미투스 방지 주문에 정신을 집중했다. 하지만 그리 간단하지 않았다.

에드라킨족의 신들이 분노의 고함을 지르는 사이에 타라는 머릿속에서 느껴지는 숲을 의식하면서 마법을 작동했다.

'어린 인간아, 너와 나의 힘을 함께!'

타라와 숲은 섬을 둘러싸는 마법의 장막을 공격했다.

이런 막강한 힘을 견뎌낼 준비가 전혀 되어 있지 않았는지 쿠르릉하는 소리를 내면서 장막이 굴복했다.

이제 신들의 목소리에서 느껴지는 것은 분노가 아니라 공포였다.

어머니 숲의 정령이 기뻐하면서 부서진 장막을 뚫고 들어왔다. 타라의 친구들을 공격하던 식물들도 동작을 멈췄다.

신들이 고함을 지르자 어머니 숲의 정령이 휩쓸어버렸다. 이번에는 에드라킨 제사장들이 분개했다.

"내 딸에게 무슨 짓을 한 것이냐?" 어머니 숲의 정령이 노발대발했다. "털 없는 고양이들, 내 딸에게 무슨 짓을 했느냐 말이다!"

타라의 마법에서 물질과 힘을 얻기 위한 활력을 끌어내던 어머니 숲의 정령이 갑자기 초록색의 거대한 실루엣으로 유형화되었는데 그 모습이 트롤과 아주 흡사했다. 커다란 손에는 큼직한 몽둥이까지 들고 있었다. 어머니 숲의 정령이 신들에게 덤벼들자 그 뒤에 있던 제사장들이 충격을 받고 비틀거렸다. 잘못된 그림을 지우듯 신들이 하나둘 사라졌다.

에드라킨 제사장들도 가짜 신들의 모습을 버리고 새로운 형체를 띠기 시작했다. 격분해 있는 어머니 숲의 정령/트롤의 앞에 또 다른 초록색 트롤로 유형화된 딸 숲의 정령이 몽둥이까지 든 똑같은 모습으로 나타나더니 무작정 달려들었다.

에드라킨 여러 명이 픽, 픽 쓰러질 정도로 격렬한 싸움이 벌어졌다.

어머니 숲의 정령/트롤이 승기를 잡았다. 녹초가 된 타라는 그 참에 어머니 숲의 정령/트롤에게서 벗어나 친구들에게 갔다.

여기저기서 번개가 치면서 군데군데 뚫린 분화구에서 연기가 나고 있었다. 타라, 실버, 안젤리카, 파브리스, 무아노, 심지어 셀렌바까지 사방으로 도망쳤다. 미사일처럼 날아간 갈랑이 타라의 뺨을 비볐다. 얼마나 두려웠으면!

트롤 둘이 이제는 몽둥이를 버리고 서로에게 달려들었다.

그 충돌로 주위에 있는 모든 것이 쓰러졌다. 타라는 돌풍에 휩쓸려 날아갈 뻔했다. 실버가 제때에 붙잡아주어 천만다행이었다.

"휴, 정말 무서웠어. 고마워, 실버. 정말 간발의 차이였어. 넌 괜찮아? 그런데 아까는 어떻게 된 거야? 그런 식으로 셀렌바에게 맞서다니! 미친 거 아냐?"

"거시기에게 맞섰던 네가 그런 말을 하면 안 되지! 네가 나보다 한 수 위야." 실버가 이마에 주름을 잡으면서 응수했다. "예의라는 걸 전혀 모르는 뱀파이어였어!"

정말 분개하는 어조였다.

"잠깐, 허리를 다쳤잖아!" 실버가 깜짝 놀라는 얼굴로 말했다. "내가 레파루스로 치료해줄게."

타라는 통증이 사라지자 안도의 숨을 내쉬었다.

"휴, 살 것 같다. 고마워, 실버."

"천만에, 나의 연인."

나의 연인……? 나이 든 사람들이나 쓰는 표현에 타라는 닭살이 돋는 것 같았다. 앞으로 계속 듣게 생겼으니…… 휴!

이렇게 딴 생각을 하느라고 타라는 성난 에드라킨 다섯이 달려드는
걸 실버에게 알려줄 겨를이 없었다.

제사장들의 갈퀴발톱에 맞서기 위해 뱀파이어로 변신하려던 타라
는 가슴이 철렁했다. 이런! 마법이 고갈되어 변신이 되지 않았다. 실버
가 눈치를 채고 타라 앞에 버티고 섰다. 실버의 혈검이 나타났는데 피
를 충분히 먹었는지 묵직해 보였다. 에드라킨 하나가 펄쩍 뛰는 순간
획! 검이 공기를 가르며 팔이 하나 없어졌다. 팍! 검의 손잡이가 머리
를 후려치자 에드라킨은 푹 고꾸라졌다. 이번에는 남은 넷이 한꺼번
에 달려들었다. 검이 번쩍였다. 실버는 전광석화같이 빠르게 이동하
면서 검을 현란하게 움직였다. 과연 불굴의 전사였다.

몇 초나 지났을까. 에드라킨들이 피투성이로 땅바닥에 쓰러져 있었다.

끔찍한 광경에 타라는 경악했다. 실버는 자신이 쓰러뜨리기는 했지
만 피를 너무 많이 흘리지 않게 에드라킨들의 상처에 붕대를 감아주
고 일어났다. 그 멋진 모습에 타라는 가슴이 뭉클했다. 검을 칼집에 집
어넣고 돌아서서 타라를 향해 다가오던 실버는 땅바닥에 떨어져 있던
에드라킨의 팔에 발이 걸려 비틀거리다 주저앉았다.

날카로운 비늘을 의식한 타라는 실버가 일어나게 도와주지 않았다.

"고마워." 타라는 구역질을 억누르면서 말했다. "당장은 아니지만
마법이 돌아오긴 할 텐데……. 내가 너무 무리했거든."

"에드라킨들이 너에게 접근하게 내버려두지 않겠어, 나의 연인." 실
버는 다정하게 대꾸했다. "나를 위협하려면 이런 놈들이 천 명쯤 한꺼
번에 덤벼야 할 거야."

타라는 어이가 없는 얼굴로 말했다.

"아, 그러셔? 근데 난 그런 경험은 하고 싶지 않은데."

등 뒤에서 땅이 흔들리고 있었다.

타라는 싸움판을 유심히 관찰했다.

"기계를 작동해야겠어." 타라가 속삭였다. "싸움을 벌이느라 정신이 없을 테니 절호의 기회야. 고양이 앞의 생선, 아니 굶주린 코끼리 앞의 잘 익은 바나나와 같아."

통역 주문이 타라의 말을 뭐라고 전했는지 실버가 이상한 표정으로 쳐다봤다.

나무들이 휙휙 날아다녀서 그들은 벌써 몇 번째 몸을 숙여야 했다.

초록색 트롤 둘이 숲을 휩쓸어버리면서 이동하는데 타라와 실버 쪽을 향하고 있어 건너편에 있는 안젤리카 앞의 통로가 열렸다.

타라는 안젤리카에게 기계를 낚아채서 작동하라는 신호를 보냈다. 『궁정 비사』에는 '버튼을 누르고 기다려야 한다'고 적혀 있었다. 셀렌바도 타라도 버튼이라는 걸 보지 못했지만.

안젤리카가 대답 대신 집게손가락으로 머리를 톡톡 쳤다. '기계를 작동하면 내가 죽는 건데 내가 돌았냐?'라는 뜻의 보디랭귀지인가? 아니, 거만한 표정을 지으며 집게손가락을 관자놀이에 대는 것은 너 속은 것 몰랐지?라는 뜻인가.

맙소사! 타라의 얼굴이 굳어졌다. 안젤리카의 거만한 표정! 그럼 지금까지 안젤리카가 거짓말을 하고 있었던 것인가? 기계를 갖기 위해 의도적으로 접근했던 것인가?

안젤리카는 타라의 표정이 약간 달라지는 걸 봤지만 무슨 일인지 몰랐다. 타라가 죽일 듯이 노려보고 있었다. 안젤리카는 타라가 무슨 말을 할지 기다릴 생각이었지만 더는 꾸물거릴 시간이 없었다.

기계를 잡으려는 셀렌바를 발견한 것이다. 안젤리카는 질풍같이 달렸고 간발의 차로 기계를 낚아챘다. 그리고 셀렌바가 반응하기 전에 트란스미투스 주문을 읊었다.

기계와 안젤리카가 사라졌다. 하지만 바로 직전에 안젤리카의 눈과 마주친 타라는 가슴이 철렁했다. 안젤리카가 승리의 미소를 짓고 있었던 것이다. 그리고는 집게손가락으로 타라를 향해 방아쇠를 당기는 시늉을 했다.

타라의 예상대로 안젤리카가 배신한 것이다.

그 모습을 지켜보던 셀렌바도 트란스미투스 주문을 읊으면서 사라졌다. 고래 싸움에 새우등 터진다고, 뱀파이어는 트롤들의 싸움에 휘말리고 싶지 않았던 것이다. 거미는 트롤들에게 부딪치면서 놓친 풍선이 공중으로 날아가자 괴성을 질렀다.

그러나 그것도 잠시…… 한 트롤의 발에 짓밟힌 거미는 마침내 영원히 잠들 수 있었다.

이로써 도망친 셀렌바와 남아 있는 파브리스를 제외하고 원정대는 전멸되었다.

달려드는 에드라킨들을 때려눕히면서 파브리스와 무아노가 외쳤다.

"이제 뭘 하지?"

"숲의 정령을 도와야지!" 타라가 소리쳤다.

"트롤이 둘이잖아? 어느 것이 우리 편이지?"

타라는 입을 열려다가 다물었다. 무아노의 말대로 두 트롤은 완벽하게 똑같았다. 타라는 '내 딸에게 무슨 짓을 한 것이냐?'고 외쳤던 어머니 숲의 정령을 찾기 위해 싸우는 방식에 집중했다.

에드라킨들의 지원을 받는 트롤은 거칠게 싸우는 반면에 다른 트롤은 가능하면 최악의 사태를 막으려고 애썼다. 타라는 어떻게 해야 할지 알고 있었다.

타라는 마법을 시험해봤다. 실버의 레파루스 치료가 효험이 있었는지 몇 분의 휴식으로 마법이 충전되어 있었다. 혈관을 타고 마법이 몰려왔다. 타라는 두 트롤의 싸움이 벌어지고 있는 공중으로 떠올랐다.

그러고는 에드라킨들의 지원을 받는 초록색 트롤을 향해 마법의 광선을 날리면서 장막으로 에워쌌다. 갑자기 공기 속에서 단단한 것이 부서지듯 우지끈거리는 소리가 났다. 딸 숲의 정령과 연결된 끈이 잘린 걸까, 느닷없이 에드라킨 제사장들이 하나둘 쓰러지더니 숨이 끊어졌다.

타라는 어리둥절해 있었다.

"장막을 열어주지 마라!" 타라의 마법에 딸이 꼼짝 못하게 되자 어머니 숲의 정령이 명했다. "에드라킨들이 더럽혀놓았으니 내 딸을 정화시켜야 한다."

타라는 절차를 시각화한 다음, 에드라킨들을 독이라고 생각하고 해독하기 위한 레파루스 주문을 날렸다.

딸 숲의 정령은 잠시 아무런 반응을 보이지 않았다. 그러다 어머니의 품에 뛰어들어 고통과 기쁨의 고함을 질렀는데 딸꾹질까지 섞인 소리가 어찌나 큰지 타라와 친구들은 오만상을 찌푸리면서 귀를 막았다.

"이제 마법의 장막을 열어도 된다." 어머니 숲의 정령이 말했다. "내 딸은 이제 괜찮을 것이다."

타라는 복종했다. 딸 숲의 정령은 장막이 열리면서 자유로워지자 부르르 떨었다.

"너에게 많은 빚을 졌구나, 인간아." 어머니 숲의 정령이 말했다. "사악한 본능을 채우기 위해 내 딸을 노예로 만들었던 이 에드라킨들 때문에 나와 딸은 수천 년 동안 헤어져 있었다!"

"무슨 말인지 모르겠어요." 타라가 말했다. "신들이었잖아요?"

"아니다. 에드라킨 제사장들이 내 딸의 마법을 사용하여 만든 가짜 신들이었어. 제사장들이 각자 자신의 신을 만들고 있었던 것이다. 그리고 주문을 걸어 내 딸을 미치광이로 만들어 노예로 삼은 것이다. 하지만 이제는 끝났다. 내 딸을 해방시켰으니까."

"신전에서 신이 내 영혼을 원한다고 말한 것은 그럼……?"

"그건 아무런 의미 없는 말이다. 내 딸은 네 영혼을 원했을 리가 없다. 신이 믿게 하려고 에드라킨에게 대신 말하게 한 거니까."

타라는 이치에 닿지 않는다는 점을 지적했다.

"하지만 신전에서 신이 에드라킨을 죽였는데요?"

"내 딸의 정령은 나타나기 위해서 영혼을 부를 필요가 없다. 신들에 대한 에드라킨의 강한 믿음으로 충분했으니까. 에드라킨이 너를 죽이려고 했는데 네가 무의식적으로 버텨냈기 때문에 내 딸의 정령이 네 뜻에 따라 에드라킨을 제거했던 것이다."

"그러니까 처음부터 딸의 정령과 통할 수 있었고, 정령이 내 말을 들었을 거란 뜻이에요?"

"그래, 하지만 네 정신은 굳게 닫혀 있었다. 너는 내 딸의 말을 듣지 않았다."

그럼 이 끔찍한 상황을 면할 수도 있었단 말인가! 오케이, 메시지 접수. 정신을 열어두고 있을 것!

타라는 소름이 끼쳤다.

숲이 타라의 눈앞에 이미지들을 나타나게 했다. 악마들에게 쫓겨나는 에드라킨족, 드래곤족과 동맹을 맺고 악마들과 싸우는 에드라킨족, 감사의 뜻으로 에드라킨족에게 아더월드로 이민하라고 제안하는 드래곤족, 아무도 발을 들여놓을 수 없는 섬에 가장 어린 숲의 정령과 함께 고립되는 에드라킨족, 고향 행성에서 가져온 신의 조각상 앞에 엎드려 기도하는 최초의 에드라킨족.

딸 숲의 정령이 정확하게 천 개의 조각으로 나뉘었는데 각 조각이 에드라킨의 노예가 되어 있었다.

타라는 이제야 이해가 되었다.

"제사장들이야 괴물이라지만, 다른 에드라킨들은 아무런 책임이 없잖아요!"

"에드라킨들이 또다시 내 딸을 이용하지 못하게 조치를 취해야겠다. 숲은 더 이상 에드라킨의 말을 듣지 않을 것이다."

타라가 반박하려는 순간 목소리가 말했다.

"이제는 뭘 원하느냐?"

타라는 깊이 생각하지 않고 어머니를 찾고 싶다고 대답하려다가 입을 다물었다.

강력한 존재들을 상대할 때는 오해의 소지가 있는 말은 피해야 했다.

"방금 안젤리카가 기계를 훔쳐 도망쳤기 때문에 우리는 레지스탕스를 찾아서 마지스터와 싸워야 해요. 그리고 칼을 찾으면 더 좋고요."

"칼이 감옥에 갇혀 있으면 어쩌려고?" 불안한지 파브리스가 갑자기 끼어들었다.

"그래, 맞는 말이야. 우리까지 감옥에 갇힐지도 모르는데 곧장 칼을 찾아가는 건 어리석은 짓이겠지!" 타라가 대답했다. "말이 나온 김에 다시 한 번 묻겠는데 파브리스 너, 우리 편이야, 아냐? 원한다면 숲의 정령에게 여기서 너를 지켜달라고 부탁해줄게."

파브리스는 타라의 쪽빛 눈을 뚫어져라 쳐다봤다.

"지금은 너희들 편이야. 하지만 타라, 마지스터 앞에 선다면…… 모르겠어. 마지스터의 힘(파브리스는 부들부들 떨었다), 그의 힘이 어찌나 강력한지 내가 버텨낼 자신이 없어. 여기 있는 동안은 그의 영향력이 약해지긴 했어. 그래서 무아노 옆에서 싸울 수 있었고, 내 정신도 밝아졌어. 하지만 오래갈지는 모르겠어. 타라, 내가 다시 약해지면 마지스터는 틀림없이 나를 죽일 거야. 악마의 마법이 나를 완전히 점령하는 날, 난 너희들이 가장 미워하는 적이 되어 있을 거야."

"파브리스, 악마의 마법에 감염되려면 본인이 그걸 받아들여야 해. 따라서 네가 거부하면 악마의 마법에서 벗어날 거라고 생각하는데?"

"아니, 다른 마법사들이 시도해봤어." 파브리스는 시무룩한 얼굴로 말했다. "마지스터가 그 이미지를 보여줬는데…… 정말 처참한 죽음이었어."

"하지만 너는 보통 사람들과는 달라! 늑대인간이잖아!"

타라는 그렇게 말하고 자이언트 트롤을 향해 고개를 쳐들었다.

"어머니 숲의 정령이여, 몽타뉴크리스토라는 이름의 트리톤에게 우리를 보내줄 수 있어요? 이제는 트란스미투스 방지 주문이 해제되었죠?"

"알았다."

"고마워요."

"내 딸을 구해줘서 고맙다. 이 은혜는 영원히 잊지 않겠다. 그리고 이것으로 트롤들의 뛰어난 지능에 대한 비밀을 폭로함으로써 나에게 진 빚은 해결되는 것이다."

아, 그게 빚이었나? 타라는 전혀 모르고 있었다.

공포에 질려서 반쯤 미쳐 있는 에드라킨들의 눈길을 받으면서 거대한 트롤 둘이 타라와 친구들을 오무아로 보내주었다.

타라 일행은 오무아 제국의 수도 팅가푸르의 황궁 뒷문 앞에 와 있었다.

유리창 청소부 작업복 차림의 늑대인간 무리, 가슴받이가 달린 멜빵바지 차림의 난쟁이들, 그리고 깜짝 놀라는 트리톤이 보였다.

24
매직 6총사
치밀하게 계획된 작전도 실패할 수 있는데……

*

"잠깐! 동지들, 동지들!" 파브리스가 외쳤다.

공격해오는 것이라고 생각하고 변신하던 늑대인간들이 동작을 멈췄다. 타라도 트리톤이 발사한 마법의 광선을 쉽게 피했다.

"워워, 진정해요. 같은 편인데!"

난쟁이들의 전투를 지휘하던 파프니르는 환호성을 억누르면서 타라를 번쩍 들어 올렸다. 빨간 머리 난쟁이는 얼마나 기쁜지 친구의 갈비뼈를 으스러뜨릴 뻔했다.

"타라!" 파프니르가 소리쳤다. "너의 망치가 맑은 소리로 울리기를! 네가 얼마나 그리웠는지 몰라!"

"파프니르! 너의 모루가 맑은 소리로 울리기를! 괜찮아? 유령들은?"

"난쟁이들은 점령할 수 없지. 아마 우리의 성깔 때문일지도 몰라. 고

약하잖아!"

둘은 깔깔대고 웃었다.

난쟁이 전사는 타라를 내려놓고, 무아노와도 재회의 기쁨을 나눴다. 하지만 파브리스를 발견하고는 고갯짓만 까딱했다. 난쟁이들은 배신자를 아주 싫어했다. 파브리스가 슬픈 미소를 지어 보였다.

그 유명한 난쟁이 전사 파프니르, 살아 있는 전설을 보게 된 실버는 눈알이 튀어나올 뻔했다.

"파프니르, 실버를 소개해줄게. 우리를 도와줬어."

타라는 몸을 숙이면서 파프니르의 귀에 대고 속삭였다.

"불굴의 전사야."

난쟁이의 눈이 휘둥그레졌다. 파프니르가 실버에게 무슨 말인가 하려는 순간 그제야 정신을 차린 트리톤이 외쳤다. 갑자기 뒤에서 유형화되는 타라를 보면서 너무 놀란 나머지 몽타뉴크리스토는 한동안 얼이 빠져 있었다.

"마마! 여긴 어떻게……?"

"나도 같은 질문을 해야겠어요. 직업을 바꿨어요?" 타라는 트리톤의 이상한 복장을 가리키면서 응수했다. "혹시 파산?"

하지만 트리톤은 긴 설명을 늘어놓는 대신 본론으로 들어갔다.

"그건 물론 아니죠! 우리는 지금 마지스터와 유령들을 제거하기 위해 궁전을 쳐들어갈 겁니다. 동참하겠어요?"

"하나보다는 둘이, 셋보다는 넷이 낫겠죠!" 타라가 단호한 어조로 대답하는 사이에 파브리스의 얼굴이 창백해졌다. "우리가 어떻게 하면 되죠?"

"마마의 머리와 페가수스는 너무 눈에 띄니까 가려야겠어요. 우리처럼 멜빵바지에 청소부 모자를 쓰세요. 마마의 어머니가 결혼식 준비를 위해 유리창 청소부로 우리를 고용했기 때문에 궁전으로 들어가는 건 문제가 없거든요. 안티살리쉬르 주문이 있지만, 어머니께서는 '번쩍번쩍 빛나기'를 바란다고 하셨지요."

"어머니가?"

"네, 부인은 궁전 내 레지스탕스의 수장이십니다."

"어머니가?"

암소의 공격을 받은 드래곤의 충격이 이럴까. 타라는 도저히 믿어지지 않는 얼굴이었다.

"부인은 마지스터를 제압하기 위해 작전을 세우고 있습니다. 아주 놀라운 분이세요."

"어머니가? 하지만…… 어머니는……." 타라는 말을 잇지 못했다.

"물론 혼자가 아니세요." 몽타뉴크리스토가 말했다. "늑대인간들의 대통령 틸, 엘세스 선대 여제 유령이 협력하고 있거든요. 마마의 친구 칼도 있고요. 다행히 카무플레 국장 세네 센스사스가 우리 모두를 위한 인식 패스를 충분히 구해주었습니다."

어머니가 많은 이들을 끌어들인 것이다.

"친위대 대원들은 대부분 우리 편이라 문제가 없을 겁니다." 몽타뉴크리스토가 말을 맺었다.

그 어조에 아직은 많은 문제가 있음을 암시했지만, 타라와 실버, 파브리스, 무아노는 군말 없이 청소부 작업복으로 갈아입은 뒤 인식 패스를 손목에 찼다. 타라는 갈랑의 항의에도 불구하고 페가수스에게

산소마스크를 씌워 호주머니에 집어넣었다.

에드라킨족의 숲에서 지친 몸으로 돌아온 타라 일행은 휴식을 취하고 싶었지만, 그럴 상황이 아니었다.

궁전의 문을 지키는 병사들이 통행증을 확인한 뒤에 청소부들을 통과시켰다. 늦은 밤인데도 그들은 업무 시간을 무시하고 청소를 시작했다.

분홍빛 작업복 차림의 세탁부 여자 두 명이 그들을 접견실 쪽으로 안내했고, 칼리 부인이 할 일을 그들에게 지시했다. 팔이 여섯인 티그족 감독관은 유령에 들리지 않았지만, 궁전의 질서를 위해 없어서는 안 될 중요한 자리라 해고당하지 않은 모양이었다. 칼리 부인이 타라에게 윙크를 보냈고, 천천히 돌아서서 멀어져갔다.

"그래도 조심해야 해요." 몽타뉴크리스토가 유리창 청소 도구를 만지는 척하면서 타라에게 말했다. "친위대 전원이 레지스탕스 음모에 가담하지 않았고, 유령들이 감시하고 있으니까 조심해야 합니다."

그들은 유령 둘과 마주쳤는데 다행히 유령들은 난쟁이들과 늑대인간들로 이뤄진 유리창 청소부들에게 관심을 갖기에는 다른 걱정거리가 많은 것 같았다.

칼이 마지스터에게 협력하는 유령들을 잡아먹거나 공포에 떨게 한 덕분이었다.

타라는 세제를 묻힌 고무 브러시를 들어 유리창을 닦기 시작했다. 뭔가를 궁리하거나 긴장을 풀 때 많은 시간을 보냈던 공원이 내다보였는데 병사들이 나무 뒤에 숨은 연인들을 못 본 체하면서 순찰을 돌고 있었다.

타라는 미소를 지었다. 고모 때문에 사람들의 눈을 피해 로빈과 공원에 숨어들었던 기억이 떠올랐던 것이다.

타라는 반복된 동작을 하면서 휴식을 취하듯 편안한 느낌이 들었다. 유리창을 닦고 있지만 일하고 있다는 생각이 들지 않았다. 다쳐서 피를 흘리거나 비명을 지르지 않아도 되는 일상적인 일, 이것이야말로 정상적인 삶이 아닌가! 잠시 동안 날아다닐 수 있는 레비투스 벨트 덕분에 그들은 마법을 사용하지 않고도 유리창을 닦을 수 있었다.

덕분에 타라의 친구들도 잠시 휴식을 취할 수 있었다.

실버는 파프니르 옆에서 유리창을 닦고 있는데 둘은 이미 깊이 있는 대화를 나누는지 표정이 아주 진지했다. 아마도 검과 도끼의 전술 효과를 비교하는 것일지 몰랐다. 둘은 서로에게 빠져 있는 것 같았다.

차츰 그들은 리스베스 여제의 거처에 가까워지고 있었다.

갑자기 무기고 쪽에서 폭발음이 들렸다. 깜짝 놀란 파브리스는 떨어질 뻔했고, 궁인들과 병사들이 사방으로 뛰었다.

"이게 신호예요." 트리톤이 속삭였다. "엘세스를 도와주는 유령들이 무기고에서 폭탄을 터뜨린 거예요. 이걸 신호로 칼 덕분에 유령에게서 벗어난 친위대장 크산디아르를 세네 센스사스가 풀어주기로 되어 있지요. 크산디아르가 친위대를 다시 장악하면 후방은 걱정하지 않아도 될 겁니다."

타라는 고개를 끄덕였지만 입술이 마르고 가슴이 두근거렸다. 타라는 각오가 되어 있었다. 그 뒤로 늑대인간들이 있고, 파프니르와 난쟁이 무리가 도끼를 꺼내 들었다. 실버도 검을 뽑아 들었다.

여제의 거처 문 앞에서 친위대원 두 명과 보초를 서는 마지스터의 상그라브 두 명이 신경전을 벌였다.

그때 어디선가 불쑥 나타난 그림자가 상그라브 두 명을 때려눕혔다. 칼의 솜씨였다.

"타라!" 하고 외치던 칼이 파브리스를 발견하고 눈살을 찌푸렸지만, 입은 치아가 다 드러날 정도로 함박미소를 지었다. "너 여기서 뭐 하는 거야? 기계는 찾았어? 이제 마음 놓고 유령들을 죽여도 되는 거야?"

"아니, 안젤리카가 기계를 갖고 도망갔어." 타라는 짤막하게 대답했다. "칼, 너까지 여기 있으니까 정말 너무 좋다. 어때, 넌 괜찮아?"

칼은 안색이 좋지 않았다. 몹시 지쳐 있는지 얼굴이 핼쑥했다.

"지긋지긋해." 뱀파이어 모습의 칼은 한숨을 내쉬었다. "유령들에게서 구하기 위해 사람들의 피를 빨아먹으며 지내는 게 신물이 나려고 해. 내가 감자튀김을 얼마나 그리워하는지 넌 모를 거다. 제발 마지스터가 마지막이면 좋겠어."

"아니, 마지스터는 내가 해치워야지!" 타라는 서슬이 퍼렜다.

칼은 고개를 끄덕이며 파프니르와 무아노, 실버, 파브리스가 있는 쪽으로 갔다.

칼은 파브리스의 등을 툭툭 치면서 속삭였다. 파프니르와는 달리 칼은 그래도 친구를 반겨주었다.

타라는 몽타뉴크리스토가 멋진 솜씨로 문을 폭파할 거라고 기대했다. 그러나 트리톤이 정중하게 한 늑대인간에게 양보하자 늑대인간은 반쯤 까무러쳐 있는 보초의 옆구리에 단검을 들이대면서 위협했다.

문이 눈을 번쩍 뜨고 입을 열었다.

"누구?"

"크소알." 티그족 친위대원이 늑대인간이 시키는 대로 말했다. "마지스터 주군에게 무기고에서 일어난 폭발 사고에 대해 보고를 하러 왔다."

"미안하지만 아무도 들이지 말라는 명을 받았다." 문이 대답했다.

그러고는 눈과 입이 다시 닫혔다.

"와." 칼이 구시렁거렸다. "네 어머니도 정말 장난이 아냐."

타라의 눈동자가 크게 흔들렸다.

"뭐? 엄마가 왜? 안에 마지스터와 같이 있는 거야?"

"응. 그럼 어디 계실 줄 알았는데?"

"안전한 곳에 있을 거라고 생각했지!"

"우리가 궁전을 장악하는 사이에 셀레나 부인이 마지스터를 붙잡아 두기로 했어. 습격을 받았다는 보고가 마지스터에게 들어가면 안 되니까."

"다들 완전히 미쳤어." 타라는 핏대를 올렸다. "엄마에게 그런 위험한 일을 시키다니!"

"모든 걸 계획한 사람은 셀레나 부인이고, 우리는 작전대로 실행하고 있을 뿐이야. 타라, 네 어머니는 할머니 이사벨라 못지않아. 할머니, 어머니 모두 대단한 분들이야."

"듣기 싫어." 타라는 발끈했다. "괴물에게 엄마를 맡겨둘 수 없어!"

타라는 문 앞에 버티고 서서 마법을 작동했다. 이어서 윙윙거리는 엔진 소리가 나더니 문이 폭발했다.

폭발의 충격이 가라앉자마자 시트를 둘러쓴 금발 여인이 부서진 벽을 통해 부리나케 달아났다.

질풍같이 내달리는 사람은 리스베스 여제였다.

아니, 정확하게 말하면 마지스터였다.

25
마지스터

손가락을 물리지 않고 미끄러운 물고기들을 잡으려면
아주 촘촘하고 질긴 그물이 있어야 하는데……

*

엘세스를 도와주는 선대 여제 유령들이 무기고에서 폭탄을 터뜨리기 한 시간 전 셀레나는 자신을 감시하는 병사들을 유인하기 위해 마지스터의 방으로 갔다.

마지스터는 셀레나의 방문에 깜짝 놀랐다.

"셀레나, 한밤중인데 당신이 어떻게 여길 왔소?"

셀레나가 리스베스 여제의 모습을 상대로 대화하는 걸 거북해하기 때문에 마지스터는 얼른 남자 모습으로 변신했다.

"우리 얘기를 좀 해야죠?" 셀레나가 눈을 반짝이면서 다정하게 말문을 열었다.

셀레나를 볼 때마다 늘 그렇듯이 마지스터는 가슴이 뛰었다. 이번만은 아름다운 얼굴에 경계심이나 증오심이 없었다.

"물론이지. 무슨 말이든 해봐요." 마지스터는 좋아서 어쩔 줄 모르는 목소리였다.

그때 마지스터의 크리스털 볼이 울리자 퓨마가 울음소리를 냈고, 셀레나는 한숨을 쉬었다.

"휴, 이렇게 바빠서야! 우리 결혼식에 대해 당신과 의논할 생각이었는데 시간 있을 때 다시 오죠." 셀레나는 토라진 목소리로 말했다.

마지스터는 크리스털 볼을 들고 통화하려다 동작을 멈췄다.

"우리 결혼식에 대해 의논하러 온 거였소?"

"네."

셀레나는 호주머니에서 두루마리를 꺼냈는데 결혼식 준비물을 적은 목록이 수 미터에 이르고 있었다.

"당신은 누구를 초대하고 싶어요? 그걸 알아야 하는데 아무런 얘기가 없잖아요? 결혼식 날짜, 시간도 정해야 하잖아요. 빨간색 웨딩드레스에 어울리는 특별한 보석도 필요하고요. 그리고 당신의 모습, 그건 언제 되찾을 거죠? 내가 결혼하는 사람은 당신이잖아요? 리스베스와 결혼? (셀레나는 진저리치는 시늉을 했다) 그건 있을 수 없는 일이죠."

마지스터는 숨을 깊이 들이쉬었다. 지금처럼 셀레나가 경계하지 않고 애인을 대하듯 허심탄회하게 얘기하길 얼마나 고대했던가. 기쁜 나머지 웃음이 나오려고 하자 마지스터는 품위를 잃기 전에 정신을 차렸다.

마지스터는 크리스털 볼을 꺼버리는 것으로 셀레나를 안심시켰다.

"자, 이젠 방해받지 않을 거요." 마지스터는 쾌활한 어조로 말했다.

셀레나는 상큼한 미소를 날렸다. 그러고는 마지스터에게 다가가 소파에 쓰러질 듯 주저앉았다. 셀레나가 쿠션을 톡톡 치자 셈보르는 그녀의 발밑에 엎드렸다.

"그럼 이리 와서 이걸 같이 봐요."

행복한 신음소리를 내면서 옆에 앉은 마지스터는 마스크로 가린 얼굴로 셀레나가 결혼식 준비를 위해 적어놓은 목록을 살폈다. 그녀는 알아채지 못했지만, 마지스터의 눈이 휘둥그레졌다.

오, 내 조상들의 피여! 이 여자가 제국을 망하게 하려는 것인가!

하지만 무슨 상관이람! 내 재산도 아닌데!

마지스터는 치미는 울화를 꾹 참으며 부드럽게 말했다.

"결혼식 하객을 만 명이나 초대하겠다는 거요? 좀 많지 않소? 통제하기 쉽지 않을 텐데."

셀레나는 입술을 삐쭉거렸다.

"그래요?" 셀레나는 실망하는 목소리로 말했다. "하지만 아더월드에 당신의 힘을 보여주고 싶어했잖아요? 그렇게 하려면 성대한 결혼식을 올리는 것보다 효과적인 게 있을까요? 나는 아름다운 결혼식을 원해요. 아주 화려한 결혼식……."

마지막 말이 귀에 꽂혔다. 마지스터는 몰래 한숨지었다.

"당신이 원한다면 그렇게 하시오. 하지만 루비와 옐로우 다이아몬드로 도배를 한 사륜마차는 너무 과한 것 같소."

"음, 맞는 말이에요. 너무 요란하겠죠? 그럼 옐로우 사파이어로 장식하는 건 어떨까요? 덜 번쩍거릴 텐데."

작은 탁자 위에 놓인 크리스털 볼에 문자메시지가 오고 있지만, 마지스터는 셀레나에게 신경을 쓰느라고 알아채지 못했다.

그때 갑자기 문이 열리고 틸과 병사들이 들이닥치자 마지스터는 아연실색했다.

누군가가 그들에게 문의 비밀번호를 알려준 것이다.

셀레나가 외쳤다.

"빨리 제압해요!"

늑대인간들이 민첩하게 때려눕혔고, 마지스터는 옴짝달싹할 수 없었다. 마법을 날리지 못하게 두 손은 등 뒤로 묶여 있었다. 늑대인간들이 일으키는데 그로기 상태인 마지스터의 머리가 가볍게 흔들렸다.

"문!" 셀레나가 명했다. "아무도 들이지 말라."

그렇게 말하고 나서 셀레나는 마지스터를 돌아보면서 덧붙였다.

"몸에 지니고 있는 것을 모조리 압수해요. 보석도 포함해서. 악마를 불러내는 반지를 끼고 있으니까."

늑대인간들이 마지스터의 마법복을 벗겼고, 빨간색 원이 표시된 근육질 가슴이 드러났다.

힘이 없어서 그 모습을 유지할 수 없는 마지스터는 리스베스의 모습을 되찾았다. 늑대인간들은 개의치 않았지만, 리스베스의 완벽한 상체를 보고 있는 것이 거북해진 셀레나는 시트를 씌워 등 뒤로 묶었다.

셀레나는 틸을 쳐다보며 냉담한 어조로 물었다.

"왜 예정대로 몽타뉴크리스토를 기다리지 않고 들이닥친 거죠?"

늑대인간들의 대통령은 셀레나의 차가운 시선에 어찌할 바를 몰라 했다.

"그게, 부인이 걱정돼서…… 미안합니다."

"교란작전일 거라고 짐작은 했지만." 마지스터가 비아냥거렸다. "이

렇게 치밀할 줄이야! 당신 대단한 솜씨였어. 화려한 결혼식을 원한다
며 다이아몬드, 사파이어 운운해서 내가 그 말도 안 되는 얘기를 듣느
라고 궁전이 장악되는 것도 모르게 했으니. 몇 놈의 모가지를 잘라버
려야겠군."

"누구의 모가지를 잘라? 당신은 이제 끝났는데." 셀레나는 차갑게
대꾸했다.

이번만은 마지스터의 목소리에서 변화가 느껴졌다. 마지스터가 불
안에 떨고 있었다.

말은 자신 있게 했지만 마지스터는 사실 돌아가는 상황을 짐작조차
못하면서 허세를 부리고 있었다.

"단비우?" 셀레나가 목소리를 높였다. "엘세스? 나와도 돼요, 위험
하지 않아요."

두 유령이 나타났다. 엘세스는 즐거워하는 표정이지만, 단비우는 표
정이 어두웠다.

단비우는 자신을 죽인 자의 눈앞에 떠 있었다.

"네놈에게 육신이 없다는 걸 천만다행으로 알아!"

흠칫 놀란 마지스터가 숨이 멎는 듯 잠시 멈칫하다가 말했다.

"단비우, 정말 오랜만이군."

"나를 죽인 비열한 놈!"

"고의가 아니었다."

"내 딸을 유괴하려고 했으면서…… 무슨 헛소리야?"

마지스터는 한숨을 쉬었다.

"그 시절의 나는 적이 아니었다. 난 당신을 죽이고 싶지도, 그럴 필

요도 없었다. 모든 것이 조용히 지나갈 수 있었는데……. 내가 타라를 품에 안는 순간 갑자기 들어와서 미친 듯이 달려들었던 거 기억 안 나나? 나한테 설명할 겨를도 주지 않았어!"

단비우는 격분해서 숨이 막힐 뻔했다.

"내 아기를 유괴하는데 당연히 달려들지 가만히 구경하고 있을 아버지가 어디 있어?"

"그렇게 고함칠 필요 없어." 마지스터는 얄미울 정도로 담담한 어조로 응수했다. "나 귀먹지 않았으니까. 내가 반격으로 마법을 날렸는데 당신이 넘어지면서 머리를 다쳤지. 내가 레파루스로 치료하려고 할 때 이번에는 셀레나가 들어왔어. 셀레나를 제압하고 나서 다시 당신을 치료하려는데 이사벨라와 호랑이가 나를 공격했지. 휴, 덩컨 모녀! 완전히 미친 여자들이야! 호랑이는 죽었는데 이사벨라는 정말 강력했어. 패밀리어가 죽자 완전히 미쳐 날뛰는 바람에 내가 거의 죽을 뻔했으니까. 마비가 되어 있는 셀레나 뒤에 숨어서 트란스미투스 주문을 사용했다가 셀레나까지 데리고 이동하게 된 거야. 그런데 불행히도 이사벨라가 마법을 소진했기 때문에 뇌진탕을 일으킨 당신의 머리를 치료하지 못했어. 그래서 이사벨라는 당신에게 타라를 지켜주고, 마법사가 되지 않도록 아더월드에서 살게 하지 않겠다는 피의 맹세를 했고, 당신은 죽었지. 그건 가슴 아픈 사고였어."

단비우는 어이가 없는 얼굴로 쳐다보다 외쳤다.

"넌 내 딸을 유괴하려다 나를 죽였고, 내 아내를 납치했어. 용서를 빌어도 시원찮은 판에…… 뭐, 가슴 아픈 사고?"

"아니지."

"뭐가 아니야?"

"용서를 빌 일은 아니지. 가슴 아픈 사고일 뿐이니까."

"이미 죽어서 운 좋은 줄 알아!" 단비우가 고함쳤다. "아니면 기꺼이 목을 졸라버렸을 테니까!"

"좋아, 좋아." 엘세스가 끼어들었다. "이제 우리는 여기서 더 이상 할 일이 없다. 비욘드월드로 돌아가야지. 단비우, 친구들, 떠날 준비하세."

선대 여제 엘세스가 두 팔을 쳐들자 머리 위로 시커먼 소용돌이가 나타났다. 두 달 넘게 엘세스를 도와주었던 유령들이 수다를 떨면서 소용돌이 속으로 휩쓸려 들어갔다. 아더월드의 기후가 마음에 들지 않는다면서 유령들은 집으로 돌아가는 걸 기뻐했다.

단비우는 마지스터에게 마지막으로 경멸조의 눈길을 던진 뒤 셀레나의 아름다운 눈을 뚫어져라 응시했다.

셀레나의 매혹적인 모습에 단비우는 유령인데도 숨이 멎는 것 같았다.

"당신을 기다리겠소. 필요하다면 영원히 기다리겠소. 영혼을 다 바쳐서 당신을 사랑하오, 셀레나."

셀레나는 눈물을 참을 수 없었지만 대답은 하지 않았다.

엘세스가 나무라듯 한마디 했다.

"창피하지 않은가?"

단비우는 소스라쳤다.

"네?"

"네 아내는 아직 젊은데 더 오래오래 살아야지. 아내를 이런 식으로 혼자 살게 할 권리는 없어. 다른 누군가를 사랑할 수 있는데 너만 기억하면서 살게 한다는 건 부당하지. 그건 해서는 안 될 일이야!"

단비우는 말문이 막혔다.

셀레나는 한숨지었다. 늙은 여제의 말이 좀 신랄하긴 해도 맞는 말이 아닌가.

"그래요. 나를 기다리지 말아야 해요. 난 새로운 인생을 살 거예요. 모든 인간은 혼자 살기 위해 태어난 것이 아니니까. 당신도 비욘드월드에서 좋은 여자를 찾아봐요. 당신도 나도 혼자서는 살 수 없잖아요."

셀레나의 매정한 말에 단비우는 힘없이 고개를 떨어뜨렸다.

단비우와 셀레나는 마주 보았다. 죽은 남자와 살아 있는 여자의 사랑, 이뤄질 수 없는 사랑이라는 걸 그들도 알고 있었다. 유령과 산 사람은 절망의 몸짓으로 부르르 떨었고, 눈이 빨개졌다.

틸은 코를 훌쩍이고 있는 자신에게 놀랐다. 그 뒤에서 늑대인간들도 눈물을 흘렸다. 틸은 맘속으로 사랑은 다시 꽃필 수 있다는 걸 셀레나에게 보여주겠다고 다짐했다. 셀레나가 고통을 견딜 수 있게 도와줄 것이다.

단비우는 셀레나에게 다가갔다.

그러고는 유령의 손으로 그녀의 얼굴을 어루만지면서 몸을 숙이고 유령의 입술을 포갰다.

셀레나는 신음했다. 아주 순간적이지만 뭔가가 닿는 듯한 묘한 느낌이 들었다.

단비우는 파란 눈에 사랑을 가득 담은 채 아무 말없이 뒷걸음쳐 소용돌이 쪽으로 향했지만 사랑하는 셀레나에게서 눈을 떼지 못했다.

"당신을 영원히 사랑하오. 행복하기를!"

단비우는 셀레나의 모습을 눈에 담아가려는 듯 소용돌이 속으로 사라지는 마지막 순간까지 뒷걸음쳤다.

셀레나가 인형처럼 털썩 주저앉자 퓨마가 다가갔다. 기회를 놓칠세라 틸이 재빨리 뛰어가 셀레나를 부축해주었다. 여제의 번뜩이는 눈에서 마지스터의 분노가 이글거렸다.

무거운 침묵…… 한 늑대인간이 요란하게 코 푸는 소리에 정적이 깨졌다.

"영영 떠나지 않을 것 같더니 가버렸군." 로맨틱을 모르는 것 같은 늙은 여제 엘세스가 말했다. "이제는 나도 떠나야 하니까 마지스터는 알아서 해결하게. 나도 지치는군!"

틸의 품에서 벗어난 셀레나는 늙은 여제를 향해 공손하게 허리를 굽혀 인사했다. 이번에는 엘세스가 사라졌다.

마지스터가 아무런 반응을 보이지 않았지만, 셀레나는 단비우가 떠나는 걸 보면서 그가 즐거워하고 있다는 걸 느꼈다. 마지스터에게 고통을 주고 싶은 셀레나가 목소리를 높였는데 거친 어조에 늑대인간들이 긴장했다.

"이제 당신과 나, 서로에게 진 빚을 갚아야지!"

리스베스/마지스터가 대꾸하려는 순간 문이 폭발하면서 늑대인간들이 나가동그라졌다. 리스베스는 두 손이 묶여 있는데도 폭발의 충격으로 부서진 벽을 통해 로켓처럼 튀어나갔다. 밖에서 늑대 무리와 난쟁이들, 타라, 칼, 파프니르, 무아노, 그리고 얼굴이 번쩍거리는 이상한 청년이 아연실색한 얼굴로 쳐다보고 있었다.

달아나는 리스베스를 뒤쫓으면서 타라가 외쳤다.

"마지스터다! 잡아라!"

틸, 늑대들, 실버가 재빠르게 타라를 앞질렀다. 그리 빨리 달리지 못하는 난쟁이들이 뒤처지자 파프니르가 불같이 화를 냈다. 속도를 내면서 궁전을 내달리던 타라는 바닥에서 반짝이는 쇠붙이를 발견했다. 마지스터가 수갑을 푼 게 틀림없었다.

전속력으로 달리는 여제, 그 뒤를 쫓는 유리창 청소부들…… 질겁한 궁인들이 비켜섰다. 바짝 뒤쫓는 늑대들 사이로 시트를 펄럭이며 숨이 끊어지게 달려가는 마지스터의 뒷모습이 보였다. 그리고 복도 모퉁이에서 마지스터는 온데간데없이 사라졌다.

타라는 너무 숨이 차서 허리를 굽혔다.

늑대들과 실버가 되돌아왔다.

"놓쳤습니다, 부인." 틸이 숨을 헐떡이면서 달려온 셀레나에게 말했다. "마법을 사용하지 않은 건 틀림없으니까 비밀 통로로 빠져나간 것 같습니다."

모두 아연실색해서 서로를 쳐다봤다.

너무 충격을 받아서 아무것도 할 수 없는 셀레나는 눈물을 흘렸다. 타라가 다가가 어머니를 껴안았다. 오랜만에 만난 갈랑과 솀보르도 의젓하게 인사를 나눴다.

"엄마, 잘될 테니까 걱정 마세요. 마지스터는 붙잡힐 거예요."

"누가 문을 폭발시켰니?"

"내가 그랬어요. 미안해요, 엄마. 문이 우리를 들여놓지 않으려고 해서 엄마가 위험한 상태라고 생각했어요."

셀레나는 원망하지 않는다는 듯 딸을 끌어안았다. 하지만 신경 발작을 일으킬 것 같은 셀레나의 모습에 틸은 진정시키려고 애를 썼다.

"너무 걱정하지 마세요." 틸은 셀레나의 손목을 잡고 침착하게 말했다. "마지스터는 이제 더 이상 궁전의 주인이 아닙니다."

"하지만 리스베스의 몸속에 있는 한 그자가 합법적인 통치자예요!" 셀레나가 핏대를 올렸다. "여제를 장악하고 있는 한 마지스터가 제국을 지배하는 것이라고요! 따라서 법적으로는 우리가 침략자들이란 말입니다! 마지스터를 찾아야 해요, 빨리."

"부인." 틸이 응수했다. "지금은 마지스터가 어디로 사라졌는지 전혀 알 수가 없습니다. 림보로 돌아갔을지도 모르고요! 어쨌든 우리 전사들과 티그족 친위대가 궁전 전체에 배치되어 있으니 마지스터를 찾아낼 겁니다."

셀레나는 화가 치밀지만 힘없이 고개를 끄덕였다. 그들은 리스베스 여제의 방으로 돌아갔다. 여제 후계자로서 컴퓨터의 비밀번호를 알고 있는 타라의 도움을 받아 늑대인간들의 대통령은 인식 패스를 통해 자신의 부하들에게 명을 내렸다. 이제 마지스터의 혼적을 찾는 일은 시간문제였다.

그때 갑자기 크리스털 전광판에 마지스터의 모습이 나타났다.

어느새 변신해서 마스크를 쓴 마지스터가 그들을 응시하고 있었다. 마치 현기증이 나는 듯 마지스터가 잠시 비틀거렸다. 타라는 모습을 감추었다. 마지스터에게 궁전에 와 있는 걸 알릴 필요가 없지 않은가. 유리창 청소부의 모자를 폭 눌러쓰고 있으면 타라를 알아볼 수가 없다.

"그러니까 당신과 나의 전투를 벌이자는 뜻이오?" 마지스터가 셀레나를 응시하며 물었다.

셀레나는 입을 열려다가 어두운 표정으로 다물었다.

"좋소." 셀레나가 아무 말도 하지 않자 마지스터가 말을 이었다. "당신은 당신의 전사들을 데리고, 나는 나의 전사들을 데리고 어디 해봅시다. 내가 이기면 당신은 나와 결혼하고 나에 대한 음모도 중단하고, 당신이 이기면 내가 떠나겠소. 어떻소?"

"당신은 우리를 상대로 절대 이기지 못해!" 틸이 으름장을 놓았다. "항복하시지! 궁전은 우리가 탈환했으니까."

"그냥 조용히 엎드려 있지, 강아지." 마지스터가 신랄하게 대꾸했다. "당신이 상관할 일이 아냐. 이건 셀레나와 나의 문제니까."

셀레나를 향한 늑대인간의 마음을 알아챈 마지스터는 틸을 연적으로 인정할 마음이 전혀 없었다.

늑대인간이 개 취급을 받는 것에 격분하자 셀레나는 틸의 손목을 잡아주는 것으로 진정시켰다.

"함정이라는 걸 알지만 당신의 제안을 받아들이죠."

마지스터의 마스크가 놀라는 빛을 띠었다.

"받아들이겠다고 했소?"

"네, 접견실에서 만나요. 지금 당장."

"기다리겠소."

마지스터의 목소리가 울려 퍼졌다.

"엄마? 무슨 작전이라도 있는 거예요?" 타라가 물었다. "몽타뉴크 리스토? 틸 대통령?"

"군중 속으로 돌진해 마구 물어뜯는 겁니다." 싸우고 싶어서 몸살이 난다는 듯 늑대인간들의 대통령이 말했다. "우리는 작전을 짰고, 그들은 짜지 않았어요. 전통적 방식으로 실행할 겁니다."

"우리 트리톤 전사들의 물로 익사시킬 겁니다." 몽타뉴크리스토가 말했다.

"그래요, 마지스터를 깔아뭉개 버리면 되겠어요." 더는 두려움 속에서 살고 싶지 않은 셀레나가 단언했다.

"그건 작전이 아니죠!" 황제에게서 전술을 배운 타라는 어이없다는 얼굴로 말했다. "적의 약점을 이용해야 합니다. 유령인 데다 악마의 마법을 사용하기 때문에 마지스터를 이기는 것이 그리 쉽지 않으니까요. 칼?"

뱀파이어가 타라를 향해 돌아섰다.

"응?"

"따라와, 가면서 할 일을 말해줄게. 모두 나가시죠!"

타라는 그들에게 계획을 설명했다. 그리고 시간을 보면서 이맛살을 찌푸렸다.

마지스터를 놓친 지 20분이 지나 있었다. 그가 또다시 무슨 짓을 꾸미기에 충분한 시간이었다.

그들이 접견실에 도착했을 때 마지스터가 그들을 기다리고 있었다. 옥좌 옆에 놓인 철창우리 안에서 스파슌으로 둔갑해 있는 바리우스가 발작을 일으키듯 요란을 떨면서 사방으로 털을 날리고 있었다.

털이 냄새를 킁킁 맡자 다른 늑대인간들도 똑같이 냄새를 맡았다.

악취를 풍기는 존재를 느낀 늑대인간들의 털이 곤두섰다. 늑대인간들이 머리를 쳐들고 으르렁거렸다.

늑대인간들은 마지스터의 병사쯤이야 가볍게 쓰러뜨릴 수 있다고 생각했다. 그들의 수가 100에 이르는데 패할 확률은 거의 없었다. 물리치기 힘들다는 난쟁이 전사들도 함께 있으니 가공할 전력이 아닌가.

그런데 마지스터의 병사들은 악마들이었다.

셀레나는 악마 무리에 크소아라가 끼여 있지 않은 걸 확인했다. 단 비우는 크소아라에게 검은색 털에 보라색 줄무늬가 있다고 했는데 머리 위에 떠 있는 악마 셋은 짙은 파란색과 분홍빛 털에 샛노란 줄무늬가 있었다.

타라는 어머니 셀레나와 틸 뒤에 몸을 웅크리고 있다가 기습적으로 허를 찌를 작정이었다.

늑대인간들이 으르렁거리자 악마들은 즐거운 비명을 질렀다.

"와우, 인간도 늑대도 아닌 것들이잖아!"

"맛없게 생긴 놈들인데…… 그럼 이번에는 건드리는 순간 부서지는 일은 없겠지?"

"그리고 인간들은 '맛없게 생긴 놈들'이라고 하지 않아."

"그럼 뭐라고 부르는데?"

"늑대인간."

"그런 것도 있어?"

"하지만 '맛없게 생긴 놈들'이라고 하면 안 되는 이유가 뭔데?"

"그걸 내가 어떻게 알아? 인간들은 그렇게 부르지 않는다니까! 너, 이해가 되는 인간을 만나본 적 있어?"

"그럼 저 조그만 것들은 뭐야?"

"그것도 몰라? 너 정말 무식하다. 난쟁이들이잖아. 미니 인간들, 지각단층 전쟁 때 싸웠잖아?"

파프니르는 이마에 주름을 잡았다. 뭐, '미니 인간들'?

"청록색의 저놈은?"

"트리톤인데 아주 질기고, 가시가 많아서 잡아먹기 힘들어."

악마 셋의 입씨름을 들으면서 마지스터의 마스크가 빨간색으로 변했다. 마지스터가 손짓을 하자 사방에서 유령에 들린 최고 마구스들이 불쑥불쑥 나타났다. 함정이었나?

마지스터는 한숨을 길게 내쉬고 셀레나를 향해 마스크를 돌렸다.

"항복하겠소?" 마지스터는 거드름을 피우는 어조로 물었다. "당신의 풋내기 늑대들을 죽이는 건 시간 낭비가 될 텐데."

그 순간 마지스터는 충격을 받았다.

셀레나 뒤에 숨어 있던 타라가 불쑥 나타났으니!

타라는 청소부 작업복을 벗고 번쩍거리는 전투 갑옷 차림이었다. 타라의 어깨에 앉은 갈랑이 사나운 울음소리를 냈다.

마스크가 파리하게 변한 마지스터가 뒤로 물러났다.

"타라? 하지만……."

"싸움을 원한다고 했죠?" 타라가 물었다.

말을 끝내기가 무섭게 타라는 마지스터를 향해 데스트룩투스 마법을 날렸다. 마지스터가 잽싸게 피하면서 빗나간 마법의 광선은 악마의 엉덩이 털을 지글지글 태웠다.

"앗 뜨거워!" 악마가 비명을 질렀다. "오, 내 할머니의 창자여! 대가를 치르게 해주겠다, 인간아!"

붉은 악마가 털북숭이 새처럼 타라를 향해 돌진했다. 늑대 하나가 펄쩍 뛰어서 악마와 정통으로 부딪쳤다. 늑대와 싸우게 된 악마는 타라를 잊었다.

덕분에 타라는 정신을 집중해서 마지스터를 공격할 수 있었다. 그런데 마지스터는 단단한 방패를 만들거나 비켜서는 것으로 마법의 광선을 피했다.

뭔가 거북한 것이 있나? 마지스터는 평소의 날렵한 움직임을 보이지 않고 있었다.

셀레나까지 합세해 있는 힘을 다해 두려움과 분노를 표출하였다. 마지스터는 타라와 셀레나의 맹렬한 공격에 비틀거렸다. 악마의 마법으로 타라의 강력한 공격을 피하고는 있지만 오래 버틸 수 없을 것 같았다. 페가수스와 퓨마도 공격하고 있어서 갈가리 찢기지 않도록 조심하면서 마법의 광선과 방패로 두 패밀리어를 제압했다.

위험을 감지한 타라와 셀레나는 두 패밀리어를 다른 쪽으로 보냈다.

싸움이 점점 격렬해졌다. 늑대 무리의 절반은 파프니르와 난쟁이 전사들, 무아노, 실버, 트리톤의 도움을 받아 악마들을 공격하는 반면에 나머지 늑대들은 최고 마구스들의 마법에 맞서고 있었다. 마법의 광선에 철창우리가 산산조각 나면서 깃털이 홀랑 타버린 스파슌이 승리의 울음소리를 내면서 날아갔다.

마지스터는 알아채지 못했지만, 타라와 셀레나의 목적은 마지스터를 쓰러뜨리는 것이 아니라 주의를 흐트러뜨리는 것이었다. 리스베스를 죽일 수 없었고 티가 나지 않게 최선을 다해 공격해야 했다. 싸움이 격렬해지길 기다렸다가 칼이 몰래 접견실로 들어오기로 되어 있었기 때문이다.

셀레나와 타라의 공격을 대비하느라고 마지스터는 등을 돌리고 있었다.

오케이.

칼이 뱀파이어의 근육을 사용해 마지스터의 몸을 건드리려는 순간이었다. 불쑥 나타난 그림자 하나가 칼을 잡아끌었다.

셀렌바를 알아본 칼/뱀파이어가 울부짖었다.

셀렌바가 파트로크에서 곧장 궁전으로 돌아온 것이다.

"내가 이 정도도 대비하지 않고 여기에 와 있을 거라고 생각했니?" 타라의 공격을 가까스로 막으면서 마지스터가 이죽거렸다. "그럼 네가 나를 너무 모르는 거지."

셀렌바가 칼을 덮치는 사이에 타라는 집요하게 마지스터를 공격했다. 뱀파이어 둘이 커다란 고양이처럼 뒹굴고 있었다. 갈퀴손톱 대 갈퀴손톱, 송곳니 대 송곳니. 그러나 셀렌바는 칼보다 훨씬 노련했다. 칼은 도둑으로서의 재능으로 부족한 경험을 보완하고 있지만 셀렌바를 이기기에는 힘이 달렸다. 셀렌바는 칼의 발길질을 피하면서 도리어 턱을 가격했다. 그 충격으로 반쯤 녹초가 된 칼은 빙그르르 돌다가 고꾸라졌다. 뱀파이어가 칼을 죽이려고 하는 순간 이번에는 실버가 나서서 그 치명적인 일격을 검으로 막았다. 지난번에 힘 한번 써보지 못하고 맥없이 당한 것에 복수를 하려고 이를 갈았던 것이다. 혈검 대 갈퀴손톱. 둘이 싸우는 동안 칼은 게슴츠레한 눈으로 일어나려고 안간힘을 썼다. 싸움에 끼어들지 않으려고 한쪽 구석에서 두 손으로 머리를 감싸고 있던 파브리스가 그제야 고개를 들고 칼을 향해 레파루스 주문을 날렸다. 우거지상을 하면서 일어난 칼이 셀렌바와 싸우는 실버에게 합세했다. 그러자 뱀파이어들의 싸움에 오히려 방해가 된다는 걸 알아차린 실버가 말했다.

"이 뱀파이어는 너한테 맡기고 나는 타라를 도울게!"

타라는 정신을 집중하면서 마지스터를 향해 마법의 불덩이를 날리고 있었다. 부상당할 리스베스 고모를 생각하면 미안하지만 중상이 아니길 바라는 수밖에 없었다.

마지스터가 주문을 읊으면서 방패를 바꿨는데…… 어? 마법을 흡수해버리는 것이 아닌가. 뜻밖의 일이었다. 타라의 마법을 흡수해 자신의 마법 에너지로 삼다니!

마지스터는 두 손에서 번쩍거리는 시커먼 불을 곧장 타라를 향해 되돌려 보냈다. 바로 그때 타라에게 오던 실버가 마법의 불을 발견하고 달려들었다.

실버는 악마의 마법에 정면으로 충돌했다.

자신의 비늘이 마지스터의 불을 밀어내리라고 생각한 것이 아니라 본능적으로 행동한 것이다. 실버는 타라를 구해야 한다는 생각밖에 없었다.

그러나 비늘은 마지스터의 마법을 되돌려 보내지 않았다. 불에 휩싸인 실버는 이제껏 느껴보지 못한 아주 끔찍한 고통 때문에 비명을 지르며 바닥에 쓰러졌다. 그리고 검을 놓쳤다.

"실버!" 타라가 외쳤다.

타라는 둘 다 보호할 수 있는 방패를 재빨리 만들었다.

마지스터도 깜짝 놀랐다. 타라를 죽이려는 것이 아니라 힘을 빼앗아 굴복하게 만들려는 것인데 멍청한 녀석이 갑자기 뛰어든 것이다. 안됐지만 하는 수 없었다. 마지스터는 마법의 불로 타라의 방패를 후려쳤다.

셀레나는 숨을 헐떡이면서도 딸을 구하기 위해 마지스터에게 마법의 광선을 날렸다. 그러나 마지스터는 방패를 세워 셀레나의 공격을 막았고, 다른 손으로는 타라의 힘을 빼앗기 위해 집요하게 괴롭혔다.

위험을 느낀 틸이 달려들었기 때문에 마지스터는 타라에 대한 공격을 중단해야 했다. 마지스터의 마법에 얻어맞은 늑대가 몇 미터 뒤로 내동댕이쳐지면서 셀레나에게 부딪혔다. 거의 녹초가 된 셀레나는 마법을 날릴 수가 없었다.

성난 마지스터가 파브리스에게 으름장을 놓았다.

"너의 주인인 나에게 복종해야지! 그 빌어먹을 틸을 제압해. 아니면 내 손으로 너를 죽여서 네 털가죽으로 카펫을 만들겠다!"

질겁한 파브리스는 악마들과 싸우고 있는 무아노에 이어서 늑대 무리의 대장 틸을 쳐다봤다. 그러고는 혈관 속에서 고동치는 악마의 마법과 무아노를 향한 사랑을 생각하면서 고민에 빠졌다.

"어린 늑대!" 유령에 들린 최고 마구스 두 명의 마법 공격을 막아내면서 틸이 외쳤다. "나에게 돌아와!"

늑대 무리의 부름이 파브리스의 피를 끓게 했다.

"파브리스!" 이번에는 무아노가 필사적으로 외쳤다. "우리를 도와줘!"

사랑의 부름이 파브리스의 마음을 움직였다.

그것으로 충분했다. 사랑과 늑대인간의 무리가 마지스터보다 훨씬 강렬하게 파브리스의 마음을 움직였다. 마지스터를 향해 돌아선 파브리스는 바닥에 침을 탁 뱉었다.

"당신의 더러운 마법은 더 이상 원치 않아요. 무아노의 말이 맞아요. 당신은 결국 나를 죽이고 말 거예요. 나는 이미 잘못을 저질렀고,

두 번은 저지르지 않겠어요."

그렇게 말하고 파브리스는 허리에 두르는 옷만 달랑 걸친 늑대인간의 모습으로 변신하더니 이전에는 그 누구도 하지 않았던 행동을 보였다.

믿어지지 않는 엄청난 힘으로 악마의 마법을 거부하면서 완전히 몰아내고 있는 것이다. 정말 용기 있는 행동이었다.

파브리스의 몸에서 거칠게 빠져나온 악마의 마법이 마지스터를 둘러싸기 시작했다. 파브리스는 점점 더 고통스러운 비명을 질렀고, 벼락을 맞은 듯 몸이 뒤로 휘어지더니 털가죽이 벌어지고 있었다.

타라는 신음했다. 파브리스가 죽어가고 있었다! 악마의 마법을 거부할 수 있다는 말을 하지 말았어야 했는데!

늑대의 몸이기에 견뎌내고 있는 것이다. 세포가 재생되고는 있지만, 반쯤 의식을 잃은 파브리스가 뒤로 넘어졌는데 가슴에 있는 원에서 연기가 난다는 것은 해방되고 있다는 표시였다. 그러나 파브리스가 악마의 마법을 마지스터에게로 돌려보내면서 그것이 본의 아니게 마지스터의 회복을 도와준 셈이 되었다.

마지스터가 마법을 완전히 흡수하는 사이에 파브리스는 일어났고, 고통에도 불구하고 비틀거리면서 틸을 도우러 갔다.

타라는 바닥에 주저앉은 채 실버를 보호하고 있지만 기진맥진해 있었다. 그걸 알아챈 마지스터가 소름 끼치는 미소를 흘렸다.

"너의 지구인 친구에게 고마워해야겠다, 타라. 그 아이가 마법을 보내주지 않았으면 오래 버티지 못했을 텐데 지금은 몸 상태가 아주 좋거든! 너도 제법 잘 버텼어, 타라. 이제 나에게 도전하는 놈들이 어떻게 되는지 잘 봐둬!"

마지스터가 공격하려는 순간 갑자기 날아온 그림자 하나가 마지스터의 머리를 부리로 마구 쪼아댔다. 마지스터에게 호되게 당했던 바리우스의 앙갚음이었다. 커다란 칠면조가 부리와 며느리발톱으로 공격세례를 퍼부었지만, 마지스터의 마스크는 환영에 지나지 않기 때문에 그냥 통과해버렸다. 그 틈을 타 타라가 재빠르게 마법을 날렸다. 충격을 받은 마지스터가 휘청거렸다. 마지스터는 투포환 선수처럼 빙글빙글 회전하다가 스파슌을 향해 마법을 날렸다.

꺅! 하는 소리가 나면서 칠면조는 금빛 털을 날리며 높은 천장으로 내동댕이쳐졌다. 타라는 마법을 사용하려고 했지만 에너지를 거의 다 소모한 상태였다. 방어는 할 수 있지만 마법의 광선을 날리는 것은 불가능했다.

성난 마지스터가 다시 마법을 작동했다.

마지스터는 타라가 반격하기 전에 실버를 향해 파괴력을 지닌 불덩이를 날렸다.

실버가 어찌나 크게 비명을 지르는지 벽이 심하게 흔들렸다. 실버가 아직 살아 있는 것은 피부의 키틴질 덕분이었다. 녀석이 죽지 않은 것에 의아해하면서 마지스터가 한 번 더 실버를 공격하려고 하자 타라는 약하지만 주의를 끌기 위해 마법의 광선을 날렸다. 셀레나도 합세했다. 셀레나와 싸워야 하는 것이 짜증스러운지 마지스터가 앞으로 걸어가더니 갑자기 주먹으로 그녀의 얼굴을 가격했다.

예상하지 못한 타라는 어머니가 피를 흘리면서 쓰러지자 비명을 질렀다.

마지스터가 돌아봤다. 타라는 그 틈에 방패를 내리고 실버에게 레파루스 주문을 날렸다. 하지만 아무런 반응이 없었다. 격분한 타라가 철천지원수에게 달려들 기세로 일어났다.

마지스터가 메노투스 주문을 읊었고, 타라는 히플리아의 철로 만든 수갑을 차게 되었다. 그러나 타라는 대가들에게서 전술을 배운 제국의 후계자였다. 게다가 창의력이 뛰어났기에 손으로만 마법을 발사하지 않았다. 공중으로 뛰어오르다 휙 돌면서 마지스터를 향해 집중포화를 퍼붓듯 두 발로 마법을 발사했던 것이다.

자신의 가슴에서 연기가 나는 걸 보면서 아연실색한 마지스터가 비틀거렸다. 타라는 평소처럼 마법의 불을 단번에 사용하지 않았다. 즐겨 보는 비디오게임에서 장화 끝에 장착한 레이저 광선총 덕분에 발을 사용하여 쏘는 장면을 응용했던 것이다. 첫 번째 마법의 불에 이어서 네 번의 연속적인 불들은 방패에 부딪혔지만, 마지스터는 마지막으로 날아온 불에 부상을 입었다. 타라는 마지스터에게 부상을 입히려는 것일 뿐 죽일 생각은 없었다. 마스크 너머에 진짜 고모의 육신이 있다는 걸 잊지 않았다.

타라는 바닥으로 다시 내려왔는데 여전히 손을 움직이지 못하는 상태로, 신발에서는 연기가 나고 있었다. 히플리아의 철이 굴복하기를 바라며 타라는 수갑을 풀기 위한 주문을 읊었다. 그 순간 갑자기 믿을 수 없는, 상상도 할 수 없는 일이 일어났다.

실버의 몸집과 키가 커지기 시작했다. 얼굴이 일그러지면서 시커멓게 탄 살 속에서 아가리가 나타났다.

마지스터는 재빨리 까무러쳐 있는 셀레나를 안고 뒷걸음쳤다. 실버의 몸이 엄청나게 커지고 있기 때문에 수갑에서 벗어난 타라도 뒤로 물러섰다.

등에서 돌기가 삐죽삐죽 나오자 실버는 비명을 질렀다. 두 손이 찢어지면서 손톱 대신 발톱이 나타났다. 불에 탄 피부가 뚜렷이 드러나고, 비늘이 자라면서 온몸이 오팔빛 가죽으로 덮였다. 그리고 동공이 변했다.

온몸의 뼈가 우지끈거렸다. 늑골이 확장되고, 다리가 쭉쭉 늘어나자 실버는 더 크게 비명을 질렀다.

등에서 살을 뚫고 나온 날개들이 엄청나게 크게 자라나다 펼쳐졌는데 피와 액체가 묻어서 축축하고 끈끈했다.

갑자기 타라는 알아차렸다.

드래곤! 실버가 드래곤으로 변신하다니!

멋진 동물이 일어났다.

드래곤으로 변형되는 과정이 어찌나 힘든지 실버는 거의 제정신이 아니었다. 실버는 눈알이 튀어나올 것 같은 얼굴로 쳐다보는 두 발 동물들을 향해 눈을 내리깔았다. 그러고는 자신의 발가락에 달린 갈퀴 발톱들을 발견하고 경악했다.

온몸이 무지갯빛으로 번쩍거려 눈이 부실 정도였다. 인간의 모습 못지않게 파충류의 모습으로도 아름다웠다. 가슴 부위의 비늘이 검은색인데 별 모양을 이루고 있었다.

타라는 무지갯빛 비늘을 본 적이 있었다. 어디서 봤지?

"나는 드래곤이다!" 실버가 넋이 나간 얼굴로 말했다. "내가 누구인지 알았다. 나는 드래곤이다!"

타라는 힘겹게 침을 삼켰다. 마지스터는 숨을 몰아쉬었다.

"타라, 나의 철천지원수를 이곳으로 불러들이다니! 드란보우글리스 펜쉬르와 연락이 되었단 말이지? 모든 통신을 차단했다고 생각했는데. 아니면 발육이 덜 된 이 드래곤을 아더월드 어딘가에서 찾아낸 건가?"

어린 드래곤이 눈두덩을 찌푸렸다.

"누구한테 발육이 덜 됐다는 거야, 인간아?"

마지스터는 으름장을 놓았다.

"네가 인간이든 드래곤이든 달라지는 건 없다. 어차피 넌 죽을 목숨이니까!"

그렇게 말하면서 마지스터가 마법의 불을 발사했고, 드래곤이 포효했다. 악마의 마법이 이렇게 아플 줄이야! 실버/드래곤은 응수하려고 했지만, 꼬리에 적응이 되지 않아 비틀거리다 지붕을 받치는 기둥 중 하나에 쾅 부딪쳤다. 불길한 소리를 내면서 기둥이 부서졌고, 지붕의 파편이 머리 위로 떨어지면서 드래곤은 푹 쓰러졌다.

늑대들, 난쟁이들, 파브리스, 무아노, 트리톤, 셀렌바, 악마들이 깜짝 놀라 잠시 싸움을 멈췄다. 지친 상태로 그들은 다시 싸움을 시작했지만, 악마들과 유령에 들린 최고 마구스들에게 점점 유리한 상황이었다.

마지스터는 비아냥거렸다.

"네 지지자들은 정말 형편없구나. 이제 끝내자."

"아니, 난 당신을 내버려두지 않을 거야." 타라가 외쳤다.

타라는 살아있는 돌과 크라에토비르의 반지를 불렀고, 두 아티팩트는 응답했다. 마지스터가 마법을 날렸지만, 타라는 이미 드래곤을 보호하고 있었다. 파란색 장막이 드래곤을 완전히 에워싸고 있었다.

갑자기 얼어붙은 듯 동작을 멈춘 마지스터는 마스크가 창백해지면서 비틀거렸다.

"안 돼. 있을 수 없는 일이야!"

마지스터는 셀레나를 내려놓고 드래곤을 향해 걸음을 떼었다. 그러고는 아연실색한 타라가 반격하기 전에 드래곤 위로 떨어진 파편을 치우고 파란 장막을 통해 유심히 살폈다.

"별! 안 돼, 아마바!"

마지스터는 타라를 향해 돌아서면서 외쳤다.

"너, 무슨 짓을 한 거야? 이건 말도 안 돼. 있을 수 없는 일이야! 네가 이 아이를 어떻게 찾았어?"

마지스터는 정신이 나간 것 같고, 힘이 다 빠진 것 같았다. 그 틈을 타서 틸이 재빨리 기절해 있는 셀레나를 마지스터의 손이 미치지 않는 곳으로 옮겨놨다.

타라는 남은 힘을 끌어 모으고 있었다. 마지스터를 제압할 절호의 순간이었다.

정맥 속으로 마법의 에너지가 몰려오자 타라가 검푸른 불덩이를 만들었는데 느닷없이 꺼졌다. 엄청난 충격파가 타라와 주위에 있는 전사들을 강타했던 것이다.

순식간에 균형 감각을 잃으면서 악마들까지도 모두 쓰러지는 바람에 싸움이 중단되었다.

그들은 귀를 통해 뇌가 빠져나갔다가 다시 들어오는 느낌이 들었다. 공포와 고통의 비명소리들이 궁전에 울려 퍼졌다.

잠시 후, 언제 그랬느냐는 듯 별안간 고요해졌다.

타라가 눈을 떴을 때 마지스터, 악마들, 셀렌바는 사라지고 없었다. 유령에 들린 최고 마구스들은 의식을 잃은 채 널브러져 있었다.

그리고 실버는 인간, 아니 하프드래곤의 모습으로 돌아와 있었다.

타라가 실버에게 달려갔다. 그러고는 덥석 품에 안았는데 비늘에 찔리지 않았다.

녹초가 된 타라는 눈물을 흘렸고, 축 늘어진 실버는 아무런 반응이 없었다.

실버가 금빛 눈을 떴고, 눈물로 얼룩진 타라의 얼굴을 봤다.

실버는 단번에 이해가 되지 않았다.

타라가 나를 끌어안고 있다니!

실버는 떨리는 손을 들었다.

비늘이 사라지고 없었다.

너무 놀란 실버는 하마터면 기절할 뻔했다. 정신을 차리려고 애를 쓰면서 자신 없는 목소리로 불렀다.

"타라…… 타라?"

실버가 깨어난 걸 알아차린 타라의 눈이 동그래졌다. 실버는 안도한 타라의 몸이 부드러워지는 걸 느꼈다.

"실버, 난 네가……. 괜찮아?"

"어…… 어떻게 된 거야?"

"네가 갑자기 드래곤으로 변했어." 타라는 아직도 떨리는 목소리로 속삭였다. "마지스터가 너를 죽이려다가 너의 비늘 색깔과 가슴에 있는 문양을 보고 멈칫하더니 이렇게 말했어. '아마바, 이건 있을 수 없는 일이야!' 그래서 나도 알아차렸어."

실버는 전혀 이해하지 못해 물었다.

"넌 무슨 뜻인지 알아?"

쉽게 이해시킬 수 있는 상황은 아니지만 타라는 심호흡을 하고 나서 말했다.

"너는 마지스터의 아들이야!"

하프드래곤

때로는 유명하지 않은 아버지가 더 나은데……

*

실버의 몸이 뻣뻣해지자 타라는 본능적으로 느낀 것을 설명했다.

"넌 마지스터와 드래곤들의 왕의 여동생 아마바쉬로우쉬바 사이에서 태어난 아들이야. 아마바는 오빠인 왕이 인간과의 결합으로 낳은 아이를 용납하지 않으리라는 걸 알기 때문에 자신이 품고 있던 알을 믿을 만한 아무개에게 맡긴 것 같아. 그러다 왕이 아마바를 죽였고…… 너에 대해 아는 이는 아무도 없었던 것 같아. 네가 아직 태어나지도 않은 때였으니까. 아마바도 네가 어떤 모습으로 태어날지 몰랐을 테고. 마침내 네가 태어났는데 인간의 모습이었던 거야. 드래곤들이 너를 죽일 게 뻔하기 때문에 아마바의 부탁을 받은 아무개가 난쟁이 부모에게 너를 맡긴 것 같아. 너를 키워주는 대가로 매달 돈을 보내주기로 하고. 누군가 너의 존재를 알더라도 난쟁이들의 나라로 찾으러 갈 생각은 절대 하지 않을 테니까."

"하지만…… 내 아버지, 내 아버지가 마지스터라고? 그…… 그건 말도 안 돼!"

"아니, 확실해. 크리스털레오를 봤거든. 마지스터는 드래곤들에게 억류되어 있었어. 아마바를 사랑했고, 악마의 셔츠를 훔쳤기 때문에. 아마바와 같이 있었다는 이유로 고문받는 장면을 찍은 영상이었어. 아마바는 마지스터의 아이를 낳고 싶어했던 것 같아. 아이는 사랑의 증표라고 할 수 있으니까. 나는 드래곤들의 왕을 만난 적이 있어. 너의 무지갯빛 비늘을 보면서 어디서 본 적이 있다고 생각했는데 그 무지갯빛은 비늘이 아니라 날개의 깃털 색깔이었어. 무지갯빛과 네 가슴에 있는 별 문양은 혈통을 표시하는 게 틀림없어. 마지스터도 그 문양을 보고 너를 알아봤으니까. 실버, 아마바쉬로우쉬바는 드래곤 언어로 저녁별이란 뜻이야. 드래곤들의 행성에 갔을 때 언어를 배웠는데 이름에 어떤 뜻이 있다는 걸 알았어. 너의 드래곤 이름은 실버쉬로우쉬부가 틀림없고, 뜻은 은빛별이야. 그리고 비늘의 별 문양은 네 어머니에게서 물려받은 유전적 특성일 것이고."

"하지만 내 아버…… 마지스터가 왜…… 왜 나를 버렸……."

"몰랐을 거야. (타라는 아연실색하던 마지스터의 표정을 봤는데 분명히 거짓이 아니었다) 네가 살아남을지 자신이 없었기 때문에 아마바쉬로우쉬바는 마지스터에게 말하지 않았을지도 모르지. 서로 다른 종족의 결합으로 생긴 자식을 낳는다는 것은 여러 가지로 복잡하거든. 실버, 나 역시 마지스터의 정체를 모르지만 자식을 버릴 사람이라고는 생각하지 않아. 마지스터는 내 어머니를 사랑하는 것만큼 아마바를 사랑했어. 네 존재를 알았다면 사랑했을 거야."

어쩌면 상상할 수 없는 변태성욕자일지도 모르지만, 타라는 말하지 않았다.

"그럼 우리의 만남이?" 실버가 의심하는 목소리로 물었다.

"네 아버지와 너를 맞서 싸우게 하려는 음모라고 생각하지는 마. 의심의 여지가 없는 우연이었으니까." 타라는 단정적으로 말했다. "네가 우리 편이라 천만다행이었어. 네가 없었다면 우리가 졌을 거야. 네가 마지스터가 날린 불덩이 앞으로 달려들면서 내 목숨을 구해줬어. 고마워. 넌 진정한 협객이야."

하프드래곤 실버는 잠시 침묵하고 있다가 말했다.

"내 아버지. 나한테 아버지가 있는데 괴물이었다니!"

금빛 눈에서 눈물이 흘러내렸다. 실버에게는 끔찍한 순간이었다. 타라는 가만히 내버려두었다. 실버는 숨을 길게 들이쉬면서 타라의 눈을 뚫어지게 쳐다봤다.

이윽고 실버는 타라의 얼굴을 향해 손을 들어 보였다.

"너를 만져봐도 될까?"

타라는 고개를 끄덕였다.

"변형되면서 네 비늘이 사라졌잖아. 거시기도 다시는 나타나지 않을 거야. 인간적인 부분과 드래곤적인 부분, 다시 말해 인간의 반사신경과 드래곤의 반사신경이 충돌한 결과로 행동이 서툰 거였으니까 이젠 잘 넘어지지 않을 거야."

실버는 희미한 미소를 지었다.

"비늘이 사라졌다고 아쉬울 건 없지. 더군다나 거시기는 정말 다시는 보고 싶지 않아. 다른 사람들은 어떻게 됐어?"

그때 밖에서 고함소리가 쩌렁쩌렁 울리더니 한 최고 마구스가 절룩거리면서 접견실로 들어왔다.

"유령들이 사라졌어." 최고 마구스는 너무 기뻐서 감격해 있었다. "다 떠났어! 유령들이 섬멸되었다!"

그렇게 소리치고 안락의자에 주저앉은 최고 마구스는 두 손으로 얼굴을 감싸면서 눈물을 흘리기 시작했다.

타라는 미소를 지었다. 퍼즐의 조각들이 맞춰지고 있었다.

"유령들은 섬멸되었어. 확실하지는 않지만, 안젤리카의 아버지도 마지스터와 결탁할 생각은 아닌 것 같아. 안젤리카가 기계를 갖고 사라졌을 때 마지스터에게 가져가는 것이라고 생각했거든. 근데 내가 잘못 생각한 것 같아."

"아, 그래?"

"응. 안젤리카는 처음부터 자기 아버지를 위해서 그랬던 거였어. 부모님은 유령에 들리지도 않았는데 거짓말을 했으니까. 텔레크리스털에서 그들의 모습을 봤는데 너무 순간적으로 지나갔기 때문에 잊고 있었어. 레지스탕스가 결성되었을 때 안젤리카의 아버지는 마지스터에게 맞서기 위해 딸에게 입단하라고 명했던 게 틀림없어. 그러다 몽타뉴크리스토가 나와 접촉하자 안젤리카에게 나를 미행하라고 했던 거야. 안젤리카는 못됐지만 아주 영리한 아이야. 나를 놓치지 않으려고 별의별 짓을 다 했어. 내가 유령들을 섬멸할 방법을 찾으리라는 걸 알고 있었지. 그런데 두 가지 돌발 상황으로 계획에 차질이 생겼어. 하나는 빛의 손을 얻게 된 것, 안젤리카에게는 엄청난 충격이었을 거야. 다른 하나는 기계가 에드라킨족의 나라에 있다는 정말 상상도 못한 일이 일어났어. 그래서 단념할 뻔했지. 죽음을 무릅쓰고 싶지는 않았으니까. 안젤리카는 내가 혼자 가길 바랐어. 내가 억지로 같이 가게 만들자 펄펄 뛰었지만 선택의 여지는 없었어. 아버지가 용서하지 않을 테니까. 안젤리카는 나나 에드라킨족보다 자기 아버지를 훨씬 더 두려워하는 것 같아."

"하지만…… 이유가 뭐지?"

"안젤리카가 자기 아버지는 세상을 지배하는 것에 아주 관심이 많다는 말을 흘린 적이 있어. 안젤리카의 아버지 역시 마지스터 못지않게 위험하고 냉혹한 인간이라고 생각해. 따라서 그에게는 마지스터 같은 막강한 상대가 당연히 껄끄럽겠지."

"그러니까 안젤리카는 기계를 갖고 자기 집으로 갔겠네."

"응. 기계를 어떻게 작동하는지 방법을 알아내는 데 시간이 좀 걸렸겠지. 그러다가 기계를 작동한 거야. 안젤리카의 아버지가 직접 작동한 것이 아니라 누군가 희생할 사람을 찾았겠지만."

실버는 유령 무리 속에 아버지의 유령도 포함되어 있다는 사실을 돌연 깨달았다.

"기계를 작동했다고? 그럼 내 아버…… 마지스터는? 그는……."

"나도 몰라, 실버. 기계 작동으로 인한 충격파 때문에 정신을 잃었다가 깨어났을 때 마지스터와 셀렌바, 악마들은 사라지고 없었으니까."

타라는 마지스터의 유령이 소멸되었기를 진심으로 바랐지만, 실버에게 그 말을 할 수는 없었다.

실버는 금빛 눈을 감고 한숨을 내쉬었다.

"굉장히 피곤해."

"몸이 변형되는 것에 익숙지 않아서 힘들 거야. 게다가 부상 때문에 피를 많이 흘렸어."

타라의 목소리에서 불안을 느낀 실버가 눈을 떴다.

"너를 구하고 싶었어. 너를 만난 건 정말 행운이었어, 타라. 네가 내 인생에 빛을 준 거야."

타라는 이를 악물었다. '타라, 넌 내 인생을 시커멓게 태워버렸어!' 라고 말하는 것처럼 들렸던 것이다.

서로 일어나게 도와주는 늑대인간들, 무기를 닦거나 부상자들을 부축하는 난쟁이들, 눈꺼풀을 파르르 떨면서 깨어나는 셀레나를 레파루스로 치료해주는 칼이 보였다. 무아노는 악마의 마법을 몰아내면서 가슴에 입은 화상 때문에 괴로워하는 파브리스를 치료해주고 있었다. 가슴의 흉터는 파브리스가 죽는 날까지 지녀야 할 낙인이나 다름없었다. 일단 회복이 되자 파브리스도 무아노의 몸에 난 상처를 치료해주었다. 마법이라면 질색하는 난쟁이들이 소리를 지르거나 말거나 몽타뉴크리스토는 꿋꿋하게 중상을 입은 난쟁이들과 최고 마구스들을 치료했다.

타라는 실버의 눈과 마주쳤는데 자신의 얼굴을 뚫어져라 쳐다보고 있었다.

"한 가지 부탁해도 될까?" 실버가 뜬금없이 물었다.

"뭔데?"

실버는 마치 용기를 내야겠다는 듯 심호흡을 했다.

"나를 만질 수 있겠어?"

타라는 숨을 죽였다.

실버가 간절한 눈빛으로 뺨을 내밀었다. 타라는 손으로 실버의 뺨을 만지려다가 이것으로는 충분하지 않으리란 생각이 들었다. 이렇게 두려움으로 온몸을 떨고 있는데!

타라는 쪽빛 눈으로 실버의 금빛 눈을 바라보았다.

그리고 얼굴을 숙이고, 뺨을 피해서 실버의 입술에 자신의 입술을 포갰다.

너무 깜짝 놀란 실버는 옴짝달싹 못하고 있었다. 실버와 사랑에 빠진 것이 아니기 때문에 사랑의 키스는 아니었다. 아직은 사랑이 아니다. 순수한 입맞춤이었다. 타라는 주저하지도, 두렵지도 않았다. 비늘이 사라졌다는 것도, 침에 독성이 있다는 것조차 생각하지 않을 정도로 정말 순수한 의미의 입맞춤이었다.

타라는 영원히 가슴에 남을 충격적인 감동을 실버에게 안겨준 것이다.

"타라?"

믿기지 않는 목소리에 타라는 일어나려다 비틀거렸다.

누군가가 타라를 향해 달려오고 있었다. 말도 안 돼! 다리가 후들거려 일어날 수 없는 타라는 고개를 쳐들었다. 잊을 수 없는 얼굴, 그리고 크리스털 눈을 응시했다.

로빈.

하프엘프의 얼굴은 핼쑥했다. 아름다운 긴 머리 대신 검은 머리털과 흰 머리털이 섞인 짧은 머리로 바뀌었는데 흉하지는 않았다.

살아 있는 로빈을 보게 되었는데 하필이면 오해받기 쉬운 이런 상황에! 타라는 가슴이 철렁 내려앉았다. 그리고 두 달 반 동안 훌쩍 큰 마라가 미소를 지으면서 칼에게 달려갔다.

타라는 실버를 내려놓고 일어나려는데 다리에 힘이 없었다.

"로빈? 맙소사, 로빈? 난…… 난 네가…… 죽은지 알았어! 어떻게 이런 일이! 너의 유령까지 봤는데!"

로빈 바로 뒤에 있던 바이올렛 엘프가 걸어왔다.

발라였다.

"로빈의 유령을 봤다는 건 네 머리가 잘못됐다는 거지." 발라가 손가락까지 돌리면서 이죽거렸다.

"하지만 로빈이 죽는 걸 분명히 봤어." 타라는 고집스럽게 주장했다. "내 눈앞에서 일어난 일이었단 말이야!"

"완전히 죽은 게 아니었어." 발라가 말했다. "내가 살렸지. 정확하게 말하면 활의 정령 릴란드릴과 내가 로빈을 살렸어. 로빈에게 퐁타뉴크리스토에 대한 소식을 알려주러 가다가 때마침 들이닥친 유령들에게 쫓기게 되었지. 그때 크산디아르 친위대장이 너를 안고 네 방에서 뛰쳐나오는 걸 봤어. 너를 뒤쫓아가려고 하는데 열려 있는 방문 틈으로 쓰러진 로빈이 보였어."

"난 살리려고 노력했어." 타라가 중얼거렸다. "노력했지만……."

"활의 정령 릴란드릴 역시 일종의 유령이야." 발라가 모든 이의 관심을 끌기 위해 말을 잘랐다. "위험을 느낀 릴란드릴이 로빈을 점령한 유령을 해치웠지. 하지만 로빈은 살리기 불가능할 정도로 치명적인 상태였어. 팔다리가 다 부러졌는데 심장과 뇌가 남아 있는 것이 기적일 정도였으니까. 나는 레파루스와 레비부스 주문을 날렸고, 릴란드릴도 나를 도왔어. 우리는 로빈의 혈액순환을 정지시킨 다음 궁전을 나와 우리의 조국 셀렌다로 떠났어. 로빈의 할머니와 치료사들의 도움으로 가까스로 살리는 데는 성공했지만, 두 달 반 동안 의식불명 상태였어. 그사이에 불구가 될 거라고 생각했던 팔과 다리가 다시 자라서 얼마나 다행이었는지 몰라."

로빈의 어깨 위에서 축소된 소우르브가 히드라의 머리들을 끄덕였다. 두 달 넘게 끔찍한 날들을 보낸 소우르브도 영혼의 동반자가 살아나면서 많이 진정된 모양이었다.

"몇 시간 전에 깨어났어." 로빈이 힘없는 목소리로 말했다. "레지스탕스가 마지스터에게서 궁전을 탈환하러 간다는 말을 듣고 곧장 달려온 거야."

"아직은 이렇게 움직이면 안 되는데." 발라는 못마땅한 표정으로 말했다. "회복되려면 아직 멀었단 말이야."

"그런데 좀 전에 보니까 네가 누군가에게 입을 맞추고 있었어." 로빈이 몹시 괴로워하는 목소리로 말했다.

타라는 별일 아니라고, 실버와는 그런 사이가 아니라고 말하고 싶었지만 그만두었다. 그렇게 말하면 실버의 가슴에 비수를 꽂는 것보다도 더 큰 상처를 주기 때문이다.

"난…… 네가 죽었다고 생각했어." 타라는 마치 악몽을 꾸는 것처럼 같은 말만 반복했다.

"이해할 수가 없어. 내가 살아 있다는 걸 발라가 알려주지 않았단 말이야? 트라비아에서 너를 만났다고 했는데!"

타라가 벌떡 일어났다.

"아냐, 로빈. 나를 믿어야 해. 발라는 네 목숨을 구했다는 말을 한 적이 없어!"

타라는 이제야 레지스탕스 조직원들이 모였을 때 발라의 태도가 이상했던 것이 이해되었다. 로빈이 살아 있는 걸 알고 있었으면서! 타라는 울화가 치밀어 주먹을 불끈 쥐었다.

"글쎄! 내가 말 안 했나?" 바이올렛 엘프가 간교한 미소를 지었다. "기억이 안 나네."

타라가 달려들려고 할 때 실버가 힘겹게 몸을 일으키면서 물었다.

"타라, 무슨 일이야?"

타라는 돌아서서 얼른 실버를 부축해주었다. 실버가 허리에 팔을 두르자 타라의 얼굴이 빨개졌지만 뿌리치지 못했다.

상처받은 로빈의 눈길을 피하며 타라는 실버를 의자에 앉혔다.

그러고는 실버가 내미는 손을 모른 체하고 돌아섰다.

타라가 어떻게 하든 둘 중 하나는 상처를 받을 것이다. 빨리 이 자리를 도망치고 싶은 마음밖에 없었다. 난처해서 어찌할 바를 모르는 타라가 돌아섰는데 셀레나가 다가오면서 두 팔을 벌렸다.

폭풍우가 몰아치는 바다에서 등대를 발견한 배, 아니 난파한 배의 돛대에 매달린 조난자가 인명구조원을 발견했을 때의 심정이 이럴까. 타라는 달려가서 어머니의 품에 안겼다.

그러고는 울음을 터뜨렸다. 무거운 짐을 내려놓고 엄마의 품에 안겨 우는 어린 딸로 돌아갔다.

셀레나는 머리를 쓰다듬어주면서 다정하게 속삭였다.

"응, 그래, 이제 끝났어. 괜찮아, 내 딸, 내 아기, 내 강아지, 내 사랑……."

아직 힘이 없는 로빈도 의자에 앉았다. 연적을 뚫어져라 쳐다보던 로빈은 가슴이 미어졌다. 아주 잘생긴 미남이었다. 인간들보다는 잘생겼다고 자부하던 엘프의 우월감이 갑자기 사라져버렸다.

"너는 누구야?" 로빈이 좀 거만하게 물었다. "나의 타라와는 무슨 사이지?"

"나는 마지스터와 아마바의 아들이야." 실버는 의연하게 대답했다. "그리고 '너의' 타라는 아니지."

로빈은 입을 멍하니 벌리고 있다가 벌떡 일어났다.

"뭐라고? 누구의 아들이라고?"

"마지스터와 드래곤들의 왕의 여동생 아마바의 아들." 실버는 하프엘프의 귀에 문제가 있다고 생각하면서 다시 말해주었다.

그리고 못 들었을까 봐 되뇌었다.

"그리고 '너의' 타라는 아냐!"

"체포해요!" 로빈이 실버를 가리키며 외쳤다. "우리 적의 아들이에요!"

로빈을 따라와 있던 티그족 병사들이 머뭇거렸다. 마지스터를 상대로 함께 싸웠던 늑대들이 으르렁거리면서 실버를 보호하기 위해 앞을 가로막고 섰다.

그러자 티그족 병사들이 검을 뽑아 들었다.

분위기가 험악해지자 참다못한 셀레나가 개입했다.

"어허! 이제 싸움은 지긋지긋하다!" 셀레나가 고함을 질렀다. "갈퀴 발톱과 검, 그것들을 빨리 치우지 못할까! 누가 누구를 체포하겠다는 건가? 실버는 우리를 위해 싸워준 타라의 소중한 친구야. 로빈, 어리석은 짓 당장 그만둬. 너는 여기 없었고, 무슨 일이 있었는지, 어떻게 된 일인지 전혀 모르잖아! 내가 폭발하기 전에 어서 흥분을 가라앉히고 자리에 앉아!"

로빈은 실버를 흘겨보며 의자에 앉았다. 티그족들이 검을 집어넣자 늑대들이 인간으로 변신했다.

타라는 어머니가 건네준 손수건에 대고 소리 나게 코를 풀었지만, 기분이 나아지지 않았다. 묻고 싶은 말이 많았다. 도대체 죽지도 않았는데 어떻게 로빈의 유령이 찾아왔던 걸까?

그 순간 타라는 깨달았다.

안젤리카가 따라오지 않았다면, 실버를 만나지 않았다면 기계를 작동했을 테고, 그랬다면 자신의 행동은 헛된 죽음이 되는 것이다. 아더월드에 살아 있는 로빈을 찾겠다고 비욘드월드로 떠날 뻔했으니!

타라는 전율이 일었다. 믿어지지 않을 정도로 운이 좋았던 것이다. 몇 분만 더 운이 따라주었다면 실버에게 입맞춤을 하는 바로 그 순간에 로빈이 나타나는 일은 없었을 텐데……

타라가 용기를 내서 실버와 로빈 사이에 자리를 잡을 때 크산디아르가 뛰어 들어왔다. 여전히 목에 붕대를 감고 있지만 상태는 괜찮아 보였다.

"마지스터의 시신과 크리스털 관을 찾았습니다!"

"어디? 어디요?" 셀레나가 물었다. "빨리 말해요!"

"여제 폐하의 거처에 딸린 제2접견실에 있습니다."

타라는 다리에 힘이 없지만 어머니를 쫓아 달렸다. 실버와 로빈도 절룩거리면서 뒤따랐는데, 건강 상태가 나쁘지만 누가 더 빨리 가는지 경쟁하고 있었다. 그들이 동시에 문턱을 넘으려다 넘어질 뻔했을 때 타라는 이를 악물었다. 인생이 점점 꼬이고 있었다. 타라는 마음이 아팠다.

여제의 거처까지는 시간이 얼마 걸리지 않았다.

제2접견실은 공식적인 제1접견실만큼 웅장하지는 않았다. 보석장식이며 조각품이며 그림이며 생동감 넘치는 벽화가 있지만, 그래도 다른 데보다는 많지 않아 훨씬 사람 냄새가 나는 듯했다.

한복판 공중에 크리스털 관이 둥둥 떠 있고, 금빛 마스크를 쓴 남자가 들어 있었다.

마지스터.

그들은 경계하면서 다가갔다. 그러나 마지스터는 미동도 하지 않았다.

"마지스터의 유령은 소멸되었어." 셀레나가 말했는데 목소리를 높이지는 못했다. "이제는 그의 육신도 소멸시켜야 해."

"만약 관에 방어 장치가 있다면 위험할 수 있으니까 일단 대비해야 합니다." 틸이 말했다.

"안 돼요." 실버가 간청했다. "제발 죽이지는 마세요. 그 사람은…… 그

사람은 내 아버지예요. 아버지라는 걸 방금 알았……."

하프드래곤과 싸우고 싶지 않은 틸은 늑대인간들을 시켜 포위하게 했다.

"미안해. 하지만 너는 이 인간이 얼마나 사악한지 몰라서 그래. 이 행성에서 영원히 없어져야 할 인간이다. 파브리스!"

"네?"

"네가 해! 어떤 점에서는 다 너 때문에 일어난 일이니까."

파랗게 질린 파브리스가 시한폭탄 같은 관에 다가섰다. 그러고는 허리춤에서 단도를 뽑았다. 제국을 배신하고 마지스터와 결탁한 죄가 오래가리라는 걸 알고 있었다. 앞으로 몇 년 동안은 온갖 궂은일을 도맡아 해야 될 것이다. 그래도 죽거나 영혼이 없는 괴물의 노예가 되는 것보다는 나았다.

파브리스가 늑대의 힘을 이용해 밀어낸 관 뚜껑이 떨어지면서 둔탁한 소리가 울려 퍼졌다.

눈앞에 마스크를 쓴 마지스터가 누워 있었다.

파브리스는 단도를 쳐들었다.

아버지를 죽이는 모습을 차마 볼 수 없는 하프드래곤은 눈물을 흘리면서 고개를 숙였다.

"잠깐!" 타라가 외쳤다. "잠깐!"

"왜?"

"가슴! 잘 봐! 숨을 쉬고 있어!"

"그래서?"

"생각해봐. 마지스터가 자신의 육신을 되찾지 못한 상태에서 유령이 소멸되었다면 어떻게 숨을 쉴 수 있겠어?"

"나야 모르지." 빨리 끝내고 싶은 파브리스가 대꾸했다. "마지스터가 무슨 주문을 걸었나?"

타라는 열심히 날아다니면서 현장을 찍는 스쿠프들을 쳐다봤다. 지금 당장은 궁전의 통신이 차단되어 있기 때문에 스쿠프들이 주르날리스트들과 접속되지 않지만 녹화하고 있었다. 타라는 생각에 잠겼다. '내가 마지스터였다면 유령퇴치 기계가 적들의 손에 있다는 걸 알았을 때 어떻게 했을까?'

유령 상태로 있다가는 소멸되기 때문에 마지스터는 자신의 몸을 되찾으려고 했을 것이다. 힘이 없어도 필사적으로 노력했을 것이다. 싸움이 벌어지는 동안 타라는 마지스터를 유심히 살폈다. 그런데 악마의 마법이 그리 강력하지 않았다. 실버를 죽이고도 남았을 텐데…….
마지스터가 동정을 베풀었을까? 아니면 마법의 힘이 약해졌을까? 타라는 후자 쪽으로 마음이 기울었다. 마지스터가 여러 번 비틀거리는 걸 봤기 때문이다.

마지스터는 파브리스가 돌려보낸 마법으로 겨우 버티고 있는 것이 역력했다. 마지스터는 정상이 아니었다. 타라는 뭔가 이상한 느낌이 들었다. 그럼 리스베스의 육신은? 가슴이 철렁 내려앉은 타라가 파브리스에게 말했다.

"냄새! 너에게는 인간보다 훨씬 예민한 늑대의 후각이 있잖아. 늑대로 변신해서 냄새를 맡아봐!"

파브리스는 눈살을 찌푸렸지만 순순히 말을 들었다.

늑대로 변신한 파브리스는 몸을 숙이고 길게 숨을 들이쉬었다. 금빛 눈이 휘둥그레졌다.

"오, 내 조상들의 피여! 마지스터가 아냐. 맙소사, 이건…… 여제의 향수 냄새 같아! 라벤더 향이 나!"

타라는 주문을 읊었다. 파브리스가 움찔했지만, 마법의 광선은 마지스터의 몸을 건드렸다.

뭔가가 깨지는 듯한 소리에 이어 여제의 모습이 나타나자 모두 가까이 다가섰다.

늑대들에게서 벗어난 실버는 안도하면서 무릎을 꿇었다. 아버지가 아니었다!

여제가 흐릿한 눈을 떴다.

"이게…… 어떻게 된……. 아이고, 머리야!"

파브리스와 갈랑이 리스베스를 관에서 나오게 도와주었고, 스쿠프들이 그 장면을 촬영했다. 리스베스가 바닥이 꺼져드는 느낌 없이 두 다리로 서 있기까지는 몇 분이 걸렸다.

리스베스 여제의 번득이는 시선을 느끼며 타라는 어찌할 바를 몰라 했다.

"나의 후계자, 나한테 무슨 할 말 없니?"

"무사하셔서 기뻐요."

"그게 아니지."

"네?"

"그것도 아니지."

"죄송합니다."

"그건 됐고!"

타라는 말문이 막혔다.

"나는 두 달 넘게 이 사악한 마지스터에게 억류되어 있었다." 여제가 말했다. "이 쓰레기 같은 놈을 죽인 게 너라면 용서해줄 수도 있어."

"그게…… 사실은 아니에요."

"뭐? 아니라고?"

"도망쳤어요."

"하지만 마지스터의 아들을 붙잡았습니다." 티그족 친위대원 한 명이 자랑스럽게 말했다.

여제는 소스라치게 놀랐다.

"마지스터의 아들?"

"얘기하자면 길어요." 타라가 대답하면서 친위대원을 쏘아봤다. "우리가 마지스터의 아들을 붙잡은 건 아니에요. 오히려 우리를 도와 아버지를 공격했으니까요."

리스베스 여제는 그들에게 따라오라고 손짓하면서 파브리스에게 몸을 의지하더니 놀란 얼굴로 쳐다보는 무아노를 아랑곳하지 않고 침실까지 부축해달라고 했다.

그러고 나서 리스베스는 마지스터의 흔적을 완전히 없애려는 듯 샤워를 하면서(마법으로 몸을 보이지 않게 했다) 타라의 설명을 들었다.

타라는 기계를 갖고 도망친 안젤리카, 칼, 세네, 선대 여제 엘세스, 아버지 단비우, 파프니르, 틸과 함께 궁전에서 일어난 일, 마지스터가 셀레나에게 벌인 일 등을 얘기했다. 발라도 상황을 자세히 모르는 로빈과 엘프들을 위해 설명해주었고, 크산디아르는 친위대를 위해 설명했다.

얼마나 끔찍한 상황이었는지 그들이 새삼 깨닫고 있을 때 리스베스의 크리스털 볼이 울렸다.

안젤리카의 아버지, 브란다우드가 걸어온 것이다.

리스베스 여제가 타라의 설명을 듣고 있을 때 머리가 희끗희끗한 브란다우드의 거만한 얼굴이 나타났다.

"특혜를 베풀어주셔야 합니다, 폐하." 브란다우드는 의례적인 인사말을 건네고 나서 덧붙였다.

뜻밖의 말에 리스베스 여제의 눈이 이글거렸다.

"특혜라?" 여제는 부드럽지만 위협적인 목소리로 되물었다.

"특혜라기보다는 서로 돕자는 표현이 맞겠습니다." 눈치 빠른 브란다우드가 얼른 정정했다. 우리 행성을 구하기 위해 가장 충성스러운 내 하인 한 명을 희생시켜야 했으니까요."

브란다우드 뒤쪽의 이미지가 확대되더니 유령퇴치 기계와 불안한 표정으로 기계에 다가서는 젊은이의 모습이 보였다. 기계 위에 달린 꽃처럼 생긴 돌에 꽃대 같은 것이 솟아 있었다. 브란다우드가 기계를 여는 데 성공한 것이다.

젊은이가 꽃대를 누르자 꽃대가 돌 속으로 들어가면서 강렬한 빛이 번쩍했다.

젊은이는 비명을 지르기 시작했다. 오랫동안 사용하지 않은 기계라 많은 에너지가 축적되어 있었고, 갑자기 방출된 방사선에 젊은이는 갈가리 찢겼다. 이어서 엄청난 폭발이 일어났고, 방사선이 벽을 뚫고 사방으로 퍼져나갔다.

브란다우드는 충격받은 얼굴들을 관찰하다가 크리스털 화면에 다시 모습을 드러냈다.

"방사선의 효과가 생각보다 즉각적이었습니다."

그렇게 위험한 기계일 줄이야! 타라는 토하고 싶었다. 로빈과 실버, 파브리스, 무아노도 얼굴이 창백했다. 안젤리카가 자신도 모르게 타라의 목숨을 구해준 것이다. 이제는 알았을 텐데…… 지금쯤 꺽다리는 땅을 치면서 후회할 게 틀림없었다.

"알겠소." 리스베스 여제는 마지못해서 인정했다. "그래서 원하는 게 무엇이오, 브란다우드 선생?"

"아주 사소한 것입니다, 폐하. 어떤 작위를 바라는 것도, 영지를 바라는 것도, 성을 바라는 것도 아닙니다. 다만 내 딸 안젤리카가 폐하의 궁전에서 수석 조수로 일할 수 있길 바랍니다. 랑코비트도 좋은 곳이지만 오무아 궁전에 비할 수는 없지요."

안 돼! 하고 소리칠 뻔했지만 타라는 입술을 깨물면서 꾹 참았다.

속으로 몹시 놀랐지만 리스베스 여제는 내색하지 않고 물었다.

"그게 다요?"

"네, 그것으로 족합니다." 브란다우드가 단언했다.

여제는 생각에 잠긴 얼굴로 브란다우드를 응시했고, 그는 아주 순간적이지만 자신이 없는 표정을 지었다.

"좋아요." 리스베스 여제가 결정을 내렸다. "협조해줘서 고맙군요. 그대의 딸을 기다리겠소."

그렇게 말하고 여제는 브란다우드에게 대답할 겨를도 주지 않고 크리스털 볼을 끊었다.

여제는 자신의 입술을 톡톡 치면서 타라를 쳐다봤다. 실버와 로빈

사이에 끼여 있는 타라는 흡사 두 마리 늑대에게 몰리는 토끼 같았다.

그 뒤에서 타라를 전적으로 지지하는 매직 5총사와 셀레나가 버티고 있었다.

리스베스 여제는 주위를 둘러보다 크산디아르를 발견했다. 눈이 마주친 친위대장이 차려 자세를 취했다.

"친위대장?"

"예, 폐하."

"내 후계자를 체포하여 즉시 독방에 가두시오."

27
후계자

세상을 구하고 그걸 후회할 수도 있는데……

*

크산디아르는 난처해하면서 후계자에게 다가갔고, 체포하는 것이 아니라 데려가는 거란 생각이 들게 하려고 노력했다. 여제의 명령에 모두 충격을 받았지만, 크산디아르는 군인이기 때문에 즉시 복종했다. 친위대장은 두툼한 손으로 타라의 가냘픈 어깨(그동안 살이 얼마나 많이 빠졌는지 비쩍 말라 있었다)를 잡고 밖으로 밀어냈다.

여제의 목소리가 너무나 냉랭했기 때문에 다른 사람들은 감히 따라가지 못했다. 그러나 친위대장에게 잡혀서 타라가 방을 나가는 순간 엄청난 항의가 터져 나왔다.

크산디아르는 타라를 향해 정중하게 허리를 굽혔다.

"정말 죄송합니다, 마마. 감옥 옆의 별궁으로 마마를 모시겠습니다. 고위층 죄수들을 독방에 가둘 때 묵게 하는 곳입니다."

친위대장은 타라가 격분할 거라고 생각했는데 뜻밖의 반응을 보였다.

"침대는 있죠?"

"아, 네, 마마."

"아무도 들어오지 못하게 문 앞을 지키고 있을 건가요?"

"그렇습니다, 마마. 면회는 금지되기 때문에 마마는 아무도 만나지 못합니다."

타라가 고개를 돌려 지어 보이는 아름다운 미소를 보며 크산디아르는 어리둥절했다.

"지금은 특히 로빈도, 실버도 보고 싶지 않은데 차라리 잘됐어요. 너무 지쳐서 그냥 자고 싶을 뿐이거든요."

크산디아르는 너무 놀라서 걸음을 멈출 뻔했다. 타라는 정말이지 종잡을 수가 없었다. 독방에 가둔다면 화가 나야 정상 아닌가?

그럼에도 불구하고 그는 명령에 복종해야 했다.

타라는 행복했다. 씻고, 자고, 먹고, 자고, 씻고, 또 자고, 그렇게 규칙적인 생활을 한 지 이틀 후 훨씬 사람다운 모습으로 돌아온 것 같았다. 녹초가 되었던 갈랑도 푹 쉰 덕분에 깃털에서 윤기가 흘렀다.

마침내 타라가 슬슬 따분해지기 시작할 때 일명 독방이라는 별궁의 호화로운 문이 열리고 크산디아르가 나타났다. 그런데 괴로워하는 얼굴로 타라의 눈을 피했다.

크산디아르 혼자였다.

타라는 한순간 불안이 엄습했다.

"크산디아르, 아더월드를 유혈의 도가니로 만들어놓은 것에 대한 형벌이 내려진 거예요?" 타라는 작은 목소리로 물었다.

크산디아르는 대답하지 않고 나가자는 손짓을 했다.

타라는 점점 더 불안해졌다.

"설마 이렇게…… 되는 건 아니죠?" 타라는 칼로 목을 긋는 시늉을 했다.

친위대장이 난처한 눈길로 쳐다봤다.

"나는 말할 권리가 없습니다, 마마. 따라오십시오."

타라는 한마디 쏘아붙이려다가 참았다. 크산디아르가 어찌나 침울해 보이는지 차마 나무랄 수가 없었다.

크산디아르는 아무도 마주치지 않는 비밀 통로로 타라를 데려갔고, 잠시 후 곧장 옥좌 앞에 이르렀다.

타라는 입을 멍하니 벌렸다. 눈앞에 수많은 궁인들, 아더월드를 대표하는 온갖 종족의 외교관들이 있었다. 주홍빛과 금빛 드레스 차림의 여제는 오무아를 상징하는 100개의 금빛 눈을 가진 주홍빛 공작을 새긴 옥좌에 앉아 있었다. 이번에는 금발인데 그래서인지 타라와 많이 닮아 보였다.

여제를 에워싸면서 공중에 떠 있는 최고 마구스들도 보석이 박힌 주홍빛과 금빛의 예복 차림이었다. 여제 오른쪽에는 안개 대양의 해적들을 소탕하러 원정을 나간 사이에 소식을 듣고 멀리서 레지스탕스를 지원하다가 마침내 돌아온 산도르 황제가 있었다. 왼쪽에는 셈나샤 오비로다인트라쉬부가 보였다. 드란보우글리스펜쉬르에서 곧장 도착한 파란빛과 은빛 드래곤이 금빛 눈으로 접견실을 유심히 살피고 있었다.

셈 선생님도 괴로운 표정을 짓고 있어 타라는 당황했다.

베어 왕과 티타니아 왕비가 랑코비트를 상징하는 파란색과 은색 차림인데 유령에 들려 있을 때의 폭식 덕분에 좀 뚱뚱해 보였다. 셈 선생님과 랑코비트의 군주들이 함께 있는 걸 보고서야 타라는 드래곤과 랑코비트의 상징이 같은 색이라는 걸 알아차렸다.

뱀파이어들의 대통령도 킬라와 아르노를 데리고 참석해 있었다. 타라를 발견하자 두 악동의 얼굴이 환해지면서 요란하게 손을 흔들어댔다. 셀레나에게 푹 빠진 늑대인간들의 대통령 틸이 눈을 떼지 못하자 퓨마가 아주 못마땅한 낯짝을 했다. 개와 고양이는 앙숙이라더니⋯⋯. 은빛 드레스를 입은 엘프들의 여왕이 보내는 차가운 시선과 마주친 타라는 이를 악물었다.

그때 트럼펫 소리가 어찌나 요란하게 울리는지 타라는 소스라치게 놀랐다. 은하계 전체로 중계 방송하는 스쿠프들의 렌즈와 수많은 시선을 받으며 타라는 크산디아르가 가리키는 자리에 가서 앉았다.

그런데 여제의 옆자리가 아니라 발치였다.

자르는 아직 이사벨라와 함께 지구에 있는 반면에 타라의 여동생 마라는 트롤 보디가드 그르룰의 경호를 받고 있었다. 그 옆에 칼, 무아노, 실버, 파프니르, 파브리스, 몽타뉴크리스토가 보였다. 그들 모두 오무아의 영웅을 나타내는 흰색 옷차림인데 마법복에 각자의 상징이 뚜렷이 드러나 보였다. 칼은 여우, 무아노는 표범, 실버는 드래곤, 파프니르는 도끼, 파브리스는 매머드, 몽타뉴크리스토는 발분. 털이 없는 스파슌으로 둔갑해 있는 바리우스 덩컨은 검은 눈으로 사람들을 경계하고 있었다. 바리우스의 흰색 마법복에는 으르렁거리는 늑대의 머리가 있었다.

마라의 마법복만 아무것도 없이 깨끗했다. 아직 정하지 않은 것 같았다. 마라에게는 단도나 장검, 독이 들어 있는 유리병 같은 게 딱 어울리는데…….

아직 몸이 회복되지 않은 로빈은 무리에서 떨어져 있지만, 타라에게서 눈길을 떼지 않고 있었다.

서기장이 큰 소리로 그들을 호명하면서 직책이나 작위를 열거했다. 타라는 영혼 약탈자로부터 아더월드를 구했을 때 여제가 친구들에게 오무아의 작위와 영지를 내렸던 걸 깜박 잊고 있었다.

칼이 제일 먼저 호명되었다.

타라를 만날 수 없었기 때문에 칼은 여전히 뱀파이어 모습이었다. 칼의 여우도 마찬가지였다. 타라는 칼의 뱀파이어 변신이 패밀리어에게도 영향을 미친다는 걸 잊고 있었다. 공원의 동물들을 공격하는 블롱딘을 아무도 주목하지 않았기에 망정이지 유령 킬러의 정체가 벌써 들통이 났을 텐데.

칼이 앞으로 나갈 때 환호성이 일면서 궁인들의 박수가 쏟아졌다. 칼은 활짝 웃으면서 여제 앞에서 무릎을 굽혔다.

"너의 군주들을 구하고, 유령들을 제압하면서 마지스터를 물리치는 데 여러 수훈을 세운 것에 나, 리스베스틸랑넴, 오무아의 여제는 우리 제국 최고의 영웅에게 내리는 '공작의 황금 깃털' 훈장과 그에 따르는 상금을 수여하노라."

칼은 함박미소를 짓지 않을 수 없었다. 어떤 보상을 바라고 한 일은 아니지만 기분은 아주 좋았다.

칼은 타라를 힐끔 쳐다봤다. 피가 너무 뜨거워지는 건가. 칼은 갑자기 초콜릿 아이스크림을 먹고 싶었다.

"나의 후계자?" 리스베스가 소리쳤다.

타라는 소스라치게 놀랐다. 그리고 어조가 엄격했기 때문에 타라도 똑같은 어조로 답했다.

"네, 폐하?"

"네가 칼리반을 뱀파이어로 만들어놓았다고 들었다. 이제 이 어린 영웅을 정상으로 돌려놓기 바란다."

"알겠습니다, 폐하."

타라는 벌떡 일어나서 칼의 손을 잡았다.

"무슨 일이야?" 타라가 그 참에 속삭였다. "옷차림들이 장례식에 온 것 같아! 우리가 이긴 거 아니었어?"

칼은 이맛살을 찌푸렸다.

"나도 모르겠어. 본보기로 처벌을 내릴 거란 소문이 돌고 있긴 한데 걱정하지 마. 일이 잘못되면 계획을 세워서 너를 피신시킬 거니까."

뭐, 피신? 피신시킨다고?

타라가 대꾸하려는 순간 여제가 불렀다.

"나의 후계자?"

"네, 네, 지금 하겠습니다, 폐하."

변형형질 전환은 쉬웠다. 타라는 기력을 완전히 회복했고, 크라살비에서처럼 다른 누군가를 두꺼비로 둔갑시키는 일도 일어나지 않았다.

칼은 고통의 비명을 질렀다. 궁인들의 얼굴이 창백해졌고, 차마 못 보겠다며 밖으로 나가는 이들도 있었다.

마침내 어린 도둑이 본래의 온전한 모습으로 돌아왔다.

칼은 타라에게 씩 웃어주고는 비틀거리면서 자리로 돌아갔다. 마라가 칼을 부축해주면서 타라를 쏘아봤다.

이번에는 파브리스의 차례였다.

환호성이 훨씬 약했다.

파브리스는 여제 앞에 무릎을 꿇고 앉았는데 정말 마음이 편치 않았다.

그러나 여제는 마지스터에 대한 영웅적 행동을 치하하면서 파브리스에게 황동 훈장을 수여했고, 랑코비트로 돌아가라는 엄명을 내렸다.

파브리스는 얼이 빠진 얼굴로 일어났다.

차례가 되어 앞으로 나간 무아노는 '황금 깃털' 훈장을 받았다. 무아노는 훈장을 받아 마땅했다. 표범을 쓰다듬는 무아노는 행복에 겨운 얼굴이었다.

몽타뉴크리스토도 같은 훈장을 받았고, 박수갈채가 터져 나왔다.

이윽고 파프니르는 '은 깃털' 훈장을 받았는데 이게 손으로 깎은 거 맞아? 하는 실망한 얼굴로 쳐다보고 있었다. 같은 훈장을 받은 바리우스 덩컨은 누군가가 또 스파슌으로 둔갑시키기 전에 가능한 한 빨리 이곳을 떠나야겠다고 다짐하는 표정이었다.

다리가 하나밖에 없는 남편과 동행한 뚱보 여자는 '황동 솜털' 훈장을 받았다. 선대 여제 엘세스의 유령을 도와주었다는 공로를 인정받은 것이다. 그 순간 에드라킨족의 숲에서 거미가 달고 다니던 것과 아주 비슷한 빨간 풍선이 남자의 엉덩이에 들러붙더니 다리가 나타났다. 좋아서 어쩔 줄 모르는 남자는 아내에게 열렬한 키스를 퍼부었다.

다른 이들은 보상금을 받았다. 유령과 대항하여 많은 이들이 싸웠다. 목숨을 잃은 이들의 경우는 친족이 보상금을 받았다. 그들이 보내는 원망의 눈초리에 타라는 가슴이 아팠다.

마침내 실버가 호명되었다.

하프드래곤은 진정이 된 것 같았다. 다른 이들처럼 앞으로 나섰지만, 여제가 보상금을 내리기 전에 실버는 손을 들었다.

"아버지와 통화했습니다." 실버는 호주머니에서 크리스털 볼을 꺼내면서 차분하게 말했다. "보여드려도 되겠습니까, 폐하?"

리스베스 여제의 눈이 번뜩였다. 내키지 않았지만 불안한 얼굴로 승낙했다. 실버는 크리스털 볼을 켜면서 모두가 볼 수 있게 이미지를 확대했다. 실버의 얼굴 앞에 마지스터의 마스크가 나타났을 때 궁인들이 뒷걸음쳤다.

"아마바의 아들이라고?"

"아버지?"

"그런데 왜 나를 공격했니? 네가 어떻게 감히? 넌 내 아들이야!"

마지스터는 자신이 아들을 죽일 뻔했던 것에 대해서는 미안하다는 말도 후회한다는 말도 하지 않았다. 과연 마지스터다웠다.

"죄송합니다, 아버지." 실버는 공손하게 대답했다. "아버지인지 몰랐습니다."

"몰랐다고? 어떻게 그럴 수 있어?"

"난……(난쟁이라고 말할 뻔했지만 신중한 실버는 생각을 바꿨다) 아주 좋은 분들이 나를 키워주셨습니다. 그분들 역시 내가 누구인지 몰랐습니다. 따라서 그분들을 찾아서 응징할 필요는 없습니다. 나를 사랑으로 키워주신 좋은 분들입니다."

"원하는 게 무엇이냐?"

"아버지를 알고 이해하고 싶습니다."

마지스터는 망설였다. 아들이 있었다니! 여전히 믿어지지 않는 모양이었다. 크리스털 볼 화면을 향해 마스크를 들이댔다.

"좋아. 가장 가까운 공간이동의 문으로 가서 엘프들의 나라 셀렌다의 하얀 숲으로 오너라. 거기 도착하면 다른 지시를 내릴 것이다. 통행료를 내려면 돈이 필요할 텐데?"

"필요한 만큼 있습니다, 아버지."

"그럼 됐다."

마지스터는 통화를 끊었다.

타라는 펄쩍 뛰었다.

"안 돼!"

궁인들이 웅성거렸다.

실버는 부드러우면서 의젓한 어조로 말했다.

"미안해. 하지만 아주 중요한 일이야. 아버지가 잘못된 길에서 빗겨나도록 내가 노력할 거야."

"실버, 네가 잘못 생각하는 거야." 타라가 외쳤다. "마지스터는 너를 가만두지 않을 거야! 사악하단 말이야!"

실버는 고개를 떨어뜨렸고, 캐러멜색 머리가 얼굴을 가렸다.

"내가 해야 할 일이고, 내가 가야 할 길이야."

실버는 얼굴을 들고 금빛 눈으로 타라의 쪽빛 눈을 뚫어져라 쳐다봤다.

"하지만 너에게 돌아올게. 약속해."

그러고는 타라가 붙잡기 전에 돌아서서 쏜살같이 방을 뛰쳐나갔다.

여제는 친위대원들에게 붙잡지 말라는 명을 내리면서 크산디아르 옆에 있는 세네에게 은밀한 신호를 보냈다. 하프드래곤의 뒤를 쫓아 카무플레 국장의 모습이 눈 깜짝할 사이에 사라졌다. 세네는 실버를 절대로 놓치지 않을 것이다.

리스베스 여제는 한숨을 내쉬었다.

"저 어린 하프드래곤이 마지스터 문제를 해결해주면 좋겠지만……글쎄 쉽지 않을 거야. 그다음은?"

"타라틸랑넴 덩컨과 여동생 마라 덩컨의 차례입니다, 폐하." 서기장이 대답했다.

여제의 표정이 어두워졌다.

마라와 함께 호명된 것에 약간 놀란 타라는 화려한 옥좌 앞에 섰다.

리스베스 여제가 일어나서 왕홀로 바닥을 치는 것으로 중대한 선언이 있음을 알렸다. 여제는 심호흡을 하고 낭랑한 목소리로 말했다.

"나, 리스베스틸랑넴, 오무아의 여제는 타라틸랑넴 덩컨이 일으킨 중대 사건으로 인해 타라틸랑넴 덩컨을 오무아의 후계자에서 파면한다. 나는 마라 덩컨을 오무아 제국의 공식적 후계자로 임명하노라. 아울러 아더월드의 여러 정부들이 소송을 제기하였으므로 사형을 선고하는 것이 마땅하나 실수를 만회하기 위한 영웅적 행동을 참작하여 지구로 영구 추방하는 것으로 감형하며, 이 선언은 즉각적으로 효력을 갖게 된다. 이상 끝."

그렇게 말하고 나서 리스베스 여제는 옥좌에 앉았다.

충격적인 선언에 놀란 타라와 마라는 서로를 쳐다봤다.

"사형선고?" 타라가 중얼거렸다.

"공식적 후계자?" 마라는 목이 메었다.

최고 마구스들은 이미 주문을 읊었고, 마라의 흰색 마법복은 100개의 금빛 눈을 가진 공작이 아름다운 주홍빛으로 바뀌었다.

마라는 마법복을 내려다보면서 한숨지었다. "자르가 나를 죽이려고 할 거야."

"내가 추방된다고? 지구로?" 도무지 믿기지 않는 타라가 되뇌었다.

타라는 자신의 귀가 믿어지지 않았다. 여제의 슬픈 눈빛을 보면서 타라는 고모도 원치 않았지만, 법에 얽매여 있기 때문에 달리 방법이 없다는 걸 알아차렸다.

크산디아르가 친위대원 두 명과 함께 뒤에 서 있었다.

타라와 마라는 불안한 얼굴로 웅성거리는 군중을 헤치고 나아갔다. 방금 제국의 서열이 바뀐 것이 아닌가. 궁인들은 변화를 좋아하지 않았다.

크산디아르 친위대장은 타라를 방으로 데려간 다음 편지를 건네주고는 문밖에서 보초를 섰다.

타라는 편지봉투에 찍힌 국새를 보면서 눈이 휘둥그레졌다.

100개의 금빛 눈을 가진 주홍빛 공작.

타라의 눈 밑에서 편지가 열리고 글이 반짝거리면서 눈앞으로 튀어올랐다.

사랑하는 타라,
시간이 흐르면서 너는 나의 친딸이나 다름없이 소중한 아이가 되

었다. 용감하고, 독립심이 강하고, 고집스러운 성격, 그건 너의 큰 장점이었다. 이미 여러 번 우리 아더월드를 구해주었는데도 불구하고 너를 지구로 추방하는 것은 네 목숨을 구하고, 우리 제국의 명성을 잃지 않기 위해 생각해낸 최선의 방법이었다. 일시적인 추방이 되길 바라면서 반역하는 마법사들인 셈샤나쉬, 인간의 피를 먹는 뱀파이어, 우리의 법을 무시하고 지구에 정착한 늑대인간들을 추적해서 체포하는 임무를 너에게 맡긴다. 너는 네 할머니 이사벨라가 지휘하는 알파 조직의 일원이 될 것이다.

타라, 하찮은 임무라고 생각하면 안 된다. 지구인들에게 마법이 알려지면 안 된다는 걸 명심해라. 안정이 되고 조용해지면 너를 돌아오게 할 거야. 마라는 정치에 관심이 없다는 걸 잘 알고 있다. 내 동생 단비우가 궁전을 도망쳤을 때 싫어하는 걸 강제로 시키면 안 된다는 걸 이미 깨달았거든.

사랑한다.

너의 고모 리스베스.

글이 지워지고 편지는 사라졌다. 고모가 편지를 보냈다는 걸 아무도 알 수 없었다. 타라는 눈물을 글썽이고 있는 자신에게 놀랐다. 고모가 사랑한다는 표현을 쓰기는 처음이었다. 엄격하고 냉정한 리스베스 여제에게서 사랑한다는 말을 듣다니 너무나 뜻밖이었다.

몇 분 후, 칼과 무아노, 파브리스, 로빈이 들이닥쳤는데 몹시 흥분해 있었다. 보초들은 타라를 나가지 못하게 하라는 명만 받았기 때문에 친구들을 순순히 들여보냈다.

"자, 이거 받아!" 칼이 타라가 실의에 빠져 있을 때 압수했던 클릭을 돌려주며 말했다. "이것만 갖고 있으면 언제든 우리와 연락할 수 있어."

타라는 미소를 지으면서 귀에 클릭을 걸었다. 이런 멋진 친구를 잃어야 하다니, 도저히 받아들일 수 없는 무아노는 타라를 끌어안았다.

"영원한 작별이 아니라 잠시 헤어져 있는 것뿐이야." 타라는 눈물을 참으면서 말했다. "지구로 나를 만나러 오면 너희들에겐 멋진 휴가가 될 거야!"

무아노와 칼은 오만상을 찌푸렸다. 지구를 여행할 때마다 좋았던 기억이 없었기 때문이다.

"나는 물론 갈 거야." 파브리스가 말했다. "아버지와 얘기를 나눴고, 문지기 직책을 다시 맡기로 하셨어. 그래서 곧 아버지를 만나 내가 저지른 잘못을 설명해야 돼."

파브리스의 얼굴을 봐서는 잘되고 있는 것 같았다.

그때 갑자기 로빈이 친구들을 보면서 말했다.

"타라와 단둘이 할 얘기가 있는데 괜찮지?"

그러고는 로빈이 단호하게 방문을 가리켰다. 무아노는 미소를 지었고, 칼은 구시렁거렸으며, 파브리스는 고개를 끄덕였다.

파프니르는 한 번 더 타라를 꼭 끌어안으면서 속삭였다.

"얘가 너무 짜증 나게 하면 머리를 탁, 때려. 난쟁이들은 그러면 되거든. 혹시 모르잖아, 엘프에게도 통할지!"

타라는 웃음을 터뜨릴 뻔했다.

"지구로 향하는 공간이동의 문 대합실에서 기다릴게. 좀 이따 봐."

칼이 말했다.

친구들은 마지못해서 타라의 방을 나갔다.

타라는 두근거리는 가슴으로 로빈을 쳐다봤다.

살이 많이 빠진 하프엘프는 쇠약해져 있었다. 머리털이 자랄 수 없을 정도로 혼수상태에 있었다는 뜻이지만, 타라는 짧은 머리가 그리 마음에 들지 않았다.

"아직은 말할 수 없어서 미안해." 타라가 말했다.

로빈은 타라가 실버와의 입맞춤에 대해 말하고 있음을 알아차렸다.

"나 힘들어, 타라. 실버에 대한 네 감정이 뭔지 모르겠어. 나에 대한 네 감정이 뭔지도 모르겠고. 내가 없는 지난 두 달 반 동안 실버와 무슨 일이 있었는데?"

오! 로빈은 최악의 상황을 의심하고 있는 것이다. 타라는 온몸이 뻣뻣해지면서 분노가 치밀었다.

해명하고 싶은 마음이 싹 달아난 타라는 팔짱을 꼈다.

"난 네가 죽었다고 생각했어." 타라는 단호하게 말했다. "난 아무 짓도 하지 않았어, 로빈. 다만 유령들을 불러들이는 실수를 한 것뿐이라고! 그리고 네가 살아 있다는 걸 발라가 숨기지 않았다면 이렇게까지 되진 않았을 거야."

"발라 탓하지 마!" 로빈이 소리쳤다. "발라는 내 목숨을 구해줬어!"

로빈의 말을 들으면서 혼란스러워진 타라는 마음을 가라앉히고 말 속에 담긴 뜻을 생각했다.

이윽고 타라는 알아차렸다.

로빈은 타라를 원망하고 있었다. 곁을 지키면서 자신을 구해주지 않았던 것, 유령들을 불러들인 것, 실버에게 입맞춤한 것을 원망하고 있는 것이다.

"그래, 네 말 맞아." 타라의 어조가 어찌나 차가운지 하프엘프는 긴장했다. "네 곁을 지키면서 의식을 잃지 말고 유령들과 계속 싸웠어야 했는데."

로빈은 깜짝 놀랐다.

"의식을 잃었다고?"

"나도 어쩌다 의식을 잃었는지는 몰라. 크산디아르가 나를 발견해서 안전한 곳으로 데려갔고, 그다음은 칼이 나를 살렸어. 내가 너를 따라가기 위해 죽으려고 했으니까. 칼이 나 때문에 정말 고생 많이 했어."

로빈은 아연실색한 얼굴로 한 발짝 앞으로 다가섰다.

"난…… 난 몰랐어!"

"당연하지, 네가 그걸 어떻게 알 수 있었겠어? 유령들을 불러들인 것은 사과할게. 너를 지켜주지 못한 것도 사과할게. 고의는 아니지만 너를 저버린 것에 대해서도 사과할게. 하지만 내가 실버에게 입맞춤한 것에 대해서는 사과하지 않겠어. 난 실버를 아주 소중한 친구로 생각하니까. 그리고 다시 말하지만 난 네가 죽었다고 생각했어! 실버는 내 목숨을 구해줬어. 실버는 비늘 때문에 누구와도 가까이 지낼 수 없었던 고독한 사람이야. 나는 전적으로 그를 신뢰한다는 걸 실버에게 보여주고 싶었어. 그래서 나는 용서를 구하지 않아!"

로빈은 타라를 뚫어져라 쳐다봤다.

"비늘? 무슨 비늘?"

"실버는 자기가 드래곤의 자식이라는 걸 모르고 있었어. 몸을 뒤덮은 비늘은 아무도 접근하지 못하게 만드는 흉기나 다름없기 때문에 실버가 얼마나 괴로워했는지 몰라."

"아, 그래? 그럼 너희 둘······ 너희 둘은······."

타라는 어처구니가 없는 얼굴로 천장을 올려다봤다.

"맙소사, 로빈! 나는 네가 죽었다는 슬픔 때문에 반쯤 미쳐 있었고, 너를 따라가기 위해 기계를 작동해 죽을 생각을 했고, 에드라킨족의 숲에서 수많은 괴물들에게 쫓기면서 가짜 신들과 싸우고 있었는데 넌 한다는 생각이 고작 그거야? 내가 그딴 짓을 할 시간이나 있었는지 알아? 너 정말 돌았구나!"

로빈의 얼굴에 미소가 감돌았다. 로빈이 타라를 안아 덥석 들어 올리고는 빙빙 돌았다.

"당장 내려놔!" 아직 화가 나 있는 타라가 소리쳤다.

로빈은 순순히 말을 들었다. 타라가 소리를 지르기 때문이 아니라 더는 기운이 없어서였다.

로빈은 타라를 꼭 끌어안았다.

"미안해." 이번에는 로빈이 말했다. "네가 나를 미치게 만들었어. 난 팔다리가 잘린 상태로 두 달이나 의식을 잃고 있었고, 너는 행방불명되었어. 궁전에서 네 어머니가 늑대인간들과 함께 모의를 주도하고 있다는 걸 알았을 때 난 제정신이 아니었어. 그래서 당장 달려왔는데 네가 그러고 있는 모습을 보자 이성을 잃었던 거야. 오, 타라, 얼마나 보고 싶었는지 몰라!"

타라도 힘껏 포옹했다.

"나도 네가 미치도록 보고 싶었어."

그때 크산디아르가 문을 열었다가 부둥켜안은 타라와 로빈을 보고

헛기침을 했다.

"미안하지만 지금 떠나야 합니다. 로빈 망질, 우리 후계…… 마마는 짐을 싸야 하니까 나가주게."

타라와 로빈은 동시에 한숨을 내쉬었다. 로빈은 마지못해서 방을 나갔다.

타라는 필요한 것들을 챙겨 체인지라인에 집어넣은 다음 침대에 앉았다.

이번에는 타라가 도망치는 것이 아니었다. 타라는 마법이 싫다고, 아더월드는 괴상하고 잔혹하고 야만적이라고 입버릇처럼 말했다. 그런데 이번에는 놀랍게도 마법의 행성이 타라를 내치고 있었다.

타라는 추방령을 곰곰이 생각하면서 고모가 얼마나 머리를 써서 내린 결정인지 깨달았다. 아더월드의 여러 나라에서 누군가를 지구에 가서 살게 하는 것은 사형선고나 다름없는 형벌이었다. 따라서 지구를 선택한 이사벨라의 결정은 당시 굉장히 충격적인 일이었다.

아더월드 사람들은 이번 추방령으로 지구에서 자란 타라가 아주 편안하고 자유롭게 살 수 있음을 간과한 것이다.

타라는 이제 평범한 소녀로 돌아가는 것이다. 의사나 변호사, 금융 중개인, 재난 구조원, 회계사, 제빵사가 되는 일은 절대로 없겠지만…….

여제의 명을 받아 타라는 감시자가 되는 것이다.

타라의 손가락에서 크라에토비르의 반지가 흥분했다. 주위에서 뭔가 이상한 일이 일어나고 있음을 감지한 반지는 소녀의 머릿속에 접근했다. 명확하지는 않지만 반지는 타라가 아더월드에서 멀리 떠나게 되었다는 걸 알았다.

마법이 훨씬 약해지는 세상으로 가려는 것이다. 마법의 에너지가 차츰 줄어들면서 반지가 결국에는 소멸되는 세상?

크라에토비르의 반지는 받아들일 수 없었다.

타라가 침대에서 일어나려는 순간, 반지는 놀라울 정도로 거칠게 소녀를 제압해버렸다.

그리고 장악했다.

『타라 덩컨』 8권에서 계속……

아더월드의 용어 해설

🌊 **아더월드_** 아더월드는 지구 표면적의 1.5배에 이르는 마법 행성으로 태양 주위를 공전하며, 하루 26시간, 1년 454일, 14개월로 이루어져 있다. 위성으로는 두 개의 달 마딕스와 타딕스가 아더월드의 주위를 돌고 있으며, 춘·추분에 조수간만의 차가 몹시 크다.

아더월드의 산들은 지구의 산보다 훨씬 더 높으며, 채굴되는 광물은 대체로 마법의 폭발성이 있어서 추출하는 것이 상당히 위험하다. 지구(육지 29%, 바다 71%)보다 바다가 차지하는 비율은 적으며(아더월드: 육지 45%, 바다 55%), 그중 두 개의 바다는 민물이다.

아더월드를 지배하는 마법은 동물상, 식물상과 마찬가지로 기후에도 영향을 미친다. 그로 인해 계절을 예측하기가 아주 힘들다(아더월드에서는 한여름에도 폭설이 내려 1미터나 되는 눈에 덮일 수 있다!).

아더월드의 7계절 분류: 계절 1 카일로스(지역에 따라 −30∼−50℃까지 내려간다), 계절 2 보탄트(지구의 봄 날씨와 유사하다), 계절 3 트레보, 계절 4 파이초, 계절 5 플루초, 계절 6 모인초, 계절 7 살탄(우기).

아더월드에는 인간, 난쟁이, 거인, 트롤, 뱀파이어, 땅신령, 꼬마도깨비, 엘프, 유니콘, 키마이라, 타트리스, 드래곤 등 수많은 종족이 살고 있다.

✹ 그 밖의 다른 행성

🐉 **드란보우글리스펜쉬르_** 드래곤들의 행성. 지능이 높은 거대한 파충류인 드래곤은 마법 능력을 타고나서 어떤 형상으로든 변신할 수 있으며, 대체로 인간으로 변신해 있다.

마법사들 편에 서서 림보의 악마들과 싸우고 있다. 세계의 영토를 점령하기 위해 악마들과 대립하면서 드래곤들은 지구의 마법사들과 충돌하는 순간까지는 알려져 있는 모든 세계를 정복했다. 끊임없이 악마들과 싸워야 하는 드래곤들은 지구인 마법사들과 전쟁을 벌인 뒤에 지구인들과 동맹을 맺는 것이 유리하다는 결론을 내렸다. 지구를 지배하겠다는 계획은 포기했지만, 마법사들이 지구를 지배하는 것도 인정할 수 없는 드래곤들은 지구의 마법사들에게 아더월드에서 더 많은 마법사를 양성하고 훈련시키자고 제안했다.

수년 동안 드래곤들을 경계하면서 고심한 끝에 지구의 마법사들은 결국 그 제안을 받아들이고 아더월드에 정착했다.

드래곤들은 드란보우글리스펜쉬르를 비롯해 지구, 아더월드, 마딕스와 타디스 등 많은 행성에 살고 있으며, 특히 인간들의 일에 사사건건 참견한다. 드래곤들이 가장 끔찍하게 싫어하는 적은 림보에 사는 악마들이다.

🦋 **림보**_ 악마의 세계로 악마들의 영역. 림보는 서클이라고 불리는 여러 세계로 나뉘어 있으며, 서클에 따라 악마들의 능력과 학식이 차이 난다. 제1, 2, 3서클의 악마들은 거칠고 아주 위험하다. 제4, 5, 6서클의 악마들은 마법사들과 정해진 조건 내에서 서로 도움을 주고받는다(마법사는 필요한 것을 악마에게서 얻을 수 있으며 악마의 경우도 마찬가지다). 제7서클은 마왕이 군림하는 서클이다.

림보에 사는 악마들은 저주받은 태양이 제공하는 악마의 에너지를 먹고산다. 다른 세계로 가기 위해 림보를 나갈 경우엔 생명력이 강한 존재의 살과 정신을 먹어야 한다. 전 세계를 침략하던 중 갑자기 나타난 드래곤들과의 전쟁에서 패배한 뒤로 악마들은 림보에 갇히게 되었고, 마법사나 마법 능력이 있는 존재의 긴급 요청이 있어야만 다른 행성으로 갈 수 있게 됐다. 악마들은 이런 활동범위 제한을 견디기 힘들어서 끊임없이 해방될 방법을 모색하고 있다.

악마들이 지구를 침략하려는 이유는 아쿠알릭, 즉 바닷물에 중독되어 있기 때문이다. 악마들에게 바닷물은 알코올과 같은 작용을 하는데 림보에는 바다가 없다. 게다가 지구의 바닷물 맛을 특히 좋아하기 때문이다. '모든 인간을 죽이고 짠물을 실컷 마시겠다'는 것이 악마들의 신조다.

🐚**산티보르**_ 텔레파시 능력이 있는 식물성 존재 진실의 입들이 사는 얼음 행성.

🐚**지구**_ 인간과 비밀 임무를 맡은 마법사들이 살고 있다.

☀ 아더월드의 나라들과 종족

🐚**간디스**_ 거인들의 나라로 수도는 제오폴. 세력 있는 그로아르 가문이 통치하며 흑장미 섬과 황무지 늪이 있다. 나라의 문장은 '주문방지' 돌로 쌓은 벽에 아더월드의 태양이 올라앉은 형상이다.

🐚**랑코비트**_ 인간이 지배하는 가장 큰 왕국으로 수도는 트라비아. 왕국의 문장은 은빛 초승달 아래 금빛 뿔의 하얀 유니콘이다. 베어 왕과 티타니아 왕비가 통치하고 있으며, 타라와 어머니 셀레나의 조국이다. 약 8천만의 주민이 살고 있고, 뱀파이어들을 받아들이는 드문 나라 중 하나다.

🐚**멘탈리르**_ 보우 대륙 동쪽의 광활한 평원이며 유니콘들과 켄타우로스들의 나라. 유니콘은 생김새와 크기가 말과 같고, 이마에 나선형 뿔이 하나 있으며 발굽은 갈라져 있고 털은 흰빛이다. 지능이 떨어지는 유니콘도 간혹 있지만, 대부분은 영리하며 그 지능은 드래곤들의 지능에 견줄 수 있다. 유니콘의 이 특성을 어떤 종족의 지능이나 동

물의 지능으로 분류하기는 힘들다.

켄타우로스는 반은 남자나 여자의 형상, 반은 말의 형상을 하고 있는데 두 종류가 있다. 상반신은 인간, 하반신은 말의 형상을 한 켄타우로스와 상반신은 말, 하반신은 인간의 형상을 한 켄타우로스. 켄타우로스가 어떤 마법에 걸려 있는지는 알 수 없으나 소금이나 향유 같은 생필품을 얻기 위해서가 아니면 다른 종족들과 섞이기를 싫어하는 까다로운 종족이다. 사납고 거칠어서 영역을 침범하는 이방인들을 발견하면 가차 없이 화살을 쏘아댄다. 켄타우로스의 샤먼 부족은 평원에서 하얗고 파란 맹독성 개구리 플로프들을 잡아 그 등을 핥는 것으로 미래를 점친다고 전해진다. '찌르레기 대전'이 벌어지는 동안 켄타우로스들이 엘프들에게 몰살되었다는 것은 이 방법이 100퍼센트 믿을 만한 것이 아님을 말해준다.

🐎**살테렌스_** 살테렌스들의 나라로 수도는 살라. 나라의 문장은 파란색 투명한 소금을 물고 곧추서 있는 커다란 벌레. 왕은 없고 위대한 카샤라고 불리는 족장과 재상 일파봉이 통치하며 여러 부족으로 나뉘어 있다. 노예제도를 주장하는 종족으로 사자와 표범의 잡종인 두 발 동물이다. 침투할 수 없는 사막에서 숨어 지내면서 마법의 소금 광산을 개발한다.

🐎**셀렌다_** 엘프들의 나라로 수도는 세보른. 문장은 대각선으로 시위를 메긴 두 개의 활 위로 보이는 은빛 보름달.

엘프들은 마법사들과 마찬가지로 마법에 재능이 있다. 겉모습은 인간이며 뾰족한 귀와 고양이의 눈처럼 동공이 수직으로 움직이는 크리스털 눈, 은발이 특징이다. 아더월드의 숲과 평원에서 살며 가공할 만한 사냥꾼이다. 엘프들은 전투와 싸움, 상대를 유인하는 온갖 종류의 게임을 좋아하기 때문에 그들의 에너지를 적절히 이용하기 위해 경찰국이나 국가정보국에 고용된다.

하지만 엘프들이 옥수수나 마법의 귀리를 경작하기 시작하면 아더월드의 종족들은 불안해한다. 그건 엘프들이 전쟁을 시작할 거란 뜻이기 때문이다. 실제로 전시에는 사냥할 겨를이 없기 때문에 엘프들은 곡식을 재배하고 가축을 기르며, 일단 전쟁이 끝나면 예전의 생활로 돌아간다.

또 다른 특성으로 아이들이 걸어 다닐 수 있을 때까지 남성 엘프들은 배에 달린 육아낭 같은 작은 주머니에 아기를 넣고 다닌다. 여성 엘프는 남편을 다섯 명 이상은 가질 수 없다. 엘프는 거의 죽지 않기 때문에 아이들이 별로 없다. 하프엘프 로빈은 혼혈이라는 이유로 엘프들에게 따돌림을 받고 있다.

스몰컨트리_ 땅신령, 꼬마도깨비 파보, 요정, 고블린의 나라로 수도는 스몰빌. 문장은 원 안에 도안한 꽃, 새, 거미. 땅신령은 파란색, 꼬마도깨비는 초록색, 고블린은 회색, 요정은 여러 가지 색이다.

땅신령은 작달막하고 단단한 체구이며 오렌지색 털이 나 있다. 돌을 먹고 살며, 난쟁이들과 마찬가지로 광부들이다. 땅신령의 오렌지색 털은 고성능 가스 탐지기이다. 털이 곤두서면 별 탈이 없지만, 털이 내려앉는 순간부터 땅신령은 광산에 가스가 있다는 걸 알아채고 도망치기 때문이다. 또한 알 수 없는 이유로 인해 땅신령들만 '진실의 입들'과 교감할 수 있다.

스몰컨트리의 익살꾼인 꼬마도깨비 파보들은 키디코이라는 막대사탕을 만들어낸 이들이다. 착시 현상을 일으키거나 일시적으로 보이지 않게 할 수도 있으며 금을 좋아해 비밀주머니에 숨겨둔다. 그 주머니를 찾아낸 자는 두 가지 소원을 빌 수 있고, 귀한 금을 회수하려면 반드시 그 소원을 들어줘야 한다. 하지만 꼬마도깨비들은 반대로 해석하는 데 선수여서 예측 불허의 결과가 일어날 수 있으므로 소원을 비는 것에는 항상 위험이 따른다.

요정들은 꽃을 가꾸면서 작지만 효과적인 마법을 날리며, 고블린들은 요정과 움직이는 것은 무엇이든 잡아먹으려고 한다.

오무아_ 인간이 지배하는 가장 큰 제국으로 수도는 팅가푸르. 제국의 문장은 100개의 금빛 눈을 가진 주홍빛 공작이다. 타라의 고모인 여제 리스베스틸랑넴 탈 바르미 압 산타 압 마루와 삼촌인 황제 산도르 탈 바르미 압 마르치 압 브레비스가 통치하고 있다. 제국을 설립한 최고 마구스 데미데루스의 후손들이다. 오무아에는 약 2억의 주민이 살고 있다. 다른 나라들과 교역하고 있으며, 셀렌다를 제외하고 가장 많은 수의 엘프 군단을 거느리고 있다.

크라살비_ 뱀파이어들의 나라로 수도는 우를라. 나라의 문장은 천문관측기 위에 무한을 상징하는 누운 8자와 별이 올라앉은 형상이다.

뱀파이어는 총명하고, 인내심이 많으며, 학식이 깊다. 수명이 아주 길고, 수학과 천문학에 몰두하며, 대부분의 시간을 명상하는 데 보내면서 삶의 의미를 추구한다.

아더월드의 뱀파이어는 동물의 피를 먹고살기 때문에 가축을 키운다. 브르르아아아, 모오오오우우우, 지구에서 수입한 말, 염소, 양 등. 하지만 몇몇 피는 금지되어 있다. 유니콘이나 인간의 피를 먹으면 미치게 되며, 수명이 절반으로 줄고, 햇빛을 쐬면 치명적인 알레르기가 일어나기 때문이다. 반면에 뱀파이어에게 물리면 독이 퍼지게 되며, 뱀파이어에게 물린 인간은 그들의 노예가 된다. 게다가 독성 피가 전이되면 뱀파이어가 되는데 이 경우의 뱀파이어는 파괴적이고 악독하기 때문에, 저주에 희생된 뱀파이어는 동족으로 구성된 특별수사대는 물론 아더월드의 모든 종족에게 쫓겨 다닌다.

🦎 **크랑카르_** 트롤들의 나라로 수도는 크리아. 나라의 문장은 나무 꼭대기에 몽둥이가 걸려 있는 형상이다. 트롤 외에 식인귀, 오크, 고블린 들이 살고 있다.

트롤은 거대한 몸집에 납작한 이빨이 있는 초록빛 털북숭이로 채식주의 종족이지만, 고기를 흡수할 경우 식인귀가 될 수 있다. 식인귀가 되면 크랑카르에서 쫓겨난다. 먹고살기 위해 나무를 마구 죽이며(이것이 엘프들의 울화를 치밀게 한다), 쉽게 자제력을 잃어버리는 성향이 있어서 한번 성질이 나면 닥치는 대로 짓뭉개버리기 때문에 평판이 나쁘다.

🦎 **타트란_** 타트리스, 카흠보움, 타츠보움의 나라로 수도는 시티

빌. 문장은 양피지 위에 놓인 직각자, 컴퍼스, 크리스털 볼.

타트리스는 머리가 둘인 특성을 가지고 있다. 관리 능력이 뛰어난 데다 신체적 특성 덕분에 행정관이나 정부 고위층에서 일하고 있다. 오로지 일을 중요하게 여기면서 헛된 꿈을 꾸지 않는 현실주의자들이다. 또한 꼬마도깨비 파보들이 즐겨 놀리는 대상 중 하나이며, 이 장난꾸러기들은 유머가 결핍된 종족이라는 소리를 듣지 않기 위해 수세기 동안 끈질기게 타트리스 종족을 웃기려고 애쓰고 있다. 게다가 파보들은 웃기는 데 성공한 자들 중 1등에게는 상까지 수여하고 있다.

카흠보움은 빨간 눈과 촉수들이 있는 노란색 덩어리 모습을 하고 있으며 주로 도서관 사서로 일한다. 타츠보움은 촉수로 놀라운 멜로디를 연주하는 음악가들이다.

🐦 **파트로크**_ 에드라킨족이 사는 나라로 수도는 키크로크. 나라의 문장은 바람의 원소에 올라앉은 불새. 에드라킨족은 강력한 마법사들이며, 생김새는 인간과 비슷하지만 귀가 뾰족하고 털로 덮여 있는 육식동물에 가깝다. 머리털은 두상의 절반 정도까지만 자라며, 코는 거의 보이지 않는다. 다른 종족을 싫어하지만 의무적으로 여러 나라와 교역하고 있다. 에드라킨족은 아더월드를 정복하기 위해 네 번이나 침략을 시도했다.

🐦 **히믈리아**_ 난쟁이들의 나라로 수도는 미나트. 대장장이 씨족이 통치하고 있다. 나라의 문장은 광산 지하의 전쟁용 모루와 쇠망치.

키와 몸통 폭의 길이가 똑같은 단단한 체구가 난쟁이들의 신체적 특징이다. 아더월드의 광부, 대장장이로 활동하고 있으며, 뛰어난 금속 가공업자, 보석 세공인도 거의 난쟁이들이다. 성격이 몹시 까다로운 것으로 알려져 있고, 마법을 싫어하며 아주 길고 복잡한 노래를 즐겨 부른다. 또한 돌을 통과하거나 돌을 용해시키는 특별한 재능을 지니고 있는데 마법과는 다른 차원의 힘이다.

☀ 아더월드와 주변 행성의 동·식물상 및 속담

🐾 **가즈즈_** 사슴뿔이 달린 네 발 짐승으로 털이 빨간색(트롤들의 나라에서는 초록색)이다.

🐾 **간다리_** 대황에 가까운 식물이며, 꿀처럼 단맛이 난다.

🐾 **갬볼_** 마법에 흔히 이용되는 파란 이빨의 설치류 동물. 그 살가죽과 피에 마법이 침투하지 못할 정도로 땅을 깊이 파고 들어간다. 건조시키면 딱딱해졌다가 가루처럼 변하며, '갬볼 가루'는 힘든 마법을 실행할 수 있게 한다. 몇몇 마법사들은 갬볼 가루를 식용하는데, 그 가루가 환각 증세를 일으키기 때문이다. 갬볼 가루 복용은 아더월드에서 엄격하게 금지되어 있으며 위반할 경우 엄중한 처벌을 받는다.

🐾 **글로우톤_** 털북숭이 동물. 길게 늘어나는 특성이 있어서 목을 조

르는 밧줄로 사용한다.

🦎 **글루릅스**_ 머리가 아주 갸름한 초록색과 갈색의 도마뱀으로 호
수와 늪 근처에서 서식한다. 식욕이 왕성하며, 물속에서
숨을 쉬지 않고 몇 시간을 견딜 수 있어 목을 축이러 오는
순진한 동물을 잡아먹는다. 물가의 은신처에 굴을 파놓
고 살며, 호수 바닥의 구멍 속에 먹이를 숨겨놓는다.

🦎 **글리이르**_ 새지만 날지 못한다. 포식동물들을 피하기 위해 트라
둑과 같은 방식으로 생존한다. 냄새로 가장 끈질긴 흡혈파리 떼도 물
리칠 수 있는 식물 예록을 먹고산다.

🦎 **드래코-티라노사우루스**_ 뱀과 공룡의 잡종. 드래곤
의 사촌이지만 지능은 많이 떨어지며, 날개가 작아서 날지
못한다. 가공할 만한 포식동물로 움직이는 것뿐만 아니라
움직이지 않는 것조차 닥치는 대로 잡아먹는다. 오무아 제국
의 따뜻하고 습한 숲에서 살며, 이 지역은 관광 개발이 불가
능하다.

🦎 **디스쿠타리움/데비자투아르(사용하는 국민에 따라 다르다)**_
지구와 아더월드, 드란보우글리스펜쉬르, 악마들의 림보와 관련된 모
든 책, 영화, 예술 작품에 관한 정보를 조회할 수 있다. 디스쿠타리움에
서 나오는 목소리는 어떤 질문에도 답변을 못하는 경우가 거의 없다.

로크 새_ 공중에서 사는 자이언트 새로, 커다란 독수리 콘도르와 비슷하다. 인공위성을 궤도에 올려놓거나 아더월드에서 마딕스와 타딕스로 여행할 때 이용한다. 다행히 아더월드의 태양빛을 먹고 살기 때문에 배설하지 않는다. 로크 새의 똥이 머리 위로 떨어질 일은 없다.

마누릴_ 마누릴의 하얀 싹은 즙이 많아서 아더월드 사람들이 즐겨 음식에 곁들여 먹는다.

모오오오우우우_ 뿔은 없고 머리가 둘 달린 고라니. 머리 하나가 먹을 때 다른 하나는 포식동물들을 감시한다. 이동할 때는 게처럼 옆으로 걷는다.

무슈티크_ 벌처럼 쏘아서 아더월드 사람들의 피를 빨아먹는 공격적인 곤충. 흡혈파리보다 크기가 더 크며, 트라둑이나 브르르르아아아에 앉아 있다가 살 속을 파고드는데 치명적인 독을 분비하기 때문에 아주 위험하다.

므르르르_ 초록색 귀가 달린 오렌지빛 고양이. 같은 능력을 가진 빨간 생쥐 뿌익을 잡기 위해 공간이동을 할 수 있다.

므르모움_ 나무들이 숲 모양으로 거대한 군락을 이루고 있어서 따기가 아주 힘든 과일이다. 므르모움나무는 접근하는 것이 있으면 괴상한 소리를 내면서 땅속으로 파고들기 때문에 붙여진 이름 이다. 아더월드에서 산책을 하다 보면 므르모움나무 숲이 통째 로 사라지고 벌판만 남는 아주 놀라운 광경을 목격할 수 있다.

미암_ 크기가 복숭아만 한 빨간 체리.

발로르키데_ 꽃이 아주 화려한 기생식물. 이름은 개화하기 전의 노란빛과 초록빛의 봉오리에서 따온 것이다. 성장 속도가 아주 빨라서 몇 계절 만에 나무 한 그루를 죽일 수 있으며, 뿌리로 이동해서 그다음 나무를 공격한다. 그래서 아더월드의 나무들 은 발로르키데들이 들러붙지 못하게 부식시키는 물질을 분비 하는 것으로 생존 경쟁을 벌이고 있다.

발분_ 거대한 고래로 붉은색이며 지구의 고래보다 두 배로 크다. 발분은 잊지 못할 멜 로디의 노래를 부르며, 젖이 아주 풍부하 다. 발분의 젖으로 만든 버터와 크림 은 영양가가 높은 인기 식품이어 서 물에 사는 트리톤과 사이렌들과 육지 에 사는 거주자들 사이에 무역 교류의 대상이 되고 있다. 노래를 아주 잘 부를 때 '발분처럼 노래 부른다'는 말로 칭찬한다.

🐾**뱅뱅**_ 붉은색 나무로 인간이 이 식물에서 추출한 빨간 가루를 먹을 경우 행복을 느끼다가 황홀경에 빠져 죽음에 이른다. 트롤들은 이빨이 아플 때 복용한다.

🐾**버디 드라이어**_ 바람의 원소를 이용한 무형물로 욕실에서 주로 사용한다.

🐾**베에에**_ 아름다운 흰털 양. 마법 행성의 변화무쌍한 계절에 적응력이 뛰어나서 몇 시간 만에 털이 빠지거나 털을 자라게 할 수 있다. 그래서 털 깎는 시기에 사육자들이 그 특성을 이용해 날씨가 갑자기 몹시 더워졌다고 하면 베에에들은 즉시 털을 홀랑 벗어버린다. 아더월드에서 '베에에처럼 순진하다'는 표현을 쓰는 것은 여기서 유래한다.

🐾**벤드룩**_ 림보의 여러 우상 중 하나인 벤드룩은 생김새가 어찌나 흉측한지 다른 우상들조차 그 끔찍한 모습에 두려움을 느낄 정도다. 벤드룩은 내장이 몸 밖으로 나와 있어 먹을 때 소화되는 과정을 구경할 수 있다.

🐾**벨루르 목재**_ 내구성이 좋고, 아름다운 금빛 색깔 때문에 아더월드에서 실내 바닥재로 많이 사용한다. 겉보기에는 차가운 느낌이지만 양탄자처럼 푹신하다.

☙ **보벨_** 앵무새와 유사한 아더월드의 화려한 새로 마법사
들의 마음을 사로잡는 마법 능력이 있다.

☙ **보우둘 필터_** 파란색 자루처럼 생긴 유기체. 아더월드의 항구에
서 온갖 쓰레기를 먹어치우는 것으로 맑고 깨끗한 물을 유지해준다.

☙ **부이브르_** 야행성의 날개 돋친 도마뱀으로 길이가 30미터에 이
르며, 물고기를 먹는 동물이다. 부이브르의 이마에 박힌 보석
에는 독을 중화시키는 성분이 있고, 도마뱀의 부위들
은 주로 묘약의 재료로 사용된다. 최초의 부이브
르는 알에서 태어난 것으로 전해지고 있지만
생물학적으로 도저히 불가능한 일이다.

☙ **북극 젤레_** 흰털의 작은 동물로 혈액 속의 동결 방지 성분 덕분
에 영하 80도의 기온에서도 살 수 있다. 젤레는 두 봄을 보내고 나서
정확하게 플루초 1일에 죽는데 그 털이 희귀하기 때문에 사냥꾼들은
기온이 영하 20도로 오르는 북극으로 젤레를 잡으러 간다. 그러나 젤
레가 구멍 속에 숨어서 죽는 습성이 있는 데다 털이 새하얗기 때문에
찾기가 힘든 것이 문제다. 빙산 속에 숨어 있다가 구멍 가까이 접근하
는 것은 모조리 잡아먹는 '크로크라'라는 일종의 바다표범들 때문에
구멍마다 손을 집어넣는 것은 아주 위험하다.

☙ **불사르딘_** 공격을 받으면 몸이 팽창하는 특성을 가진 일종의 정

어리. 껍질은 칼이 들어가지 않을 정도로 아주 질기다. 아더월드에서 파괴되지 않는 것을 보면 '불사르딘 같다'고 말한다.

🐟 **불새_** 깃털에 불이 붙어 있지만 신기하게도 털이 재생된다. 아더월드의 불에 타지 않는 나무에만 둥지를 틀며, 물을 떨어뜨리면 불새를 죽일 수 있다.

🐟 **붉은 트르르_** 썩지 않는 목재. 부서지거나 맥주에 부식되지 않기 때문에 집과 술집에서 주로 사용한다.

🐟 **브룩스_** 드래코-티라노사우루스의 똥만 먹고 사는 도마뱀.

🐟 **브룸므_** 일종의 빨간 무로 아더월드 사람들이 즐겨 먹는다.

🐟 **브르르르아아아_** 거인들의 나라 간디스에서 생산하는 엄청나게 큰 소. 털은 숱이 아주 많아서 거인들이 그 털가죽으로 옷을 지어 입는다. 몹시 공격적이어서 움직이는 것이 있으면 뭐든 덤벼든다. 제 그림자를 쫓다가 녹초가 된 브르르르아아아를 보게 되는 것은 그 때문이다. 흔히 고집불통인 사람을 '브르르르아아아 같다'고 표현한다.

346

브르리르_ 흰빛과 금빛이 어우러진 고양이과 동물로 다리가 여섯 개. 특히 브르리르를 사랑하는 오무아 제국의 여제는 이 동물들이 궁전에 갇혀 있다는 생각을 하지 않도록 주문을 걸어놨다. 그래서 브르리르들에게는 가구와 침대의자가 나무와 편안한 바위로 보인다. 브르리르에게는 궁인들이 안 보이며, 궁인들이 쓰다듬어주면 바람에 털이 살랑살랑 흩날리는 것이라고 생각한다.

브르맥주_ 첫 모금에 몸이 부르르 떨리기 때문에 붙여진 이름이다.

브리양트_ 요정의 사촌으로 아더월드의 조명 기구. 대륙에 따라 날개 달린 작은 요정 형상, 날개 돋친 뱀 형상 등 여러 가지 모습이 있다. 어둠 속에서 100와트 밝기의 빛을 발하며, 거리의 가로등이 되기도 하고 투명한 스탠드나 램프의 모습으로 아더월드의 모든 가정을 밝혀준다.

브릴_ 브릴의 싹 요리는 아더월드에서 아주 인기가 높다. 브릴은 히믈리아에 있는 마법의 산골짜기에서 자라며 난쟁이들이 그 싹을 수확해서 아더월드의 상인들에게 비싼 값으로 판다. 게다가 히믈리아에서는 브릴을 잡초로 여겨 먹지 않기 때문에 난쟁이들은 이 불로소득에 즐거운 비명을 지른다.

🦋 **브볼_** 아더월드의 참새.

🦋 **블라즈_** 청소하는 푸프푸프와 비슷하지만 블라즈는 날아다니며 아더월드의 자이언트 거미들을 공포에 떨게 한다.

🦋 **블루릅스_** 갈색 가죽배낭 같은 모습으로 흙 속에 숨어 있다가 접근하는 곤충을 잡아먹는 식물. 어린 블루릅스들이  흰개미처럼 어미 블루릅스에게 물과 먹이를 공급하며, 다 크면 둥지를 떠나 다른 데에 뿌리를 내리고 흙 속으로 파고 들어간다. 아더월드에서는 궁지에서 헤어날 방법이 전혀 없을 때를 가리켜 '블루릅스 둥지에서 헤맨다'고 표현한다.

🦋 **블루투르_** 썩은 고기를 먹는 회색과 노란색 새로 무엇이든 소화할 수 있다. 블루투르가 죽어도 몇 달 동안 창자는 살아 있어서 먹은 것을 계속 소화시킨다. 블루투르의 창자는 독을 신선하게 보존하는 데 사용된다.

🦋 **블를_** 대부분 물속에서 생활하다 번식기에 물 밖으로 나오는 날개 돋친 물고기. 색이 아름다워 수영장 장식용으로 쓰인다.

🦋 **블리르_** 아더월드의 금빛 자두. 지구의 자두와 아주 흡사하며 더

달콤하다.

🐚 **비마**_ 비마법사를 축약한 것으로 마법 능력이 없는 인간들을 가리킨다.

🐚 **비즈즈즈**_ 빨간색과 노란색의 커다란 벌. 지구의 벌들과는 달리 비즈즈즈는 독침이 없다. 독극물을 분비해 잡아먹으려고 달려드는 포식동물을 독살하는 것이 비즈즈즈의 방어 수단이다. 비즈즈즈들이 아더월드의 마법 꽃에서 생산하는 꿀은 그 어떤 꿀에도 비길 데 없는 맛이다. 아더월드에서는 '비즈즈즈 꿀처럼 달콤하다'는 표현을 자주 사용한다.

🐚 **빠그락-땅콩**_ 벌어질 때 나는 독특한 소리 때문에 붙여진 이름이다. 이 땅콩에서 짜내는 기름은 향이 좋아 아더월드의 유명한 주방장이나 숙련된 가정주부들이 주로 애용한다.

🐚 **빨간 바나나**_ 색깔을 제외하고는 지구의 바나나와 똑같다.

🐚 **뿌익**_ 이 장소에서 저 장소로 자신의 몸을 물리적으로 전송할 수 있는 꼬리가 둘 달린 빨간 쥐. 천적은 같은 능력을 지닌 초록색 귀의 오렌지색 뚱보 고양이 므르르르이다.

🦋**사카트_** 맹독성의 공격적인 빨갛고 노란 곤충으로 아더월드에서 특히 좋아하는 꿀을 생산한다. 미식가들인 난쟁이들만 사카트의 애벌레를 먹을 수 있다. 다른 종족이 먹었을 경우에는 애벌레의 딱지가 인간이나 엘프의 소화액에 용해되지 않아 배 속에서 벌떼를 분봉할 위험이 있다.

🦋**샤먼_** 아더월드에서 의사 역할을 하는 치료사. 마법사는 누구나 다쳤을 때 레파루스 주문으로 상처를 아물게 할 수 있지만, 이 주문만으로는 치료할 수 없는 병도 많기 때문에 꼭 필요한 존재이다.

🦋**샤트릭스_** 일종의 하이에나. 검은색이며, 독이 든 이빨을 사용하는 아주 공격적인 동물로 밤에만 사냥한다. 길들일 수 있어 오무아 제국에서 샤트릭스들을 문지기로 이용한다.

🦋**세르팡 밀리에르_** 황무지 늪 근처에 서식하는 뱀. 납작한 비늘 덕분에 진흙 속에서도 이동할 수 있다. 물속에 집어넣으면 빠져버린다.

🦋**소포르_** 향기로운 꽃들이 탐스러운 식물. 최면 작용을 하는 꽃가루로 곤충과 동물을 함정에 빠뜨린다. 곤충이나 동물이 잠들면 꽃가루를 뿌려서 번식을 도와주는 매개체로 삼는다. 얼마 후 깨어난 곤충이나 동물이 다른 소포르 군락지를 지나가면서 꽃가루를 옮기기 때문이다. 소포르는 위험한

식물이 아니지만, 매개체들을 잠들게 하기 때문에 다른 포식동물에게 쉽게 노출되어 위험에 처하게 된다. 소포르 군락지 주변에서 육식동물이 자주 보이는 것은 그 때문이다.

🐾 **스너피_** 생김새는 여우와 비슷하지만 두 발로 걸어 다니며 누더기를 걸치고 옆구리에 배낭을 달고 다닌다. 닭이나 스파슌을 훔치기 때문에 아더월드의 농부들이 아주 싫어한다. 제 몸을 복제하는 특성이 있어서 감옥에 갇혀도 탈옥할 수 있다.

🐾 **스쿠프_** 아더월드의 기술로 생산되는 날개 달린 작은 카메라. 스쿠프는 지능을 가지고 있어서 촬영한 영상을 크리스털리스트에게 전송한다.

🐾 **스크로뉴플루프_** 수달과 토끼를 뒤섞어놓은 듯한 생김새. 스크로뉴플루프는 아주 어리석은 사람이나 아주 멍청한 경우를 가리킬 때 흔히 사용하는 욕이다.

🐾 **스트리둘_** 지구의 메뚜기에 해당된다. 몹시 파괴적이어서 구름같이 떼를 지어 이동할 때는 삽시간에 농작물을 휩쓸어버린다. 스트리둘은 아주 풍부한 점액을 생산하기 때문에 마법에 널리 사용된다.

👾 **스파슈니어_** 닭장처럼 스파슌을 가두어두는 우리.

👾 **스파슌_** 금빛의 자이언트 칠면조인데 시종일관 울
음소리를 내면서 거드럭거리고 다니는 통에 사냥하기가
아주 수월하다. 흔히 '스파슌처럼 어리석다' 또는 '스파슌
처럼 거드름피운다'고 표현한다.

👾 **스팔렌디탈_** 일종의 전갈이며 스몰컨트리가 원산지이다. 땅신령
들은 스팔렌디탈을 길들여서 말처럼 타고 다니며, 가죽이 아주 질기
기 때문에 유용하게 사용한다. 새를 좋아하는(미각적 의미에서) 땅신
령들은 스몰컨트리의 서식 동물을 절멸시킴으로써 곤충을 포함한 다
른 동물에게 생태적 지위를 열어주었다. 천적들에게서 해방
된 스팔렌디탈들은 위험 없이 자라면서 그 개체 수가
점점 더 늘어났다. 땅신령들 때문에 스몰컨
트리는 결과적으로 자이언트 전갈, 자이언
트 거미, 자이언트 다족류에게 점령되었다.

👾 **슬루릅_** 멘탈리르 평원이 원산지인 식물이며, 그 즙은 신기하게
도 후추를 친 쇠고기의 깊은 맛이 난다. 고기 맛이 나는 것은 초식동물
인 유니콘 떼의 공격을 피하기 위해서다. 하지만 이 독특한 맛을 발견
한 아더월드 사람들이 슬루릅 즙으로 요리하는 습관이 생겼다.

👾 **아스토펠_** 장밋빛 작은 꽃으로 냄새를 맡으면 며칠 동안 후각을

마비시킨다. 특히 초식동물을 비롯한 모든 동물의 공
격을 막기 위해 꽃향기로 후각을 마비시키는 능력이
발달되어 있다.

🦋 **에프리트_** 지각단층을 둘러싼 전쟁이 일어났을 때 인간들 편에
서서 악마들과 싸웠던 악마 종족. 감사의 뜻으로 데미데루스는 마법
사의 호출을 받는 에프리트에게 아더월드로 오는 것을 허락했다. 아
더월드에 온 에프리트들은 자기들의 능력을 인간을 돕는 데 사용하기
로 결정했고, 대부분 하인, 전령, 경찰로 일하고 있다.

🦋 **엠엠로움_** 아더월드에서 재배하는 과일로 즙이 아주 많고, 달콤
한 살구와 바나나를 섞은 맛이다. 엠엠로움나무는 침입자가 다가오는
즉시 땅속으로 사라지는 능력이 있다.

🦋 **예룩_** 초식동물들이 도저히 먹을 엄두를 내지 못하게 썩은 냄새
를 풍기는 식물. 후각이 없는 새, 글리이르만 먹을 수 있다.

🦋 **원소_** 불, 물, 흙, 공기 등 여러 종류의 원소가 존재한다. 성질이
포악한 불의 원소를 제외하고 원소들은 대체로 다정하며 일상생활에
서 아더월드 사람들을 도와준다.

🦋 **위베른족_** 드래곤들의 시중을 드는 자이언트 도마뱀으로 금빛
비늘이 덮여 있고, 회전하는 엉덩이 덕분에 두 발로 걸어 다닐 수 있

다. 드래곤보다는 덜 영리하며, 유머 감각은 전혀 없다. 드래곤의 세포 실험 과정에서 태어났으며, 드래곤의 먼 사촌으로 볼 수 있다.

🐾 **유니콘**_ 갈라진 쌍발굽과 이마에 뿔이 하나 달린 말. 멘탈리르 평원에서 자라는 지혜의 풀 덕분에 아주 영리한 동물이다.

🐾 **자이언트 강철나무**_ 마법을 사용하지 않고서는 파괴할 수 없다. 키가 무려 300미터까지 자랄 수 있으며 야생 페가수스들이 둥지를 짓는다.

🐾 **자이언트 거미**_ 스팔렌디탈과 마찬가지로 스몰컨트리가 원산지이다. 땅신령들이 말처럼 타고 다니며, 그 거미줄은 아주 질긴 것으로 유명하다. 여덟 개의 다리와 여덟 개의 눈, 전갈처럼 독침이 있는 꼬리가 달려 있는 것이 특징이다. 아주 영리하며, 잡아먹기 전에 먹이에게 수수께끼를 내는 것이 취미이다.

🐾 **젤리소르**_ 림보에서 숭배하는 신. 입김이 어찌나 센지 향기가 나는 천으로 주둥이와 얼굴을 가려야만 신전으로 들어갈 수 있다. 악취 때문에 젤리소르의 신전에서는 파리도 살 수 없다. 다른 신들과 회의가 있을 때는 실내 공기를 고려해 송곳니를 깨끗이 닦고 들어가야 하며, 젤리소르 옆에서는 담배를 피울 수 없다.

🐉 **주르스탈_** 텔레크리스털이 방송하는 아더월드의 뉴스이며, 마법사와 비마는 크리스털 볼과 크리스털 전광판으로 받아 본다.

🐉 **진비지블_** 보이지 않게 모습을 감출 수 있는 카멜레온. 오무아 황실과 여제를 위해 일하는 살아 있는 녹음기이자 스파이이다.

🐉 **진실의 입_** 아더월드에서 가까운 얼음 행성 산티보르 원산의 식물성 존재. 텔레파시 능력이 있어서 어떤 거짓말도 탐지할 수 있다. 말을 못하기 때문에 진실의 입들의 생각을 읽어낼 수 있는 파란 땅신령을 통해 의사소통한다.

🐉 **진흙먹보_** 간디스의 황무지 늪에 사는 털북숭이 동물이며 진흙에 들어 있는 영양소와 곤충, 수련을 먹고산다. 진흙먹보들의 원시족은 아더월드의 다른 거주자들과 거의 접촉이 없다.

🐉 **친파프_** 콜라, 사과, 오렌지 맛이 나고, 콜라처럼 거품이 생긴다. 상쾌하게 해주고 활력을 주는 청량음료.

🐉 **카멜레_** 하트 모양의 식물로 잎은 식용한다. 계절과 장소에 따라 색이 변한다. 카멜레 잎만 섭취하고

도 생존한 여행자가 많아서 '여행자의 식물'이라고 불린다. 치즈 샌드위치 맛과 비슷하다.

카멜린_ 환경에 따라 색이 변하는 특성에서 이름이 유래한 희귀종 식물. 멘탈리르 평원에서는 파란색이고, 살테렌스 사막에서는 금빛이나 흰색이다. 꺾거나 옷감으로 짜도 그 특성은 유지되기 때문에 활용 가치가 높다.

칵스_ 근육을 풀어주는 효능이 있는 약초로, 달여 마시며 잠자기 직전에만 복용하라고 되어 있다. 근육에 영향을 준다고 하여 아더월드에서는 '몰몰'이라고도 부른다. '이런 칵스 같은 놈!'이라고 말하면 아주 흐늘흐늘한 사람을 가리킨다.

칸타루프_ 공격적인 식충식물이며, 주로 곤충과 설치류 동물을 잡아먹는다. 꽃잎의 색은 다양하지만 항상 눈에 거슬리는 빛깔이며, 날카로운 가시를 사용하여 마치 작살로 찍듯이 먹이를 잡는다. 크기는 큰 개만 해서 꺾기가 힘들고, 아더월드의 특선 요리에 들어가는 재료로 사용한다.

칼로르나_ 숲에 피는 매혹적인 꽃. 달콤한 장밋빛과 흰빛 꽃잎으로 아더월드의 초식동물과 모든 동물에게 특선 요리를 제공해준다. 멸종을 피하기 위해서 칼로르나는 세 개의 꽃잎을 포식동물의 접근을 감지할 수 있는 탐지기로 만들었다. 커다란 눈 모양의 이 꽃잎들 덕분에 칼로르나는 재빨리 모습을 감출 수 있다. 그런데 불행히도 호기심이 많은 칼로르나는 그 꽃잎들을 세우고 있다가 포식동물을 제때에 피하지 못하는 경우가 종종 있다. 호기심이 많은 사람을 보고 '칼로르나 같다'고 말하는 것은 바로 그 때문이다.

🐛 **켈트릴_** 가볍고 아주 단단해서 갑옷과 보호대를 만드는 데 사용하는 은빛 금속. 난쟁이들이 만들어서 엘프와 인간에게 아주 비싼 값으로 판다.

🐛 **크라켄_** 시커먼 다리들이 위협적인 자이언트 문어. 엄청난 크기 때문에 아더월드의 바다에서 발견되지만, 민물에서도 살 수 있다. 뱃사람들에게는 위험한 존재로 널리 알려져 있다.

🐛 **크라크덴트_** 트롤의 나라 크랑카르 원산의 장밋빛 털북숭이 동물. 앞뒤가 분간되지 않지만, 세 배 크기로 늘어나는 입을 갖고 있어 무엇이든 거의 한입에 덥석 집어삼키므로 상당히 위험하다. 아더월드를 방문한 많은 관광객들이 "어머 어쩌면 이렇게 귀여울까!" 하고 감탄하다가 목숨을 잃었다.

🐚 **크레크레크레_** 레몬빛 털의 설치류 동물로 생김새는 토끼와 비슷하다. 빛깔이 화려한 아더월드의 환경을 이용해서 포식동물들을 아주 쉽게 피한다. 고기는 맛이 없는 데도 굶주린 여행가나 사냥꾼이 먹기도 한다. 아더월드에서는 크레크레크레를 사로잡아서 사육한다.

🐚 **크렐_** 아더월드의 금빛 미모사나무. 놀랍게도 지나가다가 건드리는 동물이나 사람들의 감정을 색깔로 반영한다.

🐚 **크로그로세이유_** 갈증을 풀어주는 청량음료. 아더월드 사람들이 즐기는 탄산음료 중 하나다.

🐚 **크로쉬엥_** 살테렌스 사막의 재칼. 크로쉬엥은 무리를 지어 사냥한다.

🐚 **크로아_** 두 가지 색의 개구리. 크로아는 글루릅스들의 주식이며, 신경을 거스르는 독특한 울음소리 때문에 쉽게 찾을 수 있다.

🐚 **크로우즈_** 향기가 짙은 야생 장미의 일종으로 꽃의 색깔이 다채롭다.

🐚 **크로크-르캥_** 아더월드의 바다 포식동물인 일종의 상어. 날카로

운 이빨을 무기로 주저치 않고 크라켄을 공격한다. 크로크-르캥은 아더월드의 바다에서 크라켄과 함께 뱃사람들에게 위협적인 존재이다.

🦐 **크루이크크크** _ 빨간 상아가 돋친 파란색 잡식성 포유류 동물. 성질이 포악한 것으로 알려져 있으며, 고기가 맛있어서 사육한다. 야생 크루이크크크 떼는 삽시간에 밭을 황폐하게 만들어놓는다. 그래서 아더월드의 농부들은 곡물을 지키기 위해 크루이크크크 퇴치 주문을 사용한다.

🦐 **크르룩** _ 바닷가재와 게의 잡종으로 집게발 열 개가 달려 있다. 아더월드 사람들이 즐겨 먹는다.

🦐 **크리크리** _ 보랏빛과 노란색의 메뚜기. 이 곤충들이 수풀 속에서 울기 시작하면 어찌나 요란한지 잠을 잘 수가 없다.

🦐 **키디코이** _ 장난꾸러기 꼬마도깨비 파보들이 만들어낸 막대사탕. 겉을 빨아먹으면 속에서 예언 글귀가 나타난다. 이 예언은 항상 실현되지만 그 순간에는 당사자가 이해하지 못하는 경우가 대부분이다. 모든 국가의 최고 마법사들은 그 기능을 이해하기 위해 신비한 키디코이를 연구하고 있지만 성과를 얻지 못했다. 파보들이 그 비밀을 잘 지키고 있기 때문이다.

🐾 **키마이라**_ 아더월드 군주들의 고문관 역할
을 하며, 사자 머리에 염소의 몸, 드래곤의 꼬리로
이뤄져 있다.

🐾 **타로데르**_ 자는 동물의 살 속에 유충을 넣어서 번
식하는 벌레. 타로데르에게 물리면 통증이 심하므로, 유충이 몸
속으로 퍼지기 전에 즉시 소독해야 한다. '타로데르 같다'고 하면 들
러붙는 사람을 가리키는 모욕적인 말이다.

🐾 **타오르미**_ 얼굴이 개미처럼 생긴 쥐인데 깨물면 굉장히 아
프다. 개미집처럼 생긴 타오르미 굴 하나가 이동할 때 숲 전체
가 쑥대밭이 될 수 있다. 타오르미는 아더월드의 동물이 좋아하
는 꿀을 생산하지만, 그 꿀을 얻으려면 목숨을 걸어야 한다.

🐾 **타춤**_ 노란색 꽃이며, 꽃가루는 아더월드의 후추로 사용
된다. 자극성이 아주 강해서 타춤의 냄새를 맡으면 어떤 상태
의 코든 뻥 뚫린다.

🐾 **타크**_ 초록색 또는 회색 쥐로 항구
주변에서 많이 발견된다. 타크들이 며
칠 만에 배를 갉아먹기 때문에 선원들이 아주 싫어한다.

🐾 **타트롤**_ 지구와 아더월드는 측량 단위가 서로 다르다. 타트롤은

킬로미터, 바트롤은 미터에 해당한다. 1트롤은 3미터, 1바트롤은 1미터 50센티미터, 1타트롤은 1킬로미터 500미터.

🐛 **탈루디_** 눈이 셋 달린 모자 모양의 작은 동물이며 무엇이든 녹화하는 능력이 있다. 촬영한 것을 보려면 머리에  쓰면 된다.

🐛 **테오디르_** 드래곤들이 즐겨 마시는 일종의 금빛 샴페인. 인간들은 부동액 맛을 느낀다.

🐛 **토예_** 마늘과 양파의 맛이 섞인 식물로 아더월드 사람들이 향신료로 사용한다.

🐛 **토쿨린_** 보석으로 이뤄진 꽃이며 수시로 색이 변한다. 보석-꽃은 아더월드에서 가장 아름다운 꽃이며, 위험한 파트로크 섬에서만 재배되기 때문에 구하기가 몹시 힘들다.

🐛 **톨리스_** 아더월드의 아몬드.

🐛 **트라둑_** 살코기와 털가죽을 얻기 위해 켄타우로스들이 키우는 동물. 악취를 풍기는 특성이 있어서  포식동물들로부터 자신을 보호한다. 그러나 트라둑의 냄새를 맡지 않기 위해 콧구멍을 막을 수 있는 늑대 크르르

렉은 예외다. 아더월드에서 '병든 트라둑 같은 악취가 난다'라는 표현
은 모욕으로 받아들여진다.

🦅**트리**_ 작은 새로 아더월드의 숲에서는 루비 빛깔
이고, 트롤들의 숲에서는 초록 빛깔이다. '트리이이이
이' 하면서 우는 독특한 울음소리를 따서 붙인 이름이다.

🦅**트리크로크**_ 표적을 정확하게 찾는 마법의 무기로 세 개의 치명
적인 침이 달려 있다. 공격자가 표적을 죽이고 싶은가, 잠들게 하고 싶
은가에 따라 세 개의 침에 독이나 마취제가 생성된다.

🦅**트실**_ 살테렌스 사막의 벌레. 모래 속에 숨어서 동물이 지나가기
를 기다리다 동물에 들러붙어서 살갗이든 딱딱한 껍질이든 뚫어버린
다. 그 알들은 혈관을 침투해서 숙주의 몸속에 퍼진다. 100시간이 지
나면 알들이 부화하며, 새로 태어난 트실들이 숙주의 몸
을 먹는다. 아더월드에서는 트실로 인한 죽음이 가장
끔찍한 죽음 중 하나다. 이런 이유로 살테렌스 사막을
여행하는 사람은 거의 없다. 일반적인 트실에 대한
해독제는 존재하는 반면에 금빛 트실에 대한 해독
제는 없어서 공격을 받으면 죽음을 면할 길이 없다.

🦅**페가수스**_ 날개 돋친 말. 지능은 개의 지능
에 가깝다. 발굽은 없지만 갈퀴발톱이 있어서 어

디든 쉽게 올라앉을 수 있다. 야생 페가수스는 키가 무려 300미터까지 자라는 자이언트 강철나무에 거대한 둥지를 짓고 산다.

🌟 **푸프푸프** _ 발이 여섯 개 달리고 커다란 뚜껑이 있는 작은 상자로 아더월드의 청소기이다. 바닥에 떨어지는 모든 쓰레기를 집어삼킨다. 마법과 과학기술로 만들어진 푸프푸프는 안드로메다은하의 블랙홀과 연결되는 작은 공간이동의 문을 통해 쓸모없는 쓰레기를 자동으로 배출한다.

🌟 **프르루트** _ 아더월드의 식충식물로 하이에나와 포식동물을 유인하기 위해 짐승의 썩은 고기 냄새를 피운다. 동물이 다가와서 촉수에 닿는 순간 꿀꺽 삼킨다. '트라둑처럼 악취가 난다'는 표현과 함께 '프르루트처럼 악취가 난다'는 표현도 많이 쓰인다.

🌟 **플로프** _ 맹독성의 하얗고 파란 개구리로 멘탈리르의 평원에서 볼 수 있다.

🌟 **피크크크** _ 이름이 가리키는 대로 피크크크는 흡혈파리처럼 피를 빨아먹고 사는 아더월드의 곤충이다. 피크크크의 독침에 쏘이면 트라둑이나 모오오오우우우, 베에는 몸속의 피를 다 토해낸다. 다행히 피

크크크는 늪 주위에 서식하면서 알을 낳는다.

흡혈파리_ 물리면 통증이 몹시 심하다. 많은 동물이
긴 꼬리를 발달시켜서 흡혈파리를 죽이는 데 사용한다.

히드라_ 아더월드에는 머리가 세 개, 다섯 개, 일
곱 개 달린 히드라가 있으며, 강이나 호수에서 산다.

랑코비트의 덩컨 가문 가계도

-5015년 파이초 25일(아더월드력)을 기준으로 작성-

마니투 덩컨 & 마젠티 발 아르젠몽 레틸라
(4850 DA~∞)　　 (4849 DA~4928 DA)

메넬라스 트리 브란릴 & 이사벨라 덩컨　　　　레벤탈 덩컨 & 테일러 압 잔
(4805 DA~4994 DA)　　 (4910 DA~)　　　　(4901 DA~4998 DA) (4876 DA~)

셀레나 덩컨 브란릴 & 단비우 탈 바르미　　　　배반자(라고 불리는) 바리우스 덩컨
　　　　　　　　　　 압 산타 압 마루
(4977 DA~)　　　 (4973 DA~5002 DA)　　　 (4952 DA~)

타라틸랑넴 탈 바르미　　자르틸랑넴 탈 바르미　　마라틸랑넴 탈 바르미
압 산타 압 마루 탈 덩컨　압 산타 압 마루 탈 덩컨　압 산타 압 마루 탈 덩컨
(1991 DT/5000 DA~)　　 (5003 DA~)　　　　　(5003 DA~)

DA = 아더월드력
DT = 지구력

오무아 제국의 탈 바르미 압 산타 압 마루 가문 가계도

-5015년 파이초 25일(아더월드력)을 기준으로 작성-

'불의 주먹' 데미데루스, 오무아 제국의 시조
(−2984 DT~)

5000년 이후의 후손

오무아 여제
리스베스틸랑넴 & 다릴 크라투스
탈 바르미 압　　　(4950 DA~5005 DA)
산타 압 마루
(4970 DA~)

전 오무아 황제
단비우 탈 & 셀레나 덩컨
바르미 압　　(4977 DA~)
산타 압 마루
(4973 DA~5002 DA)

**오무아 여제의 이복오빠,
이복형제 단비우를 계승한
현 오무아 황제**
산도르 탈 바르미 압 마르치
압 브레비스 (4958 DA~)

타라틸랑넴 탈 바르미
압 산타 압 마루 탈 덩컨
(1991 DT/5000 DA~)

자르틸랑넴 탈 바르미
압 산타 압 마루 탈 덩컨
(5003 DA~)

마라틸랑넴 탈 바르미
압 산타 압 마루 탈 덩컨
(5003 DA~)

DA = 아더월드력
DT = 지구력